Ein springender Brunnen

迸涌的流泉

Martin Walser

（德）马丁·瓦尔泽 著

卫茂平 译

浙江出版联合集团

浙江文艺出版社

目　录

瓦尔泽复原以往的尝试与哲思

（代译序）

1998 年，德国当代著名作家马丁·瓦尔泽（Martin Walser，1927—）获德国书业和平奖。在例行的获奖答谢辞中，他有如下表述："没有一个值得认真对待的人会否认奥斯维辛；没有一个还有理智的人会对奥斯维辛的残酷不停地吹毛求疵；不过，要是有人每天在媒体中告诫我这段往事，我就发觉，我心里有些东西反抗针对我们耻辱的这种喋喋不休。我不会对无休无止地呈示我们的耻辱表示谢意，会相反地扭过头去。"

瓦尔泽批评的是德国学界或媒体触摸历史伤痕的"泛工具化"倾向。这看来道出了颇多在场听众的心声，因而博得人们的站立鼓掌。这惊世骇俗的敢言无忌，同时也让媒体一片沸然。两天以后，德国犹太人中心委员会主席布毕斯（Ignatz Bubis）公开表示愤慨，指责瓦尔泽忘了奥斯维辛，而且代表一大批右派激进分子的意见，说他的讲话是"精神上的纵火"。与此同时，不少名人或是反对、或是赞同瓦尔泽的讲话，加入这场媒体大战。

上述所谓"布毕斯事件"的导火索，其实正是这部《迸涌的流泉》。小说在 1998 年上半年刚一发表，即遭批判；有人说这部所谓的"时代小说"只字不提奥斯维辛。针对这种责难，瓦尔泽在书业和平奖答谢辞中讥讽地提到："一个聪明的知识分子在电视节目中做出一副严肃的表情，一副在这张脸上像是一种外语的严肃，告诉世人，在作家的书里没有出现奥斯维辛，这是作家的一次严重失误。"话语之间，瓦尔泽在文坛上素享盛誉的刚直耿介、不肯敷衍的性情姿态，又显一二。

《迸涌的流泉》分三章，第一章题为"母亲入党"，叙述时间始于1932 年年底。小说主人公约 5 岁的约翰理发回家，途中让一个流动摄影师照了相，忘了母亲的嘱咐，回家时数一下竞争对手的饭店里有多少客人。母亲对他让人拍照的事没有多加指责，只是抱怨："这又会花钱"。家道之拮据溢于言表。旅店经营的惨淡，始终是母亲的担忧。无力支付账单、归还借款，加上市场的萧条、银行的倒闭、邻居产业的被强制性拍卖，这些都给她和整个家庭带来无尽的烦恼和持续的恐惧。有人说，现在只有希特勒能帮助德国度过难关。而竞争对手们都已入党。继续洁身自好，只能被摒除在社会生活之外。而对一个旅店主来说，这会是致命的结果。生存的危机让母亲在圣诞前夕决定入党。

父亲是第一次世界大战的老兵。惨烈的前线经历让他成了一个和平主义者和一个见神论组织的创立人。他不停地做着一些不着边际的梦，试图让家庭摆脱困境：在阿尔高建银狐饲养场，在家里挪出地方养安哥拉兔甚至养蚕，和朋友一起生产包治百病的磁疗装置。失败和无能让他愧对家人。最后他英年早逝,把家庭的重负留在母亲一人肩上。

第二章是"瓦塞堡的奇迹"。叙事时间约1938年夏。11岁的约翰对马戏团女孩阿尼塔的爱占据故事中心。对异性的心理倾慕与生理的逐渐成熟联袂而至。正是在他首次参加圣餐仪式的前夜,同阿尼塔的肌肤之亲引发了他第一次的自慰行为,就此他违背了基督教第六条不可淫欲的戒律,犯下所谓的深重罪孽。这会使他无法接受圣体,会受到上帝的严惩。但仪式照常进行,天塌地陷的灾难没有发生。这也是"奇迹"?出于对阿尼塔的爱,当纳粹分子深夜暗袭马戏团小丑时,他坚定地站在被袭者一边;也是为了赢得阿尼塔的爱,他几乎同自己最要好的朋友阿道夫决裂。最后,为了去看望在异地演出的阿尼塔,他甚至置母亲的担忧于不顾,逃学又逃夜。不过"奇迹"出现。这次能带来可怕后果的事件由于天使代替他行使了各项义务而得以掩盖。

第三章是"收获"。叙事时间约为1944年到1945年间。主人公已是一个17、18岁的青年。自从想当牧师的愿望被当歌唱家的理想代替后,他现在又逐步放弃写诗,转而迷恋散文,因为它能更精确地记录自己的情感。经过希特勒青年团的军事训练,约翰成了帝国的山地狙击兵。而家乡瓦塞堡已经失去往日的宁静,到处是心灵破碎的战争难民。他从部队潜逃回家,经过短暂的俘虏生活,与母亲和弟弟重逢,而哥哥已在前线战死。经过在阿尼塔那里的失望,他终于找到了自己的生活伴侣莱娜。令人迷醉的性经验,让他跨入长大和成熟的又一阶段。这也许是他继找到散文形式后最大的人生收获。

这是一部颇具德国传统发展或教育小说模式的作品,讲青年主人公的成长及同环境的冲突与磨合。具体在这部小说中,幸福的少年时代和动荡的历史进程并行不悖。一方面,一个在《绿衣亨利》和《彼得·卡门青》中人们似曾相识的德国乡村世界再度显现:淳朴的世风和谨厚的民众,没有现代文明污染的山谷河流,静谧祥和的田野秀景。另一方面,是德国纳粹从掌权到垮台的那段史实:希特勒上台时人们的欢跃狂热,战时难民从物质到精神的困顿疲惫,法西斯主义思想的泛滥,无辜士兵及平民的罹难。

主人公约翰的成长无疑是小说的主线。由于时代和家庭经济的窘迫,年幼的他已在餐厅帮忙,为村民送煤,为大车过磅;小小年纪,他已攀高爬树,摘采苹果。父亲的早逝让家庭生计的重负落在母亲一人身上,这让他从小就知道体贴母亲:举止规范,以便没人有理由向母亲告状。"靠别人生活,就不能同别人对着干",这是当店主的母亲的口头禅。这教导他要顺应环境,在想做什么和该做什么之间找到平衡。从父亲那里他则继承了人道主义思想,对文学的热爱,对音乐的痴迷,以及对文字的特殊感受力。正是这些与狭隘的实用主义无涉的所谓"无用之学",使他面对同龄人具有某种心理上的优势,让他的目光超越逼仄的地域限制,在那动荡不安的岁月中,既能免受外部虚假世界的侵袭,又有进行"内心流亡"的可能。

与歌德的《威廉·迈斯特》等其他一些教育小说不同,此书的事件发生地范围稍小,主要局限在瓦塞堡这样一个不大的村庄或村镇。更集中的故事地点实际上是约翰自家的旅店。如此的人群会聚之地,实为展现各式人物的上佳场所。在有钱人家做清洁女工的赫尔米内犹如一张流动报纸,散布着各类小道消息;房客泽哈恩先生不停地发出他对世界的诅咒；独脚老兵格布哈特抱怨着自己的残疾和所受的伤害；顽固的冲锋队头领布鲁格剔着牙齿大放厥词；老仆人尼克劳斯忘不了战时养成的绑腿习惯而把袜子丢在一旁；年迈的祖父面对看不懂的世道只能用方言重复："但愿我去了美国。"瓦尔泽就这样看似毫不经意地让一个个相干和不相干的人物穿梭上场，其语言简练而少修饰，叙述精到而富有活力，且远离任何价值评判和政治阐释。半个多世纪前那早已消逝的场景和事件就这样受到激活，得以重现。

这样一种精细的外部描述和缺少主体涉足的写实手法，让人觉得瓦尔泽在此追求一种历史的客观性，一种自传的真实性。尤其是他本人的履历同小说主人公生平的符契（瓦尔泽本人和小说主人公约翰一样，也于1927年出生在博登湖畔瓦塞堡的一个旅店主家庭），更是加深了小说的自传色彩。其实，对读书界来说，这的确是一部自传体小说，甚至是作家"迄至今日最令人信服的书"。可是，此书第二章中那个"奇迹"情节的插入，形成一个乖谬。为了同自己心仪的女孩阿尼塔碰面，约翰离家出走一天一夜。胆战心惊地返回后他发现，除了爱犬退尔，似乎无人觉察到他的不在。母亲表扬他那天出色地完成了为大车过磅的活儿，赢得众人称许；同学夸奖他在学校里，当脾气暴躁的老师体罚一个女孩时，能挺身而出，抱打不平，而且还完成了一篇出色的作文。而常识告诉我们，一个人不可能同时在两地出现。书中这个匪夷所思的"奇迹"，只能是约翰卧室墙上那"保护天使"下凡，扮作他的替身，填补了他在家和在校之缺席的杰作。瓦尔泽在小说中苦心孤诣地织就的所有历史真实性就此土崩瓦解。因为，倘若我们承认这项"奇迹"有违常理，隶属梦幻，那么小说的其他情节,即瓦尔泽对往日的所有回忆或叙写也应属虚构。也许,瓦尔泽在有意识地颠覆自己叙事之事件逻辑的同时,悄悄地在尝试着把我们拉向思辨自传体小说本质的深处,不露声色地对别人、包括对那些纳粹集中营幸存者自传体小说的真实性也提出了诘难?

此非无根之谈。事实上在这部小说各章的第一小节里,都出现了作者对回忆的真实性的哲理诠释,似可与这个情节参互印证。它们有一个共同的章节标题,"以往作为当下"。比如,在第一章的开头,作者写道:"倘若某事已经过去,某人就不再是遭遇过这件事的人。我们现在说此事曾经有过,可当它以前有的时候,我们不曾知道,这就是它。现在我们说,它曾是这样或那样,尽管当时,当它曾是的时候,我们对我们现在说的事一无所知。"一部自传体小说的魅力尤其在于它的真实性。这应该也是作者的追求和读者的期待。但是,"以往"不会让人当场抓住和定格。人们能做的其实只是有别于"以往"的追记。瓦尔泽道破的许是这样一个令人沮丧的事实。

在第三章的"以往作为当下"一节中,瓦尔泽继续点明以往和当下的缠绕关系及其分解的不可能:"以往以某种形式包含在当下里,它无法从当下中获取,就像一种包含在另一种材料中的材料,无法被通过一种聪明的程序取出,然后别人就这么拥有它。这样的以往不存在。"接着,他层层剥茧,揭露人们寻找以往时的自欺欺人:"只要人们没有发觉,人们以为重新找到的以往,其实只是当下的一种氛围或者一种情绪……那些最最热心地收集以往的人,大多面临这样的危险,把他们自己创造出来的东西,当作他们寻找的东西。"这种对待以往的态度不仅仅局限在自欺上,还涉及欺人。瓦尔泽进一步借题发挥:"有些人学会了,拒绝自己的以往。他们发展出一种现在看起来比较有利的以往。他们这样做是由于当下的缘故。倘若在正好有效的当下里想得到好的结果,人们太清楚地知道,该有一个怎样的以往。"这寥寥数语的精辟和尖锐,在现实生活中确实不断得到验证。只不过这是另一话题。

当歌德写下他那著名自传《诗与真》时,这位比之今日流俗要诚实得多的作家,已经通过书名祖示,此书绝非人们期待的模写真实往昔的自传。因为"诗"字的德语原文"Dichtung"有"虚构"的意思。所以,此书书名的直译可以是"虚构与真实"。文学发展至今,越来越多的所谓自传以真实客观的面貌出现,乃至招摇撞骗,时有可见。大胆揣度,或许正是面对这样一个盛产伪饰自传或自传体小说的年代,瓦尔泽在自己的作品中编排出这么一个"奇迹",加之上述那些别出心裁、打破自传体裁之恒定性的议论,在自己身上开刀,从哲理上究诘所谓自传体小说的真相,以警醒天真的读者——以往的真实图像,其实无法复原!

那么,瓦尔泽是否因此而放弃了客观再现以往的尝试? 不。他在书中还是给自己设定了复现以往的目标和方式:"希望以往有一个我们无法掌握的在场。事后不能再有征服。理想的目标:对以往的没有兴趣的兴趣。它会似乎是自动地朝我们走来。"他追求的显然是一种以往的自动显现。这种显现应该没有主体意图的涉足,远离人为的拘掣,犹如尼采《查拉斯图特拉如是说》的"夜歌"一章中,那一派源于其内在生命力的"迸涌的流泉"。这其实也是瓦尔泽此书书名的出处。不过我们还是必须指出,自然界的流泉和人类的回忆毕竟不同。而且,已经形成的以往具有永恒的性质,而任何力图还原历史的尝试都受当下的销蚀，具有不定的本相。凭记忆再现真实的以往，大概何时何地均属美好的一厢情愿。

　　此书翻译完成于 2003 年暑假。罕见酷暑令人难忘。同样让人感怀的是两位德国友人的无私帮助。他们是 Dr. Walter Sauer 和 Ulrich Wiedmann 先生。这本小说中出现的不少方言，有些甚至是德国人自己也绝非一下就能明白的方言，是在他们的帮助下译成的。谨借译序之尾，合掌称谢。

　　瓦尔泽对于他所熟悉的方言，显然心怀特殊情感，因而在小说最后，另附一篇"前言作为后记"的短文，用现代德语详解德语方言。鉴于此类文本的妙处，只有阅读原文，才能领会，基本无法迻译，在此只能割舍。特此说明。

　　在重校旧译之时，注意到近些年来，所谓的"非虚构"小说风靡一时，并获热议①。因为这类小说取材于真实的史料或人物生平，容易让读者获得真实感，从而更能震撼人心。就德国作家而言，彼得·海勒斯以其在中国之亲历为本的《寻路中国》、《江城》和《奇石》等可为范例。而施台凡·舒曼的《最后的避难地上海》和乌尔苏拉·克莱谢尔的《上海，远在何方》，则以犹太人在上海的过往作为平台，将历史事实与文学虚构巧妙结合，动人心魄。瓦尔泽的这部自传体小说虽然产生于上世纪末，但已具有上及融合历史真实与艺术幻想之"非虚构"小说的主要特点。作品出版后曾受指责，说它未

―――――――――

① 　如可参见："历史是真正的诗人和戏剧家——'非虚构'写作热引发的思考"，《文汇报》2015 年 10 月 8 日第 11 版；"文学真实"：'非虚构'的内在逻辑，《中国社会科学报》2015 年 12 月 21 日第 5 版。

提奥斯维辛,即是评论界将它当成"非虚构"小说的例证。

　　适逢浙江文艺出版社新购版权,重出此译,让笔者既有机会对旧作改错纠偏,删减冗赘,又能交代一件往事。记得十多年前接下此译合同,书名已定"喷泉"。翻译期间,发觉德语书名源自尼采,便找出高寒译《查拉斯图拉如是说》(文通书局 1947 年版)。相关诗句译文如下:"正是夜的时候,现在一切迸涌的流泉更高声朗吟。我的灵魂也是一派迸涌的流泉"。较之简练的"喷泉","迸涌的流泉"初看增繁,细品更具诗意,尤其更切合作者在书中多次表达的、对于复原以往的哲思意向。最后决定用后者替下前者。就此说明本书译名出处。不知读者诸君,以为然否?

卫茂平

2004 年春节(初稿)于上海

2016 年 6 月修改

第一章
母亲入党

一　以往作为当下

只要某事是这样，它就不是将会这样的事。倘若某事已经过去，某人就不再是遭遇过这件事的人。当然，要比别人更接近此事。尽管当以往是当下时，它还不存在，可它现在挣扎冒出，似乎它就这样有过，像它现在挣扎冒出一样。不过只要某事是这样，它就不是将会这样的事。倘若某事已经过去，某人就不再是遭遇过此事的人。我们现在说此事曾经有过，可当它以前有的时候，我们不曾知道，这就是它。现在我们说，它曾是这样或那样，尽管当时，当它曾是的时候，我们对我们现在说的事一无所知。

在这把一切聚集一处的以往中，人们可以像在一座博物馆里那样转悠。自己的以往不可重走。我们从它那里得到的，只是它从自己身上弃置的东西。尽管它不比一个梦更清晰。我们越是让它保持原状，以往就会以自己的方式变得更加当下。我们会摧毁梦幻，倘若我们扣问其意义。被用另一种语言阐明的梦，透露的只是我们问它的事。犹如被拷问者，他会道出一切我们想听的事，就是丝毫不说自己。这就是以往。

此刻，当天末班火车停靠瓦塞堡，你伸手抓向你所有的东西。

东西太多,你无法一次性抓住。好吧——全神贯注——一件一件来。不过要快,因为火车不会永久地停在瓦塞堡。每当你把下一个袋子抓到手里,另一个你以为已经抓住的袋子就从你手里滑落。让两个或三个或甚至四个袋子留在车上?这可不行。好吧,再次用双手。两只手抓向尽可能多的袋子。这时火车启动。事已太迟。

梦幻究竟从何而来?叙述事情以前如何,恰如用梦幻建造一座房屋。梦已做得够长。现在该建房了。用梦幻建房并非导致某些希望之事的意志冲动。只是接受。持准备好的姿态。

那两个用担架把父亲抬出房屋通道的男人,身穿带红十字袖章的制服。高大的女佣埃尔萨,纤弱的女厨米娜,护住双扇弹簧门,门的上半部由波纹玻璃组成。房门已敞开。约翰从厨房门口观察着一切。宅门向东开,所以,当男人们抬着父亲在露台上向救护车拐弯时,他一眼看见一道火红朝霞。太阳马上就要从普凡德尔山上升起。刺骨的寒风从敞开的房门吹入。3月初的天气。父亲这次肯定挺了过来。当约翰还没上学时,他让他拼写的那个词是胸膜炎。父亲的爱好之一是:让约翰拼写长长的复合词。一个和他哥哥一起,已经认识了所有字母的3岁或4、5岁的孩子,乍眼望去,觉得这些词看不明白。波波卡特佩特①。薄伽梵歌②。拉宾德拉那特·泰戈尔③。斯维登堡④。婆罗多舞⑤。它们不像那些人们读了前面三四

---

① Popocatepetl,墨西哥火山带的火山。终年积雪。火山锥高达5 452米。原书没有注解。以下译注均为译者所加。
② Bhagawadgita,印度教经典《摩诃婆罗多》的一部分。
③ Rabindranath Tagore,1861—1941,印度作家。
④ Swedenborg,1688—1772,瑞典科学家和神学家。
⑤ Bharatanatyam,印度古典舞蹈一种。

个字母就能补充完余下字母的词，比如兴登堡①，旗杆②，或者婚宴③。要是约翰问，这个词是什么意思，父亲就说：把它放进树形单词图里。用来看。

厨房门旁的房屋入口处，墙上挂着一个铃箱。要是二楼有客人按铃，玻璃窗后他的房号就会出现在铃箱中为他准备的那一个方块上。得立刻给客人送上热水，让他能刮胡子。铃箱旁，也在玻璃窗后，是汉堡-美国邮船股份公司"不莱梅"号船甲板上的网球运动员。混双。男人穿白色长裤，女人着百褶裙，头戴小帽，帽下仅露出些许刘海。布鲁格家的阿道夫总是说些许的刘海。约翰害羞，不愿意告诉他，这个词读些许刘海，因为阿道夫是他最要好的朋友。

每当施莱格尔先生看见赫尔默-吉雷尔的赫尔米内向他走来，他总是大声说，佩服，佩服，并且退到一边，低下巨大的脑袋致意。他可不会赏给每个男人和女人自己那佩服、佩服的叫声。他会带着全部的身高和体重，走到一个人跟前，即使右手拿着一根木棒，——不过同施莱格尔的身材相比，这只是一根小木棍——他也能抓住别人的双肩，大吼：马尼拉在哪里？谁要是不能立刻回答：在菲律宾，他就会受到施莱格尔的嘲笑或辱骂。这要完全看施莱格尔当时心情怎样。遇上他兴致高涨，他会手握扎得很精致的手柄，从他的木棒里抽出一把宝剑，迎着亮光打闪，并大叫：从弗里德里希大帝本人那里得来，就在罗伊滕战役之后。然后把剑插回当剑鞘用的木棒

---

① 原文为 Hindenburg。
② 原文为 Fahnenstange。
③ 原文为 Hochzeitsschmaus。

里。不过,有时施莱格尔先生连他那沉重的茶楼狮子脑袋①也几乎抬不起来。倘若这时有人朝他那红眼皮上挂着的眼睛望去,他会咬牙切齿,恨恨地说:站到红墙边射死。因为施莱格尔每天在圆桌旁喝他的湖酒②,约翰不止一次地听见他说这句话。站到红墙边并且……小小的停顿,然后以同样的喉音:……射死。他宁愿看到他另外的样子。那就是,施莱格尔先生每次见到他,就会大叫:伯南布哥③!谁能回答:77 个半小时!他就会让他走。要是施莱格尔先生叫:莱克赫斯特④—弗里德里希斯港⑤!谁仅仅回答,55 小时,他就会被抓住双肩,左右摇晃,直到他嘴里说出:加 23 分钟。为什么这个巨人建筑师每次见到赫尔默-吉雷尔的赫尔米内,非要对她大喊佩服,佩服,然后才放她走? 也许是因为,赫尔米内的父亲,那个早已去世的老赫尔默,把这句话遗传给了他,而没有这句话,他每星期至少一次无法说必须说的话。这句话是,Die Bescht ischt nuaz。在"餐厅旅店"的厨房里他不能说这句话,否则,从水槽那里,憎恨一切方言的洗碗公主,就会愤怒地用标准德语纠正:Die Beste ist nichts。(最好的女人什么都不是。)得到这样的纠正,让身高体壮的建筑师感到刺激兴奋。他会飞快地向在洗碗的公主转身,动作比别人能想象的快,用绝对不输给她的标准德语问:马尼拉在哪里? 公主尖声叫回:在菲律宾!!! 佩服,佩服,施莱格尔先生说着,抽出宝剑,伸给

---

① 原文为 Teelöwenkopf,系作者自创词。此处意象来自中国茶馆前石狮子的大脑袋。
② 德国南部博登湖地区产的一种葡萄酒。
③ Pernambuco,巴西地名。
④ Lakehurst,美国地名。
⑤ Friedrichshafen,德国地名。

公主看,又把它送回剑鞘,离开厨房,像一艘船离开一个码头,从圆桌那里过来,又过去,去厕所。不过,这个建筑师也会让步。当他在大街上向赫尔默-吉雷尔的赫尔米内提那个伯南布哥的问题时,她以骄傲无比的标准德语回答:一窍不通!而他,简直感到印象深刻,大叫:佩服,佩服。有一次她也十分大胆地用方言打发他。Wenn i it ma, isch as grad as wenn i it ka。而他,可以说演了一回她的传声筒的脚色:So, So, wenn du nicht magst, ist es gerade, wie wenn du nicht kannst。(好吧,好吧,要是你不喜欢,就正好说明你不会。)

两人见面,没有一次会完全不斗嘴地就分道扬镳。

父亲说,赫尔默-吉雷尔的赫尔米内在迁居者别墅里当佣人,这不失体面。要是没有赫尔默-吉雷尔的赫尔米内,就无人知道那些静默无声的湖畔别墅里发生的事。从复活节到万圣节,罗伊特林根工厂主的摩托艇总是停在航道和船码头的跳板间。人人都能在傲然翘起的船头读到 SUROTMA 这几个字母。没人知道,这是什么意思。约翰第一次看见这个词,就不由自主地进行拼读。他想通过拼读在阿道夫面前卖弄一番。可阿道夫已从他父亲那里知道,这是赫尔默-吉雷尔的赫尔米内告诉他的,SUROTMA 由罗伊特林根工厂主孩子们名字的起首字母组成。这些孩子们分别叫 Susanne, Robert, Tobias 和 Marianne。现在知道了这点,每当在下面岸边,目睹 SUROTMA 号如何带着轰鸣的马达声,几乎从水中抬起船体,并在身后激起两道配得上这轰鸣声的白色浪花,大家就会诵读这个名字。赫尔默-吉雷尔的赫尔米内,一个新闻来源。菲尔斯特夫人和她完全相反。遇到菲尔斯特太太,施莱格尔先生也退到一边,低下这个村里亦即世界上所有脑袋中最沉重的脑袋,施舍出他佩服,佩服的话。而菲尔斯特夫人则一言不发。施莱格尔先生知道这点。他从来没有向菲尔斯特夫人提过诸如马尼拉、伯南布哥或莱克赫斯特的问题。从菲尔斯特夫人那里人们什么也听不到,或者如赫尔默-吉雷尔的赫尔米内说的那样:一窍不通!她的嘴唇看上去像是被线缝上了。可是作为送报人,她去的人家比赫尔默-吉雷尔的赫尔米内要多得多。从她嘴里,甭指望能听见一句打招呼的话。不管神甫也好——她大概本来就信基督教新教——市长也罢,没人能断言,曾经听见、更不用说得到她的问候。她昂首的姿态让人觉得,似乎太阳应该晒到她的颚下。与此相反,黑克尔米勒太太走路的姿势,像是太阳应该晒到她的颈背上。要是没有这一切,尤其是这些天差地远的对比,这个村子会是一个怎样的世界!黑克尔米勒太太向前佝偻着腰,从她的小屋去教堂,又从教堂返回她的小屋;在这条路上,在穿过被称作青苔地的草地时,她行动迟缓。一旦草长到一定的高度,她身上别人见到的只有那小小的驼背。关于黑克尔米勒太太那长得极小的脸膛,即使赫尔默-吉雷尔的赫尔米内也说不出什么闲话。而关于菲尔斯特夫人的脸部表情,则相反。赫尔默-吉雷尔的赫尔米内会将事情原委,告诉村里每个新来的、对菲尔斯特夫人脸部表情颇感惊奇的人。那天菲尔斯特夫人获知,午饭后在梅明根,她丈夫想登上属于迈尔特雷特先生、但由铁匠汉斯开的汽车,跌下摔死了。43 岁,在为迈尔特雷特先生卖蜡的途中。那是迈尔特雷特先生根据自己严格保密的方法在"餐厅旅店"以前的马厩里生产的。不过,在此之前,菲尔斯特先生曾在施莱格尔先生家的地下层硫化轮胎。不过,在此之前,他曾在一个叫多特蒙特的可疑的城市里,试图卖收音机。赫尔米内从他那里、而村里人从赫尔米内那里得知,在多特蒙特,要是那里长久无雨,就不能张嘴,否则立刻满嘴的煤烟味,牙齿间会咯吱咯吱作响。不过,在此之前,他曾参加战争,当过军官。甚至是个优秀的军官。赫尔默-吉雷尔的赫尔米内在结束菲尔斯特的故事时,总是提醒说,菲尔斯特夫人眼下同4个孩子住在以前硫化轮胎的地下层里,菲尔斯特夫人从未欠过建筑师施莱格尔的房租。佩服,佩服,然后赫尔默-吉雷尔的赫尔米内会说,而一直随着她的讲述摇来摇去的右手食指,这时会突然直直地停住。地下层,这是赫尔默-吉雷尔的赫尔米内,并非白干,从她在里面做用人的别墅里,带进村里的许多词中的一个。地下层,盗窃狂,偏头痛,彻底清理,心理学,绅士,等等。

村子在地面上欣欣向荣。或者该这么说:秋天把它那彩色的手放到我们借来的绿上。然后雪花充当护卫。枝杈挂满积雪。冬雪带来静谧,把间或的声响定住,使它们得以流传延续。雪花在冬天的躯体上犹如甲胄,熠熠发光。

在我们存在过之后,我们不是作为曾经存在的,而是作为生成的我们活了过来。在这成为过去之后。事情还在,即使已经过去。流逝中的现在更是以往,抑或更是当下?

二 约翰犯下后悔不及的错误

理发师最后按着红色的橡皮球,晃动喷嘴,把里面香味四溢的东西慷慨大方地喷洒在他那刚刚被修理过的脑袋上,一边大声说,至少现在可以让约翰重新出去见人,然后像一位魔术师那般把蓝色围巾抽走,不过下面露出的当然只是约翰。他得重新用自己的脚在地上站稳,同时拼命点头,理发师和所有坐在长凳上等待的人可以感到,约翰有多么感激,多么清楚地知道,要是他还能出去见人,这要归功于黑费勒先生的理发艺术。约翰之所以必须这样使劲地表达他的谢意,因为他必须掩饰,他对这个发型感到非常别扭。整个脑袋几乎被剃光,只有头顶上方还被允许有几根头发留存。太短了,没法梳头路。向家里人问好,黑费勒先生在他身后叫,告诉你祖父,我同往常一样星期六来。平时在办公室里,几乎见不到祖父的身影,不过到星期六晚上,他会在那里,坐到父亲写字桌旁的椅子上,被黑费勒先生用蓝色的围巾围好,让自己被抹上肥皂剃须,允许黑费勒先生修剪他那厚实的大髭须,剪短那些浓密直立的须发。那时约翰通常会安坐一旁。他总觉得祖父像个国王。祖父喜欢约翰在一旁看着,约翰能感到。

从理发店走出,来到走廊上,约翰每次都感到很不舒服。理发店正对门的走道,通向格泽尔·玛丽那里。他不假思索,就按门铃。商店的门铃会发出一阵轰鸣——尽管别人没走进店堂去偷东西,也会像一个被逮住的小偷那样,被这种铃声吓上一跳——等他站在柜台前,格泽尔·玛丽已经走出她的客厅,来到柜台后,约翰就花上 10 芬尼,买草莓糖。从身边的 1 马克中,他得用 50 芬尼支付理发费用。等他回家,母亲也许会忘记打听:剩下的 50 芬尼哪里去了?即使她问,花 10 芬尼买草莓糖,她也会准许。他希望如此。他没有把握。要是坐在父亲办公室的写字桌旁,在脑袋里加减什么数字,母亲有时会呻吟。得出什么结果,她会记下。当她这么加加减减时,她的嘴唇会翕动。不了解内情的人会以为,她在祈祷。当然,这种不怎么响,但是可以听见的呻吟声同祈祷声有别。呻吟听上去实际上应该是,哦,哦。不过在母亲的语言里,哦,哦,变成了啊,啊。

格泽尔·玛丽说:约翰,现在你看上去又像回事了。约翰拼命点头,以掩饰他对自己发型的不满。要是格泽尔·玛丽发觉,约翰不喜欢这个发型,她也许转身就会穿过走廊,急忙去理发师那里,报告说,约翰显然觉得黑费勒先生对头发的修复不再那么出色。要是黑费勒先生下次来到旅店,他也许会从圆桌那里对站在酒柜后的母亲叫道:奥古斯塔,看来我无法再让你的约翰满意。没有比这样的事更糟糕了,要是客人或者甚至常客们对母亲抱怨约瑟夫或者约翰。最高的行为准则是:始终这样为人处世,不让村里任何人有借口,向母亲告状。否则母亲会把受抱怨的人立刻找来,当着抱怨者的面责骂他。让他无地自容。这是每次公开集合责骂的目的。这是抱怨者所期待的。但是,作为责骂者,母亲也是一个绝望的人。她没日没夜地干活,奋争,不让家庭败落,尽管父亲半是因为生病、半是因为其他的无能,不断地让制造灾难的想法,使生意和家庭陷于一种可以预见的崩溃;到现在为止,她每次用自己的工作和顽强挽救了生意和家庭,使之免于崩溃。可现在,自己的孩子也来凑热闹,冒犯别人,而他们还得依靠这些人的善意过日子。这类爆发总是以从她心底深处冒出的呻吟结束:啊,啊。将来还会怎样。在她的口语中,这是表达一种极度忧伤之最深切情感的,对了,是唱出来的音列。在此之中,任何词都不可分辨。母亲从不使用标准德语词。父亲虽然出生在亨瑙,离开母亲在屈默斯威勒的诞生地,两点之间的直线不到3公里,可他仅在逗乐时才使用方言词汇。他曾在林道,在巴伐利亚国王实用中学里学了另一种语言。而后在洛桑的商业学校里又学了一种别的语言。战争期间学了完全不同的又一种。

　　约翰也对格泽尔·玛丽点头,似乎他肯定幸福地估计到,黑费勒又漂亮地理出一个像他那样的好脑袋。事实上他十分嫉妒地想着他的哥哥约瑟夫。他成功地坚持了,让他朝后梳过头顶心的头发留住,尽管被剪短,但还足够用来分头路。约瑟夫已是学生。母亲说,等到约翰上学,他也可以梳头路。还说,他能把头发这么漂亮地往前梳,该感到高兴才是。瞧你的同伴们,她说,路德维希,阿道夫,保尔,吉多,这个赫尔穆特和那个赫尔穆特,谁已经有了头路? 没有。不过,不止一个人剃了光头。这说得不错。约翰无法抱怨。但是他反正知道,伊姆佳德,格蕾特,特鲁蒂和雷尼会选择长一些的发型。那次在托尔格尔,他把自己从米娜那里得到的一小瓶科隆香水给了伊姆佳德(哎,小约翰,让你味道更好些,米娜当时这样说),两天后,伊姆佳德让特鲁蒂告诉他,要他在星期六的 4 点半去托尔格尔。他如约而去。当着他给她科隆香水同样那些见证人的面,也就是说边上围着格蕾特和特鲁蒂,她给了他一把带鞘的小梳子。这只能意味着,他该给自己留头发,因为,就他现在脑袋上的那点东西来说,手指已经足够梳理。

约翰把草莓糖塞进嘴里,很快走下高高的砂石阶梯,去找他骑来的女式自行车。家里有两辆自行车,一辆男式车,父亲骑,一辆女式车,米娜骑着它去买菜。这辆车约瑟夫和约翰也可以使用。母亲骑车,这无法想象。要么她人太高大和太强壮,要么太庄严,太胆怯。无法想象,她能使用会使她栽倒的东西。

脚掌踩在锯齿形脚蹬上的压力,让约翰感到一种享受。9 月末,脚掌由于一个夏天的打赤脚变得如此结实,让他觉得 4 月里会弄疼他的脚蹬令人舒服。他嘴里品尝着草莓糖那辣辣的甜味,骑车往村道上去,向每个男女问好,声音嘹亮,让他自己也感到担心,被问候的人是否会受到惊吓。没等他到达遮蔽普里穆布的别墅及其花园的高高的红砖围墙,他就被人叫住。围墙很高,即使现在是中午时分,它也抛下一片阴影。阴影里一个男人朝约翰走来,用力招手。约翰不得不立即刹车。这个人从老远就打量他。然后用一样看上去像是折叠伞似的东西给出一个短促和清楚的信号。那东西像根小棍,从里面可以变出一把伞。这是个陌生男子。即使同约翰说话,他也嘴巴不离香烟。和约瑟夫的钢琴教师一样。如同在风琴师尤茨那里,香烟一上一下地跳动着。约翰一定刚好从理发师那里来。约翰点头。陌生人很快发觉这一点,他觉得不错。陌生人说,他是摄影师,刚好找到一个美妙的镜头,但还需要某种有生机的东西。请跟我来一次。他带着约翰往村道上走,来到红墙带着一个尖角向右转弯的地方。陌生人也转过弯,约翰随后跟上。他们几乎到达道路高处,陌生人停下。再往下,路继续通往霍佩-赛勒别墅的花园门。这时陌生人说:就在这里。约翰得站到路的中央,两只手放到自行车车把上。高高的红墙上,一株巨大的常春藤挂下,而约翰身后——他知道这点,后来又在照片上看见——两棵长在霍佩-赛勒花园里的巨杉直插云霄。那是世上长得最高的树。有人说,它们是霍佩-赛勒教授从加利福尼亚带来,被种在这里的。从加利福尼亚或苏门答腊。约翰从未见过教授。教授的女儿,约翰估计她有一百岁,独自一人住在湖畔这座古老的房子里。霍佩-赛勒小姐是买煤的客户。他们,尼克劳斯,约瑟夫,父亲和约翰,经常不断地得把10或12公担的煤球从街上推到这里,在花园里巨杉下往前,一直推到地窖窗前,然后父亲和尼克劳斯把一袋袋的煤球从手推车上卸下,一起倒进窗子。地窖里是教授年迈的女儿,抱怨地叫着:慢一些,慢一些,再慢一些。煤袋递入的速度越迅速,煤球滑落得也就越快,也就越容易摔碎,地窖里激起的灰尘也就越多。在给这样的小客户供货时,约翰和约瑟夫被允许在场,因为还不能负重,就帮助推车。从湖泊往上到劳斯毕歇尔,整个村子的地势起伏不平。反正地势朝下,四个人就全都坐在堆着空袋的手推车上,约瑟夫还当然地被允许把车杠夹在双腿中间,掌握方向。

陌生人从棍子样的东西里变出一个三角架,把一个照相机旋上,大声指挥着约翰,让他想起撒拉桑尼马戏团里驯兽员的嗓音。约翰要移动的总是只不过几厘米。正因为如此,他一会儿向右移

动,一会儿又得移回,但还是不到位,那么再来一次。摄影师经常抬
头看巨杉的树梢。当然,那得出现在画面上。约翰很想告诉摄影
师,那两棵树是霍佩-赛勒教授从加利福尼亚或者从苏门答腊带来
的,不过可能还是来自苏门答腊,不,肯定来自苏门答腊。他从当地
唯一能知道这件事的人那里了解到这件事:从赫尔默的赫尔米内那
里。赫尔米内女王,要是提起赫尔默的赫尔米内,父亲总是这么说。
赫尔默-吉雷尔的赫尔米内。当地有这么多的吉雷尔,以至于人们,
要是得称呼一个吉雷尔,必须加上其家庭的姓或者职业名称。齐恩
的名字同样如此。涉及的还有施奈尔,哈根和斯塔得勒等名字。父
亲说,她在外来人的别墅里当清洁工,丝毫不失体面。他之所以不
提,她说一口非常出色的标准德语,很可能是因为他自己说标准德
语。有一次送煤球,霍佩-赛勒小姐不在家。开门的是赫尔默的赫
尔米内,没戴直拖到地的黑色三角头巾,戴的是一个轻巧的白色圆
帽。瘦瘦的脸颊,鼻子左边高高竖起的肉赘。她打开地窖窗户,同
教授女儿一样提醒说,得慢慢地倒出煤球。不过,她没像霍佩-赛勒
小姐那样大叫,慢一些,慢一些,她叫的是,悠着点儿,悠着点儿,听
起来不怎么像标准德语。当她事后陪送货人走向大门时,说道,霍
佩-赛勒小姐肯定地说,教授从哪里弄来了巨杉,这对她来说无所
谓,对了,她正是这么肯定地说的,她觉得无所谓。可是然后赫尔米
内告诉,树是教授从苏门答腊带回的。瞧一下湖岸围墙边教授种下
的竹丛。就我对世界的认识,竹子更适合苏门答腊,而不是加利福
尼亚。仅告诉你,不过已经告诉你了,只是让你知道。她还用她的
食指弹了弹父亲的额头。小车重新滑行到下面的主街上,父亲大声
说:就我对世界的认识,竹子更适合苏门答腊,而不是加利福尼亚。

同时,他还像赫尔默的赫尔米内那样,用右手食指晃来晃去。实际上是个否定的手势。在赫尔默的赫尔米内那里,这意味着对任何种类异议的彻底排除。

赫尔默的赫尔米内同她兄弟一起,住在上村一个几乎颓败为垃圾堆的棚屋里。每次从别墅返回住处,途中她并不和每个人搭话。同壮观地坐落在那里的庭院相比,在其低矮的屋檐下勉强露出的田园,名叫小庭院。照料着这个小庭院的海尔默的兄弟弗朗茨,几乎常年光脚走路。即使在冬天最冷的日子里穿鞋,他也从不着袜或者裹脚布。

当父亲透露说,赫尔默的赫尔米内是王后时,约翰立刻感觉到,这个王后的身份,体现在她鼻子左边那高高竖起的肉赘上。

约翰的脚掌由于不断地移来移去,早就没了感觉。这时陌生人终于说:好吧,现在笑一下!约翰使劲扯开嘴巴,陌生人按下快门。约翰告诉了他姓名和地址,随后他被允许离开,也就是说,骑车离去。

他回到家,扛着自行车走上后楼梯进屋,在通往房屋后门的狭窄的走道里,把车子靠到墙上。在这个季节和遇上这样的天气,12点之前,已有客人坐在前面的露台上——别人称他们为陌生人——读着菜谱。这时得使用后楼梯。

他走进厨房,说:有人给我拍照了。母亲正好用一个勺子把一些红球甘蓝往嘴里送,想知道,是否还缺少刺柏果或者月桂叶或者少许醋。约翰讲述事情经过。母亲说:天哪,约翰,一个流动摄影师!从她说的话和说话的方式,约翰知道,他当时不该听别人摆布。吐一口唾沫并且逃跑,该这样。一个流动摄影师!母亲重复这句话。但是同母亲一起做菜的米娜,那个在做菜方面实际上比母亲更重要的米娜大声说:嘿,夫人,别人给他照相,您该高兴才是。又要花钱了,母亲说。我想要一张约翰的照片,米娜叫着,不管这要花多少钱。母亲闻听后抬眼向米娜望去,长久地不吭一声。您根本用不着这样看我,米娜说。母亲点头,说:哎,米娜,你又胡扯些什么。这可是真的,米娜回答。公主没说话。不过,她朝这里瞧了一眼。然后她继续洗碗碟。有她在场,约翰什么话都说得很响,因为自从出了车祸,公主听觉不好。让她听见他说的所有话,他觉得这很重要。

约翰在回家途中已经想过,被拍照这件事是否会带来麻烦。他感觉不怎么好。母亲立刻就把一切说了出来:流动摄影师!还有:又要花钱了。约翰还从没单独拍过照片。至今,全家没有一个人单独拍过照片。除了战时的父亲。两次。到现在为止有 5 张照片。两张士兵像,然后那张最古旧的,祖父和祖母的照片,他们身旁是大约 9 岁的父亲;因为这个 9 岁的孩子穿裤腿在膝盖以上的裤子,约瑟夫和约翰就能看出,这张照片来自一个久远的年代。在第四张照片上是婚礼上的父亲和母亲。母亲全身裹在一块白色纱巾中;父亲像是年轻的政治家。父亲看上去神色欢快,而母亲似乎觉得灯光太亮,眯缝着眼睛,嘴角也有些紧;手里拿着一个白色手提袋,握得死死地,像是有一个人正向她走来,试图夺走她这个手提袋。母亲一身素裹站在那里,更是准备反抗的姿态。第五张照片上,父母亲站在祖父和来自阿尔高的被称为堂兄的叔祖之间;约瑟夫和约翰站在大人们前面。约瑟夫和约翰身穿白衣。约瑟夫拉着约翰的手,好像他照料着,让他的小弟弟也出现在照片上。约瑟夫的脚趴开着,约翰的脚脚尖并拢,后跟叉开。摄影师让全家人在坡度很大的入口碎石地上站成横排。房子后面运啤酒的车正往下开来,恰好在通往地窖门的阶梯前停下。一辆两驾马车满载刚从火车车皮里卸下的煤炭,顺着被雨水不断侵蚀出沟缝的入口通道驶下。约翰总是羡慕魏贝尔先生,他能在自己那两匹巨大的骏马跟前倒行,抓住它们的辔头,让它们把重心和力量移到后腿,更猛烈地顶住往下冲压的煤炭重力,最迟在那两个将卸入煤炭的车棚前,让满载的马车完全停住。

来自阿尔高的被称为堂兄的叔祖名叫安塞尔姆,拍这第五张照片的摄影师是他带来的。显然他坚持,所有人必须穿上自己最好的衣服拍这张照片。母亲穿上了她的黑色丝绒服。此后约翰再也没有在她身上见到这件衣服。他有时打开挂这件衣服的衣橱,抚摩衣料。他很想取出衣服,穿在身上,在衣橱的椭圆形镜子里打量自己。尖尖的领口,像是没有袖子,但又非无袖。她为什么就是不再穿这件衣服?父亲穿着他的一件长外衣。父亲的所有外衣几乎都及到膝盖。他那白色衣领下露出一个领结。堂兄安塞尔姆带着一个几乎像是领结的蝴蝶结。祖父脖子上什么也没有。他甚至没有衣领。他那无领衬衫敞开着。就他当外套和裤子穿的东西来看,他没有尊重被称为堂兄的叔祖的换衣希望。走路和站立时都总是弓着身体的祖父,像是自下往上地从照片里望出。他不愿意被人拍照。能瞧出这点。还发生了争吵。第二天毕尔曼太太离去。她是祖母去世后不久,也就是说在战争中来到家里的。返回慕尼黑。永远地。她曾估计自己能上照片。听说她想同丧偶的祖父结婚。她是女厨,据说曾在完全不同的人家做过饭。没有得到祖父后,听说她寄希望于儿子。可儿子后来娶了一个来自屈默斯威勒的村姑。然后她甚至不能上照片。现在她砰地一下关上门,收拾东西,启程离去。返回大城市。也就是说,这张照片上没有毕尔曼太太。约翰不想念她。他最喜欢端详自己。然后瞧别人。被称为堂兄的叔祖值得一看。敞开的上衣里露出一件背心,背心上挂着一根精细的表链。由于他开的那辆福特汽车,堂兄的访问惹人注意。他那辆汽车的轮子有厚厚的轮辐。不像父亲的卡车,这辆车不需要借助曲轴启动。堂兄按一下一个按纽,汽车发出一阵柔和的嗡嗡声,马达就转动。这个被称为堂兄的叔祖在阿尔高建立了一个叫"阿尔卑斯山蜜蜂"的牧场制酪场。带一个摄影师过来,并且让大家为了一张照片更换衣服,这正符合他的风格。为一张全家福。而现在约翰跑了过来,让一个流动摄影师替自己单独照相!一张照片,上面将见到的只有他一人!来自法国的、上面只有父亲一人的两张照片,——两张照片上的他,嘴巴周围留着浓密的黑胡子——是有原因的。父亲受到嘉奖。一次获得巴伐利亚十字功勋章,一次获铁十字勋章。可现在没有任何原因!而且是被一个流动摄影师照相。现在他可以要价,可以漫天要价!对此约翰有预感,感到害怕,知道这点。尽管如此他让人替自己照相!他很想告诉母亲,他的朋友阿道夫每月至少一次把他扯到布鲁格家的照相本前,打开那个照相本,用食指指给约翰看自上次以来新添的某张照片。布鲁格先生自己有一架照相机。他有一次把阿道夫带到弗里德里希斯港,在一个马上就要起飞的飞艇前给他照了像。在所有照片中,阿道夫对这张照片尤其感到骄傲。布鲁格先生已经两次替约翰和阿道夫一起照相。这两张照片现在随时可以在布鲁格家的照相本里见到。阿道夫用食指移到这张有飞艇照片上,开口问:你现在有什么话说?约翰感到,阿道夫在看着他,他现在得回答阿道夫投来的目光,知道,这是一个时刻,就像两人以前抓破自己的血管,让鲜血流在一起的时刻。阿道夫和他有两次出现在同一张照片上。一次站在小桥上,边上恰好停着一艘轮船。一次以教堂当背景。约翰没朝阿道夫看。他注视着那两张照片。但把一只手伸向阿道夫,碰了碰他的身体。阿道夫说:行啦。

母亲一言不发地打量米娜,不停地打量,直到对方自己意识到,刚才说这样的话不合适。这时,米娜,这个阿尔高女人用方言叫起:Dös kenna br。Der sell hot g'seit, as ging schu, abr as gaoht it。公主被方言激怒,从水槽那里大声叫着把方言翻译过来:Das kennen wir。Derselbige hat gesagt, es ginge schon, aber es geht nicht。(我们领教过这个。同样的人说过,大概可以,但实际不行。)她只允许母亲说方言。

母亲问:你在"施尼茨勒咖啡馆"和在"菩提树花园"那里看过吗?

由于照相,他把这事给抛在了脑后。母亲特地交代,让他在回家的路上做这件事。他常常慢速骑车经过"菩提树花园",数那里客人的人数。今天,由于可以预料到的照相费用,数一下竞争对手花园里的客人,看是否比坐在自家露台上的人多,这特别重要。约瑟夫晚些时候从学校回家,将报告,在"河岸咖啡馆"和"王冠花园"里坐着多少客人。他们同"河岸咖啡馆"和"王冠花园"无法较量,但是同"菩提树花园"和"施尼茨勒咖啡馆"可以竞争一番。约翰重新从后面取出自行车,扛到楼下,往村里骑去,在"菩提树花园"数到7人,在"施尼茨勒咖啡馆"数到5人,然后回家,报告自己的发现。母亲问女招待:埃尔萨,我们这里有多少人?埃尔萨立刻清点,露台上6人。母亲点头,似乎她担心的正是这个。在餐厅里面呢,她问。埃尔萨又把头斜斜地往上偏着,回想着一个个桌子的情况,轻声数数,然后回答:9 人。接着补充道:现在才 12 点半。

母亲对约翰大声说,父亲从奥博斯陶芬来电话,他坐工人列车 7 点半到家。但是,也许他白去了奥博斯陶芬一趟。那个舒尔茨自己也什么都没有。她对米娜说。没人需要一家改良食品商店。改良食品不是最坏的东西,米娜说。针对母亲投去的一道目光,她说:对有钱的人来说。但是在奥博斯陶芬!母亲说。米娜,改良食品店在奥博斯陶芬!要他在那里做 7 500 马克以上的担保。而我们自己的债务还多于……这句话她没说完。两份带红球甘蓝和土豆泥的牛肉卷,埃尔萨说着把食物发票摁到门后的钉子上。她身后一个拿文件包的男人走进,对美味的牛肉胸脯表示感谢。只要瓦塞堡的“餐厅旅店”里有这样的牛肉胸脯,他对“餐厅旅店”的前景就看好。好心的夫人,抬起头来,他一边摇着母亲的手,一边又说:请向您的丈夫问好。只要保持镇定!但愿您知道,我今天去了哪些店铺,在哪些家具上贴了法院的封签。好心的夫人,这都是精英。精英们今天日子不好过。不过您能挺过去,这我能感觉到。我自 1911 年起执行法院判决,我以国王的名义学会了执行判决,好心的夫人,我会区分精华与糟粕,您不属于糟粕,您不属于!现在您先堵住小洞,就大洞进行谈判。在这方面谁还能比您在行!

说话时这位先生一直握着母亲的手。为此他把文件包特地夹在两膝之间,以便能腾出手来握住母亲的手。不过突然间他忍不住要打喷嚏。他转过身去,放开母亲的手,飞快地取出一块黄白相间的大手帕,接着用它处理他那疙里疙瘩的大红鼻子。母亲和米娜同时叫起:祝您健康,法警先生。他表示感谢,拿起他在打喷嚏时还夹在两膝之间的皮包,然后离去。似乎在打了一个强烈的喷嚏后已无话可说。

当他离去后,母亲说:最糟糕的是电费。人人都知道,我们为些许电力就得投进一个马克。米娜说,倘若正好没人在走廊上,而那时恰恰必须投马克硬币。而且,在房号箱边上的自动投币机根本不起眼。这话她说得对。以前,当一切还功能正常时,要是楼上房间里的一个客人摁铃,房号就会出现在预设的方块上。父亲曾说过,这样就能知道,国营铁路顾问先生现在立刻需要热水修脸。

米娜说,她认为更可怕的是,倘若他们取走留声机橱。母亲摇摇头,像是她不想同米娜争辩。要是按她的意思,这个留声机橱根本就不该搬进屋,她说。没有留声机就没有旅店,公主从她洗碗的水槽那里大声说。再次证明,她的听力其实不赖。约翰感到高兴,要是公主不把她插进的每句话在嘴里打个转。他就是无法习惯那只玻璃眼。它从来不在人们预料的那个位置上。同她右眼对称的地方,反正见不到她的左眼。这只眼睛的位置明显地深一些,在眼窝的下部,直接坐在脸颊骨上。在自我介绍时,她说,她31岁,是一个公主,有两个孩子。老二的父亲17岁。老大的父亲是个骗子,他们在同一辆租来的车里翻了车,她的伤残就是这么落下的。

约瑟夫把他的书包扔到厨房凳子上,报告说,在"王冠花园"里有11人,在"河岸咖啡馆"里有4位客人。这时米娜叫起,这就是说,我们可以同湖畔的饭店较量。母亲又长久地看着米娜,说:米娜,这就是说,甚至湖畔的人也什么钱都赚不到,不仅仅是我们。这句话的最后部分母亲是对约翰说的。约翰知道,她想提醒他,他们在同谁竞争:"王冠花园"和"河岸咖啡馆"是由外来人经营的。由基督教新教徒。"河岸咖啡馆"的主人,那个米歇尔森先生,不仅曾是少校,而且还同一个英国女人结了婚。事情就是这样。现在得同这样的强者竞争。

啊,夫人,米娜说,d'r sell hot g'seit, wenn d'Henn guat huckt, scherrat se so lang, bis se schleaht huckt。

公主愤怒地叫道:Derselbige hat gesagt, wenn die Henne gut hockt, scharrt sie so lange, bis sie schlecht hockt。(同样的人说过,要是母鸡蹲得好,它就会一直刨地,直到它蹲不好。)

约翰马上感到,他不该让人替自己照相。可他渐渐地觉得奇怪,自己丝毫没为这个无法挽回的错误感到后悔。他被拍了照。照片上除了他自己,别无他人。别无他人。事情是明摆着的,除了他,没人知道这意味着什么。别人都不在照片上,他们如何会知道,单独一人出现在照片上是怎么回事。他独自一人站在巨杉前。那是教授从苏门答腊带回的,正如赫尔默的赫尔米内晃着食指时说的那样。约翰感觉到,他已不再是他曾经是的、摄影师按下快门以前的那个人。那是位流动摄影师,这对他来讲几乎已经无所谓。不管他多么卑鄙。现在他是个被照了相的人。此刻起他将是这个人。

约瑟夫说:他怎么啦,头脑不正常?

三 停止支付

约翰玩化装游戏回来，听见约瑟夫的练琴声。约瑟夫在练习音阶。明年，要是上学，约翰也要学弹钢琴。为了父亲的缘故也得学。他总是说，在发明钢琴之前出世，这太可怕了。

每当吃饭时间到，母亲就派约翰到套间，告诉弹琴的父亲或练习音阶的约瑟夫，隔壁客人已经就座。餐厅和套间仅由一道薄薄的折叠墙板隔开。约翰一站到父亲身边，他就立刻把双手停在空中，点一下头，垂下手臂，关上钢琴，说：过来。然后约翰单脚跪在他身旁，因为现在父亲会把他刚才没弹完的曲子，轻轻地在他耳朵里唱完。父亲还是个歌唱家，在合唱团里任第二独唱演员。约瑟夫和约翰的房间就在套间上面，而每星期四晚上合唱团就在套间里练唱，约翰总是留意倾听，看是否能听出父亲的声音。两个声音他听得特别清楚：格吕贝尔先生那银铃般轻快地向上震颤的嗓音和施佩特先生那同样激越、但听上去有些吃力的声音。每当在村里遇到格吕贝尔先生或施佩特先生，约翰对格吕贝尔先生的问候总是充满尊敬，对施佩特先生的问候总是满怀同情。施佩特先生是泥瓦匠，同沙子,水泥和尘土打交道。格吕贝尔先生住在村子中央一座低矮老旧的小木房里,总是忙着收拾母牛光滑的脊背,颜色鲜艳的圆苹果,嫩绿的樱桃,新收割的青草和芬芳的干草。约翰想象着,这对格吕贝尔先生的声音有好处。只要有机会,结束他那尘土飞扬的工作后,施佩特先生就会来到餐馆,在圆桌旁喝啤酒或葡萄酒,嘴里总是叼着又细又长的弗吉尼亚雪茄。而格吕贝尔先生几乎从来不坐在圆桌旁。无法想象他吸烟的样子。格吕贝尔先生则走在他的牛旁,牛儿拖着一辆满载青草或者干草的带围栏小车,慢得几乎像是原地不动地走进村里。新铺的沥青路上,只听见柔和的牛蹄声。每当约翰向格吕贝尔先生问好,他就会大声叫回:约翰,请接受我的问候!声音听上去像是来自《以色列颂》①。在教堂唱诗班里,他以这样的嗓音唱出高昂的歌声,使教堂里的一切在空中漂浮,让跪在坚硬不平的教堂长凳上的约翰,简直感觉不到自己膝盖的存在。

约翰知道,只要他一出现在厨房门口,母亲就会说:露台上和房屋里已有客人,去告诉一声。约翰撒腿就跑,耳朵里还听见公主的话:把约瑟夫从钢琴旁吓走,这事他最愿意干。约翰真的无法理解,一个人怎么能几个小时地练习音阶。他宁愿通过乐曲学弹钢琴。

在套间里他站到约瑟夫身旁,把钢琴盖往下翻,速度不慢。千万别,约瑟夫叫着。约翰说:别人马上要抱怨了。约瑟夫立刻停住。见他非常害怕地看过来,约翰就说:还没有,不过马上会。约瑟夫跳起,接下去是一场小小的格斗。因为年龄小两岁,个子矮两年,力气弱两载,战败的是约翰。不过,直到躺在油腻的镶木地板上,双臂被

---

① Benedictus,天主教颂歌之一,因起首词为 Benedictus 而闻名。

约瑟夫压在膝盖下，他才屈服就范。他们俩所有的搏斗都这样结束。同约瑟夫打架，输了也不疼。看到约瑟夫满头大汗，约翰已经觉得满足了。仰面朝天躺在地上，往上瞧约瑟夫的脸，看不到任何一丝侮辱他的表情。在玩化装游戏时，要是约翰这么站着，阿道夫就会喜形于色，完全有把握击中目标。阿道夫深吸一口气，做出要扔球的样子，约翰向右弯腰，阿道夫不扔，又等上半秒钟，直到约翰重新挺直身体，还没有做好躲避的准备，——人不能离开原地——然后他以这样近的距离根本不需要的巨大力量扔球，结结实实地击中约翰的脖子。这很疼。不过，要是阿道夫被击中，也会很疼。但这要等到他被击中。这大家知道。约翰知道得十分清楚，约瑟夫始终会保护他，同任何人干。当然，在家里约翰得服从约瑟夫的一切命令。一旦处于这栋房子的外面，约瑟夫就是他的保护人。

约翰偷偷溜出。他听见祖父在碎石地上耙扫的声音。祖父把第一批栗子树落叶扫在一起。祖父不停地整理房间，清扫地板，收拾落叶。他动作迟缓，气喘吁吁。盆栽天竺葵用一堵花墙护住了半高的露台石墙。每当他经过那里，总是能找到一片枯萎的树叶，一株凋谢的花朵，一根必须得扯去的野草。通往火车站的通道两边满布常春藤。他要是经过那里，不会忘记从绿色的墙上摘下一些枯枝残叶。他几乎已无法弯腰。尽管如此，他向一切落在地上的东西俯身。哪怕遇上一张纸片，一个烟头，他也不会放过，会俯身把它们捡起。每当祖父弯腰，约翰会飞身上去代劳，因为看上去祖父随后无法再直起身体，而是会立刻朝前栽倒，永远地倒下。晚上祖父坐在餐厅里，但从来不在圆桌旁，而只坐在门边的挂钟下。他不喝酒，不吃东西，只是看报。因为他几乎不翻页，所以别人不知道，他是否真的在看。早晚约翰帮祖父穿鞋和脱鞋。祖父自己已经够不到系鞋带的靴子了。房子朝火车站一边的碎石空地上长着两棵栗子树。当约翰出去时，看到树下所有不该有的东西已被打扫干净。祖父甚至把地秤那开裂的地板条都清理干净。地秤每时每刻都得能用，这对祖父很重要。"菩提树花园"也有一架地秤，而且有棚盖，所以有些农夫宁愿带着他们满车的落地水果或干草上"菩提树花园"的地秤。不过在这里，每次过秤之前要扣除秤的皮重，顾客能看到，活动秤舌保持在固定的对应刻度处。不过有些人不愿理解这点，尤其在雨雪天，选择"菩提树花园"有棚盖的秤。去年4月，这个美妙的鳊鱼捕获季节，3辆满载鳊鱼的小车在"菩提树花园"过磅，消息登了报，美妙的鳊鱼收获季节，3辆小车和"菩提树"饭店的秤。约翰很想接下过磅的事做，但是，他还够不着用来把地秤抬高的曲柄。要是把手在上，曲柄高度超过他的脑袋。

每当他同约瑟夫打架输了，约翰最喜欢在祖父那里寻找安慰。祖父把耙子和铁锹放进小推车，约翰推着所有的东西从屋后进入院子，去肥堆那里。祖父跟在他身后，来到苹果树下，打量着，果实累累地垂下的树枝是否被正确地支撑好。他会把给树立支撑棒的尼克劳斯叫来。如果没人使唤他，尼克劳斯就会把煤装袋，把1公担的煤袋一个挨一个地堆在车棚的屋檐下，以便需要一袋煤球或无烟煤的顾客，能立刻把它取走。这时，尼克劳斯就得替祖父取来另外的棒子。今年，那棵韦尔希斯奈尔树的果实特别丰硕。为了不让树枝折断，树的四周都得做支撑架。约翰从草丛里捡起一个掉下的格拉文施泰因苹果，一口咬入。祖父说，约翰该去取一个篮子，把掉下的苹果捡起，明天做苹果汁用。车库的顶棚上堆着各种各样眼下没用、但说不准什么时候又能派上用场的东西。约翰从那里找来一个篮子,在 8 棵苹果树下的草丛里拾掉下的苹果。同所有人相比,约翰更愿意接受祖父的派遣。他特别不喜欢约瑟夫命令他做的一切。那通常是约瑟夫该自己干的事。因为他没兴趣,所以转交给约翰。因为约翰拒绝,就有了格斗。约翰总是输,就不得不做约瑟夫命令的事。在祖父那里不一样。他有感觉,要是他派给别人一件活儿,那是他自己很想做、但又做不了的事。祖父是大个子,但佝偻着身体。

　　约翰把篮子提上后楼梯,放到门前的平台上,这时米娜穿过院子跑来,奔上后楼梯,大声呼叫着,不,不,不! 有这样的事! 竟然有这样的事! 她一边叫着,一边经过约翰身旁跑进屋子。约翰尾随而入。在厨房里,她立刻倒在门旁的凳子上。实际上那是约翰的座位。当他在热水器下的长凳上滑下,来到角落上时,米娜已经在长凳的头上坐下,双肘支在粗糙不平的桌面上,失声痛哭。母亲、祖父和埃尔萨马上来到她跟前,公主不仅从水槽那里望来,而且整个身体转了过来。母亲和埃尔萨劝说米娜。说吧,米娜,究竟是怎么回事,现在快说吧! 因为在林道,秋季集市马上就要开始,米娜打算在工商农业银行的分行,在格拉特哈尔大楼取 20 马克,但空手而归。大门紧闭。一张告示上说,银行不得不暂时停止支付。将召开债权人会议。一个避免破产的调解程序已经启动。银行董事会请求尊敬的客户继续给予信任。现在只有信任才能有助于避免最糟糕的结果,即破产。米娜哭叫着说出这些句子。她还从未说过这么标准的德语。她把这几年所有的积蓄存在了银行里。存入了这家银行。她自己什么也没有留下。而阿尔弗雷德也把他的积蓄存入了银行,也存在这家银行。明年或后年他们打算结婚。现在一切都完了,完了,完了。

　　祖父说,根本还没有肯定,一切就这么都完了。胖大的埃尔萨往下俯视着瘦弱的米娜,显然无法忍受,米娜把所有的同情都吸引到自己身上。她径直开始叙述,说在她以前做工的拜耶恩富尔特,她在餐厅直接从厨房窗口得到饭菜,而在这里,得自己跑入厨房拿饭菜,得经过走道,5米或6米远的路,然后向左转向餐厅门,用胳膊肘顶开门,这才到达餐厅。露台上的客人就更远。从厨房门到弹簧门肯定有6米,从那里到大门还有2米,朝下两级楼梯,就来到露台,但远远还没到一张桌旁。在这里的第一个星期,我可以对你们说,我以为,我都要死了。来自霍姆堡附近埃恩厄德的胖大的埃尔萨描述着她要走的路,似乎每一步都是受罪。也许她不知道,这座房子是祖父设计和建造的。也许她想说,她的情况比米娜更糟。埃尔萨看上去总是累得筋疲力尽。她那厚厚的下嘴唇总是远远地垂在牙肉下面,从她那总是睁得大大的眼睛里可以看出,做招待给她带来多少痛苦。在这个旅店里做招待。公主从水槽那里说:要是现在人人都说自己不喜欢的事,那么我也有话讲。米娜只是看着母亲,母亲只是注视着米娜。米娜站起身。同埃尔萨和母亲相比,她个子真的很小。她把深红色的储蓄本递给约翰,说:拿去。每当从银行回来,米娜总是把她的储蓄本交给约翰,并且说:替我放好。她知道,约翰非常喜欢开关前面办公室里那沉重的保险柜。

　　对约翰来说取牛奶的时间到了。路上他看见人们站在米娜读过的告示前面。告示宣布,她的钱出了什么事。他在制酪坊的地窖里让人给他装满6升的罐子,然后立刻把罐子挂到上面已经挂有小罐子的栏杆上,加入每天晚上在制酪坊周围进行的捉迷藏游戏。约翰想做的是,同格蕾特、特鲁蒂或伊姆佳德藏到同一个隐蔽处,只要不被人发现,就能近距离地待在格蕾特、特鲁蒂或伊姆佳德身边,似乎更是偶然而不是故意地接触到她们的身体。要是这个接触得到某种同样看似偶然而不是故意的回答,约翰就会觉得自己一阵激动。当然没人愿意在下一轮把脑袋和脸埋到靠在屋墙上的手臂里数数,然后去寻找在此期间重新躲起来的同伴。一想到阿道夫、路德维希、保尔、吉多、这个赫尔穆特或那个赫尔穆特现在同样不经意或经意地触碰伊姆佳德的身体,就令人痛苦万分。倘若在制酪坊和格拉特哈尔大楼之间奔跑,进入的是漆黑一片的世界!前面的街道,明亮的广场,一切是亮堂和一目了然的。后面是另一个时段。另一个世界。黑洞洞的杂乱一片,不止一个的栈房,一切都藏在挡住灯火的浓密树冠下,树下是高及树枝的草丛,然后还有奥施小溪的岸边树丛。村里没有任何别的地方比这里更容易藏身。除了在比克塞尔麦耶尔的干草房,没有任何其他地方像在这里,傍晚时分已经如此黝黑。在这样的黑暗中,渴望的触碰变得更加偶然也更加有意,为此产生的力量,比起任何举动都历历在目时制造触碰所需的力量,要大得多。

今天约翰必须第一个回家。但在制酪坊后面格拉特哈尔栈房里,他成功地同伊姆佳德破天荒地挤在一起。伊姆佳德和他,在本来就不大的栈房里躲进了一个箱子。因为箱子真的很小,他们不得不互相紧靠。约翰觉得,两个人,伊姆佳德和他,他在她身后,她在他身前,在贴身靠在一起的整个时间里,都没呼吸。也许他们都不再需要呼吸。尽管他们马上就被发现,当然是被阿道夫,但约翰凭借一次异乎寻常的爆发力——这是由触碰引发的激动的作用——在朝目标奔跑时超越了阿道夫，解放了自己，还多叫了一声：伊姆佳德也解放！虽然这违反游戏规则，但他还是这么叫出来。阿道夫提不出反对的理由，立刻跑向房后，寻找其他躲藏者。

约翰拿起6升的牛奶罐，飞快地把罐子在空中划了一个大弧线，不让牛奶溅出无盖的罐子，享受着被甩动的罐子的重力。每当罐子向下运动时，重力几乎会把他扯倒。他鼻子里还留着伊姆佳德的发香。因为伊姆佳德个子比他小，所以，挤在一处时，实际上他的鼻子就停在她的头发上。但是，当她为了更加不被人发现而弯腰屈膝时，一件他至今从未成功的事成功了：触碰到伊姆佳德的那个部位，那个别人根本不允许触碰的部位。他不十分清楚，他离那个部位到底有多近。他不由自主地闻着自己的食指，也许上面还沾着这个部位的气味。没等他把食指放到鼻子边上，他又急忙把它移开。在格拉特哈尔大楼前面，一直还有人站成半圈。眼下赫尔默的赫尔米内站到告示前面。众人听她讲话。约翰听不明白她在说什么，但看见她那晃来晃去的食指。要是他闻自己的食指，赫尔米内就会看见。她立刻就会知道，他为什么想闻自己的食指。她自信地向大家解释，面对工商农业银行的公告他们该做什么；不过，这不会妨碍赫尔米内当场逮住约翰，倘若他闻了自己的食指。幸运的是，赫尔米内那晃来晃去的食指，直接提醒约翰注意到这个危险。

他跑回家里，把牛奶放进走道上的冰箱里，接着立刻上楼去自己的房间，想最终能不受干扰地闻一下散发着伊姆佳德那个部位气味的食指。人们称每个追逐女孩的男人为品味姑娘者。约翰知道，自己是一个品味姑娘者。不过，要是有人这样叫他，他会愤怒地否定。他有理由否定,要是同阿道夫一起躲在一个狭窄的地方,他同样喜欢和他接触,如同和伊姆佳德接触一样。

他得等工人列车,他得去接从奥博斯陶芬返回的父亲。这没说好,但约翰知道,父亲料到约翰会去接他。虽然父亲经常和长久地站在练习音阶的约瑟夫身后,但约翰相信,他和父亲更亲。比如约翰从未看见父亲同约瑟夫行过爱斯基摩礼。但是他每天用自己的鼻尖在约翰的鼻尖上擦一下,表示问好。有一次他对约翰解释说,爱斯基摩人就这样互相问好。

在走道里他又碰见米娜。经过时她抚摩了一下他的脑袋。平时她不这么做。这肯定同银行夺走她的钱有关。母亲从厨房出来,说,父亲来了电话。他不坐工人列车,而坐夜车。

再去一次制酪坊?不,这不行。伊姆佳德这时肯定也回家了。他希望。他关心的只是伊姆佳德。他常常能经过伊姆佳德的家,但从来没有扭头看一下,是否正好有人探身往外看,或者甚至站在门下。他觉得,伊姆佳德在看着他,看他如何经过她的家门。因为伊姆佳德的注视,他走过时迈出的每一步都饱含了非同寻常的含义。

约翰走进餐厅,坐到祖父身旁。边上正好有一位客人。他也从不坐到圆桌旁边,而总是坐在挂钟下祖父的身旁。下贝希特斯威勒的洛泽先生。唯一一个只用一只脚蹬骑自行车的人。另一个脚蹬静止不动,上面搁着他那自从战争以来就有的粗陋的木脚。他骑车走得很好。从下贝希特斯威勒到瓦塞堡,高低不平,没有一步是坦途。

约翰坐到他身边,祖父正好叫着,啊,格布哈特,把自己的一只手放到洛泽的格布哈特的双手上。平时,总是客人把一只手放到祖父青筋裸露的双手上。埃尔萨给洛泽的格布哈特送上一杯鲜啤酒，外加一小杯果汁。多伊尔林先生通过他的继续来，继续来①，不断地提醒人们，他出生在巴伐利亚的莱希河畔。人们从他那里学会，称小的烧酒杯为小酒杯。不过约翰发觉，对这里使用这个词的每个人来说，这个词到他们嘴里都不合适。相反，泽哈恩先生没有透露他来自何方，但是告诉别人，革命后他曾作为退休海军革命家留在慕尼黑。泽哈恩先生能说小酒杯，不引人注目。不过泽哈恩先生本来就会许多语言。

约翰认识洛泽的格布哈特先生，尽管他不是每星期来餐馆。有一次，当洛泽的格布哈特也坐在桌旁时，祖父说，当他22岁时，他曾把在亨瑙的父母的房子卖给了邻居多恩，而多恩把房子拆毁了。拆下的建筑材料被运到下贝希特斯威勒，因为在下贝希特斯威勒的洛泽的家正好遭受火灾；谷仓和房子被洛泽的格布哈特的父亲用这些材料重建而起。

洛泽的格布哈特一口喝干果汁，大声说：埃尔萨，再来一杯。

啊，格布哈特，祖父说，事情又是别样。人们总是以为，不行了，然后又挺了过去。洛泽的格布哈特用拳头砸着桌面，说：约瑟夫，丧失工作能力百分之七十五。祖父点头，就像听见自己早就知道的事的人那样点头。而洛泽的格布哈特讲述着，可以这么说，就像一个经常讲述这些事的人那样讲述着，而且是对一个眼下再次倾听讲述的人讲述。根本就不是对他讲述，而是告诫他。10月21日，17点，以帕东部五公里，腿没了。百分之七十五残废。10年后臀部也不听

---

① 原文为方言：Geh-weida-geh-zua。

使唤。祖父点头。莫泽尔医生把洛泽的格布哈特送进霍伊伦的医院。他们用强电流刺激臀部。臀部脱骱。祖父点头,似乎他知道,这是什么意思。因为他现在完全无动于衷,洛泽的格布哈特便一发不可收拾,讲述他在运干草时在谷仓门口摔下,公牛迅速用犄角把他扎伤。肋骨骨折。肺部充血。祖父点头。洛泽的格布哈特说,妻子说,现在得卖东西了。我们需要小一些的田庄。于是他们把它卖了,又买下克伦克尔的卡尔的田庄。只有 10 个工作日面积①。加上7 000 马克增值抵押。不过从出售中他们得到百分之二十三的利息。在工商农业银行。祖父点头。也就是说,倘若啤酒花再次不值钱,他们也不会出事。然后,根据第三条紧急条例,是这样的通知:得累斯顿银行不再支付,交易所关闭。洛泽的格布哈特立刻进城,问他的银行职员,工商农业银行是否也摇摇欲坠。不,它根本没有摇摇欲坠。不过洛泽的格布哈特要求同商务顾问施廷先生本人见面。听到的回答是:哪有这样的事,谣言,洛泽先生,没有一丝危险。倘若有丝毫危险,商务顾问先生保证,洛泽先生会马上得到通知,他的钱会交付给他。那是前天的事。而今天:窗口关闭。钱完了。他去了律师那里。他笑了。要是一个银行即将倒闭,银行的头儿是可以询问的最后一个人。不存在对交易所必需的谨慎原则的违犯。律师这么说。完了就是完了,约瑟夫。

啊,格布哈特,祖父说。点头。

这时,布鲁格从圆桌那里走来,站到洛泽的格布哈特身旁。布鲁格先生总是身着绿色外衣。他从嘴角上取出牙签,——约翰从阿

① Tagwerk,德国旧时地积单位,一个工作日面积约等于三分之二英亩。

道夫那里知道,他父亲嘴角上总是叼着的牙签是象牙做的——然后
把手放在洛泽的格布哈特的肩上,说:格布哈特,明天晚上在博多尔
茨的克贝勒家,开会,你来,请你加入,希特勒会让我们脱离困境。
下个月在巴伐利亚,制服禁令失效。然后将游行,让那些伪君子和
缺乏主见的家伙瞧瞧,受够了,我们要清算。让战争罪责的谎言见
鬼去吧!该对战争负责的不是放第一枪的人!让凡尔赛那可耻的
协议见鬼去吧!1 320亿!在14年里我们支付了200亿,现在穷途
末路!破产,一个民族还从来没有这样破产过!还要继续辛苦工作
70或80年!支付70或80年!为一场大家一起发动的战争!只是
我们输了。格布哈特,明天晚上在博多尔茨的克贝勒家。希特勒会
让我们脱离困境!希特勒万岁!他把右手远远地伸出,靠了一下脚
跟。在此之前他已经把象牙牙签从嘴角上取下,塞进了胸袋。然后
他从衣钩上取下他饰有雄羚羊毛、绿色荧荧的帽子,并说:你们等着
瞧吧。然后离去。

　　阿道夫说,他父亲的帽子由天鹅绒做成。阿道夫断言,这是瓦
塞堡唯一的一顶天鹅绒帽。大家目送着布鲁格。祖父轻声地自言
自语,只有约翰能听见:但愿我去了美国![1] 当布鲁格先生喊希特
勒万岁时,总是坐在餐厅露台第二张桌旁的泽哈恩先生跳了起来,
也伸出了一只手。但他来不及从嘴里取下那他吃饭时才取下的香
烟,他想声援的、希特勒万岁的话,也就出声微弱。泽哈恩先生在旅
店的三楼有一个小房间。由于屋顶斜面占据了房间的整个一堵墙,
约翰非常愿意睡在那里,而不愿意睡在高高的只有直墙、四扇大窗

---

① 原文为方言: Wenn i bloß ge Amerika wär。

户朝两个方向开的 9 号房间里。泽哈恩先生的房间比旅店其他任何房间闻上去更有意思。泽哈恩先生没日没夜地抽烟，每天晚上喝酒，喝到打烊时间，另外，他喝啤酒、烧酒和湖酒，并把它们的味道带进他的小房间；由此产生的气味弥漫在上面的走道上，几乎充斥着走道。约翰总是不断地跑上楼，把他的鼻子凑到这个危险气味中。不管他在场或不在场，人们带着令人恐怖的赞叹谈论泽哈恩先生。仅仅由于尽管他作为水果种植协会的簿记员，生活迁徙不停，但没有一分钟耽误过工作，并且作为水果种植协会的簿记员，从未做错账。泽哈恩先生每日三餐由餐厅旅店供饭。他总是坐在一张此外没人坐的桌旁，无休止地轻声自语。约翰经常尝试着，不引人注目地停留在泽哈恩先生的近处，给人换啤酒杯垫，清空烟灰缸，甚至给顾客送上一杯啤酒或一个小酒杯或者一杯湖酒，只是为了能从这滔滔不绝的话语中捕捉到几个词。他必须十分小心，不让埃尔萨或母亲发觉，他想干什么。特别不能让母亲觉察到这点。泽哈恩先生的滔滔不绝只是由最难听的诅咒和最肮脏的下流话组成。听起来，泽哈恩先生像是不停地被充电，必须把身上汹涌澎湃的东西不停地卸去，否则他也许会被撕碎，或者会毁于内在的锋刃。约翰当然认识泽哈恩先生为男女性器官背诵的词，就是那些诅咒在别处也能偶尔听到，不过没人能像泽哈恩先生，如此有力又如此轻快地说出这些词。因为他不间断地说话，而且这样快速，而他使用的许多词又不存在，他必须连续地重复那些词。因为间或出现词句缺乏的状况，而内在压力又非常大，他就不得不转而吐一次无言和恶毒的唾沫。泽哈恩先生嘴里装有假牙，上下都有。在大多数情况下他精神集中，留意不要在发送高压骂人连珠炮时，把自己上口或者下口的假牙吐出。所以在诅咒和漫骂时他尽量紧闭双唇,要是他说愚蠢的公牛或卑劣的无赖时,只有舌尖快速伸出,立刻缩回。尽管又说又骂,泽哈恩先生还得抽烟。他很少把香烟夹在光滑白细的手指间,在大多数情况下,香烟同说话的嘴巴一起跷动。他那带有绿色小竖领和鹿角纽扣的黄色民族短上衣,比他的口音更清楚地显示泽哈恩先生同巴伐利亚的关系。他说有教养者的标准德语的巴伐利亚话。这个总是轻声诅咒和辱骂的泽哈恩先生本来不会对约翰这么有吸引力。可他在发送咒骂和脏话连篇的连珠炮时十分友好。眼睛笑眯眯地,嘴巴在骂人,同时又抽烟和微笑。有时,臭骂和不堪入耳的诅咒都卡了壳,泽哈恩先生就飞快地以最短促的动作咬自己的嘴巴。就是这时他表现得也十分友好。约翰觉得,倘若自己靠近他,偷听几个词或残言片语,这不会打扰泽哈恩先生。泽哈恩先生甚至注视着他,用眼睛和嘴巴一起微笑,而同时从这张嘴巴里飞速射出细声细气的脏话:伪善的蛇蝎,愚蠢的公牛,水妖般的母猪,灯灭了,刀拔出,三人血斗,睡女人的流氓,笨蛋恶棍,狡猾的普鲁士恶汉,傻帽,荡妇,蠢蛋,调情,收账,阉割掉算了,臭提琴,流氓呆子,小便黄瓜,多嘴妓女,虚伪的蛇蝎,墙壁晃动,要出事情,脱下裤子,举起双手,滚蛋,进来,谁会谁就会,大蠢汉,谁还没得到,谁该再试一下,从前有个忠实的轻骑兵,一年只能两次,稻草人,不忠的女人,被烤过的新娘,伪善的蛇蝎,被冻住的大炮,谎言和欺骗统治着世界,脑子有毛病,世界谎言,昨天还骑高头骏马,今日被射穿胸脯,明朝进冰冷的坟墓,谁有,谁就有,狠狠揍他,打她们,打她们,打她们的嘴巴,糟透了的世界,四分五裂,上帝破产了,生了个小男人,有人讥笑,酸葡萄,伪善的蛇蝎,墙壁晃动,要出事情,扑通法啦啦,扑通法啦啦,锵得啦达达,扑通……约翰收集泽哈恩的碎语,把它们背诵出来,无声地,但嘴唇翕动。当然,得在周围没人的地方。最好在床上。入睡之前。这是他最好的晚祷。伪善的蛇蝎在泽哈恩先生嘴里出现得最频繁,在约翰这里不是。他得长时间地练习,才能完全像泽哈恩先生那样,以极快的速度,小声和亲切地把它们背诵出来。

布鲁格先生早就消失不见,而泽哈恩先生一直还站在那里,手臂前伸,当然,嘴里的滔滔不绝没有中断。这时埃尔萨叫道:泽哈恩先生,坐下! 于是他坐下,坐着说出他的单词。

母亲站在柜台后,招呼约翰。她走了出去,约翰跟出。她交代他,去地窖取一架瓶装啤酒,把那16瓶啤酒放进柜台下的冰箱,然后赶快骑车去肉商吉雷尔那里。商店肯定已经关门,他该到屋后叫门,问肉商吉雷尔夫人,是否能买1马克的腊肠。约翰想说:约瑟夫在干什么? 但他知道,约瑟夫骑父亲的自行车去了黑默希克芬;因为平时总是骑车来、在套间里上钢琴课的风琴师尤茨,他的自行车被偷了。约翰骑车下了村道去肉铺,用1马克买了8根腊肠,把装有8根腊肠的购物网袋挂在自行车车把上,骑车返回。网袋晃晃悠悠,当他正好经过"菩提树花园"时,网袋被卷进前轮,好几根腊肠被绞烂。他回到家,把网袋拿进厨房,说,出了一点事。米娜打开腊肠包装纸。母亲说:利润见鬼了。米娜说:还可以做腊肠冷菜。公主说:要是这样的人还活着,那么席勒就得去死①。约翰走进办公室,坐到父亲的椅子上。这是他最喜欢的座位。已是晚上,他拿起日期

---

① 原文为 So was lebt, und Schiller mußte sterben。德国餐馆里能听见的一句习语,表达说话人对别人的气愤。同著名作家席勒无关。

图章,往下转了一天。这是一件他喜欢做的事。可怜的米娜,他想,还有洛泽的格布哈特!因为洛泽的格布哈特只能用单脚骑车,约翰觉得他比米娜更加可怜。不管怎样,米娜同整个瓦塞堡最强壮的男人中的一个订了婚。他在"菩提树花园"照料饭店。阿尔弗雷德长得比所有的人都高大,脑袋上理着一个平头,上面是很短的金色鬈发。垂直的两边头发剃光。约翰想象着,一旦米娜告诉既和蔼又高大的阿尔弗雷德,他们的储蓄都出了什么事,阿尔弗雷德会把米娜提起,举到空中,然后转动身体,直到米娜大叫:我头晕了。阿尔弗雷德会说,他要的就是这个,让她头晕,让她最终停止唠叨钱的事。

不过他呢——除了钱,他难道能想别的什么事?起先让人拍照片,然后在轮辐里绞烂了1马克的腊肠。对他来说无所谓。伙计,该反抗!他觉得身上发热。完完全全。除了灼热,别无其他。一直到膝腘。热力穿过全身,一直进入双脚。他以前从未这样清楚地感觉到。他嘴巴里聚起了唾液,几乎来不及下咽。唾液甜滋滋的。他弯起右臂,鼓起肌肉,把它绷紧。同阿道夫的肌肉相比,这算不了什么。到现在为止,每当他们互相比较肌肉的大小,阿道夫的肌肉总是更大更结实。每次单独在房间里,约翰就练习俯卧撑。不久以后他会再次要求同阿道夫比试。他感觉到,他能要求自己做任何事。他觉得自己刀枪不入。说来说去又是钱!他觉得自己能忍受一切。中午,约翰从水龙头里接了一杯水。公主一边洗碗,一边叫道:给我的桶里来一滴,我会得到一个孩子。母亲从灶台那里大叫:阿德尔海德!米娜大笑。约翰装傻,做出什么都不懂的样子,但觉得自己像是处在一场风暴中。那是因为他而形成的。

四　担保

9点半时约翰到了对面火车站。他想站在漆成淡绿色的木栏杆旁，等火车头呼哧呼哧喘息着进站，放着蒸汽，最后刹车时再发出一阵尖叫。身体挺得笔直，但个子依旧不高的多伊尔林先生穿一身铁路员工制服，没人会想到，多伊尔林先生是国营铁路主任秘书。只有一个退休上尉才会穿一件铁路员工制服。而且是一个——因为人们总是忘记这点，必须不断强调——不是来自本地的上尉；他尽管出生在莱希河畔，不过——重要的是这点——在巴伐利亚的这一边。每当多伊尔林先生穿过街道，来取他的啤酒，他会迅速地出现在厨房门口，用一个比他嗓门还大的命令口气高叫：大家好，有报告吗？米娜细声细气地回答：一个女厨，一个洗碗女工在干活，一个男孩在拼读单词。同时把她右手手指举到太阳穴上。继续干，多伊尔林先生大声说。继续干，米娜叫着。对约翰他叫道：抬头，挺胸，收腹！要是埃尔萨出现，他会试图同她格斗，把他的女对手顶到近处的墙上，或者顶进厨房的炉灶后，把她压在一个总是锁着的煤箱上。埃尔萨虽然比他高两个脑袋，尽管如此，大多是她退到箱子上。一旦坐在那里,她会把多伊尔林先生拉到怀里,同他玩起跳啊跳啊骑马者的游戏。在这场游戏战中,埃尔萨总是发出尖利刺耳的大叫声,引得公主转身观看。每当多伊尔林先生重新站起,公主会说:要是这样的人还活着,那么席勒就得去死。而多伊尔林先生会叫回:由于出言不逊关3小时禁闭。下去!下去这句话他吼得如此尖利,吓得公主立刻向她的水槽转身。

约翰装做聚精会神地在读他的图画书;似乎一切发生在他不在场的时候,可他看见了所有的一切。他的心一直跳到了喉咙口。毫无疑问,这就是生活。他经历着生活。不允许朝那里看。他必须凝视图画书那木板般厚的书页。生活是某种禁忌。越过巨大的灶板传来的两个人的声音向他透露,没有什么比在一个强壮女人的大腿上被抛到空中、同时又唱出跳啊跳啊骑马者更美好的事了。直到最近米娜还同他玩过跳啊跳啊骑马者的游戏。直到他说,他觉得这太蠢。跳啊跳啊骑马者,要是他摔下,他会叫喊,要是他摔进沟渠,乌鸦会吃他,要是他摔进沼泽,会发出扑通一声。不过,要是埃尔萨唱着歌曲,多伊尔林先生上蹦下跳,那就一点儿也不傻。在他们那里游戏伴着尖叫声结束,不像在他和米娜那里波澜不惊。另外,在他们那里还有一阵双方强烈和欢快的喘息声。显然生活是一种痛苦,经受不完的痛苦。

当多伊尔林先生通过高举信号牌允许火车司机继续开车后,他打开栏杆,让坐夜车来的几个人出站。当然,他必须先收走他们那打过两次洞的车票。约翰很想得到父亲的车票。一张1932年9月29日瓦塞堡—奥博斯陶芬的回程票。其实约翰想保存一切。不得不丢掉什么,这让他感到痛苦。父亲刚穿过栏杆,他就拿下他的手提包。约翰知道，他们不会在公开场合按爱斯基摩人的方式、鼻尖碰鼻尖地问好。约翰拿着手提包。要是肯定没人注意，他会在楼上两个黑洞洞的大柜子中的一个里，取出它，提着手提包站到父母卧室的椭圆形大镜子前。除了他父亲，整个村里没别人有这样的手提包。比如医生的手提包，把手下没有像金子般闪光的拉链，包的颜色暗淡而不起眼，不像父亲的手提包那样发出暗红色的光芒。父亲的手提包两边成拱形，里面是丝绸夹里，分两格。最多赫尔默的赫尔米内有一个相似的包，当然要小得多。人人都知道，这个包来自柏林，赫尔米内是从贝斯滕霍费尔教授的第二个妻子那里得到的。赫尔米内曾负责打扫他们的房子。父亲的手提包是战前从洛桑带回的。他曾在那里学习法语和经商。今天它装得满满的，但拿起来不怎么沉重。是茶叶。父亲从他在奥博斯陶芬的朋友，哈特穆特·舒尔茨的改良食品商店买他所有的茶叶。这是父亲的一个战友，实际上曾是俘虏营同伴。两人曾一起生活在尚蒂伊附近的露天苦役营中，从1918年7月到11月，同三千或四千名战俘一起。全体腹泻。体弱者失去平衡，从茅坑栏杆上朝后栽倒，葬身坑里。那些体弱者从上栽倒的扶手，父亲称其为茅坑栏杆。在所有那些坐在圆桌旁谈论监禁的人那里，它被称为该死的栏杆。然后坐火车去卢瓦河畔的图尔。住进真正的帐篷。有正规的照料。但约翰的父亲和他的朋友舒尔茨已经病了，1919年夏，不得不被一趟伤病员火车运回家。直到肯普滕他们待在一起。恢复健康后，他们互相写信。舒尔茨比约翰的父亲年幼10岁，想当神甫，成了神甫，但没有一直当神甫，反而开了一家改良食品商店。在奥博斯陶芬。

约翰看到父亲在出汗。一旦出汗，父亲的脸就变得煞白。他们马上走进办公室,父亲坐进两个软椅中的一个。约翰跑进厨房,对米娜叫喊,父亲需要开水喝他的马黛茶。米娜站在收拾好的厨房里,呆呆地望着灶板出神。等他回到办公室,母亲已经打开父亲带来的格拉汉面包,一管维生素奶油。约翰把小刀递过去。她把奶油涂在面包上,递给父亲。祖父也走了进来,坐到另一张椅子上。倘若别人让他坐软椅,他会说,软椅不适合我。母亲关上办公室的门,以便经过走道的人望不见里面。吃了第三片面包后,父亲脱下他的外衣,卷起右边的衬衫袖子。母亲已经从小柜上取下针盒,抽进药水,用一块在一个小瓶里浸湿的药棉,轻搓手臂上一个还看不到针眼的地方,把一些皮肤捏在食指和拇指之间,扎进针,推针筒,直到药水推完。又擦了一下。这样的事每天做两次。

父亲给大家看他带来的东西。给约瑟夫和约翰的一串无花果。给母亲他带来一瓶印度香水。麝香,他说,闻一下。她立刻转身,不愿理睬麝香香味。他注视着她,像是请求她什么。她转过脸去。给祖父他带来的是茶叶和滴剂:山楂茶和养心剂。接着他有说:您会感到惊奇的,父亲,您的胸口周围会有轻松的感觉。

母亲说:汇票付款担保怎样?他一定需要这个,父亲说,汇票到期了,星期六。也就是说,允许的支付时间是星期一,母亲说。对,父亲说。这是自 1919 年以来奥博斯陶芬最糟糕的季节。这里也是,母亲说。父亲不再说什么。7 200,母亲说。父亲点头。我不知道该如何帮助自己。我们自己有两张汇票要支付,一张到 10 月 1 号,一张到 15 号。酿酒厂和信贷银行。还有信贷银行,父亲吃惊地说。3 400,母亲说,她几乎叫了起来,这是电力迈尔公司背签转让的。原来是这样,父亲说,煤炭。但是还有待收债款。3 795,母亲说。正是,父亲说。母亲又说:只是到星期一还收不到它们。酿酒厂无论如何不会不背签转让汇票,父亲说。它可以,母亲说。父亲站起,走到母亲跟前,双手放到她肩上。

父亲个子比母亲矮一些。约翰觉得,父亲的外衣比谁的都漂亮。上面有淡绿色的斑点,灰白色的斑点,黑灰色的条纹。他所有的外衣都长长地及到上身下面,得有双倍的纽扣。他从来不穿无领衬衫。而祖父几乎只穿无领衬衫。当然,祖父有一把灰白的大髭须,挂在鼻子下面又厚又密,到嘴角边稍稍窄一些,到了两边嘴角又翘着向上拐了个弯。祖父还有立发。厚密的灰色立发。也就是说,祖父不需要领子,这点约翰能感到。

父亲在办公室里踱来踱去,说,他要和朋友哈特穆特·舒尔茨在阿尔高接手一家银狐饲养场。这儿在家里,在侧房的下面,他下星期就要为饲养安哥拉兔建造棚舍,不仅在猪圈,还在无用空关着的以前的马厩里。养猪,这太可笑了。安哥拉!它们不臭,能带来10倍的收益。在林道-罗伊廷眼下有人提供纯种种兔。一年后就可以有40到50只安哥拉兔,每星期几公斤安哥拉兔毛,实际上是现钱。安哥拉兔毛据说正要取代山羊毛的地位。也就是说,没有什么比饲养安哥拉更合算。而且没有任何支出。厨房剩菜和树下的杂草可以当饲料。约瑟夫和约翰负责喂食和清理粪便,兔毛就来了。不用很大的支出,但是保险。更大的赢利当然要靠银狐饲养场带来。要是他的朋友哈特穆特·舒尔茨不得不关闭他在奥博斯陶芬的改良食品商店,他就可以全身心地投入到银狐饲养场的工作中来。就是对银狐皮的需求也在上升。在埃尔霍芬有一家银狐饲养场出售。过几天,他将和他的朋友哈特穆特·舒尔茨去埃尔霍芬,参观一下那个饲养场。银狐！埃尔霍芬,那儿有对饲养银狐理想的气候。根本不用说阿尔高,更不用说上阿尔高。太妙了！要是我们想保险起见,我们就在楼上清理出一个房间,饲养蚕宝宝。蚕丝不会遭遇任何危机。

父亲站住。所有人朝着他看。约翰喜欢听父亲讲话。他有一个如此跌宕起伏的嗓音。此外,父亲还说,下星期他还将去玛利亚布鲁和诺伊基希。在玛利亚布鲁有一个农庄出卖。纯粹是个果园。21个工作日面积。没有比那更好的了。也就是说,这正是他一直着意寻找的。而在诺伊基希有一个带面包坊的饭店。就在教堂边上。也就是说,教堂和它面对面,在街的另一边。无与伦比的位置。诺伊基希,一个欣欣向荣的地方。要是沥青道路这么延伸下去,从泰特南到旺根,在这10年里就会有一条沥青路。而在中间的是:诺伊基希。而在诺伊基希中心的:是我们。

父亲为他所看到的、给全家描绘的远景兴奋异常。要是他有一刻沉默无语,他那全部的生机就像是涌入他的嘴巴,他的嘴唇。它们的形状会鼓起来,他那带着胡子的嘴巴会直直地挺在他的脸上。约翰能肯定,全世界不会有第二个这样的父亲。父亲无论说话还是弹钢琴,这无所谓,声音听上去都如此美妙。还没有说他写字！所有账簿上都带有他那些奇妙的手写字体,又大又漂亮的连拱,没有一个字母缺少花饰。起首字母时常完全消失在连拱和花体装饰中,而为了它们的缘故,装饰又被消解。约翰从父亲的字纸篓里取出所有的纸片,在纸片的背面按父亲的样子习字。要是明年上学,他打算立刻用父亲的字体炫耀一番。他不想同约瑟夫从学校带回的呆板的直线和僵硬的弧线有任何关系。约瑟夫说,这才是德文字,聚特林字体①。而父亲使用的是拉丁字体。约翰想写拉丁字体。

父亲从大旅行袋里取出一个黑色小箱,从钱包里掏出一把微型钥匙,打开小箱的锁,从中间翻开同样大小的两个部分。在上下两部,绿色的衬布上,各种各样的玻璃体闪烁发亮:管子,像喇叭或花朵或长笛那样的尾部。圆形的,波浪型的,大大小小的球,还有三角形。都用玻璃做成。这是他朋友哈特穆特·舒尔茨的伟大发明。磁疗装置。他把它托付给父亲,找一个能为生产这种装置提供资金的人。事实上,用这种装置能治任何疾病,因为任何疾病的产生都是因为缺少神经的敏感性。通过磁化,重新激活这种敏感性,这其实就是这个全能的治疗方法。整个宇宙,整个生命是一种最微妙的流体,一种比光线或声音更精细的射线。这种射线如此微妙,直到今天无法测量,但能不断地被感觉、被体验和被知悉。当然这不是哈特穆特·舒尔茨的发明。不过一些聪明的男人,比如像英国人洛克和牛顿,还有开普勒,帕拉切尔苏斯②,弗朗茨·安东·梅斯梅尔③和马克斯韦尔④,据说他们都报道过不同类型的奇妙的无形物,但指的是同一样东西。至今这依赖于一种不同寻常、所以极为少见的才能。而现在他的朋友哈特穆特·舒尔茨拥有这样一种才能,即不用接触身体,通过放射自己的力量治疗一名患病者。他的朋友哈特穆特·舒尔茨工作了 10 年时间,把这个才能转入一个装置。这样的才能 150 年前让弗朗茨·安东·梅斯梅尔世界闻名,在维也纳和

---

① 1935—1941 年在德国学校使用的德语手写体。
② Paracelsus, 1493—1541,出生于瑞士的医师和炼金家。
③ Franz Anton Mesmer,1734—1815,奥地利医师,当代催眠术的先驱。
④ Gavin Maxwell,1914—1969,苏格兰作家和博物学家。

巴黎成为他那个时代最受欢迎的医生。

于是他把某种玻璃梳子那样的东西接上电线，把电线另一端的插头塞进一个插座，跑到小箱子跟前，转动和拨弄着小小的手柄。可以听见一阵嗡嗡声，从玻璃柄到单个的梳齿里出现一种紫光。

奥古斯塔，过来，父亲叫着。但母亲跑向门外。求你，别这样！父亲喊着。他指的是别开门。奥古斯塔，他又叫了一次。幸运的是他重读了奥古斯塔这个名字的前面音节。约翰不能忍受别人叫他母亲名字时重读第二个音节，甚至叫她奥古斯特。那是些说标准德语的人。尽管父亲说的更是标准德语，但他重读奥古斯塔的第一个音节。她的名字的确也该这么说。就像他叫约翰，这个名字该重读的是第一个音节，而不是第二个音节。上帝啊。

过来，约翰，父亲说。约翰过去，父亲把紫光荧荧的玻璃梳子放到约翰脑袋上，顺着脖子往下移动，又重新移回头上。然后他关掉机器。怎么样，他问。啊，刺痒得很舒服。还会更舒服，父亲说。不过，千万别告诉别人，他说着，把所有的东西重新锁进小箱子。这个装置还没有专利保护。得小心，小心！在这个装置里隐藏着整个医学技术的一场革命。他的朋友哈特穆特·舒尔茨想让他参与这个成功。到那时我们就无须为生计担忧了，父亲说。

母亲对祖父说：父亲，您该说点什么。祖父从大腿上微微抬起双手，但又放了下去。母亲开始说话。约翰还从未听过她这么大声地说话。工商农业银行关闭了它们的营业窗口，在格拉特哈尔大楼的分行，米娜已见不到她的储蓄，洛泽的格布哈特也失去了他的2 300马克，前天商务顾问施廷先生还对他说，银行业务蒸蒸日上，所有其他的话都是谣言，他会对此采取措施；现在大家听到：不再支付给农民牛奶钱，反正就这么完了；今天法院执行官卡尔泰森来过，强制扣押的事先预防。看了现金保管箱，精致小柜，走道上的冰箱，钢琴，电铃箱旁用电自动投币装置；下莱特瑙信贷银行的出纳少了42 000马克，被关了起来；园丁哈特曼一家申请调解程序，白费力气，现在破产程序已经启动。听着，两星期前申报破产的诺嫩霍恩现在在泰特南被逮住，说他想偷一辆自行车。然后她突然住口。接着转向祖父，又是她平时的嗓音：您还是什么也不说。祖父对父亲开口：现在我们有了新的拍卖大厅，我们是会员，为5号间支付租金。外来的商人每天竞买几千公斤的水果。我们没有。水果买卖有很短的支付期限，我们目前缺少资金，父亲说。我不能在拍卖行里摁"买下"，要是我事后得去农民那里，承认自己四个星期之内无法弄到钱。农民不收汇票，这您知道。

祖父轻声地喃喃自语：但愿我去了美国。他吃力地站起，走了出去。母亲说：那个马克斯·布鲁格说，现在只有希特勒能帮忙。父亲说：希特勒意味着战争。然后他说，他得上床睡觉。是的，母亲说，你脸色苍白。父亲带上了黑色的小提箱。

母亲坐到写字台旁，把一张纸放进打字机，开始用右手食指打字。约翰站到她身后。他认识所有的字母。自从约瑟夫第一天上学起，他就学了他从学校带回的所有东西。在打字机上，他肯定也能比母亲写得快。左上角母亲写了一个名字。塔德乌斯·翁希切勒。这是母亲的父亲的名字。名字下她写道：农庄主。下面是：屈默斯威勒。右面是：1932年9月29日。中间是：担保书。约翰长时间地拼读这个词，直到滚瓜烂熟。

母亲用钢笔练习她父亲的签字。在从字纸篓里捡来的纸上练习,然后把纸揉成一团,扔回字纸篓。随后她在自己用打字机打好的字下,签上塔德乌斯·翁希切勒的名字。这只有我们俩知道,她说。她明天上午 12 点以前需要她父亲的签字,但无法离开旅店,跑到屈默斯威勒去取她父亲的签字,为此她不得不模仿她父亲的签字。我们不能申请破产,约翰。但是,她说,这事只有我们俩知道,约翰。约翰点头。从她的话音里,再次能听见过去一小时里父亲和母亲说过的一切话。

他走上楼梯,沿着上面黑暗的走廊,看见父亲房门下还透出灯光,就尽可能轻声地敲了敲门,应着父亲"请进"的声音进屋。

父亲背上垫了三个枕头,更像是坐着而不是躺着,读着一个黄颜色的本子。那是同邮件一起送来的。约翰坐到床沿上,抬起脑袋,保持这个姿势,就像他想让父亲以爱斯基摩人的方式同他打招呼时那样。父亲身上一直还有薄荷气味。他指给约翰看他刚才读的本子里的两个字。你认识它们,他说。读一下。约翰拼读:拉宾德拉那特·泰戈尔。父亲在床边书架上的书和本子里,储存着大量单词。即使约翰已能拼读,但还是很难说出它们。拉宾德拉那特·泰戈尔。要是约翰成功了,父亲就会说:约翰,我感到惊讶。然后约翰得不看本子说出这个词。你瞧,开始这些词看上去总是无法说出口,然后它们会完全自动地从你嘴唇上冒出。起先这些词作抵抗。然后不再抵抗。这里,瞧,请拼读!约翰尝试。哲——学。不错。瞧这里!见——神——论。好吧。现在来一些简单的,父亲说。这些本子上是什么?约翰拼读:通向完美之路。约翰,父亲说,现在上床睡觉。父亲的眼睛立刻闭上。约翰关上灯,踮起脚尖,悄悄走去,上了自己的床。因为约瑟夫已经入睡。

路灯的光线反射在天使图像的镜框玻璃上。图像稍稍有些斜地挂在墙上。约翰从自己的床上能看见它。微弱的灯光正好落在画面上,那里,身穿白衣的天使正越过没有栏杆的桥,把手护在走在他前面的孩子的上方。光线在玻璃上的反射,使约翰根本看不见天使,不过他知道,现在被灯光照到的地方,画的就是天使,他保护着孩子,不让他掉进黑黝黝的深渊。

翌日,一个星期四。也就是说,从11点到12点,维齐希曼先生在信贷银行的办公室里。他把钥匙塞进马伦牌锁,转了一下。这时,约翰和母亲已经顺着狭窄的侧面楼梯走上楼道,跟着他上来。维齐希曼先生推开巨大的移门,走进大厅,进入用木板格开的房间。房间里有一张桌子,两把椅子,一个写字台。桌上有个闪着绿光的钱箱。幸亏通向楼道口的楼梯非常狭窄,母亲无法再牵住约翰的手。她总是牵着别人的手。要是没人看见,被她牵着手走路,约翰没什么可反对。但让人看见不行。

请坐,维齐希曼先生说。但约翰现在宁愿紧挨母亲站着。母亲从她黑色手提包里取出她前一天晚上以塔德乌斯·翁希切勒的名字签好的担保书,越过写字桌,把这张纸递给维齐希曼先生。维齐希曼先生接过,读了后说:奥古斯塔,现在我非常高兴。我敢肯定,在这样的情况下董事会会延长汇票支付期限。你来的正是时候,今天晚上开董事会。母亲说,这她知道。然后她站起。约翰还来得及看到,维齐希曼先生打开钱箱,把从母亲那里收到的纸放入。当约翰和母亲沿着铁道回家时,母亲又拉住了他的手。不过,这里左边是草棚,右边是调车岔道和铁路路段,没人会看见他被母亲牵着手走路。一旦他们经过火车站货物大厅,他就把手从母亲那里挣脱。

这里会被人看见。从被牵手到挣脱,他设计了一次过渡。他先小心翼翼地把手从母亲手里抽出,然后迅速用这只手抓住母亲的手腕。

他们还没有到达露台,已经听见父亲在弹钢琴。母亲一脸不高兴。埃尔萨迎上,说:夫人,布鲁格先生刚刚在这里,一口气喝干了一小杯啤酒,把钱往桌上一扔,出门时说:今天要勒紧弹钢琴人的脖子。埃尔萨想知道,他这是什么意思。你该问他自己,母亲说。

布鲁格先生是信贷银行董事会成员,母亲一边把手提袋递给约翰,让他把它锁进钱箱时,一边这么说。要是有这么一种职业,只需要打开和关上咯吱作响的保险箱门,约翰马上会决定选择这样的职业。母亲套上她那白色的衣裙,走进厨房。她给了约翰一个信号。约翰尽可能轻手轻脚地推开从走廊通向套间的门,站到父亲身边。父亲发现了他,停住,把约翰抱上膝盖,附着他的耳朵,轻声唱给他听他刚才演奏的乐曲。然后父亲说:好吧,现在我也想了解一下应收款项的事。来吧。他走进办公室。父亲从一个本子里记下数字。那些没能立刻支付煤炭或木柴的人,都被记录在里面。记录一列列数字时,他还轻声哼唱着曲子。他哼唱着,似乎哼唱比记录数字更重要。突然,他把钢笔放到带有墨水瓶的玻璃架上,放到那银箔做成的凹槽里。哼唱停下。从远处传来埃尔萨的声音。还没有到达厨房,她已经拔着嗓子在叫:两份白鲑,面拖油炸式。接着是公主令人难受的尖叫:白鲑!约翰关上玻璃架里墨水瓶上成半球形的银箔盖子。布鲁格先生的墨水瓶被一个小帽形的银盖盖住,就像赛马运动员戴的小帽。当阿道夫第一次见到约翰的墨水瓶时,他问:这是植物叶子还是什么?他问的是父亲。父亲反问:难道不漂亮?现在,约翰每次都会想起植物叶。它们难道不漂亮吗?父亲问。约翰曾说：漂亮。父亲说：青春艺术风格，约翰，把它写进树形词汇图。现在，每当他打量父亲称其为平坦拱顶的半圆形的盖子，他就会想起植物叶子，但在树形词汇表上总是还会闪出青春艺术风格这个词；它现在属于父亲让他拼读的词汇中的一个。胸膜炎，薄伽梵歌，波波卡特佩特，见神论，拉宾德拉那特·泰戈尔，斯维登堡，婆罗多舞。沙发上方，墙上挂着一张宽宽的画，上面是一头红斑母牛在草地上吃草，草地一直延伸到一条河旁；杂乱的巨树顶着更加杂乱的天空，树下安坐一个女孩，身着一件也许根本就不曾有过的衣服。对约翰来说，这幅画属于父亲让他拼读的词汇。对约翰来说重要的是，每次拼读完，父亲总是说：约翰，我感到惊讶。

父亲身体一直没动。父亲抬头之前，约翰不能离开。也许给人印象是，他似乎想悄悄离去。于是他微微靠到父亲身上。他把手臂放到约翰身上，把约翰拉到自己身边。当父亲把他拉到自己身上时，约翰没朝父亲脸上看。尽管如此他知道，父亲眼下在流泪。所以，他得避免看父亲的脸。不能目视一个哭泣的父亲。父亲从写字桌右边的抽屉里拿出一个小盒，打开，有薄荷味；父亲从盒子里取出一个微小的托架，撑到鼻子下面，让两根细微的、几乎是尖尖的绿色毡管放入鼻孔。要是那两根毡管上挤不出什么东西，它们就会在小瓶里被薄荷油浸湿。瓶上写有薄荷油三个字。父亲深呼吸。写字桌上是写满数字的纸片。父亲拿起纸片，揉成一团，交给约翰。约翰把它们扔进字纸篓。然后他静静地坐在父亲右腿上，直到他们身后办公室的门打开，母亲的声音响起：吃饭。还有，对商人行动父亲意见怎样。得一起参与。她弄不懂，父亲整个时间坐在写字桌旁，可到现在还没念过她特地放在他面前的这封信。当地的9位商人已经签字,他们暂时只有在顾客支付现钱的情况下才提供无烟煤、焦炭和煤球。签字吧,母亲说。当然总还可以有例外。父亲签字。

父亲吃着他的煮蔬菜,喝着他的茶,对所有不得不吞下肉拌面条的人开玩笑。今天母亲没有对他的饭桌玩笑做出反应。她和米娜在案板边上大灶板的另一边吃饭。案板只有边上同 30 年以前一样厚。中间部分由于又切、又绞、又刹,变得越来越薄。

母亲问,他是否在报纸上读到关于布雷姆家的事。布雷姆家还欠 72 马克 19 芬尼。父亲举起右手,用伸出的食指做了一个钻孔的动作。他这样让大家想起了布雷姆家里的争吵。事情是这样的:他们家住房外面连着一个厕所,厕所木板墙上出现一个洞,妻子说,那是丈夫钻错了洞造成的。可丈夫声称,这是木材上的一个节孔。妻子继续坚持她的指责,他就把妻子拖到湖边,把她揿入水中,大叫,她得待在水里,直到她承认,那节孔,不是钻错的洞。尽管脑袋浸在水下,可她还是从水里伸出一只手来,做出钻孔的动作。事到最后,木匠布雷姆不得不让步。

72 马克可能再也见不到了,母亲说。显然,对于由赫尔默的赫尔米内从下村带上来的有趣或悲哀的布雷姆家的故事,母亲没有丝毫兴趣,何况得考虑到布雷姆家欠的 72 马克拿不回来了。

他读了还是没有读?他没有。约瑟夫,请读一下。约瑟夫拿起报纸。房地产拍卖,母亲说。约瑟夫读了起来。

房地产拍卖

房地产,布雷姆河畔瓦塞堡 9a,将于 1932 年 11 月 23 日,星期一下午 3 点,在瓦塞堡火车站饭店的邻室,由瓦塞堡市政厅直接公开拍卖。房地产由以下部分组成：有多套住房的住宅，畜厩，谷仓，工场（带木匠工具），庭院和较大的水果园，后者也可作建筑用地，位置在一条主要社区街道旁，约 70 个工作日面积，并且处于良好的建筑状态。——拍卖条件将择日公布。

解释权属于以下签名的破产管理人。

林道-博登湖,1932 年 10 月 30 日

诺德林根参议员,注册律师

还有卡普拉诺斯,母亲重新轻轻地说,也情况不妙。哈特曼彻底完了,两个布洛德贝克那里每天都可能发生同样的事,而格拉特哈尔家也已无计可施,下面就轮到我们了。房地产拍卖,约翰想,一个可以拼读的词。一个词越是难以理解,就越能激起人们拼读的兴趣。父亲对刚才读过的东西的回答:安哥拉兔,埃尔旺根的银狐饲养场,楼上养蚕宝宝,诺伊基希的饭店和面包坊,玛利亚布鲁的小农庄。不过最大的希望:他朋友哈特穆特·舒尔茨的磁疗装置。他让我加入,他叫着,你们可以想象一下！

母亲说,她在维齐希曼先生那里递上了一个 11 月 21 日到期的延期申请。再次的延期不可能。

所有人停下吃饭。父亲说:追求金钱,一切依赖金钱。我们这些可怜人。大家都注视着他,于是他说:是歌德说的。不过,别担

心,他会问他的曼特罗①,而他的曼特罗会告诉他,钱的源泉在那里涌出。别担心,奥古斯塔,有我在不会毁灭。母亲说,"河岸咖啡馆"被准许每星期三次播放音乐。父亲说:那算什么音乐! 母亲说:舞曲! 没人对此做出反应,她又说:热水器又滴水了。祖父和约翰坐在热水器下面的长凳上。水从他们之间滴在凳子上。等一会儿骑车去管道工施密特那里,让弗里茨来一下,她说。约翰点头。母亲又对公主说:阿德尔海德,你该来吃饭。我不再说第二遍。公主身子也没转回,说:说三次应该可以。不过是您,叫第二遍我就来。

约瑟夫第一个从桌旁站起。他得练琴。即使正好没有头发挂到脸上,约瑟夫现在也总是不断地把头往后一扬。约翰非常羡慕,希望自己也能这样往后扬头。约瑟夫刚刚出去,音阶声就开始了。母亲说,露台上还有客人。父亲什么也没说。他把头向上伸直,转了过来,以便更好地听见音阶。他长着约翰见过的最大的耳朵,褐色的眼睛几乎滚圆。约翰想着,他现在看上去又像一只小鹿。母亲说:"王冠花园"在露台上装饰了一圈灯泡,每个坐船来或经过这里的客人,从老远的地方就只看见这个"王冠"。父亲说:他的触键太美了。

---

① Mantra,印度教和大乘佛教中的符咒,祷文。

五　授旗典礼

　　父亲和祖父坐在两张椅子上,如同这两张椅子不在同一个房间。尽管办公室里几乎没有让人眼观别处的空间,父亲和祖父还是这么斜坐着,互不相干。外面浓雾弥漫,院子里的几棵树看上去犹如魔鬼。从湖那边传来雾笛声。一声雾笛,像是一个问题。没有回答。船又拉响一次汽笛。还是没有回答。给人的印象是,船儿白白地在叫唤。于是又叫了一下,再叫一下。依旧如此静谧。约翰知道,对面房间里的泽哈恩先生现在会发怒。每当雾笛声响起,泽哈恩先生会大叫:停下!把脑袋转向湖的方向,叫着:立刻停下,否则开枪,禁止哼哼叫,立刻,卑鄙的流氓,愚笨的蠢猪……泽哈恩先生当过海军。要是他房间里来了一个他不认识的客人,他会站起,像一个士兵那样把手举到太阳穴,说:退休海军革命家泽哈恩。然后重新坐下,烟不离嘴。

　　每当听见湖那儿传来的雾笛声,约翰感到惬意。谢天谢地,苹果在地窖里,他想。还有天竺葵。他整天地站在梯子上,把苹果摘下。每年临近万圣节,母亲都会觉得不好意思。他们家的树上还挂满着苹果,而村子下面人家的房前,甚至村里村外几千棵树上的果实都已被摘干净。她说,客人们会大惊小怪,以为我们家没人有时间摘苹果。约瑟夫得做功课和练习音阶。父亲在梯子上无法久站。尼克劳斯太老了。祖父年纪更大。约翰说,要是尼克劳斯替他扶梯子,那么他来摘苹果。母亲说:还没有到这个时候。现在约翰不愿再让步。他保证,每当他用一只手摘苹果时,就用另一只手抓住树枝。它会断,母亲大声说。只抓粗树枝,约翰喊着。随后他在树枝里站了一个星期。他在梯子上站得越高,他的心就跳得越快。但从第二天开始他就知道,他不可能出事。他在树上感到得心应手。一个接一个的路德维希王子苹果被他摘下,然后小心翼翼地放进挂在身上的粗黄麻布口袋里,不让它们被碰伤。他甚至自己把口袋弄得像他在屈默斯威勒的格特那里见到的那样。把一个苹果扎在口袋的一个角落,把扎袋角的绳子从袋口旁的一个洞眼里穿过,然后把绳子再系到袋角的苹果那里。随后从袋口到袋底穿两下绳子,把自己的脑袋从绳子和口袋间伸过,再把口袋搭在自己的肩膀上,让袋口直接出现在胸前,让自己能把苹果一个接一个地扔进。约翰发觉自己做这样的事比路德维希、保尔或者阿道夫要困难,所以他把这事看得更重要,想证明自己也行。约翰享受着街上路人从下朝上对他的叫声,他得小心别摔下。要是他们叫着,他做这样的事年龄还太小,他就更加感到骄傲了。要是有一阵子街上没有传来对他的叫声,说摘苹果的约翰做了别人根本无法想象他能做的事,他就会发觉,他等待的就是这样的呼叫。数小时地站在梯子上抓向这么些苹果,让它们安然无恙地滑入口袋,这样的事他只有在别人注目的情况下能做成。所以他非常高兴,因为现在建筑师施莱格尔向上叫着：要是教父来了，就该你倒霉了，佩服，佩服！而鞋匠肖勒太太则叫着：这可会让妈妈感到高兴。森佩尔的弗里茨往上大声说的是：掉下来可是比爬上去快。邮差陶本贝格停住脚步，更像是对自己而不是对约翰说，约翰已经是个大胆的男孩了。赫尔默的赫尔米内对他说的是：为了一个黑色浆果人们爬得比为了得到一个红色浆果高。格吕贝尔先生走在他的母牛旁，用他那银铃般的嗓子半是说话、半是唱歌般地朝他叫上：倘若我是一只小鸟，有两只翅膀，我就会朝你飞去。菲尔斯特夫人带着被痛苦缝上的嘴巴和噙着泪花的眼睛经过，没对他叫些什么，这他明白。当然阿道夫每天至少来一次，对约翰正好收获的果实种类说三道四。他问，他们是不是没有博斯科普树。也没有格拉斯赖内特，甚至没有火红主教树！不！不过有韦尔席斯奈尔，格拉芬斯泰因，托伊林格和路德维希王子树。约翰回答，这些是他最喜爱的树种。不过他心里却想，但愿祖父25年或30年前种这个果园时，真的想到了博斯科普树，格拉斯赖内特和火红主教树。要是到了11月的星期六，他们三人或四人一起，经过被摘完的果树去诺嫩霍恩，到神甫那里换卡尔·迈①的小说时，对一个挂下来的韦尔席斯奈尔苹果人们不会动一个手指头。而一个博斯科普苹果人们会用木棍捅下。布鲁格一家只有博斯科普、格拉斯赖内特和火红主教苹果树。

幸运的是，当人们在万圣节和万灵节去教堂时，树上已经没有果实。母亲对约翰说，现在她感到高兴。

母亲得说服父亲，下一个星期天同士兵协会一起去教堂，然后

---

① Karl May，1842—1912，德国作家。

从教堂游行去阵亡士兵纪念碑。起先祖父说,要是他的儿子不去参加士兵和军事协会成立50周年纪念日,这简直是个耻辱,尽管他其实还是会员,世界大战的老兵,甚至还是勋章获得者。1872年到1932年,这可是一个理由,我的上帝。这也是祖父的一个荣誉日,母亲说。因为不管怎样,祖父曾经是这个协会的第一个旗手,而且现在,在星期天,将有新的授旗仪式。要是他的儿子不参加游行,这也许会登在报纸上,祖父说。这样的话,下一次就轮到我们被拍卖了,母亲说。那样的话,你就可以和木匠布雷姆一样,拿着手枪站在房门前面,驱赶强制拍卖之前想来参观财产的人们。约翰更愿意同布雷姆先生打招呼,而不是同任何其他人。有一次,木匠师傅布雷姆替拉亨迈尔磨短把手锯锯齿,为此要价50芬尼,可拉亨迈尔认为这太贵。布雷姆先生就把锯子在一块大石头上来回锯了两次,然后说:现在什么钱都不要了。

约瑟夫站在父亲一边,约翰站在母亲一边。也就是说,约瑟夫也反对父亲参加游行。约翰愿意父亲去。约翰愿意看到父亲胸挂铁十字勋章和巴伐利亚功勋章,腰挎宝剑。冬天,约翰有时把父亲当兵时用的东西从二楼的大柜子里取出。0.8口径带弹夹的手枪像新的那样闪闪发亮,生锈的左轮手枪,带黑色滚边、饰有帽徽的帽子,中士的肩章,颜色已经变得灰白的手套。约翰用这些东西把自己打扮起来。就是那把几乎同约翰身体一样长、带有微微弧线的宝剑,也被他连同闪烁的环扣一起抽出。他就这样全副武装地站到镜子前面。父亲对这些士兵用品已经不屑一顾。

而且他是个20年代的人,祖父说,在士兵协会里20年代的人占大多数。父亲说,自从战争结束以来,他再也没有参加过第二十步兵军团的任何一次聚会。不过,现在是向祖父表示敬意,母亲说。

　　这样就没人再说些什么了。埃尔萨进屋,说,流动摄影师带着照片到了。三张照片。3马克一张。跟着埃尔萨进办公室的米娜大叫:这个家伙疯了。给他钱,把照片拿来,母亲说。9马克,约翰,用它们你可以立刻得到一双冬天的靴子。米娜说,她觉得非常抱歉,因为她现在失去了自己的钱,所以无法买下一张上面有约翰的照片。约翰马上说:我送给你一张。大家笑了。埃尔萨把三张照片放到桌上,所有的人俯身去看。约翰立刻发现,他的嘴巴没有完全闭上,他那两个越长越大的门牙露在外面。他经常在镜子前面试着做嘴唇动作,以便把这两个硕大的门牙盖上。米娜说:瞧他怎么站着!这么潇洒!他就这么旁若无人地站在那里。瞧约翰怎样用伸开的双臂扶着自行车。这让她喜欢。一个王子也不过是这样,她叫着。自行车就是他的骏马!夫人,说些什么,否则约翰会以为,您不喜欢这些照片。母亲点头,说:把它们放好。

　　约翰走向精致小柜。不过,等别人都离开办公室后,他才把柜门拉下,抽出镜子,把照片放进秘密抽屉;为此他得翻开两个裹有绿毡的盖板,然后把照片放入暗盒。是父亲把这个保密抽屉托付给他的。约翰主要把它用于藏匿不让约瑟夫知道的东西。每当被称作堂兄的叔祖开着他的福特汽车从阿尔高来,他会带给每人一块巧克力。约瑟夫在得到它的当天就吃了。而约翰觉得,拥有巧克力至少和品尝巧克力一样美妙。他每隔两三天从上面掰下一小块,尽可能地小。要是不落到约瑟夫手里,他的那块巧克力能吃一个星期。当由此而产生争执,吵闹声越来越响时,父亲把约翰带到办公室,告诉他,如何取出镜子左右两边那两个闪烁着黑色光芒的小柱,如何翻开裹着绿毡的盖板。下面就是保密抽屉。父亲说，除了他自己和约翰，没人知道这个保密抽屉。约翰得保证，不给任何人看这个保密抽屉。也就是说，阿道夫也不行，当父亲说话时，约翰心里这么想。不过，他得告诉阿道夫，他现在有了一个秘密抽屉。他不必向他展示。要是阿道夫得到什么东西，他会马上告诉约翰。他每次会跑来，奔进屋，叫着约翰，约翰！抓住约翰的手臂，拖着约翰，同他一起朝着"菩提树花园"的方向往村下跑去，然后向右，再向右，在消防站前向左，拐入布鲁格的家，穿过后门进入房子，去看阿道夫刚刚得到的东西。他得立刻向约翰展示。阿道夫在大多数情况下就不再说什么。他高兴和兴奋得说不出话来；他蹦蹦跳跳，似乎脚下的地面装了弹簧，晃动着双手，张开的手指打着榧子。然后约翰知道，对这个奇妙无比的火车头他得说些什么。这个火车头拖着几节车厢，在小小的轨道上飞快行驶，让人担心，动力会把它们马上抛出轨道。不过，恰恰不会出这种事。小火车一圈又一圈地飞速行驶。只有当它停下时，才能重新和阿道夫说话。不管他得到一盒更加丰富多彩的迈克林积木，或者只是一个被他称之为嘴巴刨子的口琴，他总是兴高采烈。不过，正因为如此他需要约翰。阿道夫的日子当然比约翰好过：他是独子，独自一人得到所有的礼物，显然比约翰和约瑟夫的加起来还要多。布鲁格先生是牲畜商人，每星期驾驶着他的奔驰车一直开到多恩比恩或者肯普滕或者拉芬斯堡或者施托卡赫。林道、泰特南和弗里德里希斯港他反正要去。他不断给阿道夫带回礼物。而在布鲁格家，礼物叫小零碎。倘若那是吃的或喝的东西，阿道夫会让约翰一起吃，一起喝。约翰有说不完的惊奇。他总是同他一起，跑到布鲁格家，上到第二层，跑进阿道夫的房间，床头柜上有一只橙子。阿道夫把它切开，把半个橙子递给约翰。正好是一半。一点都不少。约翰在家里从未尝过橙子的味道。

至少约翰应该对阿道夫说，他有一个秘密抽屉。他很少拥有阿道夫缺少的东西。约翰把阿道夫领进办公室，说：那里，在精致小柜里，我有一个秘密抽屉。阿道夫笑了一下，就像他平时总是笑的那样，倘若他得告诉别人，对此他知道得比别人更多。这不是精致小柜，他说，而是一个折叠式写字柜。然后约翰得立刻同他跑下村里去布鲁格家，让阿道夫领他看一个精致小柜和一个折叠式写字柜。在布鲁格家，精致小柜是个顶上有一个装饰部分的玻璃柜。回家的路上，约翰觉得心情糟透了。站在闪着红樱桃木颜色、由两根黑漆色粗柱做框架的柜子前，他感到沮丧之极。上面是个精致的抽屉，然后是能放下的护板，后面是能从两根小柱上取下的镜子，下面是绿色的毡盖，再下面是他的秘密抽屉。可以取下的镜子是他的神龛。

也就是说，这整个东西只是个可折叠的写字柜。至少布鲁格家那个深色木头的写字柜，远远不及约翰家办公室里的这个漂亮。它用闪光的樱桃木做成，名叫精致小柜。尽管如此，每次家里有人提到精致小柜，他就会想起，它只不过是个折叠式写字柜。阿道夫清楚地表示，一个精致小柜比一个折叠式写字柜有价值得多。这是某些时刻中的一个时刻。在这些时刻里，约翰总感到自己必须反抗。先准备，然后反抗。仅过了一秒钟，一个精致小柜成了一个折叠式写字柜，这不能接受。像一个王子，米娜这么说。那三张照片武装了他，这他能感到。对他来说，这比一双新鞋更有价值。

当他照料好照片，重新推上镜子，关上护板后，他没有勇气告诉父亲,这不是精致小柜,而仅仅是一个折叠式写字柜。

星期天游行时,祖父走在第一排,父亲在最后一排。他挂上了他的两个勋章。队伍前面是乐队。约翰、路德维希、保尔、吉多和贝尔尼、这个赫尔穆特和那个赫尔穆特,他们在乐队边上陪伴着游行队伍。阿道夫不在。当人们奏着欢快的音乐经过布鲁格家时,阿道夫也没露面。

因为每逢周五晚上,套间里总是练习音乐,所以约翰熟悉所有的乐曲,便和大家一起,轻声唱起进行曲。教堂里,教堂司事把一个棺材放到了主祭坛的前面,棺材上展开着一面画有铁十字的白旗,棺材周围是由青苔做的士兵墓地,上面满是白色的小十字和同样小的、点燃的白蜡烛。一个身穿大礼服和挂着许多勋章的男人从第一排长凳那儿走出,来到前面,屈膝,转身,十分镇定地面向大家和教堂中间的旗帜,说,尽管时代没有像现在这样困难,今天还是有21面旗帜聚集在此,为了对士兵和军事协会的新旗帜表示敬意。路德维希坐在约翰边上的凳子上,轻轻地告诉约翰,穿大礼服的男人是他的教父,退休邮政主任督察齐恩。

住在林道,路德维希悄悄说,记下村里发生的一切。

退休邮政主任督察齐恩有那么多的勋章,因为胸脯没有那么宽,看上去他不得不把几个勋章和十字勋章叠挂在胸口。一圈花白胡子环绕嘴巴。嘴下尖尖地一撮下巴胡子。像米恩先生一样,约翰想。但是和米恩先生相比,他那尖尖的小胡子往脸上翘得更高;也比祖父脸上的小胡子翘得高;退休邮政主任督察齐恩的胡子尖几乎往上碰到了眼角。邮政主任督察说,他现在将朗读当时,1886 年,施密特的图斯内尔达作的发言。在 1886 年,1872 年成立的协会能给它的第一面旗帜举行庆典。旗帜是由四个教区的少女捐赠的。今天,这两个人,第一个旗手和施密特的图斯内尔达,他们都在场,为此他感到很高兴。施密特的图斯内尔达今天是已故海关财政委员德罗斯巴赫的寡妇,住在慕尼黑,为了庆祝这样一个盛典特地返回家乡。他用手朝着男人一方指向祖父,朝着女人一方指向施密特的图斯内尔达,她现在作为已故海关财政委员的寡妇坐在那里。不用转身,约翰就知道祖父就坐在那里,好像没有发觉,别人在说他。可是,可以看到,当那个已故海关财政委员的寡妇被提到时,她庄重地从所有其他女人和姑娘们中间站起身来。邮政主任督察说,当时,1886 年,鸣放了 14 声礼炮,以表示对新旗帜的尊敬,3 000 人聚在一起。今天,同我们那令人悲哀的时代相符,没有礼炮声。德国,他说,今天如此民穷财尽,在其整个历史上史无前例地民穷财尽。然后,他朗读那段讲话。约翰尽管无法句句听懂,但他感觉到,当时,1886 年,日子是多么的美好,在这里的教堂中,在整个世界里一定也同样。然后,新的旗手举着新的旗帜穿过中间的走道。退休邮政主任督察在旗帜跟前鞠躬,走回他的位置。迪尔曼神甫身披像盔甲那样庄严地把他全身围住的斗篷,用香、圣水和祷告为新的旗帜举行仪式。教堂合唱团唱出:死者永生。然后一个姑娘——路德维希向约翰嘀咕:施皮格尔的埃玛,来自诺嫩霍恩——把一根旗带缝到旗帜上,大声说:以圣女的名义。然后,鞋匠吉雷尔的黑德维希——约翰当然认识她,她就住在他们家的街对面——在新的旗帜上缝上另一根带子,更响亮地说:带有 1866 和 1870/71 以及 1914/18 年战争纪念币的题词带。仪式后是弥撒。迪尔曼神甫布道。我的灵魂奉给上帝。我的肉体献与祖国。我的心灵赠送朋友和同伴。教区失去了 71 名儿子，兄弟和父亲，71 个十字架，71 根蜡烛。约翰又发现，布道时他思想又开了小差。他开始数数，看祭坛周围的青苔上是否真的有 71 个十字架和 71 根蜡烛。是 71 个十字架和 71 根蜡烛。教堂司事赫施勒没有数错。祭坛上面是个敞胸露心的耶稣像。支座上写的是什么，这点约翰无论如何想知道。成功了。"我将在最后的审判日唤醒你们。"他轻声告诉阿道夫。他作出他早已知道的神色。随后——在此期间没有音乐，只有击鼓声——人们走向士兵纪念碑。希特勒的人已经身穿褐色制服站在那里。村里人叫他们纳粹—社民党人。他们的领袖是布鲁格先生。他们的帽子带有系在颌下的皮带。像是天有风暴，他们想用颌下的皮带防止小帽被风从脑袋上吹走。穿着高高的靴子和宽大有棱角的裤子，看上去他们能为所欲为。布鲁格先生边上是船匠米恩先生。米恩的船坞虽然离这里很远，几乎更是在罗伊藤嫩而不是在瓦塞堡。即使把装着八九个 1 公担重口袋的小车推到他的家门前，米恩先生也从来不给特别多的小费。但是，米恩先生依旧是约翰认识的最和气的人。只要车一停在他家门口，米恩先生的儿子就会从船坞大厅里走出，抓住口袋，扛进地窖。他不让约翰、约瑟夫或者尼克劳斯帮忙。要是有人第一次听米恩先生的儿子说话，就会觉得自己一句也听不懂。不过然后会听懂每个字，尽管他说的每句话都带有"施"的声音。一家信基督教新教。米恩先生是纳粹-社民党的地方小队长。这 10 或 12 个穿褐衫的人，约翰都认识。洛泽的格布哈特，看上去今天已经哭过；正好能越过自己的胡子往上瞧的造房木匠布雷姆；布鲁格先生今天的嘴角上清楚地缺少象牙牙签；褐衫队伍的最后是舒尔策·马克斯，以前的自我解放艺术家和萨拉萨尼马戏团的喇叭吹奏者，现在的渔夫帮工；还有黑克尔斯米勒先生、阿格内斯小姐和阿道夫。
黑克尔斯米勒先生在铁路工作，忙碌在路段上；阿格内斯小姐，在基
督教新教在学校做的礼拜仪式上当司事和弥撒助手。她的小屋同
她的邻居黑克尔斯米勒的一样，非常窄小。她养着满屋子的小猫，
得保护它们，防备杜勒的进攻。这个在自己的漫游途中留在这里的
木匠徒弟，尽管现在是渔夫帮工，却喜欢抓猫。阿格内斯第一个加
入了这个新党，不分冬夏，都在外衣上别着党徽。听说是她让黑克
尔斯米勒先生归附了纳粹党。黑克尔斯米勒太太比她的男人个子
还要小，从来不耽误一次礼拜，每天在教堂里做几个小时的祷告。
据说是为她的丈夫。因为他佩带这个党的党徽。阿格内斯边上是
阿道夫。头带滑雪帽，身着风衣和灯笼裤，看上去也像是穿了制服。

　　乐队、士兵协会和合唱团在士兵纪念碑前站成一个半圆形。因
为褐衫人占据了半圆的一部分，站在那里，就像他们始终站在那里
一样，其他人群就不得不紧靠一处。来自博多尔茨的蒂尔海默站
出，说，他代表帝国联邦屈夫霍伊瑟山①协会讲话，但是他也对所有
的人讲话。分裂已经时间够长地削弱了我们的力量，我们对阵亡者
负有责任，得最终统一起来。统一让我们强大，他叫着。正在此刻，
云开日出，蒂尔海默全身遍布阳光。士兵纪念碑处在半圆形人群挤
的最紧的地方，从东西方，由湖水反射而增强的光线闪烁而入。合
唱团唱起：我有一个同伴，你找不到一个比他更好的同伴，擂鼓出
战，他在我边上平静地迈出坚定的步伐。

---

① Kyffhäuser，德国图林根地区的山岭。根据民间传说，12 世纪神圣罗马帝国皇帝腓
　特烈一世在这里酣睡，一旦醒来，会领导德国人民战胜他们的敌人。

出了教堂，父亲离开士兵协会的队伍，转入合唱队，因为他得作为第二男高音参加合唱。在最后的歌声中鼓声重新加入。布鲁格先生叫起：立正。旗帜垂下。带卐字的旗帜也同样。穿褐衫制服的人伸出他们的右臂。阿道夫也伸出了他的右臂，像他父亲一样，目光斜斜向上。约翰想捕捉阿道夫的目光，让他觉得，他敬佩他。阿道夫曾说过，他父亲感到骄傲，在他唯一的儿子5岁时就给他以阿道夫的名字洗礼。在布鲁格的客厅里，有一张装在大镜框里的希特勒相片。相片上，希特勒拼命地伸出他的右臂。要是约翰同阿道夫进入布鲁格的客厅，布鲁格先生也正好在那里，布鲁格先生就会说：你们完全可以向他敬礼，他值得你们这么做。阿道夫会用力靠一下脚后跟，一只手放在裤缝旁，另一只手同相片上的人一样伸出。相片上的人嘴巴和下巴紧锁着。目光、嘴巴和下巴正好指向那只使劲伸出的手指向的那一点。约翰不断地尝试。布鲁格先生会笑着说：你们以后能学会。阿道夫经常说起关于这个希特勒的话，听起来同阿道夫在大人那里，尤其从他父亲那里听来的话一样，有些根本不合适的句子，他也鹦鹉学舌地照说。在餐厅里，约翰每天听到圆桌旁客人们说的一些话，但他永远不会在玩化装游戏、踢足球或做其他游戏时突然插嘴这么说。他父亲的话就更不会。单独在一起时他父亲对他说的话，除了在他和父亲之间，放在哪里都不合适。走出教堂，在回家的湖畔羊肠小道上，阿道夫会突然站住，叫道：秘书和破布长在一个树墩上！或者：在咬第一口时就该拿走女人的面包！或者：谁什么都会，就什么也不会！或者：吃得好，拉得好！当他说着这些话的时候，阿道夫站在那里像只啼鸣的公鸡。阿道夫至少该说明，这些话是从他父亲那里听来的！阿道夫使用的有些句子和表达方式,一天后就出现在吉多或保尔或路德维希的嘴里,似乎它们不是源自阿道夫,而是他们自己刚好使用的。就是约翰然后也会尝试,看自己是否能做到,如果一个孩子长得不像他的父亲,就说是赫尔默的弗朗茨帮了忙;每把扫帚都找得到它的把手;这个和那个女人被这个或那个男人骑过。即使别人第一次听见这样的话,也能立刻听懂,接着找机会使用。因为这类习语总是由阿道夫引进,所以他在同龄人中间威望最高。约翰很高兴,他和阿道夫是最好的朋友。晚上,要是他们不得不分手,约翰会感到难过。他希望,阿道夫也会为必须分手感到难受。不过他可不能这么问他。要是他和阿道夫摔跤,阿道夫用肘窝卡住他的脖子往下压,他也不会反对。

当协会成员们伴着高昂的音乐声重新向上村的方向进发时,穿褐衫制服的人在布鲁格的命令下迅速转弯,直接跟在乐队后面,其他的协会只能尾随他们前进。在圆桌旁,布鲁格先生称士兵协会为小雨篷协会。在火车站和"餐厅旅店"之间的广场上,游行队伍散去,旗手们收起他们的旗帜。随后饭店里人声鼎沸。

路德维希带约翰去鞋匠吉雷尔那里。即使没有路德维希,约翰也能在任何时候去鞋匠吉雷尔那里玩。不过现在,星期天下午,要不是路德维希坚持,约翰不会去鞋匠吉雷尔家。路德维希说,他得向他的教父问好,而退休邮政主任督察是鞋匠师傅的半个兄弟,要是他来村里,他每次都会去探望鞋匠,因为他也是在那栋房子里长大的。他出生在林道的旧灯塔里,然后齐恩先生的母亲嫁给了鞋匠吉雷尔的父亲。

路德维希和吉多什么都知道,只要提到一个名字,就会说出和这个名字有关的一切。而且不是一次。要是这个名字第二天又被提及，路德维希和吉多会重新说上一遍属于这个名字的所有事情。约翰想象着，在路德维希和吉多家里，不断地继续着某个叙述，不会落下村里发生的任何事。没有什么无足轻重。就像在一条船上，约翰想着，为了不让船沉没，需要所有的东西，最小的和最大的。要是路德维希和吉多传说着他们在家里听到的事，别人往往不明白，他们为什么要这么做。而他们自己也不知道这是为什么。不过他们传出的事，会继续流传，这是可以肯定的。在一个村子里，任何事都至关重要。

在鞋匠吉雷尔家，他们穿过低矮的屋门迈进走道，被告知，退休邮政主任督察还在"王冠花园"喝上午酒。用酬金，鞋匠吉雷尔说。父亲有一次同吉雷尔先生一起经营一个鞋油厂。两个人据说应该由此致富。但是火星掉入锅里，工场烧了起来，幸亏在房子被烧毁之前，大火被扑灭。鞋油厂没了。为了补偿由于鞋油厂造成的损失，父亲立刻便宜地买入一箱手表。他让旅行推销员替他卖表，可是，据说那些旅行推销员没来结账。鞋匠吉雷尔对约翰说：要是有个流浪汉来这里，他马上能找到通向你父亲的途径，利用他。

当退休邮政主任督察和他的夫人进屋时，约翰立刻想走，因为他看见，吉雷尔夫人已经端进了汤盆。但是路德维希把约翰推到挂着许多勋章的邮政主任督察跟前，而吉雷尔先生介绍说：对面"餐厅旅店"的约翰。是这样，是这样，邮政主任督察说，我们今天庄严地对你的祖父表示了敬意。而后继续说：出生在亨瑙，63 号，以察普费的名字，他的父亲来自诺嫩霍恩，38 号，叫齐特勒。祖父把亨瑙 63 号的房子卖给了多恩，他把它拆了。拆下的材料装在 39 辆车里，由马车夫无偿地运到了下贝希特斯威勒，因为洛泽的家被火烧毁，用亨瑙拆下的材料完全能盖起谷仓和部分地重建住房。

现在你知道了你应该知道的事,鞋匠师傅说。他也长着白花花的颔须,只是没有像邮政主任督察的那么浓密,翘得没有像他的那么高。邮政主任督察脸上最重要的真是他那一直翘到眼角的髭须。

可惜,邮政主任督察说,约翰的祖父在庆典过后走了,没有去"王冠花园"喝上一杯。雷克的奥伯斯特,海关财政委员的寡妇,神甫迪尔曼,校长黑勒都提到这件事。不过,也许对他1917年死于肺病的妻子维兰茨魏勒的弗兰齐斯卡来说,他反正没退休时已是个沉默寡言的人。

路德维希和约翰被允许离去。沿着两边种有梨树的小路,从低洼草地出来,朝大街跑去。在夹道尽头的玫瑰拱顶下,路德维希说:现在他们在我家桌旁站着,无法开始祈祷,因为我不在。不过他还是要对约翰说,他的教父路德维希·齐恩是两个巴伐利亚士兵协会的唯一一个地区荣誉主席,肯普滕和林道地区,而且还是名誉会员的主席,而他,约翰,你可以想象一下,出生在林道的一个旧灯塔里。

再见,路德维希喊着跑去。

毫无疑问,从他的教父那里,路德维希学到了属于一个名字的所有值得一提的知识。路德维希·齐恩记录了村里的一切。不过,更重要也许是,他是格吕贝尔家庭的一员,如同吉多是一个吉雷尔一样。这些家庭早就存在。约翰的祖父、父亲和母亲,他们都不是出生在这个村里。约翰家庭自身,对村子没什么了解。仅仅听别人说了一些事。

他看见街道对面有一些男人,喝完了上午酒,现在站在房子大门之间和露台台阶上,交换着最后的几句话,不过话又没完没了。

经过他们身旁,约翰该如何同这么多互相聊天的人打招呼?要是一个人以为自己没有得到问候,那可就糟了! 好吧,不越过露台回家,而是绕道下面,穿过庭院大门,然后从后楼梯上去。正当他想拐进庭院时,赫尔默的赫尔米内挡住了他的去路。你的祖父是艘帆船,她说。她那晃来晃去的食指排除了任何反驳的可能性。她那细长的肉赘闪闪发光。从她嘴里出来的不仅是话语,而且还有约翰认识的气息:红葡萄酒。在生活中你的祖父可不是一个旗手,她说。一艘帆船,约翰,这是你的祖父。那位退休邮政主任督察是把石笔削刀。一把石笔削刀对一艘帆船一窍不通,约翰。他也是真够可怜的,这个乌拉-齐恩。他的母亲,齐恩的伊丽莎白,未婚时有了他,父亲犹太人,霍恩埃姆斯的刺绣厂厂主,叫滕策。伊丽莎白11月有了她的路德维希,2月就不得不嫁给随便一个什么人,事情就是这样。这个磨坊伙计吉雷尔,赫伯尔茨磨坊的吉雷尔·米歇尔,穷困潦倒。当他娶38岁的伊丽莎白时,他25岁。也许他当时仅仅为了上帝的奖赏不得不这么做。当那第一个吉雷尔出生时,他的同母异父哥哥齐恩·路德维希已经在等着他。约翰,只告诉你,不过只是让你知道这件事。说着她用食指弹了一下约翰的额头,继续向前,方向火车站,但在此之前又向左拐弯,去那个约翰不看也能知道的地方,去见银行吉雷尔夫人。她每天一次,在"餐厅旅店"一边的火车站旁,在两棵栗子树之间的细砾石路上走来走去,等着赫尔米内,为了从她那里听小道新闻。

在厨房的长桌旁吃饭。约翰和祖父坐在长凳上,在尽管包了多层钢皮还在滴水的热水器下面。约瑟夫和父亲坐在桌子和炉灶之间。尽管还留有足够的位置给母亲,可她几乎从不和大家一起吃饭。他曾经见到过她坐着吃饭吗？约翰告诉祖父，别人在"王冠花园"等他喝上午酒。祖父用手抚摩了一下约翰的头。吃饭前，父亲从不同的小瓶子里往洋葱片上倒一滴滴的药水。饭间没人讲话。约瑟夫盘子前放着他的书，一边吃，一边看。母亲从炉灶那里叫着：约瑟夫。父亲说：别管他。他说得很轻，母亲也许根本就没有听见。约瑟夫继续看着。约翰想到吉雷尔的吉多、格吕贝尔的路德维希和那些在他们那里不断流传的故事。

晚上，当约瑟夫和约翰上床时，早早就躺下的父亲大声叫他们。他们得在床沿上坐下。父亲坐的时间总是比躺的时间长。床头柜上是书。他想告诉他们，他今天为什么宁愿不参加游行，尽管这对祖父来说是个节日。但是，在1870年太年轻、从1914到1918年年纪又太大的祖父，无法知道，战争究竟是怎么回事。胸口满是勋章的邮政主任督察齐恩对此同样知之不多。父亲的最后一次战役，1918年7月，在苏瓦松附近，他和其他两个人在潜听哨顶端执行潜听任务。在最前面的战壕里，每隔几百米就有一条壕沟竖着向前推进。在最前端，在潜听哨顶端，夜里甚至能听见敌方士兵的说话声。同父亲一起有两个人来自教区：施特罗德的特劳戈特和赫尔默的弗朗茨。太阳火辣辣地照下。敌人猛烈的连珠炮火，人们称之为掩护炮火。他们身后是一片弹着点。敌人显然以为，在突前哨所里有更多的德国士兵。父亲一发接一发地发射信号弹，可是自家的炮兵没有动静。没有弹药了。人们在身边笼子里养着娇凤，因为娇凤比人能更快地发觉毒气，一遇到毒气就倒下死去，这样人们就还来得及带上防毒面具。可是还没有遇上毒气，娇凤已死在笼子里。炮火越来越近。没有落地的炮弹在空中发出呼啸声。呼啸声越来越密集。

父亲知道,他得离开这个位置。突然他听见施特罗德的特劳戈特的声音。父亲和赫尔默的弗朗茨爬了过去。施特罗德的特劳戈特弯着身体,内脏从身体里挤出。他们两人把他的肚肠塞回他肚子里。施特罗德的特劳戈特睁开眼睛。眼睛飞快地转来转去,似乎想从眼窝里跑出。开枪啊,他吼着,开枪啊,开……父亲和赫尔默的弗朗茨抚摩着他。他叫着开枪啊。开……我的上帝……他就这么叫着,直到失去知觉。

就在这一天他们开着坦克来到,把我们抓了起来,父亲说。占领了潜听哨和战壕。赫尔默的弗朗茨装死,没被他们抓到。他们把我们送到苦役营。是我们先袭击了他们。摧毁了他们的国家。一个地方接着一个地方。他在床头柜抽屉里取出一张亡者照片。施特罗德的特劳戈特。一个士兵,尖顶头盔,铁十字,一撮父亲也有过的胡子。约瑟夫读着下面写的字:甜心耶稣,我的爱。300 天赦罪。甜心玛利亚,我的拯救。300 天赦罪。晚安,父亲说着把照片重新放回抽屉。

他们正准备回房间,母亲进来,异常激动。兴登堡①讲话了,她说。在电台里。听见他讲话,就像他站在一个人面前对他讲话那样。

父亲问:他说了什么? 母亲回答:这样下去不行。德国,他说,无法挺过这个冬天。倘若胡佛②不立刻改变政策,让德国摆脱支付赔款,那就完了。那就是一场灾难,一场贫困和无望的灾难。

父亲说:灾难叫希特勒。

---

① Paul von Hindenburg,1847—1934,第一次世界大战时德国元帅,魏玛共和国第二任总统。

② Herbert Hoover,1874—1964,美国第 31 任总统,第一次世界大战爆发时,在伦敦任协约国援救工作首脑。

母亲说：他没这么说。

父亲说：是这个意思。

孩子们，现在去睡觉，母亲说着把右手撑住右腹部。父亲立刻说：胆囊？母亲坐到床沿上，但立刻又站起，说：会知道的。她讲的当然不是同父亲一样的语言。她说一种与父亲不同的语言，屈默斯威勒德语。父亲说巴伐利亚国王实用中学德语，尽管他出生在亨瑙，而从亨瑙到屈默斯威勒最多只有3公里路。空间距离。事实上从亨瑙后面，地势开始往山上去，然后穿过阿岑伯尔森林朝着诺嫩小溪急剧向下，越过克鲁门小径后，道路又陡直地通向威勒尔，也就是屈默斯威勒。

她得到楼下去，她说。不过，孩子们得先上床睡觉。

约翰躺在床上想着教堂里的青苔公墓，想着71根白色的小蜡烛。也就是说，其中一根是给施特罗德的特劳戈特的。年迈的施特罗德夫人他今天也见到过，在旗帜典礼之前，她站在一个坟墓之前，看上去在祈祷。耶稣的甜心……

战争，约翰对此毫不惧怕。真的不怕。他喜欢射击，因为他喜欢击中目标。每当他用阿道夫的气枪射击时，他总是等瞄准凹槽和准星完全平静地对准时才扣动扳机；然后他跑向靶子，小小的子弹射中了10环或11环，有时甚至12环。这时他就感觉到，他能做到。一切。约翰，王子。真是可笑。他看着斜斜地挂在墙上的天使画像。镜框玻璃上又反射出街灯的光芒。就他来讲这幅画不一定要挂在那里。我的上帝，要是他伸展四肢。这是怎样的一种感觉。要是他伸展四肢……他非常想告诉别人，他感觉怎样，要是他伸展四肢。他只是不知道，告诉谁……

六　母亲入党

　　他打算圣诞节之前支付欠款，米恩先生从门口对站在炉灶后的母亲说。她在他的前面往办公室走去。约翰跟着。不管怎么说，把八公担的煤球用小车从这里卖到了罗伊滕嫩，他帮了忙。当他们走进办公室门时，套间里传来了钢琴演奏声。米恩先生对母亲说，您的丈夫本来可以成为一个音乐家。母亲说：您请坐，米恩先生。米恩先生不是这个地方、甚至不是这个教区的人，所以大家都用您称呼他。母亲用标准德语同他说话。她的标准德语是一种杂有陌生口音的方言。八公担煤球，约翰，她说。约翰用同样的声调说：9马克52芬尼，80芬尼为运货。这我们就免了，因为今天是圣诞节，母亲说。米恩先生比母亲矮一个多头。他说：愿上帝报答你们。母亲把透明纸放进账单夹，问约翰：多少？9马克52芬尼，约翰说。米恩先生感到惊奇，因为他不知道，要是母亲和约翰在一起，喜欢用左手手指表示一个数字，然后约翰就把这个数字同母亲另一只手的手指表示的数字相乘。有一次她对他说：反正你早晚要学，为什么不马上学呢。

约翰接过一张 20 马克的钞票,打开钱柜的门,找回零钱。母亲说,她听说新成立的党在"王冠"大厅里为孩子们举行了圣诞庆祝会。人们用带卐字的小旗装饰圣诞树,而米恩先生作了出色的演讲。米恩先生最后祈祷,让上帝降福予伟大领袖和拯救者希特勒的事业。米恩先生证实,他正是这么说的。目前情况十分可怕,在大城市的街头骚乱中,的确死了许多人,经济已经走到尽头,600 万人失业,一年内换了三个帝国总理,而这第三个一个月内也肯定会下台。亲爱的夫人,要么是骚乱,即俄国式情况,也就是说布尔什维克主义,无休无止的谋杀,要么希特勒。

作为基督教新教徒,米恩先生同天主教徒供奉同一个上帝,母亲说。她这么说,是因为有些人说,新党追随不信上帝者。谣言,米恩先生说,传播这些谣言,为的是在教徒那里,不管他们是基督教新教徒或天主教教徒,诋毁领袖。要是我没有在他身上看到这么多非常虔诚的证据,我不会加入这个党派,永远不会。米恩先生这么说。您知道,我是教堂理事会成员,在教堂建筑协会里出力,以便基督教新教的礼拜不再只能在学校举行。市长黑纳先生,不是一个不信上帝的人,现在脱离了巴伐利亚人民党,转入了国社党,尽管他对此没有大事张扬。建筑师哈特施特恩也同样。而且和他妻子一起。人流巨大。而且来自所有的阶层。至于涉及宗教的情况,您自己能看到。

说着他从小包里取出一张明信片,把它递给母亲。我把它送给您,他说。母亲把明信片交给约翰,似乎让他看更重要。十字架上的耶稣,他前面是一个举着卐字旗、穿褐衫制服的人,身边另一个穿褐衫制服的人举着手臂在宣誓。你能读吗,下面写着什么。约翰拼读着,然后读出整个句子:主啊,赐福予我们的奋斗。阿道夫·希特勒。

米恩先生又感到惊奇。母亲把一只手放到约翰的头上。还没上学,米恩先生说,已经能读出领袖的一句话。太妙了。从我丈夫那里学的,母亲说。他还非常用功,米恩先生说。这点他也许是从我这里得到的,母亲说着用手来回地抚摩着约翰的脑袋。约翰感到很高兴,他能像自己很愿意表现的那样表现。

母亲说,她愿意入党。这让米恩先生非常高兴。母亲说,聚会也可以在"餐厅旅店"举行。对自行车协会,体操协会,音乐协会和合唱团,这里也是合适的聚会场所,保存了奖杯,甚至还有奖旗。她很勤奋,你的母亲,米恩先生说。不过,这不错,在慕尼黑我们有一个褐色屋,最近甚至在林道,在渔夫街也有一个。在这里,我们有时在这儿,有时在那儿聚会。套间很快就能加热,母亲说。电话我们也有。还有当地最高的旗杆,米恩先生说着笑了。只是到目前为止总是升错了旗。母亲做出一副表情,也许想表示,她不想同升旗有什么关系。

米恩先生祝圣诞快乐。申请表格他明天会送来,以便还能在旧年里登记入党。还有 100 万人之内的成员编号。显然,到了明年,没有希特勒肯定是不行了,也就是说,领袖将接手政权,有可能,第一个百万内的成员编号不久将被视为一个伟大的标志。

他们陪伴米恩先生走向大门。天上已经开始下雪。冬天里,露台上空无一人。米恩先生在屋墙边拿上他的自行车,母亲大声说:现在您得小心别摔倒。他欢快地叫回,表示感谢,随即消失在往村下去的路上。祖父把落在露台上的雪扫去。父亲,别再扫来扫去了,母亲说。反正雪已不大,祖父回答。

约翰站到祖父身旁。现在下的雪会化掉,祖父说。他把手放到约翰头上。他的手比母亲的沉重。

互赠礼物在套间里举行,因为钢琴不能缺少。也就是说,只有当父亲在钢琴上弹起"安静的夜,神圣的夜"时,约瑟夫和约翰才能进去。有两扇门通向套间:从店堂那边走来的是手里拿玻璃杯的埃尔萨,后面是四位客人。汉泽·路易斯、舒尔策·马克斯、杜勒和泽哈恩先生。从大门那里来的是约瑟夫、约翰、尼克劳斯和祖父。最后是米娜、公主和母亲,从厨房出来。在圣诞节,泽哈恩先生总是在他黄色外衣那绿色的翻领上佩戴着教皇的教廷勋章。那时他在慕尼黑当海军革命者,曾对他应该逮捕的罗马教皇使节说:阁下,要是您同我走,您就是被逮捕了,要是您从后门出去,您就是从我这里逃走了。由此他得到了这个勋章。

在所有人中间,杜勒离家最远。他来自一个地方,约翰觉得,要是有人说出这个地方的名字,像是在同杜勒开玩笑。当着杜勒的面,约翰从来不敢说这个地名。布克斯特胡德。杜勒同村里任何一个人说话不一样。他蜗居在西格尔夫人的一个木板小屋里,对面街上,就在新近铺过沥青的公路旁。杜勒日日夜夜地在路上。是渔夫伙计和酒徒。或者追赶着阿格内斯小姐的猫咪。阿道夫断言,杜勒的木板小屋里,墙壁和屋顶是用通货膨胀时期的纸币糊起来的。几十万张纸币,面值几百万,几十亿,几万亿。阿道夫说,1923 年,一张报纸就值 160 万马克。每当听人谈起那次通货膨胀,约翰就想,这个国家当时在发高烧,一定有 41 或 42 度。

这个舒尔策·马克斯什么地方的人都不是,也就是说从各个地方来。他来自马戏团。在由外来渔民家庭居住的堂区公共住房里，他在那里的一个阁楼上过夜。房子坐落在以前堆鱼网的一个地方。

同杜勒和舒尔策·马克斯的睡觉地方相比，尼克劳斯在这里阁楼上的卧室是个美妙的居所。尼克劳斯有张真正的床，周围是古旧的柜子，一个房间就这样形成了。约翰觉得尼克劳斯很有趣。有一次，约翰看着他把裹脚布上上下下地缠在自己的脚上，然后穿上他的系带靴子。而米娜去年为尼克劳斯织就的、放在圣诞树下的袜子，却给他扔在一旁。当米娜想把袜子塞到他手里时，他摇了摇头。尼克劳斯很少说话。用点头，摇头和手势他就能表达他想说的话。要是他报告，莫尔肯布尔的男爵夫人埃雷奥丽娜要 3 公担低温焦煤，霍佩-赛勒小姐要 2 公担无烟煤时，别人会发现，他不犯任何语言错误。他只是不愿多说。说话不是他喜欢的事。

圣诞树下放着给约瑟夫和约翰的浅灰色挪威毛衣，几乎是白的，但又不是白的，实际是银灰色的。带有蓝灰色的、稍稍突出的条纹。但在胸口有两个不同的图案，幸亏这样才不会互相混淆。约瑟夫立刻把它穿上。约翰更愿意看见他的毛衣躺在圣诞树下，因为大家都说，他也该试穿一下，他也就把它穿上。约翰觉得这件毛衣把他吸引住了，就想赶快出去。他装作上厕所，这样得经过走廊上衣帽间的镜子跟前。他得打量一下自己。他见到自己，银灰色的，几乎是蓝色的凸起条纹，胸前的一个圆圈里是个徽章。王子，他想。当他重新进屋时，无法掩饰自己的感觉。米娜发现了。它对你可挺合适，她说。

毛衣来自阿尔高，由被称为堂兄的叔祖安塞尔姆送。

属于每件礼物的有满满一汤盆的小饼干。黄油饼干，埃利森甜饼,胡椒蜜蜂饼,茴香酥,桂皮小星饼,夹心饼,小杏仁饼。

母亲对米娜说,指的是小饼干:我吃不下。约翰拼命地点头,直到米娜发觉,他在拼命点头。去年,他曾尝了阿道夫的饼干汤盆。布鲁格家的小饼味道都一样。米娜做的小饼不一样,每一种都有自己完全独特的口味,而所有小饼干的味道合在一起,都有米娜的饼干应该有的味道。今年,在约翰和约瑟夫的盆子边上是用银纸包起来的一件长长的东西,从银纸里露出一面小旗,上面画着一颗红心,红心后面写着,衷心的。红心上面是:公主的问候。当约翰还在拆包装纸时,约瑟夫已经尝了起来。牛轧糖,他说。对,公主说。太好吃了,约瑟夫说。约翰没吃,把他的牛轧糖重新包了起来。

给米娜和埃尔萨的是丝袜。两个人都说,用不着这么客气。给米娜的还有一本存折。带一点点种子,母亲说。在地方储蓄银行。它不会倒闭。米娜摇着头说:啊,夫人,愿上帝赐福予你!圣诞树下,给公主的是好几扎蓝色的羊毛毛线。她拿了起来,像一个马虎的士兵那样把手举到太阳穴敬了个礼,说:正合适。对约翰她说:你知道,你将得到什么。约翰也说:正合适!回了一个礼,就像她做的那样。晚上,他总喜欢把手藏在毛线里。公主然后会把毛线绕成团,以便能打毛衣。在空下来的每一分钟里,她会给她的莫里茨打毛衣。她每个月被允许去拉芬斯堡探望他一次;但是不允许单独同1岁的儿子待在一起。只要公主在那里,17岁男孩的母亲,男孩是小孩的父亲,总是坐在一旁。每次探望后,公主总是讲述那个自己本身不到40的小孩父亲的母亲,每当她把小莫里茨抱在怀里,她没有一分钟不紧盯着她。据说公主31岁。她给每个人的盆子边放了些东西,每次都添上她的红心小旗。给埃尔萨的是一块白色麻布餐巾，上面公主用红线锈了一匹腾身而起的马。给米娜的是两块洗碗布，一块上有一个大红的字母 A，在另一块上是一个同样大的字母 M。在给尼克劳斯的两块擦地抹布上，她用钩针钩了漂亮的边。给泽哈恩先生的是一小瓶鸡蛋利口酒。给母亲的是一个襁褓。给父亲的是一个上面有薰衣草花的小口袋。给祖父的是一个象牙鼻烟壶。约翰，她说，过来，给祖父送去，告诉他，路德维希二世曾把它送给了公主的曾祖父，因为当国王在樱桃树森林打猎扭伤了脚时，是他把国王背回了宫殿。大家鼓掌，今天嘴巴疯狂化妆的公主向四周鞠躬。约翰很想只看公主。巨大的嘴巴在错位的玻璃眼球下很适合。圣诞树下，给尼克劳斯的又有几双短袜和一包方头雪茄烟。短袜是去年的，他也让人把它们放在树下。雪茄烟，装满小饼干的盘子和绣有花边的抹布，他拿到了自己的座位旁。经过时他对公主说：你真是一个人物。她敬着礼说：是的。然后他又走回，去父亲那里，去母亲那里，同他们握手表示感谢。但握手时他既不朝父亲也不朝母亲看。当他伸出自己那缺少大拇指的右手时，他的目光已经移开。对了，他几乎转过了身体，把手伸向一边，几乎已经伸向身后。可以看出，这不是出于漫不经心。他不想目视那些送他礼物的人。尼克劳斯重新坐到他的那杯啤酒旁。只有在圣诞节，在复活节和尼古拉日他才从杯子里喝啤酒，否则就着瓶子喝。约翰喜欢观察和倾听，尼克劳斯如何把瓶子直直地放到下嘴唇上，带着一声叹息把瓶子喝干。相比之下，从杯子里喝酒就显得乏味。尼克劳斯还把每个从餐厅里取回、据说是空的酒瓶再次放到嘴边，然后再让它们在屋后的啤酒瓶架上等待酿酒厂的汽车；他不愿浪费任何东西。

汉泽·路易斯取出他的折叠式小刀，打开后递给尼克劳斯。他

从小包里取出一支方头雪茄,用由于多次打磨已成弯月形的刀刃把
雪茄切成两段。同汉泽·路易斯完全一样,尼克劳斯也只抽半根的
雪茄。不过尼克劳斯很少抽烟,所以,切开后有 20 支的雪茄足够他
从这个圣诞节抽到下一个圣诞节。汉泽·路易斯,因为他嘴里总是
需要有一段雪茄,就用一个半段雪茄点燃了另一个半段。汉泽·路
易斯一边把他的折叠式小刀关好,一边说,森佩尔的弗里茨在餐厅
里讲,他学了管道工,仅仅是为了能替自己做一个铁皮花圈。要是
他躺在坟墓里,逢上雨日,这样他就能聆听雨声。这个来自瓦塞堡
家族的森佩尔,这个不断地出落成教区顶尖滑头的管道工和哈根①
后代问他,问汉泽·路易斯,——实际上是小农民阿洛伊斯·霍茨,
由于地区里太多人姓霍茨,并带有不那么奢华的普通名字汉斯,更
不用说来自黑格,所以改名以示区别——这个一直到眼睫毛都是金
色的金发小伙子森佩尔的弗里茨,就这么有气无力地同他搭话:反
正抽了一半后你会接着点燃另一半,你为什么还锯断你的雪茄,也
就是说,这不符合逻辑,哈哈,哈哈,他,汉泽·路易斯,向周围结结
巴巴地说,因为他不可能知道,他为什么总是只能把锯断的雪茄塞
进嘴巴,不管它是从哪里来的,哈哈,哈哈,也就是说,他应该赶快对
圣雨果做紧急祈祷,他作为四月一日的圣者对人们不知道、但应该
知道的发明负责,哈哈,哈哈,哈哈,好吧,我那脸色苍白、头发金黄
的管道工,你啊,现在请仔细看,我的鼻子怎样翘出嘴巴,我的下巴
怎样前伸,而且还向上翘起,但嘴巴本身是远远躲在后面的一条线,

---

① Hagen,德国一城市名,曾为钢铁工业区,也是德国著名英雄史诗《尼伯龙根之歌》
中一勇士的名字。

由于牙医伊特勒,相当程度上脱离了牙齿,而我那翘出和挂在所有东西上面的鼻子看上去永远拖着一条鼻涕虫,而你的意思是,我那金发管道工小伙子,即使我那世界闻名的汉泽·路易斯鼻子,也无法超越一根没有截成两段的雪茄,也就是说,鼻涕会有害地滴在我的雪茄上,而吸截成两段的雪茄就丝毫不用担心此事,这样,鼻涕虫,事情理应如此,倘若它一段时间又松弛地下垂,就会有规律地滴落进深渊,这个深渊展现在每个人面前,不仅面对汉泽·路易斯,来自黑格、瓦塞堡教区。满意了吗,汉泽·路易斯问了一下,又直截了当地指出,金发管道工不习惯,别人驳斥他那恬不知耻的伶牙俐齿,而伶牙俐齿是唧唧喳喳的鸟嘴,而这个金发管道工小伙子,就是猪圈里的母猪也没有他这么金黄,瞧他鼻子下的东西,上嘴唇伸向这方,下嘴唇跑向那方,不过简直是金黄剔透,一直到眼睫毛。汉泽·路易斯平时说任何话,都用方言。要是他,比如现在,转用标准德语说话,给人的感觉就是,为说每个字他都特地站到了小讲台上,像是作演讲。真的,汉泽·路易斯话音刚落,从他鼻子里挂下的黏线上,一颗透明物又在点燃的雪茄前滴到地上。

杜勒,舒尔策·马克斯和泽哈恩先生举起他们的杯子,为汉泽·路易斯干杯。公主说:路易斯,你说出了我的心里话,要是你年轻30岁,我立刻就可以考虑你。那样我只有13岁,母亲小姐。这正是我喜欢的年龄,公主叫着。现在该闹够了,母亲大声说。

父亲走向圣诞树,拿起一个蓝色的小包,扎有金色丝线,把它交给母亲。她摇了摇头。他说:还是先把它打开吧。里面是一块印度肥皂。还有耳环,闪烁着黑色光芒的珠子。她又摇头,尽管比先前慢了些。树下给祖父的是一件睡衣。他对想去替他取的约翰说:让

它放在那里。最后父亲打开给他的礼物。皮质五指手套。羔羊皮
手套,父亲说。戴着它几乎可以弹钢琴,他对约瑟夫说。于是他戴
上手套走向钢琴。一阵由圣诞歌曲组成的混合音乐欢声响起。汉
泽·路易斯用曲起的手鼓掌;是无声的鼓掌,因为他那扭曲的手心
无法伸直,互相拍打。他说:与此相比,远处传来的音乐什么都不
是。他可以相信,套间里的每个人都知道,在汉泽·路易斯的语言
里,远处传来的音乐就是收音机。随后他站起身,说,在他被卷入下
一次互赠礼物仪式之前,他想走了。雪还在下,他该小心,别摔倒,
母亲关照。别担心,奥古斯塔,他说,一个善于踉跄走路的人不那么
容易摔倒。他把一个弯曲的手指放到他那从不摘下的小绿帽旁,那
是一顶顶部收紧的无沿猎人帽,甚至跳舞般地曲了一下腿,然后走
出。到了门边,他再次转身,举起手说,要是现在时兴不说你好,而
是把手伸直,那他可就担心要遭罪了,因为他的前爪如此弯弯曲曲,
看上去就像是叫莫斯科万岁的人的拳头。然后又回到他的标准德
语类型:人民同志,我预见到了灾祸。接着又回到自己的方言:同
样的人说,要是面临死亡,不要没有耐心。① 带着祝大家晚安这句话
他到了外面,公主没有来得及用标准德语译出他的话。埃尔萨追到
他身后,给他打开大门。然后大家听到她尖声惊叫:别,路易斯……
好吧,路易斯,别这样,路……易斯! 当她回屋时,她在笑。他想用
雪抹她。约翰感到惊讶。阿道夫、保尔、路德维希、吉多、这个赫尔
穆特或那个赫尔穆特,还有他,一旦下雪,会用雪抹女孩,这是明摆
着的事;没有什么比把伊姆佳德、特鲁蒂或格蕾特按到雪地上,用满

---

① 原文为方言:Der sell hot g'seet;No it hudla,wenn's a's Sterbe goht。

把的雪往她们脸上抹更好玩了。姑娘们会叫出从未叫出过的声音。不过，现在有人竟然想给巨人般的埃尔萨脸上抹雪！汉泽·路易斯比埃尔萨矮一个脑袋。埃尔萨刚回来，汉泽·路易斯再次出现在门外，说：同样的人说，a Wieb schla, isch kui Kunscht, abr a Wieb it schla, deesch a Kunscht。然后以他的方式扭了一下身体，离去。公主像是受到折磨似地在他身后大叫着译出：Ein Weib schlagen, ist keine Kunst, aber ein Weib nicht schlagen, das ist eine Kunst。（打一个女人，不是艺术，但是不打一个女人，这是艺术。）杜勒举起他的杯子，说：啊，公主，没有你，我在这里的外国可怎么活。

要是这里已经没有找不到接受者的礼物，我就不再是舒尔策·马克斯了，舒尔策·马克斯叫着指向一个皮包裹。站得离圣诞树最近的公主把它打开。一张猫皮。啊，杜勒，母亲说。要是别人送给你，杜勒说，你又有什么办法。公主抚摩着这有虎皮状斑纹的毛皮。米娜说：谁抚摸猫咪，谁就在恋爱。公主问，这是谁的。总是属于那个被问的人，杜勒说。公主说：又是一个 50 岁的人，把你的身份证涂改一下，然后到公主阿德尔海德这里报名，再见，我的老爸！50 岁，杜勒叫着跳起来，你说什么，小女孩！马克斯，你听见吗，她把我当成了老爸爸。50 岁，你不该这么说：收回你的话，向我保证。说这些话的时候，杜勒几乎跳了起来。无论如何他态度又软下。他总是穿得像一个漫游的木匠徒弟。不过，以前他工作服上是黑的地方，现在早就不是黑的了，已经根本没有颜色。在他那从不脱下的木匠帽子下，几乎是红颜色的头发冒了出来，一直披到他肩膀上，和他脸上茂密地长出的胡子一样红。宽大的胡子从左右两边延伸，几乎长过了帽檐。留下的脸部的确不多。能看到的只有鼻子和眼睛。

眼睛上架着一副眼镜,又小又圆的镜片,使他的眼睛看上去比镜片还大。从来没人在教堂里见过杜勒先生。可约翰感到,他同圣诞树很般配。实际上在所有人中间最般配。

互赠礼物结束,现在是歌曲。刚唱了第一首歌,即"啊,你欢快的,啊,你幸福的",舒尔策·马克斯就对母亲说,两个男孩应该站出来。父亲已经脱下羔羊皮手套,越来越熟练地伴奏。在"你们牧羊人,你们男人和女人"之后,舒尔策·马克斯对杜勒说:为这些音乐家我们再喝一杯。要是你同意的话。杜勒拼命点头。然后我们走吧,舒尔策·马克斯说。杜勒又点头。十分用力。舒尔策·马克斯说:我们根本不想在这里扎根。杜勒猛烈地摇头。舒尔策·马克斯说:今天就更不愿意,对吗?杜勒拼命点头,不得不再次把眼镜扶到原位。舒尔策·马克斯说:就是一个旅店之家也想有时间单独在一起,对吗?杜勒又点头,为了能足够用力地点头,索性在点头时扶住自己的眼镜。舒尔策·马克斯说:要不是在圣诞前夜,什么时候,对,什么时候一个家庭想单独在一起呢,对吗?为了能比以前更用力地点头,杜勒摘下他的眼镜。舒尔策·马克斯说:我们今天是什么日子?杜勒以一个令人难以相信地轻柔的、几乎是吹气般的嗓音说:圣诞前夜。舒尔策·马克斯说,非常严肃地:所以,非常非常尊敬的店主夫人,这下一杯酒真是最后一杯酒,必须是最后一杯。

母亲给他们斟酒。要是瞧上一眼,尼克劳斯的酒杯也总是空的。他没有坐在客人那里,而是坐在祖父身旁,因为他属于家庭。同其他人一样,他得到的也不仅是圣诞树下的小包裹,还有同属于此的满满一汤盆小点心。他把它拿到了自己的座位边上。

泽哈恩先生一坐下,埃尔萨马上也给他端上这样一个有黄油饼干、埃利森甜饼、胡椒蜜蜂饼、茴香酥等小饼干的汤盆,以便清楚地表明,就是泽哈恩先生也属于家庭圈内的人。泽哈恩先生的嘴巴没有真的停下,欢快地微笑着,他那词句链里清楚地加进了别的东西:请带给善良的人们和平,不过立刻又在他的文本中继续下去:人必须有幸福,倘若他没有幸福,必须是一个人,虚伪的蛇蝎,愚蠢的公牛……对这样的文本,也许约翰比别人了解得更多。他们也许以为,这是些不明不白的废话。可是约翰觉得他所能偷听到的泽哈恩词汇很有趣。要是别人离泽哈恩远于一米,就无法知道,他眼下是在说话,或者嘴里只是在咀嚼。

桌旁的所有人,杜勒、泽哈恩先生和舒尔策·马克斯,都表示出,今天对他们来说,杯里的啤酒或湖酒是次要的,主要的是圣诞树,燃烧的蜡烛,发出红色和银色光芒、映照出千变万化的烛光的玻璃球,那些闪闪发光的锡纸箔窄条,被约瑟夫和约翰点燃、然后发出咻咻声的烟火,当然还有他们伸长着脖子倾听的圣诞歌曲。舒尔策·马克斯说着恭维话。约翰为舒尔策·马克斯唱歌。“一匹骏马逃跑了”,这是约翰最喜欢唱的圣诞歌。他不仅听到自己的声音,甚至见到了它。某种银色的、在对面空中光彩熠熠地流动的东西。他的声音永远到不了那么高的地方。他的身体永远不可能这么轻巧。他的声音在约瑟夫的伴唱上漂浮,飘到陪衬一切的钢琴声上。然后舒尔策·马克斯说:约翰,要是你不成为歌唱家,那么是你自己的错。约翰身上一个寒战接着一个寒战。这个舒尔策·马克斯自己也站了出来。作为杂耍艺术家和小号手。萨拉萨尼马戏团的首席小号手!每年一到两次,要是有人事先替他支付 10 杯啤酒,他就会展现一下他的艺术才能。他会挣脱一根锁链或崩断一根绳子。他的头发总是像画在他那光头上似的,头路像是用直尺画出的一条线。他的脸膛上满是皱纹和褶子。在士兵纪念碑前约翰就想到，冲锋队的帽子不适合这张布满皱纹和褶子的脸。不过也不适合洛泽的格布哈特的脸。这时约翰已经从约瑟夫那里知道——但只是知道，为了惩罚不听话的孩子，谁每年12月5日作为仆人鲁普雷希特，带着一张长满胡子的脸和叮当作响的铁链，挥动着一根可怕的榛树枝，走在隆重地红白相间打扮的、分赠巧克力尼古拉的尼古拉身旁，穿过村子：这个舒尔策·马克斯。不过在约瑟夫向他透露此事之前，他得向约瑟夫保证，不把这事传出去，告诉别人。要是这两个人沿街走上，朝着家里来，刺耳的牛车铃铛声和叮当作响的铁链声从很远就能耳闻。不过，善良的尼古拉那友好的铃声，只有当两个人直接站到厨房里你的面前时，才能听见。在此之前，仆人鲁普雷希特发出的那刺耳的嘎嘎声和叮当声只是逐渐靠近，越来越响。一旦屋门被拉开，两个人，善良的尼古拉和残酷阴险的鲁普雷希特穿过走廊上的侧门，铃儿的叮当声和铁链的嘎嘎声会越发变得令人恐怖。这时只能紧紧抓住母亲的围裙，把脑袋死死地靠在她身上，她马上就会打开厨房门，然后……尽管他已经从约瑟夫那里知道，这个可怕的晃动铁链和挥举木棍的人，这个令人恐怖的大胡子就是舒尔策·马克斯——而那根铁链你认识，就是他在酒店里当杂耍艺人用的铁链——但他还是感到害怕。面对这样可怕的声音，也许没有任何东西能提供保护。

也就是说，现在约翰用歌声对付这个仆人鲁普雷希特。一劳永逸地。要是他这么赞扬他，他就不会再伤害他。最让人感到恐惧的威胁是，他会把不听话的孩子，塞进他搭在一个肩膀上的鲁普雷希特口袋，带到某个立时生效的地狱里。

现在他们准备专门为我们的小卡鲁索①约翰喝最后的一杯,舒尔策·马克斯说。要是你同意的话,否则不。杜勒点头同意。然后我们真的该走了。要是他恨什么,那么,伙计们,那就是这种人,他们说马上走,但就是不走,至少他不愿意让别人在背后这么议论他。而你,就我认识的你来说,也不愿意这样。杜勒点头,动作很大,但速度很慢,几乎有些庄重。埃尔萨说,半小时后开始早礼拜。要是现在不去,就没有座位了。泽哈恩先生站起,想付钱,听说在圣诞前夜不用付钱时,感到很惊讶。舒尔策·马克斯说:杜勒,但愿我们知道!杜勒说:没人能知道一切。泽哈恩先生高兴地说,没有从嘴上拿下香烟,愿别人为他黑色的灵魂祈祷,然后上楼回自己的房间。先生们,埃尔萨说,我替你们引路。引到雪地里,舒尔策·马克斯说。那就同我一起走,杜勒说,在我那里雪下不进来。我那里还有些东西,舒尔策·马克斯说。那你就是我的主人,杜勒说。埃尔萨同他们一起出去。往外走时他们开始唱歌:静静的夜,神圣的夜,啊,床板咯吱,多么美妙……埃尔萨返回,说:瓦伦丁在等着。米娜说:还有阿尔弗雷德。请吧,请吧,公主说着举手行礼,在别人之前走出套间。她不再去厨房。她没被允许留下她的莫里茨,这要怪拉芬斯堡的一个神甫。祖父说:祝大家晚安,然后离开。尼克劳斯点点头也离去。约瑟夫和约翰开始吹灭蜡烛。突然米娜叫起:小约翰,当心!可事已太迟。为了能吹灭一根高处树枝上的蜡烛,他伸手抓向这根树枝,但没留意,左臂离下面一根还在燃烧的蜡烛太近。新毛衣袖子上被烧出一个洞。约翰立刻脱下毛衣。他知道,他不该

---

① Enrico Caruso,1873—1921,意大利20世纪初最受欢迎的歌剧男高音歌唱家。

穿这件毛衣！米娜打量着被烧焦的地方。我会给你补好,她说,补得要是你不知道,就什么也发现不了。可我已经知道了,约翰心里想。他想哭。但不敢。显然米娜看出,他有多么难过,就用手抱住他的脑袋,拉到身边,用她那下松特霍芬奈尔的口音说:一个糟糕的补丁比一个漂亮的洞眼要好。① 不过现在得走了。去看她的阿尔弗雷德。看上去,现在这样把约翰拉下,她觉得难过。约翰感到,自己的眼睛变得湿润。米娜和埃尔萨离去。

母亲把手压在腰旁说,她不能再去厨房。她立刻坐到最近的一张椅子上,远远地俯身向前,保持着这个姿态。父亲说:阵绞痛。来吧,躺下,我给你泡一杯茶,做罨敷。母亲直起身体,说,父亲该带孩子们去做早礼拜,然后站起,一只手还放在右腰上。又说,她加入了新的党。大体上。米恩先生明天早上带申请表来。父亲一声不吭。王冠店主,菩提树店主,法尔次饭店店主,都已经加入,她说。市长黑纳也同样。我没有,父亲说。正是这样,母亲说。这时可以听见钟声响起。聚会不再在"王冠花园"举行,她说,而是在"餐厅旅店"。

父亲已经穿好大衣,带好新的羔羊皮手套,现在脱下手套和大衣,说,他留在母亲身边。你们走吧,他讲。约翰系着自己那双旧靴子的鞋带,想着那个流动摄影师。对他来说,这三张照片比一双新靴子更有价值。

外面雪还在下。当他们踏着刚刚飘落的雪花向前走时,他心里想着那件瑞典毛衣,也就是说想着那个毛衣袖子上烧焦的洞。一件像是由最明亮的银丝织就的毛衣,带着凸出的蓝色条纹,在胸口上

---

① 原文为方言:An wüeschte Bleatz isch schennr as a scheees Loch。

组成一个圆圈。在这个蓝色的条纹里还透出某种东西，某种银丝。可现在有这么个洞。约瑟夫告诉他，他的钢琴老师、来自克雷斯布龙的尤茨，今天在教堂里演奏风琴。他总是骑自行车来。下着这样的雪，他怎么还能骑车。约翰这时根本没心思注意听。他在想：你说得轻巧，你袖子上没有洞。当他穿上那件毛衣时，他就感到，他现在看上去像《理查德·勒文赫茨和他的帕拉丁》里的骑士。而现在，完了。要是他随后在早祷告时跪在阿道夫身边，他会对他讲述，他圣诞节得到了哪些东西，约翰该怎么说？他最好还是躺到床上，诵读泽哈恩先生的词汇。不过也许他可以起床后背诵这些词句。也许在教堂里。

从房子里出来、向村下走去的黑色身影都不说话，而积雪本来就吞没每个脚步和声音。这正合他的心思。他们大家应该加入他的午夜行军行列。他是银色骑士。在浓密的雪花中穿过最昏暗的夜幕。袖子上的洞眼证明，一切都是战斗。

七　聚会

要是约翰想在场,他不反对,父亲说。有些话你会觉得已经熟悉。瞧,拼读一下。约翰拼读在那张纸上的打字机大写字母:瓦塞堡见神论协会成立大会。父亲说:约翰,我感到惊讶。

套间里两排桌子。只有靠内墙的一排有人坐。它离火炉近一些。尼克劳斯半夜就开始烧火炉。几天以来刮东风。在西里西亚气温下降到零下 36 度。对面在饭厅里,冲锋队的人在暖和身体,然后穿过村子走了一圈。10 个,12 个或许 14 个冲锋队的人从下午早些时候起,就身穿褐衫制服和棱角分明的灯笼裤,脚蹬鞋帮闪亮的靴子,行进在村道上。骑着摩托车。坐在后座上的那个人,手举卐字旗。帽带又被扎在下颌上。看上去真的像风暴就要来临。他们看上去被塞得满满的。也许由于寒冷,他们在褐衫制服下穿了厚厚的毛衣。摩托车发出的噪声和迎风飘扬的旗帜把人们唤到窗口,唤到门边,唤到街上。村子被盖在唯一的一条雪被下,在阳光中闪烁。摩托车队不断地停下,马达熄火,一个人把一个话筒放到嘴边宣告,德国总统兴登堡元帅上午 11 点任命了领袖阿道夫·希特勒为德国总理。出于这个原因,今天晚上电台里将播放直接来自柏林、直接来自总理府的一个公告。通过德国所有的电台。谁相信德国的拯救,今天晚上就去"餐厅旅店"。

在褐衫制服的人中间,约翰只认识布鲁格先生、舒尔策·马克斯,他坐在布鲁格先生摩托车的后座上,手里拿着一面旗,另一个后座上是黑克尔斯米勒先生。从阿道夫那里约翰知道,是布鲁格先生为舒尔策·马克斯和小个子黑克尔斯米勒先生支付了制服的费用,从帽子一直到靴子。

约翰又发现,舒尔策·马克斯脸上的皱纹和褶皱不适合头戴这样的帽子。

在下午晚些时候坐在套间里的人中间,约翰只认识两个人,绍特姐妹。她们的小屋坐落在通往诺嫩霍恩的路旁,就在钟楼后面。要是送煤炭去那里,父亲总是得进客厅,喝一杯马黛茶。而约翰可以从一个盘子里拿某种软绵绵的、颜色不清的东西吃,味道几乎不甜。也许是风干的苹果片。约翰同两个绍特小姐打招呼,感到很高兴,因为她们还记得他。今天,套间里的味道和在绍特家的味道闻上去一样。所有的人喝茶,有野蔷薇茶,胡椒薄荷茶,甘橘茶。上星期,在咖啡社交小聚会时,整个房子里充溢着咖啡香味。咖啡社交小聚会,那是约翰最喜欢的聚会,因为那时可以尽情地品尝馅饼和杏仁奶油点心。

埃尔萨取来了所有的饮料后,父亲从他的座位上站起,说:当他在三王来朝节①后的第一天寄出这个聚会的邀请信时,他无法预料,

---

① 宗教节日,在1月6日。

这 1 月份的倒数第二天会是这样一个不平静的日子。他在这里想说的话，不是在这个局势一天比一天严峻的 1 月里准备好的。事实上他在这里想讲的话，其原因在自 1914 年以来人们不得不承受的所有一切中。多年来他记了日记，对世界上发生的事情，在纸上作了回答。不过，在他讲述经历了所有这一切后他不得不认识到的事情之前，他必须告诉大家，他今天中午通过电话才知道的事：他的朋友哈特穆特·舒尔茨，他同在座的有些人谈起过他，去世了。两个星期之前，哈特穆特·舒尔茨杀死了自己。直到今天，哈特穆特·舒尔茨的父亲才认为有必要，告诉我哈特穆特的死讯。老舒尔茨先生主要想告诉我的是，他成功地让他的儿子被埋葬在一个士兵墓地里，因为由此这不幸的行为能被清楚地表明是战争的后果。父亲说，他和哈特穆特 1918 年在法国认识，在俘房营。就是从哈特穆特的生平中，也产生出一切他今天在这里想讲述和建议的东西。1919 年返回家乡，学习基督教新教神学，在一个施瓦本小城市里当牧师，对自己的布道产生怀疑，几乎感到绝望，找到了一个来自青年运动的女人，很长一段时间，她替他写布道词；哈特穆特总是说，那半是夏至节庆祝、半是虔信主义的东西，生机勃勃又模糊晦涩。他放弃了。两人分手。在阿罗萨成了一个性情古怪的百万富翁的家庭教师。时间不长。据说他对孩子们的影响是有害的。在此期间，他转而研究见神论，在奥伯施陶芬开了一家改良食品商店，卖格拉汉面包①、维他命黄油、草药茶、黄豆芽和花生奶油，发明了磁疗装置，可是没人愿意为他的发明提供资金，他不得不宣告破产，他自寻短见。就在上

---

① 一种不发酵的麸皮面包。

一个秋天，哈特穆特·舒尔茨还骑自行车穿过瑞士旅行，拜访了巴
塞尔的光明宗派教徒①，于伯林根的罗森克罗伊策尔教徒②，托伊
芬、乌尔奈施和盖斯的宇宙派成员、新见神论者、磁力治病者和自然
疗法师。到处获得理解。但没获得任何帮助。亲爱的女友们，朋友
们，父亲说，要是你们同意，我们就称呼这个我们今天打算建立的、
具有见神论思想的团体，为哈特穆特·舒尔茨社团。摆脱所有的限
制性区分是我们的目标，或者就像雅各布·伯麦③在见神论公开信
中说的那样：是寻找自身的时候了。把我们的肉体和灵魂分割开，
这是宗教的失误，打那以后我们成了迷途羔羊。我们欧洲人。也
许，自然科学家们及时地发现了，整个人类进化的过程被保存在 12
种染色体中。这 12 种染色体恰恰同黄道十二宫相符，只是让过早地
屈服于限制性区分的人感到惊讶。一切来自一个本源。雅各布·
伯麦只是给魔鬼留下一个自己的、限制性的意志，被称为分裂主义
者的魔鬼没有日光地艰难度日，身体没有被流体渗透，而宇宙就是
从这种流体中产生并打那以后含有这种流体。物质不是自身的什
么，不是材料，而是一种波。它处于和谐或不和谐中。波包含着什
么，每个人都可以按自己的意愿去称呼。梅斯梅尔称其为流体。对
于我们身体内不断发生着的吸引和排斥的现象，他使用了磁力这个
词。一种不可目测的火焰，他说，就是磁力。两极之间互相作用的
结果。退潮和涨潮，这是地球呼吸的一种结果。宇宙是互相作用的
一种结果。这种互相作用的流体是最最精巧的灵魂，比光线、热量

---

① 光明宗派，16 到 18 世纪尤其盛行于西班牙和法国的秘密宗派。
② 15 世纪起以不同形式存在的秘密社团成员，以行奇术为事，根据创建者命名。
③ Jakob Böhme，1575—1624，德国哲学神秘主义者。

以及声音都精细,决定性地影响着所有生物的神经组织,甚至影响到所谓无生命的铁或玻璃。我们是这种运动的一部分,被交付予它,使它变得丰富,让它得到增强。一个人处在另一个人的边上或对面,这已足够对另一个人施加影响,在他身上激发出有其特点的专门的张力。但是,充裕和总体的宇宙影响,对我们的每个细胞一直发生着作用。要思考到一切。在月圆时种树,在月缺时砍树。斯维登堡①把疾病归溯到人的罪孽上。我们把罪孽这个词归于一种互相作用,直到这不再是一个词,而只是一种运动。不用词语进行思考,这是我们的目标。因为,一如雅各布·伯麦所说,猜想或意见只能导致争吵。不过,梅斯梅尔早在150年以前就想学习和教授的,不用词语的思考,这我们可以在东方学到。在古老的马拉普②的婆罗门那里,乌塔拉-米马姆萨③-智慧的流派首脑。这种智慧讲授存在和思考的非二元性。我提请你们回忆拉宾德拉那特·泰戈尔的第二个传说。第一个这样结束:……每个人以自己的方式——每个人以自己的方式。在第二个传说里,男孩拉宾德拉那特坐在父亲的房屋前,看到一头印度瘤牛和一只驴子站在一起,看到,牛如何充满爱意地舔着驴子身上的皮。这时男孩恍然大悟。感受到心中充溢着一种普遍感情,他开始不用歌词歌唱。有人倾听着,说,他唱了歌:我必须爱——必须爱。我们,受到佛陀乔达摩的教海,受到脱离形态和形体的榜样的教海,知道我们不再说不再需要说的事,倘若我们知道这点,就会怀疑自身,不断和不断地对自己说……

---

① Emanuel Swedenborg,1688—1772,瑞典科学家和神秘主义者。

② 原文为 Marapur。

③ 原文为 Uttara-Mimamsa。

正在这时,通向餐厅的门被扯开,身穿褐衫制服的布鲁格先生走进,后面跟着另外两个穿褐衫制服的人,路德维希·布兰德和舒尔策·马克斯。他们对套间里的聚会视而不见,开始把折叠式隔板向左右两边推开。当父亲还在说话时,对面的声音已经越来越响,以至于父亲有的句子得说两三遍。这时,他不断地把手指向声音传来的那个方向,还对着那个方向说:你不属于我,你不属于我,你不属于我。他对着四处,对他人,对自己,这么说着。

父亲坐下。几下掌声。米恩先生过来,对父亲大声叫,真的没有打扰这个聚会的意思,不过这是几千年来德国历史上最伟大的庆祝日之一,这个日子现在将通过约瑟夫·戈贝尔①的一次讲话达到顶峰。他是今天起成为帝国总理的阿道夫·希特勒最忠诚的追随者之一。在这样的日子里,不应该把任何怀有良好意愿的人排除在外。结束一切分隔,界限,紧张的竞争。人民女同志和人民男同志……这可是我们大家。清除一切把我们分开的东西。

两个房间里都响起欢呼声。所有的人挤向放在酒柜后玻璃橱上的收音机。得像埃尔萨或者母亲那么高大,才能摆弄它。很长时间,收音机里播放的只是进行曲。然后一个播音员说,几个小时以来,几万人,几十万人游行经过总理府,年轻人爬上了总理府和"皇室宫廷"之间的大树上,从那里齐声欢呼着向帝国总理阿道夫·希特勒表示他们的爱和激动。现在,从总理府的露台上,约瑟夫·戈

①　Joseph Goebbels, 1897—1945,德国政治家。1934 年,希特勒及纳粹党执政后,他被任命为宣传部长。

贝尔博士将对德国人民说话。

戈贝尔博士刚一开口，约翰就感到背上传过一个个寒战。这种情况平时只有发生在教堂里，倘若格吕贝尔先生唱起《以色列颂》。另外，当约翰同阿道夫、路德维希、保尔、吉多、这个赫尔穆特和那个赫尔穆特观看消防练习时，也会感到全身打寒战。练习时，父亲是车长和发布喷水命令的喷水师傅。每当指挥喷水灭火，父亲总是戴一个犹如纯金般闪闪发光的黄铜帽，头顶那一根小黄铜柱上还有一个光芒四射的小球。当米娜说，约翰在照片上像个王子时，约翰立刻想起了头戴金盔的父亲，金盔那闪闪发光的柱子上还有那个光芒四射的小球。除了父亲，没有其他消防员头盔上有这样的小球。当然，想让它这么闪闪发亮，约翰每次得用细沙擦它，用力地打磨。不过，要是水在橡皮管里向前挤去，干燥的橡皮管就会膨胀，刷刷作响，变得笔直，看上去像一根铁管，然后水柱哗哗地从被梅斯默·托内紧握在手的喷嘴射出，射向葱头形尖塔，为了练习的缘故它反正要被水冲一次，要是水柱在葱头形尖塔和教堂房顶上溅下，约翰的寒战就会打个不停，没完没了。

约瑟夫·戈贝尔博士的声音从一开始就尖利刺耳。从他嘴里大家知道，来这里向亲爱的领袖和总理阿道夫·希特勒表示爱戴和敬意的人有几十万。那些举着火炬、燃烧的火炬的几十万人，现在都幸福无比，所有的冲锋队员，希特勒青年军，亦即所有的人民女同志和人民男同志，那些抱着他们的孩子举向领袖窗口的母亲和父亲，所有的人都非常幸福，而他，他也感到幸福异常，这是群情激昂中的民族的再生。然后他以高分贝的嗓音叫着，领袖和帝国总理将出现在他的窗口，而仅仅几米远处，年迈的德国总统，这个神话般的

人物,兴登堡陆军元帅也会出现,而现在,现在无可阻挡,德国觉醒
了,人们想哭,又想笑,所以请大家一起歌唱,他也加入歌唱,歌声从
几十万个喉咙里激扬而出,那支霍斯特·韦塞尔的歌①,旗帜高举,
队伍向你靠近……

　　房间里的人也跟着唱起来,布鲁格先生,米恩先生,小个子黑克
尔斯米勒先生,那个舒尔策·马克斯和其他身穿褐衫制服的人,朝
着空中伸出他们的右臂。当然还有阿格内斯小姐。她边上还有菲
尔斯特夫人。菲尔斯特夫人像菲尔斯特夫人那样唱歌,这让约翰觉
得非常激动。被痛苦缝住的嘴巴由于唱歌敞开。渐渐地,那些不穿
制服的人也伸出了他们的右臂。不过套间里的人中,只有两三个人
伸出他们的手臂。父亲没有。站在酒柜后的母亲却动了,不过她没
有伸直手臂,而是弯起了手臂。每当她站在什么地方,侧耳倾听或
张嘴说话,她总是把左下臂放在胸口下的身体上,把右肘支在左手
里,右手就能正好撑住下巴。要是她开口大笑,就会把右手捂到嘴
上。她不想让别人看见她的笑口。要是有人模仿母亲的动作,他就
得取这样的姿势:左手横放在身体上,右肘放入左手,右手支到下巴
上,或者,为了遮掩笑口,捂住嘴巴。现在她正是保持着这个姿态,
把手从下巴处挪开,但是没有放到嘴上,嘴巴也没有笑,而是让手停
在下巴和脸颊边上的空中。

　　当然,泽哈恩先生也站了起来,现在远远地伸出他那白得透明
的右手。实际上泽哈恩先生不取下嘴里的香烟也能背诵他的文本,

---

① Horst Wessel,1907—1930,纳粹党成员,他的歌《旗帜高举……》曾在纳粹时期流行
　甚广。

可米恩先生走向泽哈恩先生,小心地从他嘴里取下香烟,放到烟灰缸里,但没有撤灭,因为他以为,这样泽哈恩先生就能更好地歌唱。泽哈恩先生今天没有佩带他的教皇的教廷勋章,而是党徽。不过——约翰从他嘴唇的动作里能看出——他还是在背诵他的词语。米恩先生已在三王来朝节给母亲拿来了党徽,可母亲还从没戴过。今天也没戴。

歌声结束后,父亲从后面对约翰轻轻地附耳说:跟我来。父亲一只手里拿着他的文件,另一只手里提着那只小黑箱。他们小心地挤向从套间通向屋子走廊的门边。

厨房里坐着尼克劳斯和汉泽·路易斯,在喝啤酒。用瓶子。炉灶后是米娜。水槽旁是公主。当约翰和父亲走进时,汉泽·路易斯跳了起来,把他那弯曲的右手放到他那缺少裤缝的裤腿边上,说:报告,两只驹子在刨坑,两个没出息的家伙在喝啤酒。接着干,父亲以同样的声调说。据消息灵通人士透露,汉泽·路易斯说,由于扭曲的爪子,他不适合新的问候方式,因为他不想惹出麻烦,因为他宁愿带着一个磨盘去游泳而不愿惹出最小的麻烦,他就,当人们开始往外伸手时,溜了出来,陪伴尼克劳斯,而尼克劳斯至今还没有摆脱上次战争的裹脚布。他问他,汉泽·路易斯,这个用一头毛驴经营他小小农场的人,今天在哪里还能买到驴子。他告诉他:只有从奥地利。父亲说:事实也是这样。汉泽·路易斯却说:一个奥地利人坐在俾斯麦宝座上。米娜说:打住,现在别谈政治。汉泽·路易斯对此回答:Etz bin i gmuent, hot der Spatz g'seet, wo'n d'Katz Bodestieg nuuftrage hot。这时公主愤怒地从水槽那里叫道:Jetzt bin ich gemeint, hat der Spatz gesagt, als ihn die Katze die

Dachbodentreppe hinauftrug。(当猫咪把麻雀带上阁楼楼梯时,麻雀说,现在轮到我。)不过汉泽·路易斯一直还留意听着走廊里传来的收音机声音,这时完全以正在电台里讲话的戈贝尔博士的口吻,对公主说道:有些人多嘴多舌,即使死了,也得封上他们的臭嘴。① 正在这时,布鲁格先生从敞开的厨房门走进。哈,他说,狡猾的家伙们单独在开会。汉泽·路易斯立刻一阵咳嗽。约翰还从未看见一个人这么咳嗽过。他的脑袋一上一下。眼睛圆圆地向外瞪着。幸亏他还能及时地把他的雪茄放到烟灰缸上。他勉强地在咳嗽的间隙说出几个字。意思是:他不愿意用自己的百日咳妨碍戈贝尔的讲话。汉泽·路易斯无论如何比老鼠找洞更快地找到了借口,布鲁格先生说。谁咳得长,活得也长,一直俯在灶台上煎香肠的米娜说。她说话的声音像神甫,神甫说:愿大地上所有善良的人们和平。汉泽·路易斯说:还不如说,没有价值活得更长。说完他站起身体,又说:一月里苍蝇跳舞,农夫得瞧一眼饲料。请接受我的敬意!然后离去。我宁愿说希特勒万岁,布鲁格先生说着转回身,朝走廊上厕所的方向走去。过来,约翰,父亲说,现在你的时间到了。

父亲一只手里提着有磁疗装置的小箱子,另一只手里是文件。他们齐步跨上每迈一步都会咯吱作响的楼梯。

约翰想告诉在读鲁滨逊的哥哥,都发生了些什么事,可他不愿意听,宁愿读他的鲁滨逊。然后约翰躺下,听着餐厅里传上来的声音。电台播音员,正步走的脚步声,齐声的呼叫,都是出自,就像人

---

① 原文为方言: Et jibt welsche, da müssen se, wenn die mal ans Sterben kommen, dat Maul noch extra totschlajen。

们说的那样,出自无数喉咙的胜利欢呼。天使图像上的天使,把手放在走在无栏杆桥上的孩子上方,现在看上去,似乎也在听下面传上来的声音。人们听到的,显然决定了人们看到的。

第二章
瓦塞堡的奇迹

一 以往作为当下

没有什么能比一个不再存在的村子更让人觉得历历在目。鞋匠吉雷尔那深深的园圃里，桂竹香的花朵冒了出来。为了让人观看，胖胖的裁缝穿着丝胶短裙，流着汗哭叫着，在圆桌上跳舞。吉雷尔先生一锤子就把每个木钉砸进皮鞋跟。朝火车站的窗边有两张桌子。被母亲叫作巴蒂斯特的那个人，马上就坐到其中的一张桌旁。这个巴蒂斯特的名字中，很显然有一个 p 被第二个 t 代替。他是这个周日早晨的第一位客人。因为是唯一的一个客人，他和约翰的母亲聊着天。他滔滔不绝，约翰的母亲注意听着。管道工施密特走进，因为是星期天，他想时间更长一些地让自己解渴。这时巴蒂斯特不再说话。这个星期天的第三位客人是整个地区头发最金黄的人，森佩尔·哈根的弗里茨，他看来在这个星期天早晨也要跟自己的师傅干活。要是坐在他的师傅身旁，明显地跟他喝咖啡，森佩尔·哈根的弗里茨几乎不说话。他起先被赫尔默的赫尔米内问道，他为什么偏偏要学管道工。他对她说，他想替自己的坟墓做一个铁皮花圈，以便下雨时能听见雨声。要是有人对赫尔默的赫尔米内说,别人已经从汉泽·路易斯那里听过这个故事,她就会说:他学着我胡扯。

圆桌旁的第四位客人是施莱格尔先生。还没有坐下,施莱格尔先生已经放肆地大叫,他现在是满师的徒工。森佩尔的弗里茨问:伯南布哥?这个建筑师欢快地叫回:77个半小时!森佩尔的弗里茨声音更响:莱克赫斯特—弗里德里希斯港?施莱格尔先生:55小时。还有呢?弗里茨大声问。干净利落!施莱格尔先生叫着。这意味着,他懂得赏识弗里茨想知道齐柏林①准确飞行时间的提问。快说,弗里茨催促。23分钟,施莱格尔先生大喊。这时,路易斯已经把一杯有四分之一湖酒的杯子放到他面前。他不慌不忙地喝上一口,不过这一口直到杯子被喝空后才停下。他似乎整整一夜,未沾一滴湖酒。

当约翰与母亲重新单独在一起时,母亲说,他不能把从巴蒂斯特那里听到的事情,告诉任何别的人。否则客人、母亲和约翰,他们都会丧命。对所有的死亡类型,母亲都称之为:丧命。约翰点头;实际上他应该告诉母亲,他根本就没有注意听,也就是说,他不知道,不允许他告诉别人什么。整个时间里他在思考,在更多的客人进来之前,他是否可以再放上一张唱片。麦克风柜子就在那个巴蒂斯特坐的桌旁。父亲最喜欢的唱片。上面有约翰最喜欢的歌:"谁要是从未含着眼泪吃过他的面包"。由卡尔·埃尔布②唱。这个人原先是拉芬斯堡的抄表员,同格吕贝尔的路德维希有亲戚关系。父亲刚

---

① Zeppelin,1838—1917,德国航空界先驱,曾在弗里德里希斯港附近作首次飞行。历史上,兴登堡号齐柏林飞艇曾在美国莱克赫斯特着陆时焚毁。

② Karl Erb,1877—1958,德国著名男高音歌唱家。

去世,约翰觉得难过,他没有再能唱猎手之歌。父亲最喜欢听约翰唱这支歌,最愿意为这支歌伴奏。哈特穆特,听这第四首歌!舒伯特的猎手之歌,完美无缺!父亲说。那时,朋友哈特穆特最后一次从奥伯施陶芬来这里做客。父亲坐到钢琴旁,约翰得唱猎手之歌。开始约翰只愿意唱"一只苹果树花朵的花圈"。可父亲不太喜欢为此伴奏。在此期间,约翰已能替自己伴奏,因为和舒伯特相比,莱哈尔①的曲子写的比较简单。

在施内曾豪森,约翰走在沃尔夫冈身旁,他生命中的第二个沃尔夫冈,去高炮阵地。他们遇到一队男人,也以行军的队列,没穿军装,但穿着一种若明若暗的制服,头戴无帽舌的圆帽。沃尔夫冈轻声对约翰说,轻得只有约翰一人能听见:达豪②人。现在约翰记起,他忘记了那个巴蒂斯特,也想起了,他曾经忘记了他。在那个周日的早上,他心不在焉时听到的话:达豪。约翰从高炮训练场回家,来到厨房。母亲和被称作堂兄的叔祖坐在那里。叔祖正好在说:无论如何我们要付出代价。母亲说:轻点。他们的脸色表示,他们在掩盖什么事情。约翰回忆起母亲的神色,那时她刚刚同巴蒂斯特讲过话。他忘记了这个神色,也忘记了,他曾经把它忘记。

约翰和他的同伴里查德和赫伯特,为了不被人再次送上前线或者被人俘虏,整天待在山脊上,从山谷出发,先向北,然后朝西去,然后在米滕瓦尔德和加米施之间不得不穿越一个山谷。他们被两个穿那一种条纹衣服的男人挡住,受到手枪的威胁,被命令交出身上所有的武

① Franz Lehár,1870—1948,奥匈帝国轻歌剧作曲家。
② Dachau,德国第一个纳粹集中营,1933 年 3 月建立。在慕尼黑北部达豪市郊区,除主营外,还有约 150 个支营分散在德国南部和奥地利,统称达豪集中营。

器。他们照办。当他们重新进入森林,往上走时,赫伯特说:他们来自达豪。约翰再次想起他忘记的事,想起,他曾经把它忘记。

就着洋葱饼,父亲喝下他的药水。他打过唯一的一次。约翰拉着实心橡皮圈上的绳子,橡皮圈弹了出去,碰在昨天节日里留下的、还等着刷洗的几百个玻璃杯。砰的一下,似乎所有的杯子都破了。从边上站着的父亲那里,立刻打过来一个不怎么可以感觉到的耳光。因为耳光来得突然,还没有来得及感到害怕,所以不怎么疼。要是没有其他什么办法,母亲总是把约瑟夫和约翰一起赶进地窖,在最黑暗的角落里用一个厨房勺子打他们。这时她常常说,也许这是她在屈默斯威勒听来的,得抓住一个,以此教训另一个。从地窖里出来,3 人总是一起哭着。每次,米娜会立刻把她称为小羊羔的糖果送到约瑟夫和约翰的嘴旁。她把糖放在自己平摊开的手掌上,把手掌移到约瑟夫或约翰的嘴边,他们就用嘴巴从她平坦的掌心上吃糖,就像马儿那样。

从哪里能知道,哪些发生的事情值得保留在记忆里?人们无法在生活的同时又知道这点。赫尔默的赫尔米内鼻子旁的肉赘,海关官员太太和纳粹妇女协会副主席海姆上嘴唇的肉赘,它们哪个更高和更庄严?当然,海姆太太的肉赘以后才在村里开始闪光发亮。人们先是为三个海关官员家庭,在村子边的东南部造了两座房子。方言从最中心的巴伐利亚,甚至从弗兰肯输送进来,让人们每天都得面对它们。霍佩夫人拉开朝着邮局的大门,用方言叫道:快把包裹寄走①。邮局夫人知道,这个句子只有等交给了赫尔默的赫尔米内

---

① 原文为方言:Schnöi a Bockl aafgemm。

后才算来到了世界上。在从下村到上村的路上,她住在金钟柏树墙后面,赫尔默的赫尔米内会经过所有的地方。由于海姆夫人的到来,一个有竞争力的肉赘也来到村里。她说的一句话也被赫尔默的赫尔米内听见,由此得到传播。这个脸颊苍白,有 1.84 米高的妇女协会副主席,这个弗兰肯女人说,埃尔朗根天下最美。以便这里的人知道,海姆夫人是在流亡途中到了这里。同赫尔默的赫尔米内左边脸颊上紫色的、犹如灯塔般闪亮的肉赘相比,海姆夫人的肉赘要暗淡些和平坦些。在教会年度,紫色是最高贵的颜色。赫尔默-吉雷尔的赫尔米内既不同吉雷尔的银行、也不同吉雷尔的肉商、更不同吉雷尔的鞍具匠、也不同教区内其他许多吉雷尔们有亲戚关系。但是,从远的来说,又同诺嫩霍恩、黑格、哈特瑙、博多尔茨和恩齐斯威勒的所有吉雷尔有亲。不过,作为他的姐妹,引人注目的亲戚关系是同赫尔默的弗朗茨的亲戚关系。他在苏瓦松附近的突前潜听哨里成功地装死,所以没有被关入任何俘房营,而是趁着黑暗,脱下靴子和裹脚布,肩上扛着从一个被枪炮摧毁的农庄里偷来的粪叉,因为他觉得这样最安全,不断地穿过田野,从苏瓦松一直走到瓦塞堡。父亲总是说,赫尔默的赫尔米内干擦洗的活,但没有任何卑微的痕迹。显然,通过她的擦洗,她使得外来人的别墅变得高贵。她是一个女王。谁不曾是一个女王?也许菲尔斯特夫人不曾当过女王?她突然成了妇女协会领袖,给母亲们戴上母亲十字勋章,金的、银的、铜的,服务于寒冬赈济组织,突然发表演说,而她分送的报纸又会对此进行报道。究竟谁不曾是女王?可以肯定地是,在这个村子里,只有过女王们和国王们。所以有了斗争。一旦帝国靠得太近,总会发生斗争。要是赫尔默的赫尔米内干完擦洗的活儿回家,她会告诉银行吉雷尔夫人关于这个斗争和那些斗争的事。银行吉雷尔夫人的丈夫,在离施莱格尔的房子几步远的地方为地区储蓄所收账和付款。银行吉雷尔夫人在两棵栗子树之间走来走去,等着赫尔默的赫尔米内告诉她这事或那事。赫尔默的赫尔米内报告的事情的重要性,对每个看见两棵栗子树中间砾石路上这两个女人的人来说,都十分清楚。留下这如此干净滑润的砾石的祖父,一天早上被发现在床上去世。边上睡着尼克劳斯。他本来该是醒着的。赫尔默的赫尔米内走着她的路,那是当地没人走过、也不会这么走的路。无论冬夏,总是脚登那双薄薄的、及到踝骨上和仔细系好的黑色系带皮鞋。一丁点儿的不修边幅都不适合赫尔默的赫尔米内。头上尖尖的皮鞋每走一步都有力地向前飞去,然后向外刹住。女舞蹈演员们就这么走路。在赫尔默的赫尔米内的步伐中可以看到她个人独有的能量;实际上,她每迈一步都踢一下一个无形的足球,然后后跟重新有力地踏到地上,似乎想在砾石路或街面上砸出一个小洞。当然,关于这双精巧的尖头黑皮靴的来历,她没有对村里人秘而不宣。教授夫人贝斯滕霍费尔的鞋子正好适合赫尔默的赫尔米内的脚。赫尔米内曾以并非徒劳无益的方式跪拜在她家的地板上,让它们保持光亮干净。每当她告诉银行吉雷尔夫人这一切时,她从来没有对走在她边上的她看上一眼。但是银行吉雷尔夫人却不停地打量着更是向着天上而不是朝前说话的赫尔米内。赫尔默的赫尔米内只说标准德语。好吧,她用和些,和些,代替轻些,轻些。不过,除了一些在标准德语中让人读来气息不顺的习语外,这是唯一从她那里流传下来的方言词汇。她的兄弟只说方言。因为从未有人成为赫尔默的弗朗茨和赫尔默的赫尔米内两人之间谈话的证人,所以无法想象,他们互相用什么语言交谈。最简单的想象方式是,他们从不一起说话。或者他们拥有一种不依赖词语的语言。可以肯定的是,他们不是每天见面,因为赫尔默的赫尔米内白天不在家,而弗朗茨夜里出去,主要住在普法尔森林边他的牧羊人双轮车里。他去每个牧场放牧。阿道夫,完全学他父亲,说:弗朗茨在缺少男人的地方帮忙。

湖畔的别墅世界,依赖着高高的围墙、更高的大门和进一步掩映一切的灌木和大树,要是没有赫尔默的赫尔米内的消息,将保持为不可想象。但正是通过赫尔默的赫尔米内,人们知道,半岛西边那直接从湖岸围墙里竖起的长长一溜的房子,是工厂主施特雷贝,这个枪托和枪管的制造商,用第一次世界大战带给他的赢利建造的。而工厂主盖斯勒湖畔别墅的建造,要归功于虔诚的花边生产,也许甚至要归功于他的弥撒法衣生产。要是有人想知道,究竟哪个别墅主人是孩子们的父亲,那么也能从赫尔默的赫尔米内那里知道。那个在不莱梅上班的烟草商埃姆西希,赫尔米内说,很少来看老婆和孩子,以至于他一直还给儿子埃德加,人们叫他克努普,带玩具布熊来,尽管孩子已是希特勒青年团的成员,并且是青年协会的领袖。除了从赫尔默的赫尔米内那里,我们还能从哪里知道,哈尔克先生同埃姆西希夫人没有一腿,尽管这个来自柏林——起先是艺术摄影师,然后在弗里德里希斯港的道尼尔那里当航空摄影师,总是身穿皮衣——的男人在她的别墅里有自己的住处。而教授贝斯滕霍费尔是一个专家,也来自柏林,他现在的夫人是他的第二位夫人,以前是他的护士长,这点别人也是从赫尔默的赫尔米内那里知道的。夫人总是从年纪大得多的丈夫身边逃走,逃到村里,别的事不干,总是跑到商店里,顺手牵羊,往口袋里装东西。不过,这件事不靠赫尔默的赫尔米内别人也知道,因为教授先生常常来到村里,为夫人顺手牵走的东西付钱。从赫尔默的赫尔米内那里人们知道,在上流社会里,这种顺手牵羊被称作一种疾病,那些高贵的人们对此甚至有一个名称:盗窃狂。可是没有赫尔默的赫尔米内,也许永远没人知道,自从世纪转折一开始,这个村子就出现在24卷的"迈耶尔"百科全书里,因为霍佩-赛勒教授死在当地。因为他的原生质研究,教授如此有名,以至于他的死亡地点和死亡时间也被载入百科全书。约翰刚刚第一次听见这个词,它就在他的树形词汇图上生了出来,在胸膜炎、波波卡特佩特、薄伽梵歌、拉宾德拉那特·泰戈尔、流体、见神论、青年风格、斯维登堡、巴兰①和婆罗多舞等词汇中间引人注目。

从一个卧室窗口,约翰能观察到,这两个女人如何在两棵栗子树之间卸载她们的知识货物。不过他不这么做。每当他从火车站回来,经过这两个砾石路上的散步者,他会理所当然地向她们问候。问候,尽管那是两个女人。而在此期间约翰知道,同在男人们那里不一样,如果欠女人们一个问候,她们几乎不会到母亲那里来告状。他向两人问候,根本就不在意,此刻能亲见处于最响亮地讲述无比重要消息之状态中、威严又警觉的挺直身姿。

在读赫尔米内这个名字时,她自己,这个掌握标准德语和嗜好标准德语的人,非常严格和毫无例外地把重音放在第一个音节上。这至少同她鼻子左边被称为肉赘的紫色小灯塔一样,属于她的本

---

① Bileam,即 Ballam,《旧约全书》所载一位非以色列人先知。

质。现在，当一切都成了往事以后，人们才明白，银行吉雷尔夫人为什么只是在栗子树之间让人对她叙述。约翰的祖父自己设计和建造了"餐厅旅店"，在石料、风格和颜色上同火车站对应。然后，建筑师施莱格尔才把他的房子，银行吉雷尔一家就在里面办公和居住，造在了"餐厅旅店"边上。施莱格尔的房子竖立在"餐厅旅店"旁边，不取竞争，而是取姐妹般的姿态，在野生葡萄叶子的掩映下郁郁葱葱。房屋前花草成片。恰恰这点不适合听取赫尔米内的报告。伴着每一个句子和每一步，脚下砾石咯吱作响，这才与此相适。

面对这样的回忆可能会出现这样的疑惑，往事只有在人们苦于其不可挽回时才会挣扎着冒出。只要还在眼前，人们不会望去。人们心中每时每刻地充满着期待，对自己毫不了解之事的期待。也许人根本就不在生活，而仅仅在等待，自己将马上生活；过后，倘若一切成为过去，人们就想知道，只要人们等待过，自己曾经是谁。

从一个圆滑和陡峭的山坡上，一些大鱼随同下落的水流滑下。约翰至少该抓住一条。他伸手抓去，尽可能地迅速和果断。巨大的鲑鱼想从他手里逃脱，想比他强大。他不允许这样。他必须抓一条回家。他得打死它。他用一块滑溜溜的石头砸它的脑袋。它的脸像一个哭泣的小孩那样扭歪。难道不是阿道夫？立刻不再是，他击打下去。再来一下。它身上起了最后的抽搐，抽搐渐渐停下。梦境结束。他要带一条鲑鱼回家。

去年秋天，父亲去世之前，母亲说过，乌鸦还从来没有飞得离窗子这么近，几乎已经碰到窗玻璃，但还是转身飞走了。挥一下手，告诉那些想赊购1公担煤球的人，这1公担根本不可能，这成了她的习惯。

二 帕罗玛

　　约翰上完圣餐仪式课回家,看到"帕罗玛"马戏团到了。每当约翰打算越过露台进屋,退尔就会用嘴巴顶开弹簧门,在约翰还没有迈上从露台通往敞开的大门的两级台阶以前,早就扑到他身上,直到约翰允许它把前爪搁在他肩上,然后舔他的脖子。然后他们会一起穿过宽宽的长廊,继续跑进厨房。约翰会在右边门旁的长凳上滑向角落里,看到米娜或者母亲已经从灶台上迎面端来果酱油煎饼,给他放到桌上。可是到处不见退尔,代替它的是马戏团的车。朝着南面穿过露台的彩灯,放射出蓝、白、红相间的光芒。

　　约翰没从村道上往上走,否则他从远处已经看见院子里的马戏团车。他是通过青苔地、也就是穿过村外的草地回的家。阿道夫取笑了约翰的发型。但约翰知道或者相信,阿道夫希望自己最好也有约翰那样的长发。根据父亲的命令,阿道夫必须剃和约翰一样的头,只要约翰还没上学。他脑袋上大部分是光的,只有前面有一撮头发。可在此期间,约翰被允许让自己的头发长到脖子上。加上梳头路。就像现在每天坐车去林道上学的约瑟夫一样。约瑟夫说,在林道,半个光脑袋的人会受人嘲笑。因为约瑟夫这个星期在滑雪营地,没把他的发油瓶带到这个入伍前的滑雪训练营地去,约翰首次有机会使用这个瓶子。借助发油,他给自己梳了一个波浪起伏的竖着的发型。带着这个发型,就像头顶一个王冠,他从上村跑到下村,从火车站跑到湖畔。每走一步他都感觉到发型的震颤。于是,他小心迈步,以便能把他的头发王冠完好无损地带进教堂。圣餐仪式课结束后,约翰还去了父亲的新坟,给他带去圣水,还得对他说了三次,主啊,给他永恒的安宁,愿长明灯照耀着他,主啊,让他长眠在和平中,阿门。别人已经站在外面,在王宫和"王冠"饭店之间。约翰奔跑起来。阿道夫大叫:小心,你那娘娘腔的鬃毛别滑下来。吉多补充:什么也不会掉下,发胶粘住了。所有人大笑。发胶是路易丝使用的词。她在黑费勒理发店剪发,让黑费勒太太洗头和做头发,并且给约瑟夫买了发油。这个词立刻传遍全村。要是那些常客在路易丝那里要啤酒喝,他们会加上一句:但是不要发胶,对不起。这时路易丝的脸会涨得通红。她来自卡尔滕附近的一个山民家庭,被葡萄酒商人卡普拉诺先生,那个从那里把"冷湖"和"圣玛格达莱娜"酒带进村的人,带到了这里。与其他人相比,约翰最喜欢听路易丝说话。那是一种路易丝·特伦克尔正好在电影《山在呼唤》里讲的南蒂罗尔语言。在路易丝那里,在路易丝·特伦克尔那深沉的喉咙里产生的有棱角的元音变得更加柔和。在路易丝那里,说话不是理所当然的事。实际上,她很安静,或者说沉默寡言。要是她开口,约翰就感到,她在冒险。似乎她在观众面前走钢丝。路易丝不说"是",而说"好"。

不过更糟糕的是,当他受到别人以发胶和娘娘腔的鬃毛这样的话的欢迎后,阿道夫以这样的话结束关于约翰发型的讨论:现在,他父亲死了,没人再能禁止他的鬃毛。

约翰的父亲是在三王朝圣节那天被埋葬的。要是有人曾反对长发或者引人注目的发型的话,那是母亲,而不是父亲。严格不属于父亲的天性。也许他多病又羸弱,无法严格。可现在,有人却说约翰利用他父亲的去世,给自己的脑袋做鬃毛。

阿道夫扯去了他头上的王冠。约翰感到,他应该反抗。别人在一旁大笑。他们站在阿道夫一边。他想起了沃尔夫冈,沃尔夫冈·兰茨曼。埃迪,自从他当了青年团领袖以后,得称他为埃德蒙。埃德蒙,这个青年团领袖,去年在暑假后的第一次点名时,把沃尔夫冈的自行车扔下了田埂,然后他站到了在新的体操房和比赛大厅前集合的青年团前,说,根据上面的命令,他必须把使人蒙受耻辱的沃尔夫冈·兰茨曼清除出青年团。然后他从自己右边制服胸袋里取出一个本子,人人都认识的本子:公事本。然后他从公事本的封面里取出黄色的小铅笔,用舌头润湿了一下铅笔,打开公事本,仔细地把什么划去。人人都知道:沃尔夫冈的名字。自从埃德蒙·菲尔斯特当青年团领袖以来,他还从未在一次集合点名时说这样的标准德语。他叫着:沃尔夫冈·兰茨曼,出列!他出列。你知道是怎么回事,埃迪说。不,沃尔夫冈回答。你是犹太人,埃迪说。半个,沃尔夫冈说。命令就是命令。埃迪吼叫着,似乎他受到了侮辱。沃尔夫冈说:是。说话时他立正,双手放到裤缝旁,脚跟并拢,肩膀缩回,下巴抬起。然后他离去,但又回头看了一下。低着脑袋。他举起右臂,像是做希特勒的敬礼姿势,穿过右臂,他再次看了过来。他那长长的黑发垂下。他从一开始就留有长发,显然被允许按自己的意愿让头发生长。然后他挺直身体,走下草地。他那辆闪闪发亮的低压轮胎自行车躺在那里的地上。他扶起自行车,推到大路上,上车骑去。这时埃迪才大叫:立正,向右看齐,齐步走,唱歌!约瑟夫叫着:"我登上山岗,三,四。"他们叫出了声:我登上山岗,我感到高兴。你有一双美妙的蓝眼睛,一张我要热吻的玫瑰嘴。约翰喜欢这首歌,因为在重唱时,他的常声和假声能超越所有的嗓音在空中飘荡。当沃尔夫冈骑着他那低压轮胎自行车离去时,阿道夫还叫了一声:小心,右边涂脂抹粉的假小子。沃尔夫冈是唯一一个骑自行车来点名的人。他也是唯一一个拥有低压轮胎自行车的人。到这样被人赶走,沃尔夫冈来这里最多才半年。在这短短的时间里,他把一群踢球的乌合之众变成了一个球队,因为他在斯图加特,他从那儿来,在一个受专门训练的球队里踢过球。现在,只有踢足球时,有人才提到沃尔夫冈。人们用着他引进的一些词:带球,铲球,得分。

当阿道夫说了娘娘腔的鬓毛、别人大笑过以后,约翰说,他还得去医生那里取药方。因为他眼下正好在学习,把罪孽分成这样或那样的罪孽,他把这个谎言归入可饶恕的罪孽。

从青苔路过来,他从火车站的一边踏上露台,现在拨开两根细细的藤杆,透过梨树叶子和初开的花朵,看见马戏团的颜色。所有的车上写着:帕罗玛马戏团。在温暖的四月阳光里,马戏团成员围坐在一张桌子边上。一个像是电工施利希特似的、身穿一件蓝色短工作服的人,不断地跳起坐下,又跳起,说着话,做着手势,众人一阵大笑。这个指手画脚的人有一个巨大的头盖,一头浓密鬈发。乍眼望去人们以为那是一个皮帽。要是这个圆脑袋跳起并且站立,可见他比别人个子要小些。一旦他坐下,他个子又最高。尤其是因为他那团巨大的头发。面对这样的头发,约翰觉得,要是有人把那仅有的几根小头发这样或那样地梳来梳去,简直是可笑之极。这样的头发人们也许根本无法修剪。这个小个子巨人肯定不会听人摆布,随便让人拿着一把剪刀靠近他。他头发的颜色同他那壮丽的头发一样夺人目光。就是他的耳朵也从浓发中透出红蓝色的光芒。巨大的耳朵。只能看见其下面的三分之一部分。比任何普通的耳朵要大。可以想象,在头发中,这双耳朵往上会及到哪里。有一次他抬起手,用手指笔直地向上指去。这姿态对他正合适!要是他提到天上的事,他就竖着食指指向空中。约翰完完全全地感觉到,这个人自己就是马戏团演出。尽管他穿着电工般的外衣,他就是马戏团演出。车棚那远远地朝外突出的屋檐下,在新扔过去的草料中,躺着和站着几匹马。或者是小马驹?退尔的小屋被移到了最后那扇车棚的门口。但是不见退尔的踪影。在那棵总是最早开花的格拉文施泰因苹果树下,站着一只庞大的黑色动物,头上有威武地朝外伸出的犄角。它被一条铁链拴着,铁链的另一头绕在苹果树上。这也是马戏团,这头水牛。你喜欢吗,一个女孩的声音问。他转身。知道她叫阿尼塔。黑黑的双眼靠得很近,额头圆圆的,大体上梳着短发,带着简单的刘海。简单的刘海从圆圆的额头上挂下。当她说,她是阿尼塔时,他想说,他已经知道。当然,他没这么说。他是不是真的立刻就知道了她的名字,关于这点,他不再那么有把握。现在他没时间考虑这个。她没说,她名字叫阿尼塔,而只是说,她是阿尼塔,他觉得这挺合适。

　　但愿她没以为,他曾透过梨树隔断,想悄悄地观察。她是马戏团的人,这他立刻看了出来。这儿村里,没人穿这样的毛衣,更不用说一个女孩。由蓝色和红色组成的色调,还出现了一点白色,约翰不知道,他该如何对这个女孩说,他不需要偷看,因为他是家庭的成员,到现在为止,晚上允许观看所有流动马戏团的演出,不用支付入场费。

这是菲施努,她说。一头水牛,约翰说。一头印度水牛,她说。这时,听到下面有一声尖利的口哨。我的父亲,她说,他等着要他的香烟。她高举着六盒包的香烟越过露台台阶跑向街道的方向,顺着栏栅一直跑到敞开的院子大门,去她父亲那里。他和其他几个人坐在一张铺着蓝色桌布的桌旁,想抽他的饭后一支烟。约翰还从来没有看见有男人穿这样的上衣,只及到臀部,上面只是红黑色的大方块。这不是第一个在院子里设场的马戏团。也许从一个流动马戏团传到另一个流动马戏团,到了瓦塞堡,最好去"餐厅旅店"设场子。借助三辆向着马路起遮蔽作用的马戏团车子,在西面向前延伸的车棚和向北起阻隔作用的旅店主建筑,三面已经被遮蔽;七棵粗壮的果树带着它们低低地垂下的树枝,给那无法购置帐篷的每一个马戏团提供保证,没人能从南面不买票地白看演出。

像女孩的父亲那样吹口哨,这是约翰的一个梦想。埃德蒙·菲尔斯特,比约翰大五岁,能这样。约瑟夫,大两岁,也会。阿道夫,不比约翰大,也能。把两个食指和两个中指放进嘴里,把嘴角向左右两边扯开,然后这最尖利的口哨就响了起来。这样的口哨别人很容易听见。就是这个女孩也马上跑了过去。尽管退尔也听从约翰尖着嘴巴吹出的口哨,但是它对这样的四指口哨肯定反应更快。要是约翰把手指放进嘴巴,扯开嘴角,发出的不是口哨,而是一种带声调的嘶嘶声。他猜测,他的手指还太细,就不停地尝试,看它们是否足够粗,但它们还是太细。对了,阿道夫的手臂和肌肉比他强壮。不过,要是他们扭斗,阿道夫和他输的次数一样多。约翰不比他弱。不管在垫子上或在勾手指时,飞刀或斗鸡时,在潜水或跳高时,或者射气枪,他不愿意总是比别人行。当然,有时候他必须赢,这是明摆着的。但不总是。要是阿道夫无望地处于下风,约翰就会觉得没有什么比这更令人难堪了。准确地说,约翰更愿意阿道夫相信,他,阿道夫,在所有的事情上比约翰技高一筹,而约翰只能偶然地、凭运气地赢一两次。约翰认为重要的是,让阿道夫觉得满意。要是战胜约翰能有助于此,那么阿道夫就该赢。重要的是,约翰知道,他能战胜阿道夫。如果必须这样。当然,那样他得使劲。他从来没有十分的把握。不过,他曾经不断地成功。一旦他需要这样。当然,现在他想到,阿道夫关于娘娘腔的鬈毛这样的话,是多么卑鄙。他有这样的感觉,从现在起,他得一直战胜他。不管是摔跤、勾手指、斗鸡、飞刀、跳高、射气枪或潜水,不管干什么,阿道夫得输。直到他不再这么瞎说一气。娘娘腔的鬈毛,涂脂抹粉的假小子,这不是阿道夫的语言,是他父亲的语言。节庆日里,他走在冲锋队的最前面,不再去教堂,对阿道夫说——这是阿道夫对约翰说的——要是谁叫阿道夫这个名字,就有责任,所有的事都比别人干得出色。

刚到厨房门口,约翰就向母亲打听退尔。母亲先向他问好,然后说,她把退尔关在对面屋里了,因为它不停地对着黑水牛和小马驹吼叫。约翰跑上楼,解开退尔,给它拌好狗食,同往常一样,把盘子放到平台上。这是在房子的西面。后楼梯从这里通往下面的院子里。他站在退尔身边,直到盘子被舔干净。要是约翰不看着它吃,它一口也不会碰。然后由退尔陪着,他到了厨房,从门边的凳子上一直滑到角落，看到米娜绕过炉灶端来油煎饼，给约翰放到桌上。苹果酱已经放在那里。它每天都在那里，不管吃什么。星期五总是有油煎饼。还有角落里总是给他准备好的书。眼下看的是《温内图Ⅰ》①，还有两膝之间的退尔。阿道夫那卑鄙的话可以抛到九霄云外了。

母亲说，约瑟夫来电话，肌腱拉伤，明天或后天他回家。整队的人在攀登雾笛山时滑了下来，上面有板结成片的雪块。也可能有雪崩，现在，在四月底的时候。约瑟夫有一个天使在身边。为此我们得感谢我们的天主。今天下午，约翰在教堂里不能忘记这点。两个人摔断了腿。肌腱拉伤，约瑟夫只是受了一点轻伤。约翰说，啊。这个可怜的家伙。他抬头看着前面有抽屉柜那么宽、镶着金边、深蓝色的画像。图画里，所有的光亮和辉煌都聚集在天使身上。天使的双手护在小孩脑袋上，而小孩子正走在无栏杆的吊桥上。天使的背上有一双巨大的，但收拢着的翅膀。

突然，阿尼塔站在敞开的门口，身后有一个女人。女人躬身敲了敲开着的门。这个女人说，阿尼塔——她指了指那个女孩——后天，在复活节后的第一个星期日，想参加首次圣餐仪式。在过去的四个星期里，她在他们停留的所有地方，都同别人一起上了必要的课。最理想的是，阿尼塔今天或明天就能同别人一起上圣餐仪式课。

显然，马戏团的人已从母亲那里了解到，约翰在星期天将参加第一次圣餐仪式。维纳夫人，母亲这样称呼她，问约翰，他下午是否

① 卡尔·迈的小说，一译《荒原追踪》。

能带上阿尼塔。现在,因为阿尼塔要同他一起参加第一次圣餐仪式,他才发觉,他把她的年龄估计得大了些。她不是 10 岁就是 11 岁,可他以为她至少该 12 岁,甚至 13 岁。也许在过去的几年里,每逢复活节后的第一个星期日,她一直在异教徒的聚居地。神甫经常告诉说,那里,一个人会觉得,沙漠相反是绿洲。

约翰立刻说,今天,明天,当然也在星期天,他会带上阿尼塔。维纳夫人说,她已经在神甫先生那里报了名。女管家玛利亚小姐说:下午 4 点她可以同神甫先生说话。

两人同她们刚才来时一样,悄悄离去。当维纳夫人和阿尼塔出现在门口时,退尔汪汪叫了几声。维纳夫人说,它不喜欢我,因为我把它从菲施努那里赶走过。维纳夫人个子比阿尼塔高不了多少。但阿尼塔比约翰长得高。高得不太多。高一丁点儿。不过正是高那么一丁点儿。约翰的父亲长得比约翰的母亲矮。没有矮多少,也就是那么一点儿。四年前已经去世的祖父曾是一个高个子,但佝偻着背。而父亲身体一直挺得笔直。尤其在钢琴旁。在钢琴旁他甚至还往后仰。他弹着琴,似乎有人在高处倾听他的演奏。

约翰去二楼的厕所,从窗户里往外观察那些马戏团的人。幸亏祖父这样造了房子,在每层楼里,厕所都朝南。这样约翰就能从三个楼层的厕所里往外看,看那些马戏团的人在干什么。

在此期间,他们用一堆马戏团的木头搭成了一个马戏场圈子,正在用许多木屑给它铺成一个松软的地面。马戏场周围已经放上了三排座位。两根小一些的杆子面对面地竖在那里,中间是一根较粗的杆子。所有的电线已经拉好。电线上是白色和红色的灯泡,还没有亮。院子内部搭了一个门楼,大门上有几个大字:帕罗玛马戏团。院子大门和马戏团大门之间是被漆成蓝、白、红相间的售票小屋。两匹小马驹拖着一辆古罗马式赛车模型似的小车跑到了街上，朝着村下驶去。约翰从《预言之光中我们的时代——腓利和司库大臣》这本书里已经认识了这种赛车。司库大臣就站在赛车图像下。①马戏团的赛车由一个肌肉发达的男人驾驭。这个人晒得黝黑的脑袋上没有一根头发。他身后的一个宝座上是那个头发浓密的小巨人，斜挎一只大鼓，用力击打。他那红蓝色的脸膛闪闪发亮。下面，在菩提树旁，村里的五条马路在那里交汇，他们停下。小巨人高声朗读节目单，光头用喇叭吹着"帕罗玛"乐曲。约翰很想跟着他们去。音乐声吸引着他。但他无法动弹。音乐声也使他迷醉。也许他们停下的第二站在布鲁格家门口。那么，要是他们在圣餐仪式课上相遇，阿道夫就已经知道了情况。约翰无须详细解释，这个褐色皮肤和圆额头的女孩是谁。她还有眼睫毛。约翰打算留意，看其他姑娘或女人是否也有眼睫毛。这个女孩还有两个门牙。她的嘴唇不完全上下闭紧。自从那个流动摄影师给他拍了照以后，约翰知道，他的嘴唇也不总是合在一起。他跑回屋里，马上在镜子跟前检验了一下。他那右边的门牙毫无顾忌地戳了出来。上嘴唇，约翰的上嘴唇本来就太短，得不断地想到，尽可能地把这个站在前面的家伙盖住。同样那个门牙在阿尼塔那里根本就没有突在外面，只是有一些冒出来，似乎想保护它边上站着的另一个门牙。不是难看的愣头青，而是一个亲密温柔的保护人。约翰在镜子面前站了许久。这他现在也得忏悔。得后悔。下决心以后不再这么做。我太盛气凌

---

① 此处背景为《圣经·使徒行传》第 8 节中一个受洗归主的故事。

人了。他违反了十诫中的七诫，违反了前面的七诫。第五诫他最容易逃脱。他没杀过人。打人的事可干过。那是自卫。可耶稣没有自卫。神甫会认识他吗？忏悔室里黑暗一片。可神甫透过帘子的缝隙看到，每次是谁离开了教堂里的凳子，走上两三步，在神甫耳朵旁的忏悔室里跪下。约翰宁愿让神甫助手听男孩们的忏悔。不过这人们事先不知道。我轻率地道出了神圣的名字。我生气地说出了神圣的名字。就这样开始。这样就能开始讲话。只是别结结巴巴地说不出话来。只是要通过。除了通过别无其他。

4 点半，约翰带着新抹过油和梳成一个波浪形的发式站在"帕罗玛马戏团"门口。他不敢继续往里走。阿尼塔会从哪辆房车里出来，这他知道，因为他从厕所窗口已经看到，她的母亲和穿着有红黑方格短上衣的父亲消失在哪辆车里。阿尼塔出现了。她现在穿上了白色的袜子。没有再穿那件野性十足的毛衣，而是一件深蓝色的针织外衣。她打扮得有些太像过节了。在圣餐仪式课上没有男孩或女孩这么节日般地打扮。他该告诉她这点，可他没有勇气。他尽管也穿上了自己新的曼彻斯特裤子，长袜几乎也是新的，但运动衬衣外他穿的是五年前圣诞节得到的、马上在吹蜡烛时被烧坏过的毛衣。可以在左下臂处看到米娜织补过的地方。可他把袖子穿得别人看不见那个补丁。当阿尼塔出现在门口时，他知道，他不该穿这件毛衣。别人可以发觉，下臂和袖口处已经补过。她跨下三级阶梯，朝他走来。我们走，她说。显然看到他还是没有迈步，她说：在我们在这里扎根之前。她笑着说：爸爸总是这么讲。约翰想：自从在一个圣诞夜，听舒尔策·马克斯说过这句话以后，我再也没听到过。

现在,同阿尼塔走在村道上去教堂,同她一个人,一公里长的路,经过几乎所有的房子,直到到达外面半岛上的教堂里,不,还是不。要是他能想到,他都会碰到哪些人! 不,不,不。他想走青苔路。

要是阿尼塔没开口,他也许会一声不吭。可阿尼塔几乎不停地唠叨。她想让他们互相进行课堂提问,背诵忏悔录①,你先开始,他说。于是她开始。但事先她说,她这可不是忏悔,而只是背诵忏悔录。她背诵。速度非常快,令人难以置信。不漏掉一个标点符号。也没遗漏谈到不贞洁的话,单独或同别人一起。约翰心想:单独或同别人一起。然后她背诵所有必须遵守的戒律,一次忏悔必须是一次完整的忏悔。然后她背诵,在忏悔和圣餐仪式之间不允许发生的事,以便圣餐仪式能被接受。好吧,现在是你,她说。约翰摇摇头。但没有朝她看。为此他加快了脚步。她说,她必须在6点半之前回来。8点钟演出开始。那她为什么6点半就必须返回? 换衣服,化妆,做热身运动。她是晚上马戏团演出节目的一部分:维也纳艺术家。大多数的节目当然由她父亲演,可她的兄弟和她也需要上场。约翰见到了马戏场中间的杆子。练习在这根杆子上进行,从下面,一直到14米高的顶端。他会看到。幸亏马戏场设在这里,这样人们不买票,就无法从周围的房子里观看在杆子高处进行的练习。涉及她的爬杆节目,往常这一直是最大的问题。不过在这里,人们最多只能从街上或从旅店的露台上看到演出。可是,在他们那里我们会收到钱,阿尼塔笑着说。

当他们走进公墓时,约翰说,他得很快地去一下他父亲的坟墓,

---

① 指以十诫为依据,用提问形式写成的罪过录,供忏悔前反省使用。

而她反正得通过妇女席进去。他指给她看,然后向右拐,去父亲的坟墓,洒了圣水,三次祈祷天主,给他永恒的安宁,愿长明灯照耀着他,主啊,让他长眠在和平中,阿门。然后他通过男人席走进。在教堂里,他看到阿尼塔坐在前面远远的地方。他在自己的一边走到同样远的前面,对她点一下头,她颔首作答。

他这么早地从家里出来,因为他打算,在别人还没到达时和阿尼塔来到教堂。这成功了。约翰似乎看到自己站在布道坛上,就像在布道周里,像神甫克里佐斯托姆斯一样站在这个布道坛上,伸开手臂叫着:异教徒们为什么喧闹?而他前面,他的下面,只坐着阿尼塔,他将仅对她一个人布道。

渐渐地,其他男孩和女孩们也到来。神甫从法衣室里出来。上课开始之前,神甫走到阿尼塔跟前,同她说话。他那僵直的胡子翘上翘下,一点儿也听不清他在说什么。阿道夫坐到约翰身边,短促地朝女孩们看了一眼,然后悄悄地对约翰说:那个从马戏团来的。说"那个"时,他的头摆动了一下。约翰有些犹豫地点了一下头。似乎他对此没什么把握,不像阿道夫那么肯定地知道。他又是从那里知道的?在一个村子里,人们永远不知道,为什么大家立刻会了解一切。人们只是知道,大家总是会立刻了解一切。阿道夫的衬衫比约翰的要精致得多。他没穿毛衣,而是穿一件长长的外衣,以一根用同样布料做的腰带束住。

神甫说,现在不再是六个,而是七个姑娘,十一个小伙子。在神甫的语言里,男孩一直是小伙子。他很高兴,准备得很好的阿尼塔·维纳,将同瓦塞堡的孩子们一起,第一次接受神圣的圣餐仪式。约翰感到,他背上又是一阵寒战。他得深深地吸气。他耳朵里一阵嗡嗡声。他会飞起来还是倒下？他飞快地用右手大拇指的指甲在教堂长凳那腐朽的木头上划出一个字母。他在木头上划出一个 A 字，然后一个 W 字。但他小心着，不让阿道夫看见。突然他听见阿道夫对他悄悄说话，约翰不需要用手遮掩，他，阿道夫，已经看见一切。并且把约翰的手从长凳上拿开。显然阿道夫想让其他男孩朝这里看，让大家都看见，约翰刚刚做了什么。约翰神色紧张地朝神甫看，似乎他现在不能被分散注意力。真的，神甫正好在描述，要是参加圣餐仪式的候选人，要是明天下午在第一次忏悔，在使人圣洁的赦免状态中离开教堂后，又由于任何一件有罪的疏忽让这个状态受到威胁，甚至由于一种死亡的罪孽摧毁这种状态，由此星期天早晨在一种不相称的精神状况中参加首次圣餐仪式，那么事情会有多么糟糕。这将是最严重、最不吉利和最令人恐怖的罪孽：在被玷污状态中接受圣体。听起来，要是有人这么做，立刻有可能被雷电击中，或者大地就会裂开，把他一口吞没。

当神甫结束讲课后，约翰突然想起，为了感谢约瑟夫的天使让约瑟夫只带着韧带损伤逃脱灾难，他还得念一次主祷文和一次感谢玛利亚。事实上，每时每刻都可能发生最最可怕的事。人们得尽可能地通过信仰和祷告，得请求和恳求，只发生第二，或者第三，甚至第四的可怕事情。

当约翰飞快但衷心地念完这两个祷告后，别人已经离开教堂。他跑了起来。

女孩们和男孩们分开着沿着村道往上走。男孩们保持着明显的距离，跟在女孩们后面。女孩们把阿尼塔围在中间，似乎她们照顾着，不让她发生任何意外。人们看见的和听见的是：她们的话题

是阿尼塔。阿尼塔是否注意到,她是唯一一个留短发的女孩? 所有
其他人留着辫子。而他是唯一一个头顶后的头发没被剃光的男孩。
要是她自己没有发觉,他可不能告诉她这点。

当然,人们没有从青苔地走回,而是顺着村道往上。约翰很想
告诉阿尼塔这第三种从教堂回村里的可能,湖畔小径。一条蜿蜒在
别墅围墙前的小路,面对湖水,由被人作为防波堤堆起的巨石保护
着。阿尼塔已经觉得青苔路从中穿越而过的大草洼地很美,因为这
整片广袤的土地郁郁葱葱,到处盛开着淡紫色的和黄色的草地碎米
荠和毛莨。阿尼塔当时说,在回家的路上她要摘一些花,替母亲扎
一个花圈,这时约翰才意识到,花儿开得多么鲜艳。而现在,她像一
个被俘的王后,被人带上村道。阿尼塔和他在湖畔小径上,约翰想
象着。浪花不断地拍打着堤岸,但是碰不到他们任何一个人。阿尼
塔肯定会喜欢。阿尼塔走在靠围墙一边,他可以走在外边。当然,
这样她就会走在他左边,会看见织补过的袖子。好吧,他还是让她
走在靠湖的那边。不行。目前不行。四月底,融雪期,来自山里那
浩渺的水,湖的水位很高,眼下浪花很大。

他们在密密地竖在村道旁的大株核桃树下走过,这时,看到老
师正好从理发店的台阶上走下。他的头发剃得比阿道夫更短。圆
圆的脑袋上,全部头发被剪得只剩下 1 毫米。也许是因为战争在他
脑袋里留下的弹片的缘故。姑娘们向他问好:希特勒万岁,校长先
生。男孩们同样如此。阿道夫是唯一一个在叫这句话时高高地抬
起手臂的人。他甚至把左手放到他的布腰带上,把大拇指塞到腰带
后面,似乎那是军服的皮带扣子。老师说了两次希特勒万岁和亲爱
的孩子们,同时非常稳健地抬起伸出的右臂。好吧,他说,大家都过

来听着。过来,过来,别借口说自己累了,他说。因为姑娘和男孩们没有立刻站到他身边。你们问候了,可有人看上去无精打采。而岁数大的人还要向你们学习,该如何问候。我是怎样让你们在民族调查的本子上听写关于问候的话的? 第一,阿道夫? 阿道夫立刻响亮和非常清楚地回答,似乎在对重听的人说话: 第一。我们在德国南部边界必须用德国式的问候替代每种旧习惯或固执。老师问: 第二,安内利泽! 安内利泽同样清楚和响亮地回答: 第二。要是有人在问候形式上受对方的影响,这就是软弱的标记。好,安内利泽,老师叫着。每个人都知道,他现在想到,复活节前最后一个上课的日子,他如何打了安内利泽一个耳光,因为她涂改了一次计算的结果,当老师向她指出这点时,她还矢口否认。不是因为结果是错的,老师大叫,而是因为你说谎,这事才糟糕。一个德国姑娘不该说谎,他叫着打了安内利泽一个耳光,打得她飞向风琴,撞断了琴键。老师还穿着鞋朝躺在地上的她踢了一脚,然后转向墙上的黑板,用双拳砸着黑板,尖叫: 她说谎,她说了谎,然后她还否认自己说谎。

要是天气突变,老师也会经常这样对着黑板击打。德贝勒·弗朗茨有一次从纳粹冬季贫民救济事业的集资罐里拿了 50 芬尼,给他的飞机模型买冷胶。老师揍他时,不仅用拳头砸黑板,还用自己的脑袋撞黑板,结果他的假牙也从嘴里掉了出来。德贝勒·弗朗茨,自己还躺在地上,把它捡了起来,递给老师。老师重新把它塞进嘴巴。人人都知道: 由于战争,他脑袋里的弹片。所以他常常霎时就会暴跳如雷。

第三,约翰! 老师叫着。约翰叫着回答: 第三。谁坚持用摘帽或摘小帽的方式回答德国式的问候,或者用一种混杂方式,比如说有幸,希特勒万岁;要是我们高举手臂,用希特勒万岁向谁问候,而他总是逃避回答,我们就把他从我们问候的人的名单上划去。有例外吗? 老师大声问,伊姆佳德。伊姆佳德叫着,有例外,在狂欢节。要是外在的景象充满着滑稽行为,德国式的问候就取消。

在背诵他的回答时,约翰知道,要是他碰到那些他必须问候的常客,不管在旅店里或在街上碰到,他不可能用希特勒万岁来向他们问好。在亡者纪念日,神甫在士兵纪念碑旁,为德国式的问候举起了手。尽管如此约翰还是愿意继续用你好来同他打招呼。是有那么些人,遇到他们,会不由自主地用希特勒万岁的话问候他们。老师正是一个例子。或者菲尔斯特夫人。菲尔斯特夫人在她送报的每家人家那里,在门外就已经大叫:大家希特勒万岁。每次她叫这句话的时候,约翰都会想,老师说过,德国式的问候叫希特勒万岁,任何添加都是禁止的。得有人把这告诉菲尔斯特夫人。在此期间,她已经成了妇女协会的领袖。她的埃娃在地区办公厅改了名字,现在叫埃德尔特鲁德。菲尔斯特夫人在每家人家都说,埃娃行不通了,因为埃娃是基拉·封·施特罗普汗特的女副手。当姑娘协会女主席基拉·封·施特罗普汗特同一个来自哈雷的党卫队上校军官结婚和被接受到党卫队的种族事务部后,埃德尔特鲁德出现在她母亲送给每家人家的报纸上。埃德尔特鲁德站在新娘边上。而埃迪·菲尔斯特,自从他当了中队长以来,真的只能叫埃德蒙,作为中队长、田径运动员和体操运动员,比他的姐妹埃德尔特鲁德更经常地出现在报纸上。要是菲尔斯特夫人把报纸扔到桌上,别人当即会感觉到,她的孩子们又出现在报纸上了。有时约翰坐在桌旁,她会马上把报纸翻到"广告柱"一栏,在公布的 11 或 12 个通告中,立刻指着"中队 36/320"。尤其她会指向最后一行："不准请假"。约翰点头，而她接着会指向文章中的另一行："务必带来为制作体育比赛奖章而缺少的钱"。约翰站起，有些夸张地说：是的！而菲尔斯特夫人会说：但愿大家都像你，约翰！可有些逃避工作的人，胆小鬼，破坏者，约翰，他们让我的埃德蒙日子不好过。随着一声大家希特勒万岁，她又到了外面。

当老师消失在半岛方向后，阿道夫说，他们的问候杂乱无章。他马上知道，要有一次不愉快的结果。不愉快的结果。约翰立刻听出来，这是阿道夫父亲的话。今天，阿道夫看上去像是老师的儿子。老师穿的正是那样的外衣：纽扣一直扣到脖子，腰带用同样的布料做成。见不到纽扣，这看上去尤其别致。也许阿道夫的母亲在老师身上见到过这件上衣，然后让侏儒安娜，或者鞋匠吉雷尔夫人，或者赫恩小姐，甚至或者管道工施密特夫人，做一件尽可能类似的衣服。

见到老师从理发师那里出来时，约翰吓了一跳。老师当然知道，孩子们从那里来。复活节后第一个星期日之前的两天。三年来老师就不再是风琴手，不再踏进教堂一步，在所有的通知和告示下这样签名：初级学校校长黑勒，宣传员。大选举日的两天前，所有的孩子得在村里跑上跑下，要求他们发现的每个还没有戴选举纪念章的人，立刻履行他的选举职责。谁投了票，谁就得到一个选举纪念章。几天前他们就把选票上的句子背得滚瓜烂熟，用喇叭在村道上大叫："你同意 1938 年 3 月 13 日实现的奥地利与德意志帝国的统一，为我们的领袖希特勒投票吗？"然后他们大家以双倍响亮的声音吼叫："是的。"一星期后老师拿着报纸到学校。他们练习百分比计算。在林道地区有百分之九十九点二的人投了赞成票。在 20 442

有投票权的人里面是多少人。在瓦塞堡有 659 张赞成票。在 665 人
中占百分之几？然后老师说：6 票反对，我们能对付。约翰想：谢天
谢地，他父亲不可能属于这 6 个投反对票的人。不再可能。希特勒
意味着战争。约翰从来不敢大声重复父亲的这句话。他从未告诉
阿道夫和路德维希，也没告诉保尔，没让任何别的人知道，施特罗德
的特劳戈特是怎么死的，在 8 月的阳光下，带着从身体里流出的肠
子，父亲和赫尔默的弗朗茨无法替他把肠子塞回肚子。阿道夫的父
亲战时年龄还太小。可每次到旅店来，他总是问：店主在哪里？这
个店主，他又躺在床上吗？或者他只是在读书？面对约翰的父亲，
阿道夫的父亲喜欢挑刺。阿道夫的父亲是冲锋队队员，是帝国猎人
协会成员，在纳粹小口径步枪射击协会里，是纳粹党员。约翰的父
亲曾是合唱队成员，在士兵协会里，是阿尔卑斯山协会会员和消防
队队员。幸亏母亲也入了党。有第一个 100 万中的一个成员编号。
正如母亲曾说过的那样，以后聚会在"餐厅旅店"举行。甚至老师也
在冬天的时候做了一个报告，题目是：自身和他人军队的装备。战
时老师曾当过上尉。来了这么多人听老师做报告，不得不把折叠门
打开。父亲不在听报告的人中间。这不引人注目，因为父亲本来在
旅店里就很少露面。只有布鲁格先生注意到。当父亲在世时，只有
母亲一个人入了党，这让他坐立不安。母亲总是不得不对丈夫的缺
席作解释。首先她得不断地阻止破产的发生。否则他们会遭遇先
是布雷姆一家遭遇的事，而后是哈特曼一家、卡普拉诺一家、最后还
有格拉特哈尔一家遭遇的事。格拉特哈尔夫人去世后，格拉特哈尔
家所有的一切被拍卖。那时约翰了解到，对一个家庭来说，没有什
么比遇到强制性拍卖更糟糕的事了。整个村子的人都来了，所有的

人走过所有的房间,每个人记住,随后在拍卖时,他打算买什么。一个草药桶,两个带白色大理石面的床头柜,一架落地大座钟,三个带把手的洗衣木桶,一台衣服轧压机。格拉特哈尔一家曾拥有的一切东西被拍卖,约翰还从未经历过比这更糟糕的事。如果能阻止这样的拍卖,不用别人强迫,他愿意做任何事情。当格拉特哈尔夫人卧床不起时,他曾陪着父亲去她病榻旁探望。父亲总是给她带茶叶去。格拉特哈尔夫人得了肾脏病。这里附近从来没人得过这种病,这是她自己说的。约翰还从未听见过有人这么轻声说话。人们觉得奇怪,还能听懂她的话。要是破产,该怪罪于加油塔,她说。每个人可以把汽油压进5升的瓶子,然后灌入自己的油箱,不用再踏进商店和付钱。

木匠布雷姆即使用手枪也无法阻挡别人,来查看一切能在拍卖时得到的东西。自从拍卖进行以来,他最喜欢坐在不再属于他的房子后面。坐在一张桌旁,手里拿着气枪,用它打走苍蝇的翅膀。他仅仅使用气压做这件事。气枪放在堆满食物盘子的桌面上。布雷姆先生等着,手指放在扳机上,直到一只苍蝇飞到枪口前,然后他扣动扳机。阿道夫观察过他,说,布雷姆先生的目的不是打死苍蝇,他只是打掉它们的翅膀。

每当布鲁格先生出现在旅店里,约翰经常想起,当约翰和母亲从借贷银行办公室回来时,埃尔萨曾说过,布鲁格刚刚在旅店里叫喊:今天要勒紧弹钢琴人的脖子。

约翰希望,男孩和女孩们到了自己的家或经过岔道时,会一个接一个地散去。对了,男孩们拐了弯。要是随后女孩们也拐了弯,去她们该去的地方,约翰和阿尼塔就可以单独在一起了。实际上在菩提树旁,最后几个人该转弯回家。但是姑娘们没有消失在她们该去的自己的家里。她们陪着阿尼塔穿过院子大门,一直走到马戏团的入口,答应阿尼塔晚上来看演出后,才离去。约翰在经过她们身旁时听到了这些。他跑回家里,到了楼上自己的房间,扑到床上,长久地趴在床上,然后把跟着他跳到床上的退尔搂到身旁。退尔舔着约翰。约翰觉得很舒服。他抬起头来,看见在有抽屉柜那么宽的天使画像下,有一束花。这是米娜干的。米娜会想到这么做。母亲想的是,如何阻止强制拍卖的发生。

三　阿尼塔,阿尼塔

　　约翰坐在角落里,那个他总放书包的角落里。今天他看着打开
的书,但没读。大人们以为,他在读书。布鲁格先生正好在同母亲
说话。要是他没有把握,他就不会说,约翰在读他的《温内图Ⅰ》。
你别忘了,你还不到 38 岁,布鲁格先生叫着,能摆脱这个脓包,你该
感到高兴才是。他一定会投反对票。早该向警察举报他。倘若他
不是这么一个可怜虫,别人早就举报他了。你投了赞成票,这我知
道,布鲁格先生说,可他会投反对票。我不信,母亲说话的声音要比
布鲁格先生小得多。奥地利重新属于德国,这他会赞成,母亲说,他
是阿尔卑斯山协会的会员。不用发动战争,领袖就做成了这件事,
布鲁格先生叫着。没流一滴血。太了不起了。而你那个滑头和脓
包,他给你留下了什么? 债务,除了债务还是债务。现在谁拯救了
你,让你不至于毁灭,而且还能照顾你的孩子?"力量来自欢乐"拯

救了你,"德意志劳工阵线"拯救了你①。它给你的旅店带来了你从未见过的这么多客人。但那个滑头鬼呢,那个愚蠢的脓包,那个疯疯癫癫的……约翰的母亲发出嘘嘘声。她想提醒注意,约翰坐在那里。啊,别管他,他在看书。正是在这个年龄,要是你用针扎他,身上流出来的不是血,而是墨水。要想让他把脑袋从书本里抬起,得用粪叉。母亲说,约翰马上要去林道上高级学校,同约瑟夫现在一样。可惜了这些钱,布鲁格先生说。他们会成为喝墨水的人,要是以后没东西吃了,还得由我们来养活。

约翰害怕自己脸红。他读书时,的确经常听不见别人说的话。可布鲁格先生的话他得仔细听,直到他离去。

音乐声马上响起。从院里传来。约翰很想立刻跑到二楼厕所窗前。可是公主,尽管她很少转身,会知道一切,会知道这是怎么回事,也许会在他身后高声喊叫。

一架手风琴,一个喇叭,大小不同的鼓。流行乐曲。悲哀的。欢快的。手风琴奏出欢快,喇叭吹出悲哀。突然,阿尼塔站在门口。她已化过妆,身穿一件鲜红的泳衣,头上缠着一条红色头巾。约翰让退尔安静。她只是想问,他们需要几张免费入场券。一张,约翰说。其他人将在窗口看。阿尼塔把票子放在桌上,说,祝愿他们看得愉快,就离去。

米娜说:一个可爱的姑娘。也是一个可怜的姑娘,母亲说。米娜不认为是这样。母亲坚持认为,一个住在房车里,从一个村子转

---

① "力量来自欢乐"是纳粹德国一个具有国家背景的大型休假组织,为"德意志劳工阵线"的一部分。

到另一个村子,晚上又要在别人面前表演的姑娘,是个可怜的姑娘。好吧,至少她现在要去参加圣餐仪式。

约翰把退尔带进屋子,然后他在外面院子大门前等阿道夫、路德维希、保尔、赫尔穆特和赫尔穆特,以及吉多和贝尔尼。女孩们已经站在周围,对她们中某个人说的话咯咯直笑。

约翰宁愿坐第三排,可阿道夫说:谁先到,谁先吃。开始只有几个小彩灯闪烁。所以马戏场里比往常更暗。只有三个乐师被明晃晃地照亮。在几架锣鼓和三角铁的后面,是那个小个子巨人,脑袋上华丽的头发朝着四周飘舞飞扬。每当他击打锣鼓时,眼珠都会翻上,好像在渴望什么。他做的一切都干净利落。他能让一个小鼓逐渐发出旋风般的震撼声,在高潮到来之前又加进一下锣声,接着用虔诚地弯转的手臂,让袅袅的余音轻柔地隐没。他那大大的身躯前俯后仰,左右晃动,似乎音乐不是来自他的乐器,而是来自他的身体。有华丽头发的小个子巨人身旁,还站着两名乐师,但显得毫不起眼。那个曾驾驶罗马式小车的、肌肉发达、光头闪亮的人,在吹喇叭。他现在身穿一件银光闪烁的外衣,头戴一顶同样银光闪烁的帽子,帽下露出金色的卷发。阿尼塔的母亲在拉手风琴。突然。灯光亮起,乐声大作:一个身穿燕尾服和头戴礼帽的男人出现在马戏场上。燕尾服深蓝色,大礼帽浅蓝色。他手握鞭子,立刻打了几下响鞭。他说,他欢迎所有的观众,大大小小、胖胖瘦瘦的观众,原谅他不能一直往下例数,比如聪明的和愚蠢的,可是来看"帕罗玛马戏团"演出的人,一定都是聪明人。音乐声响起,观众们鼓掌。他向大家许诺,今晚有一套世界性的节目,古巴、印度、意大利、维也纳和东方,都会在"帕罗玛马戏团"的节目里同大家见面,但是,不仅仅是古巴、印度、意大利、东方和维也纳，甚至还有，你们听着会感到高兴，甚至还有穆尔河畔的米克斯尼茨。小个子巨人以一下独奏清楚表明，他来自穆尔河畔的米克斯尼茨。大家拍手鼓掌。然后响起古巴音乐，喇叭奏起"帕罗玛"，手风琴呻吟着跟上，鼓声神秘莫测。古巴，马戏团导演嘴里叫着，手中打着响鞭，向着两个一袭白衣，夺人眼目的男孩鞠躬，他们正把一头黑水牛牵入马戏场。这时，从边上，一只白鸽庄重地拍打着翅膀，飘忽着或飞翔着进入场地。阿尼塔。她显然挂在一根钢丝上滑入，到了水牛上方才停住拍打翅膀，落在水牛背上的一个金色小窝中。她刚坐进窝里，就一下解开她的翅膀，朝导演扔去。他接住翅膀，恭敬地躬身施礼。阿尼塔现在扮作古巴女孩站在她的窝里，随着"帕罗玛"音乐做着动作，打着黑色的拨浪鼓，鼓动气氛，动作越来越大胆。突然她又拿到她的翅膀服，音乐声重新变得令人感伤，阿尼塔又成了一只白鸽，非常缓慢地摆动翅膀，水牛驮着这个翅膀飞舞的人退出场地。大家鼓掌。阿尼塔没骑水牛、但带着翅膀再次出现，躬身施礼。导演也鼓掌，不断地叫着：帕罗玛本人，阿尼塔·维纳。来自国际著名的维也纳艺术家世家维纳的阿尼塔·维纳。然后，两匹马驹拖进一个铁笼，里面跪着、更多是被绑着和用铁链锁着那个肌肉发达的人。现在他上身穿体操服，下身着白色紧身裤。头上是波浪式的披肩金发。导演介绍他是西姆松，强者中最强壮的人。他请一位观众，检验一下绑住西姆松的绳索和铁链。阿道夫立刻上前，检查了一下，说：都是真的。导演谢过阿道夫，说，今天我们需要这样的年轻人，他们不会上当受骗，把字母 X 当作字母 U。

　　西姆松绷紧他的肌肉，每用一次力，就有一根绳子被绷断。鼓

声庆贺着每一次绷断绳索的胜利。当所有的绳子都断裂后,他抓起
铁链,把它扯断,随后拉开他铁笼子上的栏杆,跳到场地中间。掌声
轰鸣。可导演看来感到非常害怕。他绕着场地逃跑,西姆松迈着沉
重的大步跟着他。导演大叫:德利拉,救命!这时,跑出一个东方女
子,在西姆松跟前扭起臀部。是阿尼塔。她跳的是肚脐舞。西姆松
在她面前跪下。她取出一把镶有宝石的匕首剥去西姆松的头皮,把
他的假发套拿在手上,在他脖子上绕上一条薄薄的针织围巾。西姆
松浑身无力,几乎手也无法抬起。于是她把他带了出去。掌声轰
鸣。导演在她身后叫着:谢谢,德利拉,你拯救了我们,免遭怒气冲
冲的暴君的伤害。谢谢,德利拉。

面对这个剥头皮的场景,约翰当然想起了《温内图Ⅰ》里的萨
姆·霍肯。想起给来自德国的新人所设的告别宴会。当萨姆·霍
肯取下他的帽子时,头发留在了帽子上,一个头皮被波尼人剥去的、
光得没有一根头发的脑壳出现在眼前。不过,这个肌肉发达的人的
脑壳不像西部人萨姆·霍肯的脑壳那么鲜红。这个萨姆·霍肯每
两句话后都要说,要是我没弄错。约翰喜欢这个萨姆·霍肯,因为
他不断地说要是我没弄错。

下面的节目里阿尼塔没再出现。约翰看着,但什么也没有看进
去。当那个小个子巨人带着华丽的头发作为小丑奥古斯特上台时,
约翰才恢复神智。现在他头上顶着一个带边的小碗。他身上穿的
是燕尾服,用燕麦口袋缝制而成,里面穿着一件挂有小铃铛的衬衫。
要是他身体抖动,铃声就响。每当他不同意导演说的话,他就抖动
身体。导演说:奥古斯特先生······奥古斯特抖动身体。奥古斯特,
您是······奥古斯特抖动身体。导演说:奥古斯特,你是······奥古斯

特静静地站住,怎么也不再发出声音。好吧,我们互相称你,导演说。奥古斯特说:要是您愿意的话,导演先生。导演说,那么你也必须同样用你来称呼我。奥古斯特说:您的夫人也用你称呼您?要是我看到,您是如何对待她的,我宁愿用您这个称呼。导演说:我究竟怎么对待我的夫人了?奥古斯特说:最近,当医生在您夫人那里时,他说,导演先生,我根本就不喜欢您的夫人。您回答:那么我们的趣味是一样的,医生先生。导演说:奥古斯特,我总是说,我的夫人拥有一种内在的美,这是独一无二的。奥古斯特说:也许您应该把她翻一个面。导演说:能这么做吗?奥古斯特说:今天什么事都可能。两个月以前我还是一个来自穆尔河畔米克斯尼茨的奥地利人,现在我是德国人。导演说:奥古斯特,这可是另外一件事。奥古斯特:根本不是,导演先生。您的夫人美在内心,就像我们奥地利人内在是德国人一样,现在内在到了外面,百分之九十九点七的奥地利人在上上一个星期日对他们内在的德国人投了赞成票。导演说:亲爱的奥古斯特……奥古斯特抖动身体,所有的小铃铛响了起来。导演小心翼翼地说:奥古斯特……当没有铃声响起时,他继续说:我只是希望,你在 4 月 10 日也投了赞成票。奥古斯特说:这是明摆着的,导演先生,我投票超过了我自己。导演说:这怎么可能,自己超过自己?奥古斯特说:您不知道呕吐这个词吗?① 这是同一回事。不过,呕吐牵涉到的是向外。投票超过自己是向内。我马上知道:现在我投票超过了自己,同所有百分之九十九点七的奥地利人一

———————

① 此处是文字游戏,作者用了 sich überstimmen(投票超过自己)和 sich übergeben(呕吐)这两个词。

样。导演说:但是奥古斯特,在选举星期日你还无法知道,百分之九十九点七的奥地利人将投赞成票。奥古斯特不情愿地抖动身体,说:导演先生,别用这样尽找碴子的声调。是的!大家当然知道,奥地利人会在投赞成票时超过德国人。下次将有百分之一百零二,这我可以向您保证。导演说:这怎么可能:百分之一百零二?奥古斯特说:不会计算,导演先生,不是吗?百分之一百零二,就是100里面的102。导演说:你大概把我当成傻瓜了,奥古斯特。奥古斯特说:别这样说,导演先生,我可不根据一个人的外表判断一个人。人们大笑。导演打了奥古斯特一个耳光,奥古斯特佯装被这个耳光打得要摔倒在地,可他把自己的几乎摔倒变成在锯屑里寻找东西。导演说:奥古斯特,你丢了什么东西吗?奥古斯特说:不那么糟糕,只是对人类的信仰。导演说:你丢失了对人类的信仰,你还称此为不那么糟糕。奥古斯特说:不过是很小的一块。导演说:奥古斯特,你在"帕罗玛马戏团"是被雇演什么的?奥古斯特:扮作小丑奥古斯特。导演说:我呢?奥古斯特说:当导演。导演说:小丑奥古斯特和一个导演之间的差别是什么?奥古斯特说:就像苹果和梨子之间一样的差别?导演说:那是什么差别?奥古斯特说:都是水果。导演说:我觉得,你回答不出。太愚蠢了,无法对一个导演和一个小丑奥古斯特之间的差别进行定义。奥古斯特说:我不喜欢定义。我和瓦格纳①一样不喜欢定义。导演说:瓦格纳和定义有什么关系。奥古斯特说:两者我都不喜欢,这就够了。您肯定喜欢《魔弹射手》!可我不喜欢。导演说:好吧奥古斯特,《魔弹射手》不是瓦格纳的作

---

① Richard Wagner,1813—1883,德国音乐家、作家。

品,而是韦伯的作品。奥古斯特说:好吧,就算《魔弹射手》不是他的
作品。《魔笛》呢? 也不是? 导演说:这是莫扎特①的,奥古斯特。
奥古斯特说:他至少是个奥地利人。导演说:也就是说,今天是德
国人。奥古斯特说:都是水果,明白无误。导演说:现在不谈政治,
奥古斯特。天气……奥古斯特:越来越好。导演说:我们终于意见
统一了,奥古斯特。我今天在湖畔走过……奥古斯特说:水不断地
往上涨。

奥古斯特把手越举越高,像是在进行希特勒式问候。

奥古斯特说:马上就要及到脖子。导演说:这是早春季节。雪
融期。奥古斯特说:好吧,现在作为奥地利人……导演说:作为以
前的奥地利人。奥古斯特说:对。作为以前的奥地利人我得对此提
出抗议,您想让融雪期对不断上涨的博登湖负责! 倘若您弯下腰,
把您的手放进这不断上涨的湖水,那么您就会立刻感觉到,这是奥
地利人的欢乐的泪水,是它们让博登湖不断上涨。这是为回归帝国
而流出的欢乐的泪水。导演先生,抬起腿来,爱在召唤,领袖需要士
兵。导演说:同意,奥古斯特,百分之一百地同意。奥古斯特说:百
分之一百零二,导演先生,在此期间已经不止百分之一百零二。导
演说:我也在里面! 他想拥抱奥古斯特。可奥古斯特推开他,叫着:
那个勒姆②在坟墓里也不安心。双手护着自己的屁股,奥古斯特摇
摇摆摆地走出场地。乐队响亮的吹奏声。人们鼓掌。

约翰看到,布鲁格先生和布鲁格夫人没有鼓掌。布鲁格先生用

---

① W. A. Mozart,1756—1791,奥地利音乐家。
② Ernst Röhm,1887—1934,德国军官,希特勒冲锋队的主要组织者,后与希特勒不和,
被枪毙。

右手在左手背上作弹琴的动作。他的夫人在等待。等他。

　　然后导演介绍那四匹小马驹。它们会数数,跳舞和直立。当导演讲了一个悲哀的故事后,一匹小马驹甚至会哭。当导演对另外一匹小马驹讲了一个小马驹的笑话后,这另外一匹小马驹还会笑。作为节目的高潮,导演预告了维也纳艺术家的上场。站在他那两个做侧手翻的孩子中间,阿尼塔的父亲跃入马戏场。疯狂震响的鼓声,忽高忽低的手风琴声,喇叭做出一个开始的信号。阿尼塔和她的兄弟跟在父亲身后,在马戏场中央那根漆成白色的杆子上往上攀登。他们爬得如此之快,引得观众惊奇得拼命鼓掌。三个人都穿着宽大的玫瑰红丝绸衣服。到了杆子半当中,兄妹两个解开紫色的腰带,扎在杆子上,由此他们可以把身体远远地从杆子上撑开,成为父亲的平衡力量。而父亲在他们头顶上做着动作,使得杆子可怕地弯曲。不过还有其他的动作。他们连在一起地挂在杆子上,绕着杆子打转。父亲挂在杆子上,儿子挂在父亲身上,阿尼塔挂在兄弟身上。他们远离杆子,身体飞转。丝绸的衣服和裤子发出哗哗声响。观众拍手,又拍手。约翰拍得最响,时间最长。一切都不用钢丝,阿道夫叫着。当三人重新站在马戏场中央时,鼓掌这才真正开始。

　　三人刚倒退着下场,消失,音乐一下变成了印度式。阿尼塔的母亲用一根弓拉一件有许多弦的乐器。小丑奥古斯特吹着一根笛子。导演打着响鞭,大叫:菲施努,菲施努,菲施努,菲施努。每叫一声,他转向一个方向。在叫最后一声菲施努的时候,他看向正在开花的苹果树。现在,树下走出了那条水牛。菲施努,导演现在用另一种声调叫道。指菲施努自己。它的肚脐眼里长出和盛开出一

朵莲花,花朵的中间坐着雪山女神①,所有神灵的女神,现在跳起了
婆罗多舞,用她所有的手臂迷惑湿婆,这个毁灭之神。乐声震颤而
起,像一群热带鸟儿飞翔鸣叫。阿尼塔,一身印度式打扮,在白色的
花朵里翩翩起舞。黑色的水牛带着这幅图像,绕场走来。阿尼塔的
手臂不止两条,而所有的手臂都在运动。但约翰还是发现了,哪两
条手臂是她自己的,他还看到,阿尼塔的腋窝里长有黑色毛发。水
牛在马戏场绕场两圈。音乐声越来越有印度味。水牛站住,阿尼塔
站起,跳下,在锯屑上只是一座由手臂组成的小山。当水牛走到她
跟前时,她的脑袋才重新出现。阿尼塔在水牛跟前长起,把双手伸
给它。它热情地舔着她的双手。音乐声再次响起,人们鼓掌。约翰
有一种神圣的感觉。然后水牛前腿跪下,请求阿尼塔雪山女神,坐
到它两个张开的犄角中间。阿尼塔听从。菲施努站起,伴着胜利的
音乐声,驮着阿尼塔雪山女神走出,进入格拉文施泰因苹果树后的
黑暗中。它曾整整一天被用铁链拴在这棵树上。约翰使尽全力鼓
掌。他想把别人带起来。婆罗多舞!一个来自他树形词汇图的词!
他觉得,现在他也属于马戏团。阿道夫拍手显然没有约翰拍得多。
在马戏场的另一边,也在第一排,坐着布鲁格夫妇。布鲁格先生几
乎没有拍手。他只是用一只手碰了碰另一只手的手背。啊,布鲁格
先生,约翰想,对他感到一阵同情。他至少想把阿道夫拉到自己身
边,离开他的父亲。来到约翰这边,来到约翰的父亲这边。当导演
提到印度时,约翰已经不得不想起父亲。真正想到是在婆罗多舞这
个词出现时。当父亲自己不再能拿住书的时候,约翰得给他念书。

----

① 印度教主神之一湿婆的妻子。

11 月和 12 月的每天晚上,他都得给父亲念书。安塞尔姆,他才三岁,也坐到父亲床上。约翰总是一直读到两个人都入睡,安塞尔姆和父亲。拉宾德拉那特·泰戈尔的著作是约翰必须朗读的。那些章节是:"上天的建议"。"两只动物"。"太阳的轨道"。"礼仪花"。"儿童心灵的童话"。"歌唱奉献"。"和解"。"闪光的痕迹"。阅读这些东西他觉得有些无聊。但朗读不。"拉宾德拉那特以古老和神圣的语言激动地咏唱奥义书。他唱出的东西,带来祝福,带来祝福。"当水牛舔着阿尼塔手的时候,怎么能不让他想起拉宾德拉那特那伟大的智慧呢!

"一天,男孩坐在父亲家的门口,往外瞧。他看见一头印度瘤牛和一只驴子站在一起,看到,牛如何充满爱意地舔着驴子身上的皮。这两个动物互相全然陌生,种类全然不同,但是在这所有区别之后,它们感觉到的是共同的,永恒的统一。这时男孩突然洞察到整个世界和全部生灵的内在联系。他感到心中充溢着一种普遍感情,感受到除了爱的其他的不可能,于是说:我必须爱——必须爱。"

放学后,吃饭之前,约翰会上楼问父亲,他感觉怎样,他会说:过来,给我读一下《薄伽梵歌》的第十歌。约翰然后会读:"我是力量之国的作用者/天堂太阳合唱队的阳光……"当他这么朗读时,他会感觉到,他在长大。12 月,父亲最喜欢的是"夜之歌"。过来,给我念一下《查拉图斯特拉如是说》里的"夜之歌"。约翰真的最喜欢朗读"夜之歌"。每当他读的时候,他觉得自己是在歌唱。要是他读到:"正是夜的时候:现在所有迸涌的流泉更高声朗吟。我的灵魂也是一派迸涌的流泉",他觉得,他的声音完全自行在歌唱。每次,当他给父亲念"夜之歌"时,父亲会说约翰最心爱的句子:约翰,我感到惊讶。现在,当菲施努在马戏场上背负四臂雪山女神绕行时,约翰感到,由于父亲,他比这里的任何一名观众离阿尼塔雪山女神更近。"我必须爱,必须爱。"

最后,在导演的带领下,伴着响亮的进行曲声,所有表演过一些什么的人都在马戏场上绕行数圈。导演大声叫着,倘若大家喜欢,希望大家继续向别人推荐"帕罗玛马戏团"。然后马戏场里的灯光熄灭,而观众席上方的灯光亮起。

阿道夫悄悄对约翰说,他们得摆脱其他人。他马上回来。然后他大叫,再见! 快,快。随即跑下村道。其他人跟在他身后跑去。约翰朝露台走了几步,跨上露台的台阶,在露台上走向彩灯架,拨开薄薄的枝条。现在,长凳上方的灯也灭了,但是,所有房车里灯光闪烁。他知道,阿尼塔在哪辆车里。不过,知道这点又有什么用? 也许他整夜都会这么站着,要是阿道夫不来的话。他立刻问: 她住在哪辆车里? 约翰说: 在王子路德维希树下面的那辆车里。因为他同阿道夫每个季节都在这些树下玩耍和扭打,他知道,哪些苹果长在哪些树上。那我们得从下面走,阿道夫说着越过露台台阶,跳到街上,沿街向下,到了果园顶头的路上。约翰二话没说,跟着阿道夫跑下。阿道夫径直往前跑,直到路灯照不到他们,然后他爬上高高的栏栅,约翰跟在他身后,几乎和阿道夫同时跳进果园草地上。阿道夫显然清楚地知道,肥料堆在那里。他绕过了它。然后他对约翰小声说:上那棵韦尔希斯奈尔树。这是离王子路德维希树最近的那棵苹果树。他们到了这棵树那粗粗的树干旁,阿道夫悄悄地说:弯腰。约翰背对树干,交叉双手,把身体靠上树干,小声说:来吧。阿道夫站到他的手里,爬到他肩上,拉住树枝,吊上自己的整个身体,然后

滑到指着房车方向的那根最结实的树枝上,朝外攀去,丢下约翰不
顾。约翰呆呆地凝视着阿尼塔房车那低低的、但宽宽的窗口。里面
亮着灯,但窗帘拉着。他抬头看阿道夫。他现在站在树枝上,手扶
较细的树枝,脑袋伸出树叶。现在他吹出口哨。不是那种尖利的四
指口哨,而是用一只手的食指和拇指吹出的那种。发出的不是尖叫
声,而是一种慢慢降下、变轻,但重新又上升、变响的那种口哨声。
以这种方式引人注意,约翰觉得这太过分了。可阿道夫没停下,继
续吹着这种慢慢地由缓变急、由轻变响的口哨。约翰压低嗓音叫
着:停下!可阿道夫没听见,或不想听他的话。约翰思索着,是否该
用一根树枝去捅阿道夫。直到他停下吹口哨。这时,阿尼塔房车的
车门打开。阿尼塔站在门口,身披黄色的睡衣,头扎红色的头巾。
现在阿道夫停下。看见车门打开,约翰立刻跃到粗粗的树干后面。
显然,有人在车里要求阿尼塔关门。她返回,门关上。阿道夫从树
上爬下,说:这是她。听上去,他达到了自己的所有目的。

　　他们爬回侧路上,跑上街,互道再见,然后分手,跑回家。阿道
夫往下,约翰朝上。

　　从餐厅旅店里传出的喧哗声告诉他,圆桌旁客人坐得很满。桌
子周围椅子放得很开。约翰回到自己房间,扑到床上,听任在等他
的退尔舔他。阿道夫为什么这么快地跑回去了。说了一声,再见!
他人一下就消失不见。约翰也正想说再见。应该还可以聊聊这发
生的一切。以前,他们之间可总是这样。要是他们晚上,即使已经
很晚或非常晚,他们也不会就这么快地分手。阿道夫会陪约翰回
家,可他们还是不能分手,因为还没有讲完最最重要的事。于是约
翰陪着阿道夫在菩提树下向右拐,50 米以后再向左,直到布鲁格家

的后门。他们会在阶梯上站着说话,然后说着话,不由自主地再上路,朝上来到约翰家露台的阶梯上。倘若不是约翰的母亲或阿道夫的母亲最后从家里出现,让他们打住,让他们两人一个朝上一个往下地回家,他们就不会这么快地结束谈话。也许永远不会结束。有那么多重要的事。可现在简单的一句,再见,再见,人就走了。

约翰看不进书,也无法睡觉。他溜进厕所,打开幸亏是很大的窗子,朝着那三辆房车探出身体。车里灯还亮着。在这个季节,还没有房间租给客人,母亲还在餐厅里忙着,约瑟夫在滑雪营地,父亲又死了,不会有人上厕所。约翰在窗口探身向外,一直到所有三辆房车里的灯光熄灭。然后他回到退尔身边,最后上床睡觉。

四 第一次

早上喝麦片牛奶时,约翰不看书。在其他吃饭时间他都看书。不像在布鲁格家或其他家庭,大家都一起吃饭。在约翰家里,一旦谁有时间,每个人吃自己的。要是约翰单独同公主或单独和米娜在厨房,他也无法看书。有时他也把一本书放在盘子前面,可是他同公主或米娜总是有事要做,无法看书。米娜找他的事比公主还多。每次他出现,米娜会抬眼望过来。她长着一张小巧玲珑的脸,头上是卷曲的红发,被拢在脖子里。她的眼睛非常蓝。米娜肯定是世上曾经有过的最可爱的人。开始时,她还替约翰穿衣和脱衣。对了,还给他洗过澡。他站在水槽上,她用毛巾在他身上抹来抹去。不过,每次给他洗澡以前,她会把公主赶走。她会把你的什么东西看走,她总是这么说。五年前的圣诞节,她给他补上了挪威毛衣上那个可怕的被烧焦的洞。母亲看了后说,这是艺术织补。这样的事只有米娜能做,母亲说。这意味着,她自己无法这样补好这么个可怕的洞,无法做到。要是别人不知情,事后就几乎察觉不到这场灾难。因为约翰以后身体长大,毛衣穿不下,她还在毛衣的袖口和衣下添了一截,让约翰依旧能穿。因为珍惜一件重要的衣服,约翰宁愿永远不穿它,所以,毛衣总是这么漂亮,穿着它,约翰一直还感觉到自己像银色骑士。只是面对阿尼塔,这件毛衣还不够好。

有时,米娜径直绕过巨大的炉灶,从远处弯腰,俯身过来,两次或三次地摸一下约翰的脑袋。不过,他的发型不会受到丝毫损坏。相反,约翰那会觉得,他的发型受到了祝福。自从路易丝来到旅店,约翰觉得,还有第二个人,有权利被称为曾经有过的最可爱的人。就是这个南蒂罗尔女子。约翰知道,他会针对别人任何超越单单要啤酒的呼叫,来保护路易丝。米娜是下一个。他不能告诉任何人,要是没有路易丝,他无法承受米娜的离去。米娜已经宣布到12月31日辞职了。她打算1月份结婚,阿尔弗雷德已经在霍恩罗伊特租了一个农庄,在那里等她。约翰已经在他的大陆牌打字机上打出了母亲口授的证明。"她总是以我们非常满意的方式完成了交给她的工作。米娜小姐按自己的意愿离开我们。"约翰觉得,米娜的重要意义在这个证明里没有出现。母亲口授的词句,是从她自己以前得到的证明中摘来的。

然后米娜看到,父亲情况不妙,于是她留下过新年。当父亲1月3日逝世以后,她说:现在我可不能走。她的母亲从下松特霍芬赶来,接下了厨房里所有母亲已无法再做的事情。当父亲的棺材被人从办公室抬出时,是米娜把小安塞尔姆抱在怀里。她把她的告别推迟到复活节。而现在,马上要到复活节后的第一个星期日,她一直还站在炉灶后面。到圣灵降临节我走,她现在说,否则阿尔弗雷德会更加可怜。米娜说的是阿尔高方言。

今天,米娜对约翰上下打量了几次,但没有绕着炉灶过来。糟糕,糟糕,糟糕,她说。半夜里人们得去叫医生,马戏团的奥古斯特被人打得鼻青脸肿,扔在他的车前,手脚被绑住,脖子上挂着一块牌子,上面写着:百分之九十九点七的人向你致敬。还不知道,今天奥古斯特是否还能表演。要不是泽哈恩先生和森佩尔的弗里茨发现他,要不是森佩尔的弗里茨马上叫来医生,这个小丑奥古斯特会因流血过多而死去。

约翰马上想到沃尔夫冈·兰茨曼。埃迪·菲尔斯特曾把他的低压轮胎自行车扔下了田埂。然后沃尔夫冈举起他的右臂,朝下穿过右臂回头看自己的同伴。他经常回忆起这次点名。埃迪,当时是青年团领袖,取出那个公事本,用舌头润湿了笔,把沃尔夫冈·兰茨曼的名字划去,三、四,一首歌,"我登上山岗,我感到高兴。"约瑟夫有一次告诉约翰,埃迪也许是整个小队里唯一一个每次点名都穿长筒靴的青年团领袖。埃迪·菲尔斯特其实个子不高。尽管他真的长得不高,但在跳高时能击败所有的人。在单杠上也同样。每当他换手空翻,做了一个大回环后落在软垫上,稳了一下站住后,他脸上的表情同他脚蹬长筒靴站在青年团成员前面时的表情一模一样。要是他带着这样的表情站在青年团前面时,每个人都可以看到,没有任何其他什么事,比在这个时刻举行的点名更重要了。在整个世界里都没有。也就是说,没人再敢咧嘴笑。

约翰现在觉得,最好弥撒取消。他在街上停住脚步,朝房车望去,没有任何动静。水牛一动不动地站在格拉文施泰因树下。小马驹们躺在车棚屋檐下的干草上。房车的门关着。约翰尽可能慢慢地朝村下走去。但是没有发生任何能让他站住,或者甚至让他转身的动静。今天他没擦任何头油,也就是说放弃了任何自己视为王冠的发型,所以,一旦经过交叉路口的菩提树,他甚至可以奔跑。

当他在长凳上跪在阿道夫身旁时,阿道夫轻声告诉他:今天夜里有人收拾了那个奥古斯特。接着这个通知马上是一个手势,它意味着,所说的事仅让约翰一个人知道,除此之外不能让别人得悉。当米娜告诉他夜里发生的事时,约翰想到了布鲁格先生。每当嘴里咬着象牙牙签的布鲁格先生走进旅店,约翰总是觉得,马上要出什么事。当然,当布鲁格先生从他的拖挂车里把母牛、牛犊或猪赶往他的牲口棚时,他是另一个人。他会对他的动物们咕噜咕噜地轻声哼唱,以轻轻抚摩式的触摸,把它们带进。而动物们毫无抵抗地听从他的指挥。要是他打扮成猎人的样子从家里出来,肩扛猎枪,腰系猎获物,那么,即使太阳没有出现,他的枪口上也光芒闪烁。约翰和阿道夫会停止玩耍,向猎人问好,看着他如何钻进他的梅塞德斯车,然后启动。父亲去世前一年才买的卡车,需要人用曲柄发动,要是发动失败,倘若他不能飞快地缩回自己的手,曲柄会弹回,击中父亲。有时手被猛烈击中,父亲会疼得大叫,在进行下一次尝试以前,长久地搓着自己的双手。相反,布鲁格先生坐进汽车,按一下按钮,一阵猛烈的轰鸣声,马达立刻启动。在一些特别的日子里,布鲁格先生行进在冲锋队队伍的前面,穿过村子。几年前,在除夕夜,由于路面结冰,他开着车滑进奥施小溪,翻了车,臀部受了伤。实际上他腿瘸了。但是,每当他带领冲锋队行进,他总是通过摇晃和摆动协调他的跛行,让别人无法察觉他的瘸腿。阿道夫说,要是有人建议他父亲用拐杖,他会气得暴跳如雷。约翰尽可能地躲避布鲁格先生。不过,要是布鲁格先生发现,面对他,约翰在一个房子拐角后消失,他会直接去约翰母亲那里告状,说约翰瘦身开溜,为的是逃避同他打招呼。约翰从未听说过"瘦身开溜"这个词，但他立刻听懂了。
然后约翰会被母亲当着布鲁格先生的面训斥。不会有什么好话。
为了不向布鲁格先生问好，居然躲在街角里，他是不是该感到羞愧。
她自己也没有办法了。被自己的孩子抛弃。布鲁格先生在一旁听
着母亲那哭泣绝望的责骂，直到她自己停住。等到她停住，布鲁格
先生会从嘴里取出牙签，对约翰说：好好记住，小伙子。幸运的是，
母亲责骂时，不会使用告状人使用的词语。也就是说，谢天谢地，
"瘦身开溜"这样的词没有出现。在阿道夫家里，只有在知道布鲁格
先生不在家的情况下，约翰才感到放心。牲畜交易，打猎，冲锋队或
纳粹文化局的领导工作。在所有同学的母亲中，布鲁格夫人是最亲
切的一个。任何人到布鲁格家来，都会得到她的礼物。约翰当然知
道，马戏团的奥古斯特不会是被布鲁格先生打的。但是，他同样有
把握地知道，布鲁格先生清楚，是谁打了奥古斯特。他悄声问阿道
夫：是谁干的？阿道夫以一种严厉责备的、瞧不起的神色看了看他，
用食指反复地擦着自己的额头。意思是：没有这么愚蠢的人！想知
道这样的事！这可是秘密中的秘密！谁这样问，就已经部分地是夜
里挨揍的人。住嘴吧，别这么瞎打听！

弥撒结束后约翰先去了公墓，给圣水，并且祝愿：主啊，赐予他
永久的安宁，永恒的明灯照耀着他，主啊，让他生活在和平中，阿门。
公墓外站着老师，他周围已是其他人。老师走在前面，方向学校。
看来，他已对别人说过，他们为什么现在必须立刻去学校，尽管眼下
是复活节假期。大家像上课时那样坐好。老师说，他有责任，让小
伙子们和姑娘们（老师从来不说男孩，而说小伙子，也从来不说女
孩，而说姑娘）注意德意志民族到处受到的威胁。只要还存在着唯

命是从的、服务于德意志民族敌人的分子,威胁就一直存在。然后
他没有指名道姓地先谈小丑奥古斯特,随后,没有说出口地,谈到首
次圣餐仪式。约翰对自己承认,他低估了小丑奥古斯特。他没发
觉,他有这么危险。尽管如此,有人把这个有华丽头发的小个子巨
人打成这样,让他觉得难受。应该告诉这个有华丽头发的人,别开
这样的玩笑。这种玩笑会被德意志民族的敌人利用。老师称首次
圣餐仪式为一种古老的习俗,它迟早会被更加古老的习俗所代替。
在我们成为基督徒之前,我们也有过一种宗教。接下去他想提醒大
家,一个德国小伙子和一个德国姑娘不需要为了保持纯洁而去忏
悔。星期一重新开学,他将进一步对孩子们解释,如何通过行使义
务保持洁净,而让自己免去跪拜和忏悔。在此期间,首次圣餐仪式
的参加者可以在家里读一下,教会报纸上关于韦杜金德①公爵的文
章,这样就可以知道,教会是怎样对待事实的。据说异教徒韦杜金
德公爵同魔鬼有约,因为他想杀死是基督徒的卡尔皇帝。他溜进皇
帝的营地,当然在圣诞节,卡尔大帝手无寸铁地跪在祭坛前,虔诚地
向基督上帝祷告。这时,教会报纸上说,这个野蛮的萨克森公爵奇
怪地变得心软。他走向皇帝,坦白了罪恶的计划,这时,襁褓中的耶
稣就从白色的圣饼中走出,来到神甫的手里,就像寒冬之夜的一朵
奇妙玫瑰。韦杜金德接受了洗礼,魔鬼终于逃出德国。首次圣餐仪
式的参加者应该向他们的父母解释,告诉他们,老师就韦杜金德和
卡尔大帝向他们讲述的事,以便父母们知道,该如何看待教会报纸。

  在回家的路上,没人提到老师说的话,而在平时,大家对老师说

---

① Wittekind Widuking,德国历史上萨克森人反对卡尔大帝的领袖,据说死于 807 年。

的一切都会开玩笑。有一段时间他们沿着街道往上走,似乎老师一直走到他们中间。阿道夫脸上表现出的神色,似乎他是老师。或者他是老师的儿子。他又穿着那件上衣:纽扣一直扣到脖子,腰带由同一种布料做成。无法就这么同阿道夫搭话。等他们遇到推着自行车的歪帽时,平常的喧嚷和吵闹才重新开始。要是去买东西,这个人总是推着他的自行车。他总是歪戴自己那顶了不起的小帽。一条细小的帽檐像一条屋檐水槽在他的帽子上绕了一圈。没人知道,他住在哪里。要是有人在他身后叫:歪帽,他会转身,拒绝地挥一下手。他戴着一副小小的金丝眼镜,长着一张古板的脸。要是约翰一个人路上遇到他,他当然不会这么叫他。这时他会看着他的脸,向他问好。他看上去总是小心翼翼,生怕迈下一步时会摔倒。还有这个滑稽的背包。这样一个颜色明亮、几乎是白色的、没有形状的背包没处可买,一定是这个歪帽自己做的。即使当歪帽走出村子时,背包里也从来不装满东西。这样,他的背上总是有那么一样明亮的东西。他买的东西放在他夹在自行车车架上的篮筐中。姑娘们刚喊完一声,歪帽小心,男孩们已经手拉手,组成一条锁链,封住道路。歪帽推着自行车穿过姑娘们身边,朝男孩们的人链走来,在阿道夫和约翰的近前站住。他们在链条的中间。自行车的前轮几乎碰到了阿道夫和约翰的手。约翰感到阿道夫手上的压力。他回答他。这就是说:你可以相信我,我不退缩,从我这里他过不去。歪帽无法向前,现在只是呆呆地看着自己的鼻子尖。约翰想,歪帽站在那里像一只动物。一只手足无措的动物。然后他抬起头。透过厚厚的镜片,人们可以看见他那被放大的巨眼。他开口说话,更是轻声地而不是响亮地:我十分感谢你们。随后他提起他的自行车,扛进草地,在草地上绕过男孩们组成的链条,又小心地把车放上街道,继续往前推。阿道夫说,刚才应该在路边给歪帽拉一条链条,这样他就无法再从草地折回路上。大家都认为他说得有理。没人愿意承担众人犯的错误的责任。

约翰想起那只黄眼睛的黑猫,有一次它在车棚下迷失了方向。约翰关上门,想抚摸一下这只猫。可它从他身边逃脱。于是他开始了追捕,把它抓住,突然甩向空中,甩得很高,甩得它撞上了屋顶上的横梁。又重新追它,把它抓住,又甩向屋顶。每次撞上横梁,猫都会尖声叫唤。而要把它再次抓到手,一次比一次困难。猫又抓又咬。约翰的手出了血。猫的眼睛里流出黄色液体。当它躲到了一根约翰够不着的横梁上以后,约翰放弃了追捕,打开车棚的门,又在外面等了一会儿,然后失去了对这只猫的兴趣,到了村里找其他人玩。可他没有兴趣,告诉阿道夫或路德维希或保尔或吉多或贝尔尼或这个赫尔穆特或那个赫尔穆特,刚才都发生了什么事。猫的抽搐,这他没经历。一个阿道夫专有的词汇,意思是最后的抽搐,不仅在猫身上有。阿道夫断言,女人们,要是他们躺在男人身下,也会有猫的抽搐。约翰没忘记,他追捕猫的那天是星期五。

阿道夫宣布,阿尼塔明天将坐布鲁格家的小车去教堂。阿道夫说的话,是他父亲告诉他的话。这别人听得出来。约翰想起,星期天早上,布鲁格先生经常是第一个客人,在建筑师施莱格尔,然后是管道工施密特和他的徒弟森佩尔的弗里茨到来之前,是圆桌旁的唯一一个客人。布鲁格先生然后会对约翰的母亲和已经参加过晨祷的约翰说,他不需要教堂,他的教堂是森林,在那里他离他的天主最近。他总是说:我的天主。母亲总是说:我们的天主。

阿道夫说,阿尼塔的父母可以,要是他们想去教堂,和约翰一起走,而约翰的母亲这天得在灶台后干活。庆祝宴会的桌子父亲已经预定。八个人。父亲,母亲,阿道夫的教母和教父,阿尼塔和她的父母,以及阿道夫。

约翰原来打算带上阿道夫。也许他们可以帮助马戏团的人,弄来干草,刷洗小马驹或给它们喂水。可当他听说,阿尼塔星期天,也就是明天,要坐布鲁格家的汽车,他又得重新组织一个应付人的谎言。他哥哥回家,肌腱拉伤,他得去火车站接他,替他拿滑雪板和背包。随后跑去。回家。带上退尔,和他一起去车棚。那辆绿色的福特牌卡车停在那里,不想当旅店主的父亲,最后曾用它做自己的生意。水果,肉膘,木材和煤炭。不过,尼克劳斯和父亲都无法单独地把一个一公担的袋子从秤上拿到卡车的车厢上。父亲病得厉害,尼克劳斯年纪太大。在此期间约瑟夫能干。约翰几乎能干。在此期间,把一公担的口袋从小推车上——自从父亲死后,他们重新用手推车把煤炭送到客户家里——弄到人们的地窖里或一直扛到地窖窗口,并且把它们卸空,约翰能和约瑟夫干得一样好。平地或下坡,这没问题。只是,倘若上坡,还要经过许多或好几级阶梯,对此他还没有胆量。自从有了翻斗车和硬硬的椰壳纤维口袋,尼克劳斯能一人装袋。要是约瑟夫和约翰放学回家,吃完饭,他们就把口袋装上手推车。上面能稳稳地放上 10 袋一公担的煤球或者 12 袋一公担的无烟煤。他们正好买来了 25 个新的椰壳纤维口袋,所以尼克劳斯总是能在上午,当约瑟夫和约翰还在学校里上课时,装满 25 个一公担的口袋。然后,只要运货的车子来回跑动着,他还能重新装 10 或 12 袋。这样,在中午和晚上之间的这段时间里。他们能给人们送去 80

到100袋一公担的货物。自从父亲去世、卡车停在了仓库的煤山之间以来,大客户的货物重新又和以前一样,由魏贝尔先生用马车从火车车厢直接送去。

约翰和退尔坐进福特车。卡车不久将被人开走。亨瑙的诺尔·克萨费尔先生已经为它付了钱。诺尔·克萨费尔先生是个农民,有人说,他能给任何一个工程师做示范。

约翰也曾经被击回的曲柄打过一下;打那以后,他再也不敢转动曲柄。

实际上约翰坐在福特车里,等待阿尼塔过来并坐到他身旁。但是,他从里面关上了车棚的门,她根本就不可能知道,他坐在里面。而即使她知道这点,她也不会想到,坐进这辆运煤车。尽管如此约翰等待着,车棚门打开,阿尼塔走进,在煤球和汽车之间保持平衡,坐到他边上。车棚的门开了,可那是尼克劳斯。他开始装煤袋。现在该如何不让尼克劳斯发觉地出去呢?虽然尼克劳斯的听力不再很好,但是,在一个重听的人那里,你根本就不知道,什么他听得见,什么他听不见。尼克劳斯把煤用铁锹装进翻斗车里,过磅,然后让煤滑入下面撑开的口袋里,这发出很大的响声。可以利用这种声音,在尼克劳斯身后溜出去。要是尼克劳斯发现约翰,约翰得说明,他为什么在星期六的上午坐在卡车里。约翰一下想不出应付人的谎言。就这么坐在方向盘后?练习换挡!就这么做。约翰开始,让离合器和换挡杆互相作用。前面发动机里,远离约翰的地方,齿轮们互相协调,因为他用一只脚和一只手操纵着踏板和操纵杆,真是一种美好的感觉。要是他做的对,他能感觉到,前面发动机里的齿轮如何出色地互相配合。

突然退尔跃身而起，汪汪大叫。约翰立刻下车，在煤球和卡车之间向前寻路跑去，对前面的退尔发布命令。看到约翰从车棚深处跑出，尼克劳斯毫不感到惊讶。尼克劳斯例数着，他们今天上午要送货去的人家：亨泽尔夫人，霍佩-赛勒小姐，封·吕措先生，封·莫尔肯布尔夫人。都是新搬来的人，小客户，一次只需要给他们送三四袋，因为他们家里没有更多的地方存放。好吧，霍佩-赛勒小姐七袋，这还过得去。可是亨泽尔夫人只需要三袋。还得给她送上二楼，穿过整套房子，来到一个有遮雨篷的阳台上，把煤球倒在那里的一个空箱子里。而穿过住房的通道上总是让她铺着许多报纸，以便没有任何一粒灰尘落上她的地毯。封·吕措先生在他的火炉旁有个小箱子，里面正好只能放下一公担煤。也在二楼。封·莫尔肯布尔夫人不管怎么说能要下八袋。放在阁楼上。不过，不需要把口袋扛上去。她的住房处在一个扩建的谷仓里，山墙下还有干草升降装置，用它可以把一袋袋的煤弄上去。这栋房子已经属于诺嫩霍恩。而今天是星期六。他的诺嫩霍恩日。每逢星期六，他可以在诺嫩霍恩的神甫那里，用一本读过的卡尔·迈换一本没有读过的卡尔·迈。瓦塞堡的神甫只有些无聊的书，它们都叫《当我还是一个森林农夫的儿子时》，而且都被装订在同样无聊的纸张里。在学校里，那些书叫《德国周围的掩护炮火》，《良心的命令》，《铁丝网后的军队》。约翰觉得，战争书籍比森林农夫的儿子更加乏味。

现在他知道，他得换衣服。给亨泽尔夫人的三公担煤他们得分装五个袋子，给封·吕措先生的一公担分装两个袋子。阶梯太多。约瑟夫知道后会嘲笑他。可约翰不想走到半路后被迫返回。不用过多久，他就能扛着一公担的袋子爬上任何一个阁楼。这他知道。

约瑟夫也是到了 13 岁的时候才做到的。到了 13 岁,约翰也能做到。在霍佩-赛勒小姐家,可以推着手推车穿过巨杉一直到达地窖的窗口,把口袋往里卸空。不过得悠着点儿,悠着点儿。

于是,第一车去亨泽尔夫人和霍佩-赛勒小姐家,第二车去封·吕措先生和封·莫尔肯布尔夫人家。她的名是:埃雷奥莉娜。约翰是从账单上知道这个的。约瑟夫拒绝记账。所以,如果火车皮清空后,从托运单签收,一直到开出发票,一切都落到了约翰身上。他总是羡慕约瑟夫,他能径直地说,他不会考虑做记账的事!约瑟夫是个艺术家。而一个艺术家不考虑记账。一直到上一个冬天,所有和文字有关的工作是父亲的事。他写得一手好字,甚至像布鲁格这样的人也对此赞叹不已。但是,后来父亲过于疲倦、而约瑟夫又不让人指望他做记账的事,在这种情况下,约翰自觉自愿地接下了到货登记簿,账单,同财政局和银行打交道的事。订货和付款当然由母亲照料。这从来就是她的事。但所有的抄写现在是约翰的活儿。坐在父亲的写字台前,敲敲图章,在大陆牌打字机上乱打一气,或者把父亲一支宝贵的鹅毛笔浸入墨水瓶,然后在某张纸背上练习父亲那龙飞凤舞的字体,这些都是他一直喜欢做的事。单单把墨水瓶放进一个小小的玻璃方块,用一个银制的树叶形圆盖把它盖上,很久以来就足够吸引他了。更不用说,写字桌上还放着电话机。号码是663。林道地区的号码是 663,约翰想。除了约翰,没人允许每天往下转动日期数字和每个月转动月份数字。父亲身体越是虚弱,约翰就越是单独地掌握了对精致小柜的统治权。母亲和约瑟夫对这个神秘莫测、秘密抽屉比普通抽屉更多的柜子没多大兴趣。自从父亲去世后,约翰又不断地发现了新的秘密抽屉。里面有父亲在林道的巴伐利亚国王实用中学的毕业证书，以及他用漂亮的字体写满字的小本子。不过，约翰对里面写的东西兴趣不大。这使他想起父亲当时在套间里说过的话。那天说话后不久，折叠门被人从餐厅里打开，以便大家都能听见，柏林正在发生着什么事。保险箱由约翰和母亲共同使用。每当沉重的钢门带着呻吟声打开，他总觉得有说不出的高兴。根据其外观，这个保险柜属于一个骑士城堡。两个起决定性作用的钥匙孔，藏在两片可移动的纹章盾牌之后。

约翰换好了衣服返回，同尼克劳斯一起把十个口袋抛上手推车，然后把拦板装在口袋周围；这种环形的木框，同车板的形状和大小一样，要是车子下滑或拐弯，能防止口袋掉下。因为穿过院子朝着街道的路正被马戏场封住，所以他们必须把车子在房子后面推上陡直的、没有铺沥青、所以被雨水侵蚀的路。两个人做不了这件事。约翰叫来了母亲、米娜、公主和路易丝。大家一起用力成功了。然后在上面绕过房子。沿着村道飞速滑下时，尼克劳斯已经无法跟上。约翰知道，即使阿尼塔现在从她的房车里出来，也见不到他了。这时他才刹车，等尼克劳斯跟上。当他们装车时，他不断地朝那些房车观望。他不希望阿尼塔看见他这样，穿着旧的运煤外套，同样的裤子和靴子。在顾客那里或者在村里，他根本就不在乎穿着运煤衣服出头露面。相反，身上的煤灰越多，他就越是觉得工作有趣。要是他脸上除了眼睛和牙齿，一切都是乌黑一片，他会满意地在镜子里端详自己。可是，阿尼塔不该看见他这样。5点钟，他们必须在教堂里做第一次忏悔。他将洗得干干净净，在4点半的时候站在她的房车前，等她跨下三级木台阶。要是她真的来的话。也许对小丑奥古斯特的殴打，以一种根本不可想象的方式改变了一切。也许不再会有马戏演出。也许,等他运完第一车或第二车返回时,他们已经消失不见。

亨泽尔夫人是慕尼黑人,钢琴家。她那光芒耀眼的衣服,看上去由没染色的布料做成,耀眼的光芒似乎源于自然。长长的珍珠项链在脖子上绕了两三圈,但还是一直及到黑漆腰带。她的起居室里立着一架巨大的三角钢琴。亨泽尔夫人脸色始终显得苍白,几乎有些黄白,脸上,手上和手臂上有着暗色的斑点。她的手指上戴着好几个戒指,两个手腕都套手镯。从约瑟夫那里约翰知道,在她那报纸铺成的小径上,得如何小心地迈步,以便不让任何一颗灰粒从袋子里掉出。二公担分装三个口袋后,约翰轻松自如地就能做成,为亨泽尔夫人扛着袋子,以慢镜头的速度一直走到阳台上,在那里轻轻地把口袋放入箱子,转动一下,同样慢慢地把口袋朝上抽出,让煤球缓缓滑落。亨泽尔夫人称赞他,给了他50马克。到了下面,他把钱交给尼克劳斯,因为他觉得自己是头儿,而非收小费的小工。

第二车去诺嫩霍恩。为此,他把那本《温内图Ⅰ》细心地包好,放到口袋中间。方向诺嫩霍恩,这意味着,再次沿着陡直的路朝上,但然后马上朝村外去谢格家,从那里再往下走,利用着车子的惯性,保持小跑的速度。这种惯性几乎可以一直利用到医生家。到了那里,反正几乎也已经到达封·吕措先生的房子。

维克多·封·吕措男爵住在哈根瑙养鸡场的二楼,是约翰喜欢的一个客户。到了星期六晚上,倘若合唱队排练,而约翰已经睡在床上读书,约翰常常听见带着咏叹的热烈歌声:那是吕措先生那狂放不羁的狩猎歌。然后他又想起他的男爵,他比任何一个其他顾客都更经常地称赞说,别人给他运来煤炭,并且小心翼翼地倒进他那小火炉旁的箱子里。男爵甚至抚摩他的脑袋。男爵身上从来不离围巾，一头挂在身前，一头挂在身后。总是身穿带有粗斑点的上装，裤腿仅及膝盖，以下用绳系住。在街上，脑袋上常常是一顶有盾形帽舌的便帽，用与他那套西装同样的布料做成。他从来就是独来独往。每当约翰在村里以嘹亮的嗓音向他问好时，他总是想，他去买调味品和袋装茶。也许还有饼干。约翰从路德维希那里知道，吕措先生以前在殖民地待过。

在诺嫩霍恩，尼克劳斯得在卸完的车旁等待，等约翰去还《温内图Ⅰ》，并且重新返回。克伦巴赫尔神甫把《温内图Ⅱ》给他包在先前用来包《温内图Ⅰ》的纸里。他还问，约翰是否为今天下午的首次忏悔收集好了所有的罪孽。约翰试图微笑。他说：没那么多。又是一个谎言。他真的有一座令人感到窒息的罪孽大山。要是他在自己的心里整理罪孽，以便能在第一次忏悔时说出它们藏身的每一个地方，那么他会想到，他的一生除了犯罪，其他什么都没干。怎么才能在唯一的一次忏悔时摆脱这座罪孽大山，这他不知道。他不能比其他人明显地在忏悔室里待更长的时间。尤其是，在神甫对约翰忏悔的反应中，不能出现在其他人那里没有出现过的反应。但愿只是黑贝尔神甫听男孩们的忏悔。而现在的神甫是个吹毛求疵的家伙，这大家知道。他会提问，想更清楚地了解一切。所以，自从罗滕克尔贝博士当了这里的神甫，许多成年人去林道忏悔，近来甚至去洛乔或者去布雷根茨。

神甫祝愿约翰顺利地完成首次忏悔，幸福地经受首次圣餐仪式。他说，不管怎样，能第一次领受圣体，这是一个不同寻常的日子。神甫的母亲送给约翰一把桉叶糖。神甫说：今天你会过得好。

约翰特别喜欢诺嫩霍恩的神甫。约翰觉得,他说这些话,意思其实根本不是这样。他说话用的是鼻子,听起来,似乎在往一个瓶子里讲话。他说话,是因为人们总得说些什么。不管神甫指的是糖还是圣体,其实他最好还是什么都不说。可这样不行,他得说话。每当他说出一句他必须说的话,他总是先闭上眼睛,说完后把眼睛睁开。要是他说话,他的嘴巴给人的印象是,神甫厌恶自己不得不吃什么东西。在路易丝那里,说话是一种冒险,因为她在一种语言里长大,为了能在这里使用它,先得一个词接一个词地处理它;而在克伦巴赫尔神甫那里,说话是一种尴尬,因为他最希望的是保持沉默。即使约翰在瓦塞堡听他布道时,他在布道的每句话里,都感到神甫心里弥漫着的一种痛苦,因为他不得不面对这么多人,大声地说出这么多句子。就在那个时候,神甫每讲一句话都要闭上一次眼睛,扭曲着嘴巴,似乎他厌恶着什么东西。可踢足球时神甫是另一个人。自从缺少了沃尔夫冈·兰茨曼以后,他接下训练的任务。可他也一同踢球。要是他没及时认清局势,后面会有人大叫:神甫,射门!神甫,射门!

自从那个布道周以来,约翰觉得当地每个神甫都很可怜。克里佐斯托穆斯神甫,来自梅斯基希的方济各会修士,是他的布道者。在这个克里佐斯托穆斯的第一次布道之后,约翰就知道,他想当神甫。随后整整一个星期,他没耽误过一次晚祷。老师为他们能参加晨祷设置了障碍。但是,他无法阻止别人参加晚祷。约翰听了克里佐斯托穆斯的三次布道。虽然,甘戈尔夫和巴纳巴斯神甫也比当地的神甫更能布道,但是没人能像克里佐斯托穆斯那样布道。要是你们听见他的声音,你们的心肠就不会冷酷无情!他就这么开始。要是他展开双臂,穿着僧衣的他看上去就像一只大鸟。他肯定有两米高,展开高度就超过两米。一张脸,长得和祭坛画像上的脸一样。一个嗓音,让人闻听后第一次觉得教堂还不够大,而是太小。教堂里充满了这个声音,还装不下。克里佐斯托穆斯神甫布道时讲靴子和轻便凉鞋的事。该穿什么继续往前迈进,大地喜欢什么,靴子还是轻便凉鞋。叙述着,耶稣使徒穿着他们的轻便凉鞋如何漫游过广袤无际的大地。可是,当约翰随后在街上从这个高大而年轻的神甫身旁走过时,却大失所望。因为他脚登靴子,而非凉鞋。

异教徒为什么喧哗?这是他第三次的布道题目。约翰的眼睛都湿了。只能抬眼向这个天使看。倘若他不是天使,那么谁还能是?异教徒为何喧哗?这个大声的提问把布道不断地向下展开。人人都能感到,异教徒指的是谁。异教徒为何喧哗?他们那些凭空的胡思乱想,为什么毫无用处?一个大声的发问接着一个。他简直是诗篇作者①的喉舌,那个自 3000 年以来一直叫出这个问题的人。而他今天同诗篇作者一起回答,就像诗篇作者当时让异教徒们回答的那样:我们是自由的!我们不需要上帝。我们不需要这个联系!诗篇作者对此的回答是:不朽者对此只能一笑了之。然后,这个不朽者,对这样的无赖感到气愤。他将让如此肮脏的无赖知道,什么叫把他否定。

教堂里,声音还从未这样响亮,也没从未如此安静。

不过,约翰是否还想当神甫?一方面,没有什么比能站在讲坛上为阿尼塔布道更值得希望了,可另一方面,唱歌比布道更令他着

---

① 尤其指大卫王。

迷。他一直还听得见父亲说的话：三、四，猎人之歌，毫无差错。约翰，我感到惊讶。约翰感到，父亲喜欢他的歌唱就像喜欢约瑟夫的弹琴一样。因为父亲越来越经常地同约瑟夫一起，弹四手琴曲，约翰就越是得唱歌，唱父亲喜欢伴奏的歌。要是约翰能预感到，父亲不久会去世，他当时就不会坚持，唱《一只苹果树花朵的花圈》。自从父亲去世以来，他只唱莱哈尔的《一只苹果树花朵的花圈》，《你是我全部的身心》。在这些音调里，他能让自己完全消融化解。

约翰为桉叶糖表示感谢。神甫说，约翰现在不仅从瓦塞堡来到诺嫩霍恩，而且又穿过了整个诺嫩霍恩。他得把约翰送回手推车那里。神甫启动他那"小奇迹"500型摩托车。不过要小心，小个子老母亲大声嘱咐。约翰坐上后座，一只手拿着《温内图Ⅱ》，另一只手抓住车。两个人在长长的直道上驶去。约翰知道，现在，整个村子的人都能听见马达的轰鸣。开车是件美妙的事。叫堂兄的叔祖有时车也开得飞快，不过主要是汽车在跑。而在摩托车上，是人自己在运动。约翰将和神甫一样，永远只开摩托车。

到了外面，穿过铁道，去尼克劳斯那里。他坐在空的椰壳纤维口袋上，要不是约翰来到，他可能永远不会挪动身体。尼克劳斯从来不等待。他总是坐着或站在那里，似乎什么也无须改变。约翰跳下车。神甫同样非常潇洒地转了回去，就像他如此潇洒地开车过来一样。约翰很想在他后面叫一声，神甫，快如箭矢！就是桉叶糖约翰也交给尼克劳斯。他不喜欢桉叶糖。除了短袜什么都接受的尼克劳斯说：上帝会报答你。

家里，在长长的厨房桌旁，但是在炉灶的那一边，坐着约瑟夫。右腿搁在一把椅子上，在这只脚上代替鞋子的是绷带。约翰很快羡慕起他那晒黑的皮肤。为此可以接受一次韧带拉伤。约瑟夫刚到，滑雪板和背包还在对面的火车站。约瑟夫自己挂着拐杖，瘸着腿回来了。母亲说，赫尔默的赫尔米内刚来问过，今天是否还能给茨韦格尔的安娜至少送一公担的一袋煤去。约翰恨这项订货。即使约瑟夫没有肌腱拉伤，这一类的送货也总是得由约翰完成。在大多数情况下，得经过了一次格斗，直到他仰面朝天地躺在地上，而约瑟夫用双膝压住他的双臂时，他才会答应。今天既无格斗也无吵嘴，约翰咒骂着走出。当他听见自己的咒骂声时，他想到了今天下午，第一次忏悔：我轻率地说出了圣灵的名字，我愤怒地说出了圣灵的名字。然后他以人们称之为全速的速度跑下村道，摇摇晃晃地——在大多刚刚修剪过草坪的茨韦格尔小姐的家走的是平地——把那袋煤送到煤堆角落。他脚步沉重地返回，在洗衣房里用来自橡皮管的冷水冲洗身体，擦上肥皂，再次冲干净，一边冲洗，一边嘴里唱着歌，以最高的声调唱着《一只苹果树花朵的花圈》，然后裹着浴巾，跑上自己的房间。当然，退尔早就听见了他的声音。现在它发出抱怨声，抱怨约翰这时才来。约翰在镜子里打量自己，看眼圈上是否还留有煤灰。他觉得，眼睛下面带一条黑圈，他看上去会更有趣味。可是，今天灰尘不大。没有黑圈。可惜。

约翰把收到的钱放进保险箱，走进厨房。米娜坚持，今天大家一起吃饭。别像牧场上的牲畜，各吃各的。这个阿尔高女人这么说。但母亲还是要去餐厅，同建筑师哈特施特恩、同船长克诺尔先生和他的夫人打招呼。米娜骂路易丝，因为她每次要菜时，都说，这份牛肉胸脯是给谁的，这份炸猪排是谁要的，这份烤香肠带杂拌蔬菜又是给谁的。米娜喜欢责骂路易丝。说她笨得像一头驴子。其实路易丝做事并不像别人讲的那么笨。她思考着,这件事是否该做或者必须做。她显然想让别人知道,她不单单听命行事,只是做她觉得正确和必须要做的事。约翰喜欢这种犹豫。然后她会点头。好吧,她会这么干。不过,前提只是因为她明白,这件事得做,必须由她做。约翰认为这是南蒂罗尔人的特点。

约瑟夫讲述着事情发生的经过。他是队伍里的第三个。当前面的山体滑落时,他前面两个人的腿骨折了。因为坡度不大,对面又是另一个山坡,所以不可能形成雪崩。当时的问题是,另外九个人怎样把三名伤员带回营地。母亲对路易丝说,她该给多伊尔林先生送一瓶啤酒到火车站去,因为他刚才把约瑟夫的背包和滑雪板送了过来。路易丝考虑了一下,然后说:好吧。太好了,公主说。她很想说不,路易丝走后米娜说。简直就是一个犟姑娘。

约瑟夫问马戏团的事。约翰兴奋地向他讲述,不过那是小心的兴奋。约瑟夫虽然已有一个女朋友,但他是一个有名的追姑娘的好手。对约翰来说这意味着,不用多花力气,约瑟夫就能把阿尼塔从他身边夺走。所以,他只是告诉了他发生在小丑奥古斯特身上的事。谁干的?约瑟夫问?别提这样的问题,约翰说,然后试图传播一些这种这惩罚性的气氛。那是阿道夫对他提问所作反应的气氛。但约瑟夫说,他们一定要把此事弄个水落石出。这太卑鄙了,许多人夜里联手袭击一个人,而且是一个小个子。埃迪·菲尔斯特肯定知道,约瑟夫说。母亲开口:你可别总去插手管那些与你无关的事。这话我也可以对你说,约瑟夫回敬。坐在母亲髋部的小安塞尔姆,用自己的脚踢约瑟夫的脚。约瑟夫大叫。不过,大家都觉得不错,小家伙发觉了,母亲需要帮助,对付这个放肆的约瑟夫。

米娜说,从赫尔默的赫尔米内传来最新的消息:森佩尔的弗里茨和医生一起到了泽哈恩先生那里。小丑奥古斯特的脑袋就靠在他的怀里。当他们离开时,泽哈恩先生正对小丑奥古斯特说:要是您同我走,您就是被逮捕了,要是您从后门出去,您就是从我这里逃走了。

约翰把退尔关进屋子,走到前面的厕所里,往下看马戏场。

马戏团的人坐在他们的桌旁说话和抽烟。维纳先生穿着红黑方块的短上衣,阿尼塔穿着黄色的浴衣,扎着红色的头带。所有人都看着小个子巨人。他今天没有上上下下地跳个不停,而是坐在那里,一动不动。他那多彩的脸膛一半被胶布贴着,一只手上扎着绷带。就像他今天这样坐在长凳上,没人会觉得,这个小丑奥古斯特就是马戏团。小丑奥古斯特顺着德意志民族敌人的心意说话,老师这么说。老师演出时不在场。当老师说这话时,约翰想起了凡尔赛。去年他们在体操房演出了戏剧《施拉格特①之死》。约翰得演"凡尔赛的红色死亡",不得不被休思的约希套上一件鲜红的毛衣,念一篇关于德国的恶毒的文章,然后被演施拉格特的弗罗姆克内希特的赫尔曼,绑在一根柱子上,用来自锡箔的烟火烧死。德国要苏醒!其他人齐声呼唤。还有:打倒凡尔赛精神。所有的德国人还得工作一百年,大家叫喊,一百年的奴役,只是为了凡尔赛的可耻条约。而领袖撕毁了这个可耻的条约。为此,德意志民族的敌人不喜欢他。而这个小个子巨人顺着德意志民族敌人的心意说话。令人

---

① Albert Leo Schlageter,1894—1923,曾在德国鲁尔地区被占时期(1923)实施对法国军队交通运输线的打击,于同年被处决。

遗憾。

　　约翰穿上一件外衣，那是约瑟夫穿不下而留给他的。外衣对他来说还有点儿大。但他现在得穿它。它也是由被称为堂兄的母亲的叔叔送的。约瑟夫和约翰，每当他们去阿尔高，去他家里，他就会开着他那辆福特车在火车站接他们，把他们送到布雷德尔服装店，在那里打扮他们。这个没有成家的、在亲戚中被称为堂兄的叔祖长得很富态，有一个黝黑的印第安人的漂亮脸膛。他会稳稳地坐在商店的一张椅子上，而约瑟夫和约翰得在他面前穿上一切，来回走动，对着巨大的镜子打量自己，然后是选择。他总是要求他们，决定要这件或那件灯笼裤套装，这件或那件华达呢大衣。然后以风驰电掣般的速度出城来到他在制酪场边上的家。房子上醒目地写着："阿尔卑斯山蜜蜂"。晚上，他带上他那两个身着新衣的男孩去附近的饭店，而约瑟夫和约翰得为堂兄招待的朋友唱歌。约翰唱第一声部，约瑟夫唱第二声部。约翰觉得，他的嗓子更美，但约瑟夫更有音乐天赋。约翰只需要唱出曲调，而约瑟夫会加入他那相应的、但每次都是自由发挥的第二声部。约瑟夫从来不会唱出两次是同样的第二声部。饭店里的客人们总是热烈鼓掌，堂兄不一起拍手，但在回家的路上，在他的福特车里，他会称赞他们这两名歌手。有时，他们也在他家里为他一个人唱歌。他有一架钢琴，约瑟夫用它来替二声部的歌伴奏。每次，这架钢琴像是沉睡已久，现在又被约瑟夫从这上次以来的沉睡中重新唤醒。琴键上总是盖着一块深红色、锈有金丝的绒布。

　　早上坐着堂兄的福特汽车去教堂。事情就是这样。不过，堂兄已经告诉他们，要是明年约瑟夫和约翰行坚信礼，他会参加。他已预告,他会给每个行坚信礼者买一块金表。教母和教父会参加首次圣餐仪式。教母,来自克雷斯布龙的笑容可掬的面包房女老板,教父,母亲的大哥,长得无比高大和强壮的农庄主。眼眉浓密,连成一线。约翰得同这样一个巨人教父和这样一个笑口常开的教母一起,走下村道。也许阿尼塔的父母也会跟在他和教母教父的身后。约翰无法想象,教母和教父会同维纳先生和维纳夫人互相交谈。要是从屈默斯威勒下来,坐到餐厅的圆桌边上,教父会明显地把脑袋转向那个正好在说话的人,然后看向下一个讲话者。可以清楚地看出,这里湖畔谈论的事,在对面的屈默斯威勒算不了什么。当他静静倾听,但又一言不发时,看上去几乎有些滑稽。

约翰在镜子前打量自己,他该留下几个、留下哪些纽扣不扣。

突然他重新脱下外衣。他把被约瑟夫称为休闲上装的衣服从柜子里取出。就是这件休闲上装也是约瑟夫穿不下而留下的。约翰立刻觉得:该是它。一件色彩明亮的休闲上装。浅浅的蓝灰色,几乎有一些偏紫,有条纹。但那红色的线条在那几乎是紫色的蓝灰色中组成很少几个方格纹,让别人几乎看不到。对这件休闲上装约翰等了好久。他的身体总是还太小。不过现在他得穿它。他在镜子前试衣。他对自己的镜像没有满足的时候。有时他对自己咧嘴冷笑。今天他还准备对此忏悔。我曾经是有些神气活现。他还必须对此表示后悔,否则神甫会说上一百次的"我宽恕你的罪孽",而没有完全的悔恨之意就没有对罪孽的宽恕。这是他的担心所在。倘若他做不到完全的悔恨,那怎么办?没有这样的决心,不再做曾经做过的事,也就是说不重复以前做的事,那就没有完全的悔恨。有人说,必须祈祷,以得到能完全悔恨的力量。下决心的力量:永远不再。从他自身来说他没这个力量。再给头发抹些油？他觉得为了让头发有一个较富有活力的支点，是需要一些发油。不像最近那么多。但需要一些。可悔恨怎么办？他能一方面保持这像王冠一样的发型，一方面对自己的神气活现忏悔吗？

4 点半的时候，他站在阿尼塔房车前的三级台阶前。门开了，阿尼塔出现，今天穿着浅蓝色的外衣，白色的袜子，上面头发里是一个柔软的浅蓝色的蝴蝶结。等她一走下台阶，他就转过身去，走在她前面，希望她能跟上。他觉得身上很热。无论如何他不能像平时那样呼哧呼哧地喘气。幸亏他已不想当神甫。他要当歌唱家。这他现在知道。他觉得。他的嗓子，每个星期都变得更加出色。他觉得自己的嗓子是他拥有的最美好的东西。每当他开始歌唱，他会迷醉在自己的声音里。觉得唱歌的那个人根本就不是他自己。那是嗓子，那个他觉得同卡尔·埃尔布或路德维希的父亲一样漂亮的嗓子。路德维希的父亲同卡尔·埃尔布唱得一样好。路德维希说，他们，格吕贝尔一家，同卡尔·埃尔布有亲戚关系，那时约翰就感觉到，他应该花更多的时间和路德维希在一起，而不是同阿道夫。路德维希说，卡尔·埃尔布曾告诉他父亲：安东表兄，要是你曾受过训练，那么，你今天是我最强劲的竞争对手。

从远处他们就看见一对姐妹摇摇晃晃地在青苔路上向前走。她们总是在从黑格的养老院去教堂的路上。由于高高的草丛，只能看见她们的上身。暗色的长袍上高耸着那巨大、棱角分明的护士帽。就像是两艘黑色的船只挂着白帆穿过随风飘动的草丛。绿色的草地上鼓荡着淡紫色和黄色的草地碎米荠和毛茛。唱歌吧，约翰想。最好唱《一只苹果树花朵的花圈》，或者《你是我全部的身心》，或者上个星期天唱的《阿格努斯·戴》,或者《美丽的森林谁拥有你》。现在他无法开口说话。说不出一个字。

她问,他是否看见了阿克塞尔·蒙茨,他是否看见了,昨天夜里别人把他打成什么样,这些流氓。

她提起这件事,这让约翰感到高兴。对此作答,要比回答她关于忏悔的问题要容易得多。是的,他说,胆小鬼,几个人打一个,而且还是在夜里,太卑鄙了。而且他们又是怎样逮住他的,阿尼塔说,对他真的设了埋伏。阿克塞尔·蒙茨昨天演出结束后在旅店里又喝了一杯啤酒,那时没人敢凑到他身旁。可当他独自一人返回他的房车时,他们袭击了他,这些流氓。这些卑鄙小人,约翰补充。

她突然笑了起来,说:但愿我没忘记任何一件罪孽。哎呀,约翰也想起这件事。他想起阿尼塔的腋毛。得为腋毛忏悔吗?他感觉到,这是必须的。她说,明天有人开车送她去教堂。梅塞德斯牌,他说,马上又对自己生气,还为阿道夫家的汽车做宣传。她说,她很愿意就这样和约翰一起步行去教堂。我们两个可是出色的一对,她说着,还笑着看了过来。约翰感到,他脸红了。阿尼塔,阿尼塔,他说。怎么样?她说。他只是想说阿尼塔,其他没有。由于疏忽,他同时说了两次这个名字。他知道,只要他想说阿尼塔,他就会说阿尼塔,阿尼塔。实际上他可以不断地把阿尼塔说上上百遍。这当然不行。但是两遍,这一定可以。

你父母呢?他问,只是没话找话。他们没时间去教堂,她说。我母亲也没时间,他说。正是,她说,实际上就我们两个也行。看他不说话,她又说:哎,你听着。你不高兴吗?你的上衣有品位,她说。可他只是说:阿尼塔,阿尼塔。

现在我们得互相祝愿忏悔顺利,她说。这时,他们已经到了公墓。希望如此,约翰说,但自己也不知道,他以此想说什么。

她走向通往妇女席的门,他朝湖一边的方向去。在墓碑把他们两人的视野遮住以前,她再次转回身,举起攥成拳头的双手,使劲伸向空中,发出笑声。约翰无法开口笑。他幸福得感到痛苦。在公墓围墙边的树上和灌木丛中,鸟儿在啾鸣。它们从未这么响亮地歌唱。回声荡漾,似乎这不是在户外。公墓的碎石路,在他脚下咯吱作响,他耳朵里也是一片咔啦声。在父亲的墓旁他没有停住。对面湖水上方的塞恩替斯①从未这么近过。塞恩替斯似乎站在一堵金色的墙壁前。塞恩替斯是一只正在孵蛋的母鸡,父亲有一次说。有两百万年的历史。

一跪到长凳上,约翰就得开始自己的良心研究。他先快速地向对面扫了一眼。阿尼塔已经跪在那里。好吧,开始研究你的良心。他例数单个的编号。可以点出他那编了号的罪孽。然后他根据形式唤醒那完全的悔恨。它也出现。也就是说,它占据了他的全身。他几乎有些惊讶。他自问,这真的是完全的悔恨吗?你的"永远不"是真实的吗?你认为这可能吗?你得下决心,这已足够。恳求宽恕,它会帮你,不再做这件事。恳求宽恕,有了宽恕,一切都能行。这时已经轮到他。他迈着麻木的步子,从凳子到忏悔椅走了三步,听见神甫的呼吸声,重新呼吸,背诵起他的事情,毫无问题。可神甫的反应太响了一些。外面的人可都能听见,神甫在说些什么。不过,在此之前,当神甫对阿道夫、保尔、路德维希、吉多、贝尔尼、赫尔

---

① Säntis,阿尔卑斯山脉的一部分。

穆特和赫尔穆特说话时,他也什么都没听清。只是当神甫说拉丁语时,别人可以听懂。不过,用拉丁语说的话是对大家一视同仁的话。

被要求做的忏悔结束后,约翰还是留在凳子上;直到他看见阿尼塔起身往外走时,他才走出教堂。当然不是同时,但是紧随其后。外面,在王宫和"王冠花园"饭店之间,已经站着大多数的人,男孩和女孩比往常分得更开。在往村道上走的时候也同样。吉多笑着问,不知道别人是否也像他那样做了那么多的忏悔。他肯定是唯一能笑着这样提问的人。不过,至少现在大家可以谈这个话题了。当然声音没有响到让前面的女孩们也能听见,他们在讲什么。听起来令人放心,每个人都得到了念三次"主祷文"和"玛利亚向你致意"的任务。也有些失望。约翰觉得。大家的忏悔都一样多!可他没有把这说出口。大多数的罪孽他们毕竟都是一起犯下的。有一次,每个人都捐献出几芬尼,让埃迪能在布罗德贝克家买泡菜。布罗德贝克夫人必须从店里出来,从桶里取泡菜。而埃迪在她返回之前,藏起了四块巧克力。泡菜被啪地一下扔在齐恩先生新房子的墙上,巧克力被他们在湖畔瓜分,马上吃掉。又在制干酪的米勒家,顺手牵羊,拿走小盒乳酪,而事后证明那是摆样子的假货,这是不是罪孽?他们横穿村子,跑进树丛,到了芦苇深处才把盒子打开,看到的不是乳酪,而是木块。现在保尔问,别人是否对这件事作了忏悔。他没有。那只是摆样子的假货。对于这次失败的行动没人作了忏悔。当他们前面的女孩们突然一起吃吃笑时,男孩们把这当成了理由,赶上前去。有什么事这么可笑,阿道夫问。施内勒·特露德扯了一下莱尼,让她告诉男孩们是怎么回事。莱尼说,前天,乡村警察到了黑格的拉特曼那里,说由于违法伐林,有人告发了他。没等拉特曼先生回答,拉特曼夫人插话说,她现在觉得奇怪,警察先生由于这件事还跑来,因为她早就忏悔了一切。

阿道夫问——约翰佩服阿道夫的勇气——姑娘们被要求忏悔什么,她们是否同男孩们一样,都被免除了惩罚。姑娘们互相交换了眼色,决定不对男孩们谈这个。路德维希说,也许她们根本就没有得到惩罚,因为她们的罪孽太小。这可遭到莱尼严厉的纠正。她背诵了一句箴言,通过背诵显示出,这句箴言对每个人都该是熟悉的,道出的真理又是多么的无可辩驳:Biechta und it biaßa, isch wia Lade und it schiaße。砰,保尔说。大家都笑了。阿道夫为阿尼塔翻译:Beichten und nicht büßen, ist wie Laden und nicht schießen。(忏悔和不受惩罚,犹如装弹不射击。)可幸的是,阿尼塔说,没有翻译她也听懂了这句话。

今天没人一起继续走到菩提树。也就是说,约翰还有约60米的路和阿尼塔单独走。今天没人会来看演出,这是明摆着的。首先老师几乎已下了禁令。其次,身处使人神圣的宽恕状况中,还去看马戏,这不合适。因为他想,这会让她感觉好些,他就说,他今天会继续看他们的演出,不过从窗子里。可他没有说,这牵涉到厕所间的窗子。她根本就感觉不到,当他走在她身边时,他嘴里说的不是心里想的。这种"这样说,那样想",让人觉得像是一种内在的激动。他觉得自己长大了。

演出后他是否可以带她去看什么东西?可以。那好吧,他在对面的火车站等她。祝一切顺利。谢谢,她叫着,跑回到他们的人那里。

他奔上楼,回到自己的房间,装好他需要的一切东西,带着退尔往村外跑,沿着冷杉树灌木丛,然后不是在谢格家往下走,而是越过铁路往上,去劳斯毕歇尔。左右两边是苹果树和樱桃树。都在开花。在到达最上面以前,他拐弯,进入高高的草丛。退尔汪汪叫着跑在前面,似乎它知道,约翰想去哪里。他在一棵樱桃树下的草丛里,放下自己带来的东西,回到路上。

从套间里传来约瑟夫的弹钢琴声。当约翰去忏悔时,约瑟夫已在弹钢琴。约瑟夫必须把那两个漏弹钢琴的"雾角周"补回来。约翰不像约瑟夫那么喜欢见到风琴师尤茨。尤茨先生总是骑车从克雷斯布龙来这里,把自行车靠在两棵栗子树中的一棵上,把它锁好,取下裤腿夹,让精美的布料得到解放,让它能随着总是轻松自如地走来的风琴师和画家的每一步,在他身边飘荡。一圈黑色的头发,围绕着那发出褐色光芒的秃顶,吉普赛人的眼睛和一个又尖又长的鼻子,这就是艺术家尤茨。事实上,尤茨先生只对约瑟夫感兴趣。这约翰能感觉到。

当马戏团的乐声响起时,约瑟夫停住,跑到了院子里。约翰则跑上。退尔得待在房间里。约翰走进厕所,打开两扇窗户,探出身体。节目同昨天晚上一样,只是那个小个子巨人不再做出优美的动作。他那些锣鼓节目,只剩下单薄的一小部分。当他作为小丑奥古斯特出场时,大家笑了,以为那许多橡皮膏和绷带属于角色的打扮。今天,他不再用身上的许多铃铛回答导演的提问。今天他身上铃声不断,不过没有原来那么响亮。也许他已经无法晃动身体。但他还能颤抖。

导演叫着:奥古斯特,奥古斯特,你看上去怎样? 奥古斯特悔恨地说:就像人们从另一个角度看他的妻子那样。你什么时候认识你妻子的,导演想知道。婚礼的六个星期以后就认识了,奥古斯特说。导演说:不过她可没把你弄成这样。奥古斯特说:我可从来没有反驳过她。您想象一下,她这么断言:4 减 1 等于 3。导演说:她说的对。奥古斯特说:有趣,您说她对。举个例子:4 只麻雀停在电线上,我打下 1 只,上面还有多少。导演说:3 只。奥古斯特说:0 只。其他的飞走了。导演说:因为你妻子已经把你弄成这样,你今天例外地就得不到我的耳光。奥古斯特说:您知道一个耳光和一个真正的无花果①之间的差别吗?导演说:这能有什么区别?真正的无花果人们给骆驼吃,耳光人们从骆驼那里得到。② 导演深吸一口气,但没有打下去。人们发出笑声。约翰看到,约瑟夫也在笑。

约翰只是在等阿尼塔的出场。最愿意看到的是她作为雪山女神骑在菲施努身上,用她的许多手臂迷惑湿婆,这个毁灭之神。约翰等着,朝阿尼塔的腋窝里看去。从二楼望下去,看不见阿尼塔的腋毛。

散场的掌声响过以后,他跑了下去,在火车站等阿尼塔。他无法坐在板凳上,他无法站在一个地方停住,他完全肯定,阿尼塔不会来了。不过,他会在火车站走来走去,走到绕着车站的半路上,又立刻返回前面。他会整夜在这里来回走动,直到该去教堂的时间到来。

可她来了。阿尼塔,阿尼塔,他说着。她穿了一件外衣,双手插在外衣口袋里。天气冷了,她说。对此约翰毫无感觉。来吧,他说,更像跑步而不是走路地往村外去,方向铁路交叉路口。她跟上他的

---

① 此处文字游戏,耳光原文为 Ohrfeige,无花果为 Feige,但无花果小写是 feige,是表示胆小和卑鄙的形容词。这里显然暗讽偷袭他的那些人。
② "骆驼"德语中的转义是骂人话"笨蛋"。此处同样语义双关。

速度。即使是上山的路。月光如此明亮，开花的树木之间，那蜿蜒向上的小径也几乎白得晃眼。由于掉落的樱桃树花朵，路面洁白一片。在这样一个4月的月光之夜，约翰急促地哼唱着《一只苹果树花朵的花圈》。阿尼塔没有反应。现在他不该唱这个歌！《你是我全部的身心》。这才对。他尽可能地在内心哼唱：你是我全部的身心，你若不在，我也不能在。就像花朵要枯萎，倘若它得不到阳光的亲吻……同父亲对莱哈尔的喜欢相比，约瑟夫不喜欢莱哈尔。可约翰巴不得让自己在莱哈尔的歌声中彻底陶醉。但愿阿尼塔现在能一起哼唱。同她一起唱莱哈尔，这可是一件了不起的事。她没有跟着哼唱。约翰说：瞧！他说话时尽可能地粗暴、有些凶狠或带有威胁和恶意。无论如何阿尼塔该感到害怕。蠢母牛，他想着，自己也吓了一跳。突然他不知所措。他能……他该……怎么办？他想说蠢母牛。他想抓住阿尼塔扔出去。就像车棚里的那只猫。

来吧，他说，抓住她，把她抱到手臂上，打算这样把她带到他找好的那棵树下。不能把农夫们高高的青草弄倒，他说，所以最好还是让他一个人穿过草丛，让他抱着她。要是你做得到的话，她说。事实上，当她躺在他的手臂上时，她的身体真的不太沉。不过，即使她太沉的话，这对他也没有什么关系。你根本就没有重量，他说着抱着她穿过高高的草丛。三年前，教父也是这么把刚刚出世的小弟弟抱到了神甫那里，而神甫已经等在洗礼盆旁，给这个一丁点儿小的孩子安塞尔姆举行洗礼。他还想起送啤酒的人。他手臂上总是托着铁轨枕木般粗细的铁管，把它送入地窖。双臂套在剖开的红色汽车内胎里。

到了他的樱桃树下，约翰让阿尼塔重新站到地上。你的婆罗多舞,跳的太好了。你从哪里知道这是婆罗多舞,她问。从我父亲那里,约翰说,似乎这没有什么特别。

他取出自己的手电筒。平时,要是看书着了迷,停不下来,他用它在被窝里看书。他用手电筒照亮放在这棵粗壮的樱桃树树干旁的东西。在一块蓝色的毛巾上是装有彩印画的香烟盒,那儿是海绵罐,边上还有一罐莱奥润肤膏。他把它递过去。阿尼塔,阿尼塔,他说,给你。她笑了。别这么响,他说。他觉得,两个人说话的声音越轻,就越美妙。他把香烟盒同海绵罐挪到一边。阿尼塔坐下,往上朝他看。他跪到她面前,打开香烟盒。彩印画,他说。你的膝盖,他说。幸亏她穿了长裤子。于是,他只需要把她的裙子稍稍往上推一下,就能把她右边大腿内侧的地方用海绵润湿。阿尼塔打了一个激灵。然后他把画像贴上,在用湿润的海绵放到画像上,揭下薄膜。立刻在另一条大腿上贴另外一张。撩起裙子,润湿皮肤,贴上画像,放上海绵,揭下薄膜放好。好了。约翰如此心急,阿尼塔根本就没时间说话或提问。他相信,此刻他一定像阿道夫。不过,他害怕,害怕阿尼塔会立刻跳起身来逃走。他在自己的一生中难道有过这样的恐惧感吗?当两张图片都贴好以后,他用手电筒往上照了照,说:一头朝天喷水的鲸,喷火的波波卡特佩特。叫什么,阿尼塔问。波波卡特佩特,约翰说。真的有吗,阿尼塔问。亏你这样问,约翰说。他父亲曾说过,在他登上波波卡特佩特之前,他不想死。后来怎样,阿尼塔问。他没干成。阿尼塔不再吭声。这时约翰说:一个4 000多米高的家伙。阿尼塔说:奇怪的名字。也叫冒烟的山,约翰说。在普埃布拉附近。然后补充,似乎这本来就清楚:墨西哥。然后他跳起身,拉起阿尼塔,把她抱上手臂,带着她穿过高高的草丛,回到月光下撒满着洁白花瓣的路上。

他突然想离开,因为他对这个波波卡特佩特火山不再知道其他什么。彩印画上可以是任何一座火山。他自己也不明白,他为什么突然说,那是波波卡特佩特。实际上他还想让阿尼塔看,爱斯基摩人是如何打招呼的。这他没干成。他们慢慢地顺路往下走。约翰感到气氛隆重,希望,阿尼塔也有这样的感觉。可他什么也说不出口。显然阿尼塔也开不了口。他们走着,身体没有接触,速度一样快地往山下去。阿尼塔站住,约翰也停下。他们有一秒钟面对面地站着。阿尼塔轻轻说,夜安。他同样轻轻地说:夜安,阿尼塔,阿尼塔。然后她走去,然后他跑了起来。对面退尔在欢迎他,似乎它知晓一切。

约翰躺到床上,很高兴,约瑟夫还不在。他把被子盖到自己头上,发觉,他现在立刻要犯下一个罪孽。他想起了阿道夫。要是他们在芦苇里或在灌木丛中互相抚摩,阿道夫会称那被抚摩的东西为男性。显然,这个词他是从他父亲那里听来的。阿道夫从他父亲那里听来的一切,都赋予这被说的东西一种不容混淆的、平时不会出现的明确性和肯定性。每当阿道夫谈起他的或约翰的男性,而实际上只是指这一个身体的部分,约翰都会感到惊讶,阿道夫怎么会不觉得这个词滑稽。他把手放到这个身体部位上。对此他还没有名称。所有的东西都有一个名称,他想,只有你没有。当这个东西现在迎合他,变得越来越大,越来越热,感觉上越来越有生机时,他想:可它没有名字!没有名字给他手里这个皮肤伸下缩上的东西。比他年龄大三四岁或五岁的埃迪、海尼、维利或弗里茨说——不用在他们身边也能知道——如果他们说这个,他们会添上一句,尾巴,添

上一句,小袋。是些像"拳击"那样的词,约翰觉得。每次听见这样
的词,约翰都感到浑身一阵战抖或震颤。不可想象,哪天他会使用
这类粗野的词汇。约翰感觉到,他得在这些词汇面前保护他的这个
部分。也许这个部位没有名称,因为这个部位既不能触碰也不能思
考。这个部位根本就不该存在。可它还是存在……如此地存在。
而他眼下有一种透彻全部身心的感觉,他仅仅由于这个部分而存
在。正是这样而没有名称。他将保护这个部分,不让它由于任何一
种粗俗的名称而受到诋毁。

　　这样拨弄着自己,他满足不了那被自己唤醒的快感,便通过更
激烈的动作增加这种快感,同时在心里诵读着一些没有意义、但产
生出某种节奏的音节,一种泽哈恩先生节奏。对了,在这些音节的
呼叫和破碎句子的呼叫中,他觉得自己和泽哈恩先生一样。在他的
音节呼叫中,阿尼塔—阿尼塔出现得最频繁。他第一次在制酪场后
面的棚子里,在伊姆佳德身上触碰到的部位,叫李子①。李子,这不
仅是一种粗俗,而且也是一种文雅。现在,在妇女浴场和男人浴场
之间,有一个男人和女人都可以去的湖畔浴场。它叫李子干。有人
想在他的湖岸草地上仿造一个卢尔德②的洞穴,已经从卢尔德运来
了一个圣母玛利亚像,从瑞士又运来了造洞穴所需的所有石块,可
是罗马教廷没有同意。所以只留下湖岸浴场。这个李子干。约翰
越是觉得尾巴粗俗,也就越是觉得李子既粗俗又文雅。紧密,高贵,
柔软又坚硬。可是面对别人说出这个词,这对他来说还是不可想

① Zwetschge,即 Pflaume,在粗俗语中有外阴的意思。
② Lourdes,法国西南部上比利牛斯省的一个朝圣城镇。1858 年,一名女孩在该城附
　近河岸旁洞穴中多次见到圣母玛利亚。

象。不过,现在,单独一人,他可以说。倘若他说出李子,他就感到,李子的字母说出了他在阿尼塔两腿中间想象的东西。李子。还有他。他的那个部分。他得用你来称呼它,因为他对此没有其他名字。只是:你,你是你自己。他觉得,他的那个部分如何针对他的音节回答着:我是我自己。而他:你是你自己。又重复:我是我自己。你是你自己。我是我自己。约翰感到,他身体里有什么东西冒了上来,又冲出身体。他倒下。因为他从来没有在这么高的地方停留过,他摔得比以往都重。他躺在哪个深渊里,在哪个黑暗处和寒冷中?身心分离。不过还是那个躺在那里的人。筋疲力尽。

现在是罪孽了。深重的罪孽。他不应该是做了这件事的人。他曾是打算摆脱做这件事的人的人。永远地。他是那个遭受了这件事的人。那个没有摆脱做了这件事的人的人,那个使他遭受这件事的人。因为他没有摆脱那个做了这件事的人,所以他知道,他得遭受前所未有的痛苦。在父亲的葬礼上没有,就是在祖父的葬礼上也没有遭受过的痛苦。现在想什么?我的天啊。

约瑟夫进屋后,约翰开始装睡。但是,他刚刚毁灭了使人变得神圣的宽恕,还怎么入睡?要是他面对所有罪孽中最大最深重最可怕的罪孽:在一次纵欲淫荡后受圣餐,那么,没有什么比这更糟糕了。他一生中从来没有像现在这样觉得自己悲惨,这渐渐地让他觉得几乎有些好受。你该受这样的惩罚,他想。只要你活着,你就该觉得自己如此悲惨。他为什么没有在坟墓里躺在埃尔萨和瓦伦丁边上!可他们躺在两个不同的墓穴里。埃尔萨在萨尔河畔霍姆堡附近的埃恩厄德,瓦伦丁在明德尔海姆。他原想躺在埃恩厄德。调羹的。这是埃尔萨对多伊尔林解释的话。那次在炉灶后的煤炭箱上,例外地,不是多伊尔林先生坐在她腿上,而是她坐在多伊尔林先生腿上。要是两个人像调羹一样叠在一起,埃尔萨解释,在霍姆堡附近的埃恩厄德,人们称之为调羹的。多伊尔林先生回答:继续来,继续来。

约翰还记得,当埃尔萨解释了这调羹的姿势以后,他正好在《温内图》里读到这个句子:……因为,比如我最厌恶不过像一只充满臭气的嘴巴那样的东西。

摆渡人施米德来到,说有人在小港湾后找到了他们,埃尔萨和瓦伦丁,以及那只倾覆的小船。那时约翰正好在轮船跳板上,手里是钓鱼竿,等着浮标跳动,然后被鱼拖下。这条上钩的鱼以为,通过疯狂的向下逃窜,还能摆脱一次钓竿。在晃荡不停的水塘前,摆渡人说。当然是这两个不会游泳的人,摆渡人说。因为现在已经有几个等船的陌生人在听着,他声音特别响地说:大家都有一死,是犹太人说的。也许我也会死。约翰身上经常发生这样的事,他听懂最少的话,他会记得最牢。①

约翰立刻收起他的钓竿,发现三根钓竿上绑着的虫子已无法再用。于是得立刻从塞有泥巴的罐子里捏住一条新鲜的虫子,把这条变得坚硬和进行抵抗的虫子用力,但小心地——他不想把它扯成两断——从罐子里取出,把它扎在钓竿的三个钩子上,直到虫子成为抽搐的一团,然后甩出钓竿。不过,他已无法再等到下一条鱼对他的诱饵感兴趣。他收回钓竿,收竿时扯下虫子,把扯碎的虫子扔回

---

① "是犹太人说的",原文为方言:hot de Jud gseit。所以有"他听懂最少的话"的说法。

水里,给了在水里等待着的鱼儿一顿碎虫子的美餐。他手握钓竿,跑进港湾。可他到得已经太迟。埃尔萨和瓦伦丁已被抬进一辆黑色的汽车。他很想给阿尼塔看他的持续游泳证明。"15分钟在静水中",上面写着。

阿尼塔该看一下,他如何把虫子扎上他钓竿的三个钩子,然后在三个倒钩上把虫子固定住,直到虫子静下。他无法足够详细地想象这样的情景。现在,他什么都不想,只想着三只钩子上虫子的抽搐和蜷缩。蜷伏着,遐想联翩。除此之外,别无其他。

五 复活节后的第一个星期日

　　星期天早上,风儿吹动着百叶窗,哒哒作响。约翰被唤醒。躺在被窝里,他感到惬意。倘若不仅仅是朝西的两扇窗子,而且还有朝东、向着火车站的两扇窗子也哒哒作响,那就意味着:风暴。在这个早晨,没有什么比能阻挡一切的风暴更合他心意了。只要世界不毁灭。约翰在被子下伸着懒腰,又扯紧被子,双手揉搓着他那不知其名的身体部分。他该暂且称它为尾巴吗?名字:暂且尾巴。这样,每次想到它就是一种深重的罪孽,它会永远地赶走使人神圣的宽恕,也就是说,他的生活走向地狱。你是你是的你。我是我是的我。你是你是的你。我是我是的我。① IBDIB。他可以把 IBDIB 藏在 KDF, NSV, NSKK, 和 WHW 之间。他感到,他的那个部分会接受 IBDIB。他越是经常地说 IBDIB,IBDIB 和他的部分就走得越近。最好有一次命名仪式。不过请不要今天!

　　约翰从床上跳起,跑进厕所,往下朝马戏场看去。他们可需要

---

① Ich bin der ich bin。后面的缩写由此而来。

无风和暖和的天气！好吧，所有的愿望掉个头！请不要刮这么大的风。黑菲施努站在格拉文施泰因树下，听任风儿把洁白的花朵纷纷吹落到它身上。小马驹躺在车棚屋檐下，望着前面的空旷处。退尔同他一起跑了过来，把前爪搭在窗台上，也往下看。房车里没有动静。明天马戏团要继续往前。去朗根阿根。约翰把右臂放在退尔身上，把它拉到身边，一直到他在脖子上感到它的嘴巴。退尔知道，它现在该舔他。就这么做了。

当约翰穿上了他的节日盛装、即圣餐仪式服后，人也变得庄重起来。早在复活节前，人称堂兄的叔祖就带着他，在旺根的布雷德尔服装店挑选了这套包括衬衫、长裤和帽子的藏青色套装。鞋子是在肖勒店买的。他生平的第一双低帮鞋。白色的长袜。一件白色的衬衫，领子很大，盖过西装领子的衬衫领尖几乎够到了肩膀。帽子毁了一切。不过，没有帽子就不是圣餐仪式的首次参加者。他从精致小柜的抽屉里，取出一根带有金边和银边的圣餐仪式蜡烛，上面还装饰着耶稣的一颗红心，拿着它站到镜子前面，试着看怎么拿最好。既不能过于虔诚，也不能不够虔诚。另一只手里是弥撒书《肖特》①。烫金的皮封面。这是堂兄要求的。总体来讲看上去不错。低帮鞋，长袜，一条不怎么长的、实际上没有碰到膝盖的裤子，一件得体的上衣，硕大的白衣领，高贵的蜡烛，正在闪闪发光的书，可在这一切上面是这顶愚蠢的帽子。不允许歪戴。一丁点儿都不行。太朝后也不可以。好吧，只能乖乖地，把它端正和乏味地盖在

---

① Anselm Friedrich August Schott，1843—1896，德国本笃会修士，以翻译弥撒书闻名。民间称他译的这本书为《肖特》。

额头上。

　　米娜和路易丝在下面拍手。这么一个可爱的小伙子,米娜叫着。路易丝和往常一样,带着些许迟缓说:太好了。约瑟夫已经坐在桌旁,绑着绷带的腿翘在桌上,说:上帝的羔羊亲自到了。公主呷着嘴巴说:太俊俏可爱了。至此没有说话的母亲这时严肃地开口:正经点,好吗! 然后对约翰说:过来。三岁的安塞尔姆同往常一样坐在母亲的胯上,重复着母亲说的一切话。他已经习惯了,因为,每当他模仿母亲的话,总会引起大人们的笑声。教父和教母已经等在挂钟下的桌旁。折叠门开着。路易丝把所有的桌子铺成盛宴的样子,还摆上了水仙花和复活节礼物。我们的圣餐仪式候选人到了,教母满面春风地叫着。母亲说,要是他爸爸能见到多好。哭了。这句话小安塞尔姆没有重复。她走了出去。过了片刻她又返回,这次三岁的安塞尔姆被牵在手上。看上去似乎是这个三岁的孩子把她拉了回来,现在又领进屋。要紧的是,教父说,现在活着的人过得好。这听上去有些责备的意思。在此期间,约瑟夫拄着拐杖,瘸到了钢琴旁,开始弹琴。教母说:他可真行。教父没吭声,但朝着弹琴的约瑟夫望去,似乎想说:按我的意思你不必弹得这么快,骄傲的家伙!

　　当他们走的时候,母亲同往常一样说,要是家里有人去教堂,该去一下墓地。由于要干活,她有时整整一个月不能去墓地,这让她忐忑不安。她肯定知道,亡者会不断地经历新的失望。她没有把握,他是否会接受她由于生意而受到阻碍的道歉。也许他只知道,她不是每星期去坟墓,但在死亡状况中不知道,她为什么不去。在星期天和节假日,单单因为别人的缘故,不能没人去探墓。更不能让墓碑前什么装饰都没有。不过，要是亡故后三个月都没人去坟墓，别人会怎么说闲话！这一直是她对约瑟夫和约翰的告诫。每当曾站在旁边墓碑前的霍茨夫人或者埃尔勒夫人告诉说，她的男孩们在大弥撒结束后，只是飞快地去一下坟墓，洒了一下圣水后马上离开，这时母亲就会难过得几乎说不出话。她的结论是：现在她知道了，要是她躺在地底下，她的遭遇会是怎样。没人会去她的坟墓，为她祈祷。遇到这样的谈话，小安塞尔姆会把脑袋靠在她的肩膀上。

约翰骄傲地走在高大魁梧的教父和乐哈哈的教母中间，朝村下走去。来自屈默斯威勒的教父和来自克雷斯布龙的教母在村里不是陌生人。他们不断受到别人的问候。从屈默斯威勒到瓦塞堡，教父差不多有一个小时花在路上。他考虑过，是否要坐一辆马车，套上他的栗色马，可随后想到，让栗色马在早春干活的日子里有一天的休息，这对它有好处。另外，瓦塞堡的马路几乎全都铺上了沥青，栗色马反正不喜欢。教母是坐火车来的。当然，夹在越来越多的人中间，往村下走去，她不可能不说话。看上去，人们像是互相闹翻了，她说。今年的季节有点儿急，她又说。教父点头。我还从未见过，花开得这么早。教父点头称是。然后他甚至说：别人还不知道，今年的兔子会有这么多。约翰觉得，教父想以此来称赞约翰的首次圣餐仪式年。不过，也许他自己感到，就他的性格来说，这似乎太过于乐观，又补充说：下点儿雨，要是这样，那不错。

没见到阿尼塔的一丝身影。在这样一条挤满了人的街道上，布鲁格先生打算如何把他的梅塞德斯车开到教堂？也许布鲁格先生已经接好了阿尼塔，而她现在坐在布鲁格家那巨大的沙发上。沙发上带有磨光的铜球，总是闪闪发亮，像是由金子做成。也不见阿尼塔父母的踪影。

可惜大风渐渐刮走了乌云。天空看上去不再那么骇人。教父和约翰都时不时地不得不用手捂住自己的帽子。没等他们到达教堂,巨大的四下钟声在他们头顶上震响,也就在这一瞬间,太阳从云层后探出身子。光芒四射。去教堂的人们互相提醒,留意这个现象。

到了公墓,人们走散。当一切结束后,人们会在墓地旁碰头。

为蜡烛准备了烛台。阿道夫已经到了。阿尼塔也在。约翰真的是最后一个。不过九个人还没有到齐。

他刚跪下,就已经不知所措。在晨祷以前他没能再做一次忏悔。要是做忏悔,他就不得不让人注意他的生活品行。也就是说,他带着一种深重的罪孽参加首次圣餐仪式。这个违背第六条戒律的罪孽是一个深重的罪孽,这人尽皆知。也就是说,这不是一个讨厌的附带的小罪孽,只会受到上天有时间限定的惩罚,甚至可以不用神甫的帮助,通过简单的懊悔和祈祷就能把它摆脱;相反,这是一个深重罪孽,要是他现在死去,那么接踵而来的是永久的地狱。是的,这违反第六条戒律的罪孽甚至是最主要的深重罪孽。而比这个主要的深重罪孽更糟糕的是,受到了这个罪孽的玷污,还来参加圣餐仪式。而他正是这么做的。现在也将继续这么做,要是没有一次雷击,一次地震,一片地裂阻碍他的这项对神灵的亵渎。他失去了知觉。他不再是做着这一切习惯动作、说着这所有背熟了的句子的人。他不想做这个人,这个可怕的、在犯下深重罪孽状况中走向圣餐仪式板凳的人。他不断快速地看向阿尼塔。她跪在那里,身体绷直,脑袋抬起。头上戴着一个白色的花环。她是姑娘那一排中最高的或者是身体跪得最直的人。看阿尼塔,这超然于所有诅咒之外。而另一方面,她又是一切诅咒的根源。尽管如此,他情不自禁地、时不时地快速朝她瞥上一眼。

神甫同往常一样东拉西扯。在我们注意圣经里的这些话之前,让我们祈祷:主啊,你是……要是神甫在讲坛上,脸朝下面,进行这样的一次祈祷,而大家又开始同他一起作祈祷时,别人就再也听不见他的声音,只看到他的胡子一翘一翘。他低着头开始祈祷,然后会抬起脑袋,这意味着,现在他看见了那个没有一起祈祷的人。

对于神甫的布道,约翰没听进一个句子。不过,随后他在弥撒中听见格吕贝尔先生那超越整个教堂合唱的嗓音。他跪在路德维希边上,而他的父亲能像卡尔·埃尔布那样歌唱。约翰不仅听见了这个声音,他还看到了这个声音。它是光芒中的光芒。他觉得它穿透一切。似乎那是他自己在唱,反抗着深重罪孽,反抗着所有的惩罚。他张口唱起。

化体①结束,受圣餐的仪式铃声响起,约翰低垂着头,像所有的人那样低垂着头,跟在他的圣餐仪式伙伴们身后。他跪着,看着神甫白净的手拿着来自金灿灿的圣餐杯的白色圣饼,看着那只拿着圣饼的手接近他那张开的嘴巴,并且把圣饼放到他那微微伸出的舌头上。这时他心中自忖:不让它化在嘴里,不吞下肚子。要是你想办法把它从嘴里拿出,就避免了犯罪。可是拿这个圣饼怎么办?它是我主的身体,也就是说,让它消失,把它扔掉,这都是犯罪,这同在深重罪孽状况中把它吞下没什么两样。

---

① 使圣餐面包和酒变成耶稣的肉和血的仪式。

他重新跪上长凳。圣饼在嘴里化去。在他体内化去。而他还活着,他为此感谢。他感谢主,用应该先前就做的祈祷表示感谢。啊,主啊,我不配,让你来护佑我。张口说话吧,我的灵魂就会康复。也许他是唯一一个不值得受此礼遇的人。不过,怎么会有这样的祈祷?你别这么过于苛求。

随后,拿着燃烧的蜡烛,是首次领受圣体的男孩和女孩们庄重的退场。约翰刚才仔细注意了,阿尼塔如何朝着圣饼伸出脑袋,如何回到自己的位置! 不是走回,是飘回去的。帕罗玛。

当人们在公墓前散去之前,约翰看见布鲁格先生从"王冠花园"那里走来。阿道夫跑向女孩群,带上阿尼塔,同阿尼塔一起迎向布鲁格先生。她将由梅塞德斯送回,这是明摆着的。他必须再去一次公墓,去墓地。念上三次主祷文,感谢圣母玛利亚,每次都得想到:主啊,主啊,赐予他永久的安宁,永恒的明灯照耀着他,主啊,让他生活在和平中,阿门。而后对着祖父:也这样祝愿你。快速的祈祷没有意义,因为他不能在教母之前结束祈祷。体形高大的教父站在那里,没看坟墓,不过没看任何地方,却神情专注。

在回家的路上,约翰思考着,能找什么借口,不和教父和教母同桌吃饭。他不想眼睁睁地看着,阿尼塔和阿道夫坐在一张桌旁,开心地笑。他们肯定会笑。布鲁格先生总是会说些逗人开怀的故事。他想到了退尔。他大声地自言自语,现在时间紧迫,退尔要出去。教父同意地拍了拍他的肩膀。约翰奔回家里,立刻跑上楼梯,对着在他身旁欢跳的退尔说,嗨,退尔,要是没有你我该怎么办! 他带着退尔下楼,跑出后门,往铁路交叉道口去,沿着去劳斯毕歇尔的路往上,转弯去他在樱桃树旁的营地。最后他坐到昨天留在那里的蓝色方格纹毛巾上。退尔在他身边躺下。大风刮下了更多的花瓣。约翰像是坐在一张床上。隐约地传来12点的钟声。约翰知道,现在那些在"餐厅旅店"参加宴会的人,都已经落座。他可以走了。

同退尔一起进厨房,滑进角落,今天没有书。母亲品尝着卢岑贝格尔夫人的烤肉汁。在这样的节庆日,卢岑贝格尔夫人总是被请来帮忙,而母亲总是对她做的菜大加赞赏,弄得卢岑贝格尔夫人脸红耳赤。接着母亲,米娜也尝了一口,同样赞不绝口。受称赞者微笑着,似乎没把这种赞赏当回事。

在这个村里,所有的事都比世上其他任何地方做得好,这对约翰来说并不新鲜。要是他站在餐厅柜台的后面,仔细听着,每次都能清楚地了解到,在瓦塞堡都有什么比世界上任何地方更出色。车匠舍夫勒做出最好的车轮,铁匠弗赖锻打出最好的马蹄铁,五金匠格罗制造出最好的锁具,最好的小面包由面包师维尔纳烤成,最好的煎香肠来自肉商吉雷尔。而这一切发生在一个地区。有一次车匠舍夫勒叫出,在一个,要是一个农夫摔倒,就会倒在别人的田地里的小地方。也坐在圆桌旁的木匠师傅布雷姆宣告,虽然他不是世界上最出色的木匠,不过,他会让他的一个儿子成为有史以来最优秀的木匠,这点他能保证。约翰确实深感高兴,恰恰能在这样一个村里生活。在这里,所有的一切都比世上其他地方好。比如他听人说,把其他地方一个细木工能做的柜子,同细木工雷希特施泰纳制作的柜子相比,那么,人们只能说,在这里生活,真是一种幸运。卢岑贝格尔夫人做的肉汁,味道最最鲜美,这只能是一种合理现象。

约翰送教母去坐开往克雷斯布龙的火车,教父说了一声愿上帝保佑你,就往铁路交叉道口的方向走去。从劳斯毕歇尔往上,到了湖中往下,再上冬山,往下不远去亨瑙,在亨瑙往上,在阿岑博尔下山,然后在沿着非常陡峭的山路往上,他就到里对面他的居所,掩映在树冠之间有一片带七个红屋顶的房子。对面的外祖父个子要矮得多,当然比瘦高个的外祖母要壮实得多。每当约翰在她那里吃饭,坐在拼命添饭的舅舅们中间,从平底锅里吃烤土豆,她会照料着不让约翰吃亏。对面,同栗色马、同公牛和七头母牛在一起,约翰还知道每头母牛的名字,因为他给每头母牛往槽里倒饲料,也照料着,不让任何一头母牛吃亏。

3点是简短的礼拜。2点半时,约翰站在带有蓝色窗帘的房车前。阿尼塔出现,站在三级台阶上的房车车门口。他第一次从近处打量她穿这身衣服。就是头上的花圈也白得耀眼。还有白手套。一根细细的绳子上挂着一只小手提包。同母亲婚礼照片上手中的手提包一模一样。维纳夫人也来到房车门口,但看上去不怎么有节日般的情绪。这时他知道,阿尼塔的父母没去教堂,也没和布鲁格一家一起吃饭。阿尼塔独自一人去了。当阿尼塔下了三级台阶,站在草地上他身旁时,他觉得很高兴。也许她也觉得他的帽子很蠢。他看上去像摆渡人施米德。他对摆渡人施米德没有什么不喜欢。可他不想外表看上去和他一样。

走青苔小路你没意见吗?约翰问。阿尼塔说,她不认识路。约翰向她解释,就是昨天那条路。她表示同意。约翰松了一口气。很有可能,布鲁格家的梅塞德斯车也会送她去参加下午的礼拜。其实,上午已经够滑稽了:布鲁格先生送他的夫人,阿尼塔,阿道夫和阿道夫的教父到教堂前,而他自己却躲进了被人们称为圣附属教堂的"王冠花园"。

不知阿尼塔是否擦去了她大腿内侧的鲸和火山图像？对此他比对其他一切更感兴趣。而她像是猜到了他的想法，说：图像还粘在上面。要是走路，它们会绷紧。她说着这个还笑了笑。此刻，他都不敢朝她瞧上一眼。他稍稍加快脚步。他担心自己会脸红。真的有些绷紧，她说。明天去朗根阿根，他说。她想知道，朗根阿根怎么样。那里是否也有那样的人，夜里埋伏在什么地方，把人绑起来后打一顿。约翰说：干了那件事的人，不会是瓦塞堡人。你怎么知道，她问。他耸了耸肩膀，做出一副表情，似乎他不能多说。阿尼塔说，我父亲要阿克塞尔去报告警察，可阿克塞尔说，打人的就是警察。胆小鬼，约翰说。可怜的阿克塞尔，她说。没有人比阿克塞尔更可爱了，而他们偏偏对他大打出手。事情总是这样，约翰说。什么？她问。最可爱的人遭到殴打，约翰说。他发觉，阿尼塔现在惊叹地望着他。

这阵风儿。幸亏又是一阵狂风。天空上乌云一片。云层那么低，似乎它们直接来自诺嫩霍恩。围绕着整个港湾的芦苇随风晃动，弯下身体，又直立而起。草地上波纹起伏，像是青草想扮演一回水浪。不知阿尼塔是否发觉，她和他，触摸他们俩额头的是同一阵大风。他又想放声歌唱。可这几乎不可能。甚至不能说，他们现在迎面而上的是一阵奇妙的大风。瞧这些杨树！这应该可以说。瞧，这些杨树，都弯成了什么样子！芦苇边路旁的那14或16棵杨树，瞧，它们在风中如何弯腰，总是一起弯腰。阿尼塔，阿尼塔，快看！要是他能叫喊，他已经叫出了声。那样他就会跑在她的前面，而她肯定已经跟上。他们会跑向芦苇，横穿而过，跑到去年夏天小船被冲上岸的那个地方。埃尔萨和瓦伦丁就被盖在下面。夜里，他们俩划船去了湖上,被此起彼伏、波涛汹涌的湖水掀翻了船,这两个不会水的人,这两个。

你会水吗?约翰问。你想到哪里去了,她笑着说。大风吹起了她圆圆额头上简单的刘海。这是世界上最圆的额头,这也可以肯定。几乎和滑雪归来的约瑟夫一样是褐色的。这对深蓝色的眼睛。这只从来不完全闭紧的嘴巴。

但愿这大风终于扯去他头上的帽子,远远地吹入起伏不停、黄紫相间的草丛!这样,他就能去追帽子,后面是阿尼塔,要是不发生其他什么事,他们至少可以摔倒。

他问阿尼塔,是否读过《温内图》。她不知道,温内图是什么。他无法对她解释。然后他说:等一会儿我们是否沿着湖畔小路回家?在这样的大风天气走湖畔小道最有意思。他说,要是你不害怕。害怕,她说,害怕什么?突然他也不知道,她能害怕什么。阿尼塔和害怕!她在高高的杆子上飞翔,在菲施努身上跳舞,阿尼塔雪山女神,阿尼塔,阿尼塔。他突然明白,这阵大风携带着她的名字。倘若有人害怕,那么是他。

当公墓地上的碎石在他们脚下嘎嘎作响时,他加快了脚步,快得她跟不上。他不能和她并排走在墓碑之间。

教堂里,阿道夫身旁的位置还空着。他该如何告诉阿道夫,现在对面女孩中最显眼的阿尼塔,她的大腿内侧有一条鲸和一座火山。一条须鲸和一座波波卡特佩特。什么,你不知道什么是须鲸?也不知道什么是波波卡特佩特?要是阿道夫回敬他:去你的什么波波卡!那他会给他脸上来这么一下,阿道夫从来没挨过的这么一下,然后他们会打架,而这次赢的是约翰。这可以肯定。在教堂凳子上没法干。他得把这个大腿内侧的故事推迟。现在他想和阿道夫打架。近一年来，约翰长得明显要高于阿道夫。也许阿道夫更有力，更强壮，但正是矮了两三厘米。约翰只需要闪电般地进攻，用右臂扼住他的脖子，用肘窝卡住他，用力。这样他就得跪下。然后就栽倒在地。然后就仰面朝天。约翰将用双腿压住他的上臂，就像约瑟夫总是压在约翰的上臂上那样，一旦他仰面朝天，躺倒在地。不过，然后约翰不会像约瑟夫那样站起，而是朝阿道夫俯身向下，双手抓住他的脖子，把他小心地扶起，一边说：怎么样！像十个裸体的黑人那样大言不惭，可然后被人不费吹灰之力打倒在地！你这个平脚板的印地安人，起来，再来一次。也许他会把他搀起。也许还会加上一句什么话，一句阿道夫最近爱说的、肯定又是从布鲁格先生那里听来的话：我亲爱的老朋友哇！

　　礼拜进行期间，约翰对阿道夫和保尔低语，说从湖畔小路返回。他用阿道夫常用的口气说话。左右的他们真的点头同意。

　　约翰同大家合唱属于礼拜的歌曲。在风琴的伴奏下，似乎就他一人在唱。无论如何，他只听见自己的声音和风琴声。他不时短促地朝阿尼塔望去。难道她听不到他的声音？她应该能听见他的歌声。他在为她歌唱。可她没朝这里看。约翰生平还从未这样唱过。"海星我问候你"。接着是"神圣的，神圣的，神圣的，神圣的，主啊，神圣的，神圣的，神圣的，神圣的只是他。他，没有起始，他，永远存在，神圣的，神圣的，神圣的，永久的神圣。"真的，他从未这样歌唱过。没人这么唱过。受到最可怕的深重罪孽的玷污，可他还是领受了圣体。没有比这更糟的事了。不过，他还是要唱。舒伯特。"神圣的，神圣的，神圣的，神圣的是天主。"

在坟墓旁,他以从未有过的飞快速度祷告永久的安宁。他得阻挡别人走主街回去。阿道夫用假声向他问好。约翰没有一起笑。从湖畔小径回去,约翰说。就他来说没问题,阿道夫说,他有很好的鞋具。约翰想到了男性这个词。鞋具,这一定也是布鲁格先生的用词。鞋具,尾声,性格伟人,性格瘪三,阿谀奉承的家伙,花花公子,女人经济,考验。这些都是。

在"王冠花园"和老师家之间,他们朝湖畔走去。吉多朝女孩们叫着,她们该一起去。湖畔路!阿道夫大声说。女孩们互相商量。没有都来,不过大多数跟上。湖畔路不是一直被浸在水下,但每一个浪花都会击打在防波堤的石块上,在有的路段漫上湖畔路,又退涌回去。在一个浪头回涌和下一个浪头来到之前,人们得不断地加速奔跑。约翰希望,能和女孩们一起奔跑,等待,重新奔跑。他想向阿道夫证明,不是阿道夫,而是他,约翰,有能力在湖畔路上保护阿尼塔,免遭浪花击打。可是阿道夫挡住了湖畔路,说:谁想走湖畔路,得首先回答这个问题:要是博登湖湖水下降1厘米,它会少多少立方米的水。男孩和女孩,没人能回答。阿道夫说:5 400万立方米。谁不知道,就付钱。付一次养路费。

男性,尾声,鞋具,养路费,约翰想。

养路费是关税,以前关税叫养路费,阿道夫说。

他拿着他那粗壮的圣餐仪式蜡烛——他的蜡烛真的是所有人中最粗的——封住路口。男孩付一芬尼,他说,女孩一个吻。谁不付,从大路走,他说。或者他能战胜我。这样他也能过。

现在他把蜡烛像宝剑那样高高举起。保尔叫着:税艇来了!阿道夫马上转向湖面。在这一瞬间,保尔、吉多、贝尔尼和路德维希已经跑到了阿道夫的身后。一个赫尔穆特口袋里总是有零钱,为自己和另一个赫尔穆特各付了一芬尼。女孩们给了阿道夫飞吻,他给她们放行。约翰觉察到,阿道夫导演这整出养路费的戏,只是为了阿尼塔。他轻轻对阿尼塔说:你跟着我走。除了阿尼塔和约翰,别人现在都已通过。他们往前跑着,等待水浪的间歇,又继续往前跑。男孩们每次用呼唤助跑,也给自己鼓劲。女孩们则发出尖叫声。

约翰朝阿道夫迎面走去,也把他的蜡烛像持剑那样握好。格斗开始。阿尼塔利用这个蜡烛格斗的机会,侧身溜了过去。她追向别人,但在追到之前又停住,回头看。尽管在集中精力对付阿道夫,约翰还是觉察到了这一点。要做的是,把对方手里的蜡烛打掉。约翰握紧自己的蜡烛,离阿道夫越近,蜡烛就竖得越直。这样阿道夫就不那么容易地能击向约翰的蜡烛。他们互相靠得已经很近,两人手里的蜡烛都握得直直的,甚至碰到了一起,互相摩擦。谁先向后摆动,然后进攻?约翰如此坚定地朝阿道夫走去,以至于他稍稍后移了一些。他该把他向湖畔路的边上挤去吗?让他落水?一个他们现在无暇顾及的浪花,已经冲上了他们的鞋子。约翰感到,他无法再长时间地忍受阿道夫的这个目光。最好他说:嘿,就这样吧。但这不行。他不能像阿道夫注视他那样注视阿道夫,这点阿道夫感觉得到。这时,他正像约翰只是想过的那样行动了。他抽回自己的蜡烛,然后进攻。约翰的蜡烛断了。惊骇之下,约翰手中的《肖特》也掉落。一阵浪花把这本漂亮的书冲向墙壁。没等它被水浪带进湖里,约翰伸手抓了过去。阿道夫咯咯直笑,说:1比0。然后他跑去追赶别人。他马上到了阿尼塔身边,走在她身旁,在湖水的一边。浪头来了,他就说停住,浪头退去,让出路来,他就说快跑,然后拉着阿尼塔的手,越过那段路,接着又松开阿尼塔的手,直到下一次起跑。约翰拿着折断的蜡烛和被水浸湿的《肖特》慢慢跟在后面。前头,在湖畔路的尽头,可以顺着霍佩-赛勒公园走向村道。大家在那里聚集。题目是:阿道夫的胜利。大家都为约翰断了的蜡烛和被水浸湿的《肖特》感到惋惜。路德维希把手臂放到约翰的脖子上。阿道夫说:是他起头的。约翰心想:怎么起头的?路德维希建议,把烛心在蜡烛断口剪断,这样约翰就有了一根同别人在上一次五月礼拜后燃烧过的一样的蜡烛。约翰准备这么做。不过,他要等别人的蜡烛也燃烧到这么短的时候再点燃它。可《肖特》怎么办?它可是完了。约翰知道,他不可能再会得到一本有烫金皮封面的《肖特》。现在留下的只有硬纸板带红丝线的书。就像那个多贝勒·弗朗茨的那样。弗朗茨比他大三岁,在他那年,由于调皮捣蛋,耽误了自己的圣餐仪式。他住在村外的毕歇尔魏厄,造真能飞行的滑翔机。他以后想当飞行员。除了飞行,他对其他任何事都不感兴趣。他了解世界上所有的飞机,曾经从内部看过齐柏林飞艇①。他有一本硬纸板、红色切边的《肖特》。可他对此毫不在意。

从菩提树向前,只剩下约翰和阿尼塔两人。她一声不吭。他也沉默不语。她该说上一句话,一根折断的蜡烛,一本浸湿的弥撒书,这没什么了不起。可是,《肖特》该保存一辈子。50 年或 60 年,人们该一直能同别人一起诵读在那个星期天被分配到的教会年度祷词。不过,他父亲不曾拥有过《肖特》,而只有一本很小的祈祷书,用速记

---

① 齐柏林公司制造的飞艇。第一艘齐柏林飞艇由德国航空界先驱齐柏林伯爵制造,1900 年首次飞行。

法印出。他也许是唯一一个拥有加贝尔贝格尔①祈祷书的人。书这么小，却包含一切。也许他该对阿尼塔说：一旦我在林道学了速记，本来就要使用我父亲的速记祈祷书。可他不能这么说。

从远处他们就看见马戏团的人在拆台和装车。啊，阿尼塔说，我们今天就要走。在这样的天气，最好还是在车里，往前开。

真的，天开始下起了雨。约翰说：当然。

他得调整自己。做好准备。准备好面对没有菲施努、马戏场和马戏团房车的果园。马戏团将撤走，因为下雨，因为小丑奥古斯特被打得鼻青脸肿，因为那可能是警察干的。得做好准备。

当他已经转身准备离开时，阿尼塔叫着，约翰。他站住。她走了过来，把她的蜡烛递给他。让我们交换一下，她说。在她要去的别的地方，她不会再参加任何一个五月礼拜，因为它通常开始得较迟，会让她耽误演出。所以，她不需要蜡烛了。为了纪念，约翰那折断的蜡烛对她来说也就够了。而这样他又有了一根什么都不缺的蜡烛。来吧，她说。他把自己的递给她，收下她的。

当他同退尔躺在自己房间里的床上时——要是躺在他身旁，退尔的姿势和人一样——他心里想着，阿尼塔把这根断蜡烛留作对他的纪念，这是否合适。

---

① Franz Xaver Gabelsberger, 1789—1849, 德国著名速记员。

六　追她

星期一早晨,6点不到,约翰把他哥哥的自行车搬下后楼梯。他心安理得。在下面的几天里,约瑟夫肯定还无法使用他的自行车。

院子里看上去一片狼藉。树下的草被踏倒。到处是凌乱的干草和木屑。晚上下雨留下的水洼。被雨水打下的苹果树花。不再有"帕罗玛"马戏团。昨天,下午晚些时候,诺尔·克萨费尔开着他自己装配的奇妙拖拉机把所有的车子从院子里拖出,带走。他在星期天也这么干活,有点儿特别。他说自己不信神。他是穿着一身黑色冲锋队制服牵引整个车队的。圆桌旁,人们都说,他是整个世界上最有智慧的农民。他不仅能装配自己需要的所有机器,他还能用来自自己马厩里的气体,在冬天给自己的房子取暖。世上哪里还有这样的事?

约翰从厕所窗户里观看了搬迁。当然,马戏团的人还进了屋,为租用地方付钱,但遭到母亲的拒绝。不,不,出了这么些事,她不愿意再要钱。维纳夫人想拥抱母亲,母亲抵挡住了,因为她比维纳夫人几乎高出两个头。阿尼塔同所有人握了手,最后同约翰。嘿,你,她说,下次见。她又穿上了那件带有蓝、白、红颜色结子的狂放的毛衣。阿尼塔,阿尼塔,他心里在呼唤。她甚至再次转身,说:别把我全忘掉。约翰点点头。你也别忘,她然后又对安塞尔姆说。他同往常一样,坐在母亲的胯上经历着一切。约翰觉得,阿尼塔那不要忘记的话只是对他说的,不该是对小安塞尔姆讲的。随后,导演又上来,声音比维纳夫人更响,对不用支付任何租金表示感谢。好心的夫人,他叫着,我只是说:您这不会是白做的!我们会想您。祝您平安,好心的夫人。约翰看到,母亲的脸抽动了一下,就像她胆囊部位疼痛时脸部的抽搐一样。

刚才,在每迈一步都会咯吱咯吱响的走道地板上,他蹑手蹑脚地走过。幸亏母亲没有呼唤。一旦到达楼梯口,为了避免发出任何声响,他从扶手上哧溜滑下。倘若在一个非同寻常的时间,想悄悄地经过母亲的房门,就得做好准备。她会叫着问:约翰,怎么回事?她能根据他们蹑手蹑脚的方式,区分出经过的是约瑟夫,还是约翰。显然,就是睡觉,她也能听到走廊上发生的一切。

夜里,他把通向后楼梯门上的门闩推了回去;现在他不再关门,只是把它虚掩上。他不想冒险。根据多贝勒·弗朗茨的描述,他感到自己像是飞行员,驾驶着飞机就要离开地面。昨天晚上,他在铁匠彼得炉房的一个空顶棚下藏起了一块巧克力。这是教母从她的面包房里拿来,作为圣餐仪式的礼物送给他的。接过这块美妙的森林农夫巧克力时,约翰立刻想到,同阿尼塔一起享用。怎样和在哪里,这他还不知道。为了不让这块巧克力落到约瑟夫手里,他可以把它藏在精致小柜的一个秘密抽屉里。不过,要是这样,他明天得打开办公室的门,而母亲会听见门铃的声音。所以,昨天晚上,他很快把这块巧克力藏到了这个空顶棚下。炉房是间很小的屋子,坐落在果园边上,铁匠彼得房屋和院子的前面。那是一间仅用来烤面包的小房子。房子很矮,约翰很容易就能够到屋顶。他常常把一些不该让约瑟夫从他那里拿走的东西,藏在这个空顶棚下。约瑟夫总是立刻吃掉别人送给他的东西。要是约翰不藏起他得到的那一份,他也会立刻吃掉约翰的东西。约翰既享受吃的快活,也享受分的欢乐。

他把巧克力裹在一块他为此取来的蓝色头巾里,夹在自行车行李架上,然后骑车上路,似乎8点左右他得到达什么地方。他穿过青苔路去港湾,然后拐弯上了通往诺嫩霍恩的白杨树林荫路。今天,芦苇和杨树几乎纹丝不动。天上没有一丝云彩。对他打算做的事来说,没有比这更好的天气了。他骑车走在芦苇和渔夫棚屋之间,心里想着,在朗根阿根或者在朗根阿根附近,一定也有带有草屋的渔网棚,渔民们会在里面织网和储藏东西。他身边有钱,因为他能打开钱柜,可他不想在一个旅店里过夜。

因为他一直用力骑,看上去得在8点到达某个地方,他身上出了汗。这时他想象着自己是老沙特汉德的红鬃夹白鬃的马,嘴里喷射出又大又猛的泡沫。

他还从未骑车去过诺嫩霍恩以外的地方。但是,风琴师尤茨每星期一骑车从克雷斯布龙来,给约瑟夫和约翰上钢琴课。他来去都骑得慢吞吞的,让人以为,他想做给别人看,他能骑得多慢,但不会摔倒。要是这个慢骑车人每星期一骑车来授课,那么雷斯布龙不会太远。今天下午,钢琴课。约翰更用力地踩着脚蹬。快离开。别想别的事。5马克一小时。要是事先不通知,那无论如何得支付。他似乎看到了母亲的脸如何绷紧,嘴巴如何变小,倘若她必须支付10马克,尽管上课只有一小时。不过,也许因为约翰消失不见,她如此担惊受怕,钱就对她显得根本不重要。还有,预告说,有一车皮的干草要运来。从星期三开始,农民们将把他们的空车推上地秤,地秤得摇高,先称空车,而后把空车重量印到过秤卡片上,接着农民们会把车赶到火车车皮那里,装干草,回来,再过秤,毛重也将印在他的卡片上,要支付的只是货物的净重。要是母亲没时间,约瑟夫又不能放下钢琴,约翰常常整个下午站在栗子树下的地秤小屋旁,用力摇动着那巨大的曲柄,把地秤摇上。这个大称盘会晃动,而他得在地秤护栏边转移重量,直到晃动平稳,然后他印出数字,把地秤摇下,说,下一个。在称干草、萝卜和水果上,挣不了多少钱。可母亲不愿意放弃这个地秤。"菩提树花园"也有一架地秤,而且还有顶盖。谁要是不仔细考虑——谁又会仔细考虑——就会以为,在约翰和他的母亲那里,他得同时为雨雪付钱。这真是太可笑了。任何一种天气其实都参与了毛重和皮重,净重真的是净重。可是,倘若过磅时天下雪或下雨,有些农民的话的确让约翰感到沮丧:他们该问一下维齐希曼,是他为信贷银行组织了运货和卸货,晚上又计算车票的打印副本,然后整个净重的数字会出现,这样人们就知道这节车皮究竟有多重。

踩下脚蹬,前进,前进。朗根阿根,朗根阿根,朗根阿根。别的他现在什么都不想知道。左边,在道路和湖水之间,已经出现了住着外来人的别墅。最新的别墅属于里宾特洛甫和施特赖歇尔。庞大的房子,高高的树篱和栏栅。他们从别的地方弄煤。赫尔默的赫尔米内拒绝到里宾特洛甫和施特赖歇尔的别墅去擦洗。她当然也受到了询问。不过,这两处别墅已经坐落在诺嫩霍恩的地盘上。赫尔默的赫尔米内说,她可不愿意在诺嫩霍恩的房子里干擦洗的活儿。森佩尔的弗里茨曾在施特赖歇尔的别墅里铺设管道,在圆桌旁说,在这个别墅里有一条地下逃逸通道。别人都问他:朝哪里?弗里茨用一个食指拨下一个眼皮,说,快艇房,那里停着一条140马力的快艇。倘若有危险,立刻就能进入瑞士。约翰经过的那座最小的房子,属于玛尔塔和埃莉萨·绍特。不知这两位小姐是否知道,父亲已经去世?

倘若她们读报,她们应该知道。约翰在报纸上看到,父亲是在三王朝圣节那天下午2点下葬的。菲尔斯特夫人没有像往常一样高傲地把报纸往桌上一扔,而是小心地放到桌上,坐到约翰身旁热水器下面的凳子上,打开报纸,用手指指着那一条消息:悲哀的一天。她坐在那里,直到约翰把一切读完。下了三天三夜的雪,报纸上说。直到中午,葬礼之前不久,纷飞的大雪才停下,报纸上写着。村子被埋在雪里,报纸上讲。积雪有55厘米厚。必须由扫雪车打通道路,然后人们深一脚浅一脚地跟在灵车后面。灵车由魏贝尔先生赶着他的两匹骏马拖动。约翰从未在村道上见过这么多人。每栋房子前面站着穿黑衣的人,不断加入送葬人队伍。也许黑衣人看上去这么好看,因为到处是皑皑白雪。报纸上写着,都是谁讲了话。代表同一年代的人,代表来自俘虏营的同伴,代表屈夫霍伊瑟协会,代表志愿者消防队,代表合唱团,代表巴伐利亚王子卡尔的步兵军团士兵,代表巴伐利亚国王第二十步兵军团的旧部,代表餐饮业主和战争牺牲者组织。随后,在挤挤插插的教堂里,神甫作了最长的发言。约翰只看见了他那翘上翘下的下巴胡子,听可是什么也没听见。对

了，神甫曾同他们三人攀谈，同他、约瑟夫和安塞尔姆。神甫说，作
为被早辞世者留下的男孩，他们应该好好保持对亲爱的父亲的思
念。关于男孩的事当然没有出现在报纸上。就是教堂里人群拥挤，
报纸上也没提。但提到那些发言者。报纸上说，父亲去世时 47 岁。
他曾在哪里打过仗，报纸上也有。不过报纸上没有提到那只怎么也
赶不走的大鸟。退休邮政主任督察齐恩代表屈夫霍伊瑟协会说话。
他是唯一一个带着两个袖章的人，一个屈夫霍伊瑟协会袖章，一个
卐字臂章。这报纸没提。沙文主义者齐恩，父亲曾说。他也和三个
男孩说了话，说同他们的父亲相比，他们现在能在一个较好的年代
成长。他们的父亲过早地被召集到伟大的呼唤中去。

在诺嫩霍恩，约翰马上要经过莫尔肯布尔夫人的农庄。埃雷奥
莉娜①。这曾经也是父亲的一个词汇。波波卡特佩特……还是波托
卡特佩特吗？他长久地自言自语着这两个词，竟然自己也弄不清。
他对自己感到羞愧。该保持对父亲的思念，然后却马上忘记了他的
词汇！他看了树形词汇表。波波卡特佩特，还是波托卡特佩特，这
个词漂浮在低一些的枝杈里，可他还是得看。波波卡特佩特，当然
是波波卡特佩特，还会是什么。胸膜炎，拉宾德拉那特·泰戈尔，见
神论，巴兰，青春艺术风格，薄伽梵歌，斯维登堡，流体，原生质。看
上面一些树枝上的词，那是父亲最喜欢的词。忧虑，珍品，求知欲，
高傲，泡沫，雀斑，垂柳，再生，天国，随身物品，纪念碑。

没等他真的到诺嫩霍恩，他听见声响。他熟悉这种声音，怕的
就是这种尖细的叫声，如果车胎压上了一个钉子。他立刻下车，看

---

① 原文为 Ereolina。

到,轮胎瘪了。因为他没有留意!可恶的树形词汇表!他发出一声悲叹。非常轻,只有自己能听见。这种轻声的悲叹他是从退尔那里学来的。今天早上,他对着它的耳朵用谎言敷衍了它。约瑟夫虽然还熟睡着,不过,要是退尔坚持它早上的权利,约瑟夫就会苏醒。因为约翰没什么可以解释,他无论如何必须避免这点。

约翰把自行车放进草丛。好吧,补胎的用具他有。要是约瑟夫把它放在车杠口袋里,他身边就一定有。它属于车杠口袋。可是,约翰还从来没有补过轮胎。要是骑约瑟夫的车出了这种事,他通常把车推往黑格,去霍策·弗朗茨那里。他在铁路上班,可晚上修理自行车上损坏的一切。每当霍策·弗朗茨修车时,约翰宁愿轻轻地搔他小狗盖森的脖子,而不去看他如何修车,所以他一直什么都没学到。现在把车推回到黑格——这不可能。好吧,自己补胎。要是钉子没有留在外胎和内胎上,为了找出这个小洞,得需要一盆水。先给车胎打气,然后把它一段段地浸在水里,让水里的空气通过洞眼冒出来,这样洞眼就暴露。那么,得去一家人家,讨一盆水?又是一种他得应付什么事的感觉。必须做好准备。

嘿,小伙子,有什么问题吗,身后响起一个声音。他转回身。啊,那个歪帽。约翰张口结舌。偏偏是这个歪帽。为了惹恼他,他们总是在他身后叫他的这个绰号。约翰只能指了指躺在草地上的自行车。你的车胎冒气了。约翰点头。歪帽把自己的自行车靠在近处一棵树上,然后,像是受到了别人的委托,从约翰的车兜里取出补胎用具,把自行车坐垫朝下地倒放过来,转动着后胎。突然他停住。太幸运了,他说。他从外胎和内胎上扯出钉子,一颗真正的鞋钉。他卸下气门芯,在漏气的地方把内胎从外胎里取出,把这个地方锉干净,涂上胶水,从补胎用具中找出合适的橡皮,贴了上去,然后长时间地用双手压紧。干活时他心满意足地看着约翰。随后他把内胎重新塞进外胎,装上气门芯,打气。小伙子,骑上去吧。去哪里?朗根阿根,约翰回答。他原先打算,不告诉任何一个人,他去哪里。现在他泄露了自己的行踪。那就快走吧,歪帽说,否则你要在这里扎根了。阿尼塔的父亲总是这么说。这是阿尼塔讲的。歪帽走向他的自行车,又朝他看了一眼。约翰说:多谢。幸亏歪帽还能听见。不用谢,他说,有机会也帮我一个忙。同往常一样,他那又大又明亮的背包空荡荡地挂在他肩上。

　　约翰扶起他的自行车,这时他看到车座旁有一张小纸条。上面是他从父亲那里学会的拉丁字母,一个词:比阿特丽斯①。扔掉他觉得可惜,还是把它保存起来。他把纸条塞进自己口袋。当他骑车通过诺嫩霍恩时,比阿特丽斯在他的树形词汇表里寻找着自己的位置。在斯维登堡和巴兰之间,现在漂浮着比阿特丽斯。约翰的树形词汇表同圣诞树完全相反。它更是一种运动而不是一棵树。一棵出自运动的树。它总是在运动中,又始终是棵树。一棵运动中的苹果树。

　　有一段时间,约翰注意着路面,以躲避下一颗钉子。然后他就忘了此事。就这么往前骑。穿过诺嫩霍恩。当他经过魏恩汉德伦时,他很想下车。埃德蒙在这里学习经商。埃德蒙每天早上坐 6 点的火车来这里。要是他晚上回家,要么集合点名,要么他做刺绣。在一个俱乐部晚会上他讲解了他的刺绣。当他结束时,他说:好吧,

---

①　Beatrijs,荷兰一民间传说中的圣女名字。纸条似乎由"歪帽"留下。

现在你们可以冷笑了。是他父亲开始这样做的。那时他失业了。埃德蒙从父亲那里学会了这门手艺。奥芬堡的一个公司寄来明信片,上面能见到罗滕堡或丁克尔斯比尔。埃德蒙据此绣了一张画。公司要下了,并支付了报酬。

纽伦堡要绣100 624针。他的母亲为每份报纸每天得到一个芬尼。他父亲在梅明根吃完午饭后跨进了迈尔特雷特的汽车,施米德·汉斯已经坐在方向盘后,菲尔斯特先生抬起腿,摔倒后死去。他们的名都以e打头,这是菲尔斯特夫人的主意。她自己叫埃内斯蒂内。埃娃现在叫埃德尔特劳德。当她在公共场合宣布这新的名字时,菲尔斯特夫人加上了一句话,根据条款11。

继续向前。去图瑙。戈伦。朗根阿根。到了阿根桥前,约翰下车。这座桥由四根粗壮的钢索固定在四根巨大的石柱上。从边上看,这四根石柱像是属于一个宫殿或一座古堡。同家里的保险柜门倒也般配。当他推着自行车过桥时,他感到节日般的高兴。他无法想象,还能有比阿根河更大的河。也不会有一条河水更清澈的河。可以看见每块石头和小石子。尤其是,他无法想象还能有比这更有生机的河。水流湍急而下,在石头上溅起银珠般的水花,继续向前冲去,似乎急着想尽快进入湖中。对他来说,阿根河不是一条陌生的河。他来到阿根河畔不止一次。往上走,在阿普劳。在亲戚家。两年前的秋天。他们送去了一大桶果汁。只要父亲在家,约瑟夫和约翰就得在水果磨旁忙个不停。约翰不会放过任何转动曲柄的机会。有一次,约瑟夫把一只手放到了齿轮中间,大声叫唤,约翰得把曲柄往回转,可开始时弄错了方向,然后才把齿轮转回。手看上去被压得血肉模糊。后来听说,没有伤到任何肌腱。真是一个奇迹。

约瑟夫以后要当一个钢琴家什么的。母亲说：天使从来没有这么明显地出手相助。一只手被卡在两个齿轮中间，没有伤到任何肌腱！只有小手指没有幸免于难。不过几乎没有受伤。从那以后，约瑟夫的小指不能紧紧地并拢在无名指边上。可弹钢琴时这根本没有什么妨碍。只是在作德国式敬礼时，别人可以看到，小指撇在一边。中队长埃德蒙第一次看见约瑟夫这么敬礼，就说，元首的贴身警卫你是当不成了。

过桥后约翰没有上车。他不知道，该往哪个方向。

当他碰到一个和他年龄相仿的孩子时，他尽可能随意地问，马戏团在朗根阿根的什么地方。他说：在鹿鸣草地。啊，约翰说，在鹿鸣草地。那个孩子显然从他脸上看出，约翰还不知道方向。从火车站一直往下，方向修道院大街，然后进入修道院大街，沿着围墙向前。约翰现在做出一副恍然大悟的样子。谢谢，他说。再见。然后推着他的自行车往前，希望他至少能找到火车站。在一个地方，火车站人们总是要去的。或者他这样说，只是因为他住在火车站对面？朗根阿根显然比瓦塞堡大得多。这里的每条街都有自己的名字。突然他听见了喇叭声。帕罗玛。他立刻跨上自行车，朝音乐传来的方向驶去。然后是那个肌肉发达的人的声音，还有，应答他的小丑奥古斯特的声音。接着，他看见了他们两人和那辆罗马小车，两匹小马。他们宣告着"帕罗玛"马戏团的演出，今天晚上在鹿鸣草地。这样的节目人们从未见过，这里没有，其他地方也没有。请大家过来，观看，欣赏。倘若我们不能让谁感到惊叹，我们就把入场费退回给他。连本带息，奥古斯特补充。

约翰觉得，奥古斯特和那个肌肉发达的人喝醉了。他们总是对自己刚刚说过的话哈哈大笑。他们两个突然让他觉得可怜。

约翰得跟着他们。这样他到了鹿鸣草地。一个比他们的院子大得多的场地。六辆车子这样排列，让别人只能看到马戏团人员走来走去的脚。他得过去。你好阿尼塔……在过来的路上他几百次地这样自言自语。不过，这并不意味着，要是他站在阿尼塔面前，哪怕能说出一个字。可阿道夫就这么径直越到马戏场中央，跑到笼子旁，把手伸过铁栏杆，触摸绳索和铁链，然后说：一切都是真的。锣鼓和手风琴为他欢呼。导演称赞了他。理所当然。阿道夫跳进马戏场的样子，真是棒极了。没有任何犹豫。太妙了，阿道夫。约翰现在后悔，没有请阿道夫一起来。同阿道夫在一起，走过去，绕过车子，说，嘿，是我们，大家好。这根本就不会有问题。不过，同阿道夫一起看望阿尼塔，这无法想象。宁愿不。

约翰回到他的自行车旁，朝湖面方向骑去，坐在堤岸上，朝湖水看。今天湖水纹丝不动。这水。他该去一个客店吃点儿东西吗？朗根阿根的饭店已经把铺好的桌子摆到了室外。也许在家里，他们也会把露台上的桌子铺好。虽然法院执行人卡尔特艾森很久没来光顾，在钢琴、麦克风、精致小柜和保险箱上贴标签，但母亲还总是派约翰去村里，慢慢地经过"施尼茨勒咖啡馆"和"菩提树花园"，数一下那里坐着多少客人。他是否该立刻回家，把自行车扛上后楼梯？在这个后门的窗框上，自从除夕那天起，就有一只黑鸟停在那里，把它赶走，随后它又会飞回来，直到1月3号父亲去世。此后这只鸟消失不见。魏贝尔先生那两匹马身上盖着黑色的鞍褥，拖着灵车。哒哒的马蹄声，在从家里到公墓的路上，曾是唯一能听见的声音。要是他不在家，母亲会怎样？找不到人影？好吧，约瑟夫的自行车也不见了。不过,她会怎么想? 无法想象,母亲会如何对自己解释他的消失。他得回家。可他也必须去见阿尼塔。最起码把那块巧克力带给她。然后他就可以回家了。

他沿着湖畔往上骑,也就是说,方向瓦塞堡。一直骑到阿根河河口。周围越来越荒凉。几间渔夫棚屋立在那里。不像在家里,立在港湾,这儿更是藏在树下。在一个棚屋的门前他试着敲了一下。门开着。里面有焦油和鱼的味道。这个棚屋可以考虑。回到原地。去鹿鸣草地。这次他直接骑了过去,绕着最外面的马戏团车子走。马戏场已经准备好。为维纳一家准备的杆子业已竖立,两根小木杆也已装好,桌旁坐着阿尼塔和她的父母。没等她的父母发觉,阿尼塔已经看到他。要是她还没有看见他,他可能不会再靠近。因为现在她能看到他。要是她现在还是没有看见他,他会立刻回家。可她看见了他,跳起身来,大叫:约翰。他该坐一会儿,父亲说。不,阿尼塔说,她还没有看过朗根阿根是怎么样的,她要和约翰一起在这里周围闲逛一下。闲逛这个词他至今仅从阿道夫那里听见过。他有一次说,无论如何他不想把自己的一生闲逛掉。出了布鲁格家,约翰还从来没有遇到过这个词,因为在他读过的书里,这个词从未出现。

他想把自行车靠在近处的一棵树上,可阿尼塔说:我们把自行车带上。等他推上自行车,他就觉得,推着自行车走在她身旁,这正合适。这样,他的两只手都有事做,也知道,他为什么走在阿尼塔身边:为了推自行车。他们朝湖畔走去,然后方向朝上,就像他刚才骑车走的那样。他装做熟悉这里的情况,建议一直走到阿根河河口。她昨天晚上没有注意,他们越过了一条河。悬索桥,一点儿都不知道。他说,他们可以沿着阿根河一直走到这座桥。这是世界上最漂亮的桥之一,倘若不是最漂亮的。他说着,似乎是所有桥梁的行家,尤其是所有悬索桥的行家。

阿克塞尔·蒙茨好吗,他问。

不再疼了,但他非常悲伤。他想不干了。离开马戏团。只想离开。要是有人问他,去哪里,他就说:去另一个警察局。

他们到了阿根河河口。约翰说:瞧,并且指给她看一条长凳。他做出的样子,似乎这就是他的目的地。强大的树根从长凳下长出,蜷曲着绕到长凳的上方。可以看到湖面。约翰坐在凳子最前面的边缘上。阿尼塔身体完全朝后,靠在椅背上,双脚收起,放上椅子,双手抱腿,下巴支在膝盖上。约翰打开巧克力,递给阿尼塔。给你。谢谢,她说着接过巧克力,撕开包装,又递给他,让他掰一块吃。然后她自己也掰下一块。他们就这样吃完了这块巧克力。每次,当她把巧克力递给他,让他掰一块时,他就看着阿尼塔。他总是掰很小一块。他想多看阿尼塔几眼。她的额头这么圆。刘海也这么圆。她的眼睫毛同任何其他人不一样。他发觉,当她不在他眼前时,他对她的想象太模糊了。他们眼前的水面上,两只伸长着脖子的天鹅飞过。它们那有力的翅膀发出一种呻吟声。约翰发觉,阿尼塔注意到了这个声音。空气在叫唤,因为它受到天鹅翅膀的击打,阿尼塔说。约翰很想说:怎么这样说。不过不能这样说话。人们知道,什么不该说。而人们最想说的,至少是人们能说的话。他想到了无法说出的句子。在父亲留下的诗歌集里。现在,比起卡尔·迈,他更喜欢读这些诗。里面有些句子他很想说。很想对阿尼塔说。可无法说出口。很显然,它们是一个人为另一个人写的。自己造句。张开嘴,相信自己,能说出在这样的时刻可能说的话:她坐在这条凳子上,在这棵树下,离湖水不到20米,湖对面的上方是塞恩替斯,是一只被扑上白粉的正在孵蛋的石头母鸡。父亲还说,它能让太阳从背上滑落。可这个他也不能说。

在父亲书里的所有诗歌中,他最经常读的那首诗是这样开头的:自然母亲,你把壮丽播撒在田野上的发明真美。可现在不行。要是阿尼塔笑怎么办?他该把她抓住,扔进水里?他开始喘息。你在想什么?阿尼塔问。我?没想什么,约翰说。和我一样,阿尼塔说。可惜,约翰想。我的父亲说,然后他开口道,爱斯基摩人互相擦鼻子尖,表示问候。阿尼塔笑了。然后她说:我们该这样吗?他耸了耸肩。来吧,她说着已经跪在长凳上。他跪到她跟前。她的脸靠近他,他也把自己的脸凑近了一些,但比她的动作小,然后他们的鼻子尖碰到一起,一个鼻子尖绕着另一个鼻子尖转圈,摩擦。太好了,阿尼塔说。是这样,约翰说,爱斯基摩人,一个出色的民族。在他们的语言里没有骂人话。你怎么知道的,她问。从我父亲那里,他说着跳起身来,跑向湖岸,试了试湖水的温度,很冷。从山里来的雪融水。尽管如此,他脱下鞋袜,在水里一直走到齐膝的深处,然后叫着:来吧。她下来,脱下鞋袜,走进水里,打了一个冷战。这对约翰是个信号。他走了过去,把她高高抱起。现在得小心,别在一块光滑的石头上跌倒。阿尼塔发出尖叫。她用双手围住了他的脖子。当他把她抱过草地时,她没这样做。他抱着她涉到水的深处。阿尼塔轻轻说:约翰,别走得这么远。他做出一副表情,像是有些不情愿地听从她的话。到了岸上,他小心地把她放下,然后跑去,拿来刚才包巧克力的头巾,用它擦干她的脚和腿。一直及到鲸和火山的图

像。太好了,他说。什么,她问。他说:鲸和火山还在。她说:是
的,难道你以为它们不在了? 我的蜡烛你也没了吗? 他说:当然我
保留着。难道你以为它不在了?

约翰不敢抚摩鲸和火山。不用头巾去擦干,用赤裸的手去抚摩
这两张画像,或者甚至触碰一下,这将是这个世界上最最美妙的事。
可一切都不允许。他跑到上面树下,坐到椅子上,双手插在大腿下,
呆呆地注视着慢慢跨过石头往上走的阿尼塔。她坐到他身旁,和他
一样把手插到大腿下。不过,她没有像他那样望向湖面,而是朝他
看来。他弄不懂,她现在竟能这样看他。把一张笑脸转向他! 现
在! 他觉得这个世界还没被创造。而会被创造成什么样,这取决于
他。我的上帝! 而她还在笑,像没事一般。阿尼塔,阿尼塔,他说。
他把右手从大腿下抽出,把手放在他和阿尼塔之间的凳子上。阿尼
塔没有发觉,没有立刻发觉,没有也抽出手,放在他的边上来作答。
这时他猛然觉得浑身发烫,跳起身来,跑向自己的自行车。他在自
行车旁站住。没有再转向阿尼塔,他停住脚。他将一直这么站着,
直到⋯⋯直到一切成为过去。这时空中传来一阵轰鸣声,一架飞机
越过湖面,后面拖着三个大字:宝滢——阿塔——汉高①。紧接着
远处又是一阵轰鸣。见到的比听见的时间长。真了不起,阿尼塔
说。约翰说:是这样。

他推着自行车。她走在他身边。阿尼塔突然抓住他那推自行
车不需要的左手,随着她的步伐节奏晃动。开始吹起"帕罗玛"乐曲
的口哨。天哪,她会吹口哨。他该扔下自行车鼓掌吗? 阿尼塔用自

---

① 原文为 RERSIL-ATA-HENKEL。宝滢和阿塔是汉高公司旗下的日化品牌。

己的右手把他的左手晃了起来,甩的老高,似乎这两只手事实上能飞到空中。可他做出了错误的反应,手和手臂变得僵硬。当他发觉这点时,事已太迟。阿尼塔笑了。他们终于到了鹿鸣草地边上。他感到很高兴。阿尼塔说:我们到了。他只能点头。现在就是面临处决他也会点头同意。阿尼塔说:祝回家顺利。他至少成功地摇了一下头。他勉强说出,他今天晚上来看演出,然后再说再见。他在哪里过夜。在亲戚家。在阿普劳。就在附近。等一下,她说着消失在车子后面,手里拿着一张红色的入场券又回来。赠券,上面写着。好吧,约翰,我很高兴。他说,我也是。她挥了挥手。他把自行车推向湖的方向,沿着刚才和阿尼塔的来路走回。然后他坐在他和阿尼塔坐过的凳子上。现在,他虽然没有张嘴,但脑海里组成了两行诗句:

啊,我变得如此孤单
在一天这么早的时候。

他任凭自己,在心里不断重复这两行字。他甚至允许它们从他嘴里,越过他的嘴唇跑出。轻轻的,可他还是听见,自己一次又一次地、每次还带着一种欣赏之情说:

啊,我变得如此孤单
在一天这么早的时候。

七 瓦塞堡的奇迹

约翰坐到了第三排的一个座位上，看到，在朗根阿根，围着马戏场的座位有 5 排，5 排座位上都坐满了人，甚至还有人无座，就只能站着看演出。为此他对自己家的庭院、甚至为瓦塞堡感到羞愧。朗根阿根到底完全不一样。那挂在柱子上的悬索桥，那足以被人视作任何一个城堡的塔楼的柱子，这已经决定了一切。一个要经过这样的桥到达的地方，在别人没有到达之前，已经开始让人听见它发出的声响。那阿根河拍打岩石的声响。而他可以像同一条熟悉的河流那样同阿根河打招呼。要是他们假期到被称为堂兄的叔祖那里，他们总在第一天就往下跑到那里的阿根河边，从明晃晃的岩石突出部跳入深绿色的水里，横穿而过；谁在横渡时较少地偏离方向，谁就算赢。当然赢的总是约瑟夫。到现在为止。

朗根阿根的人比瓦塞堡的人笑得更响亮，鼓掌更频繁。同朗根阿根的人相比，瓦塞堡的人显得卑微，多疑，几乎有些狡猾。他们坐在那里，似乎不是在体验某件美妙的事，而在品头论足，这一切是否同他们认为是必须的那样发生。或者，这个想法来自他不能忘记的镜头,即布鲁格先生如何不拍手,相反只用右手抓了几下左手背?
或是因为阿克塞尔·蒙茨遭遇了不公平的对待?可以肯定的是,朗
根阿根的人穿戴更雅致。或者他这样以为,是因为他在瓦塞堡认识
所有的人,所以他们的衣服看上去不再那么雅致?因为人们这样笑
个不停,导演和小丑奥古斯特根本无法停止说他们的笑话。这次是
关于导演总是弄错"我"这个代词的第四格和第三格。每当他说对
一次,奥古斯特就挨一个耳光,而每次他都被打翻在地。然后奥古
斯特在地上对导演说:导演先生,倘若这还是一个不对的错误呢?
而导演随后总是大声说:在我的第三格和我的第四格之间我不会弄
错,到我这里来,在我这里你可以学德语。① 由耳光伴随的课程,直
到小丑奥古斯特不再能说完全正确的句子而结束。

约翰发觉,他只对阿尼塔的出场感兴趣。看她如何扮作鸽子飞
进,由下面的灯光照射着,同父亲和兄弟一起,在夜空中绕着杆子飞
翔,玫瑰红的绸衣在风中哗哗作响。看着她如何扮作雪山女神被菲
施努驮上场!他又看进她的腋窝,知道,他再也不会看到比扮作雪
山女神的阿尼塔的腋窝更美妙的东西了。雪山女神阿尼塔的腋毛。
幸亏现在一切已经决定。他将随她而去,要是她扮作印度女神,每
天晚上朝她腋窝里望去。突然间他明白了,他该做什么,他来到这
个世界上为的是什么。对此他感到高兴。他要立刻对阿尼塔说出
这点。要是他说不出口,那么请吧,她会知道,他每天晚上会坐在观
众席里,是鼓掌时间最长、声音最响的一个。

所有的人都已离去,灯光熄灭,马戏场躺在一片月光中。这时,

---

① 这里的"我"应该用第三格,但他还是用了第四格。

阿尼塔从她的车里走出。穿着同样的浴衣,扎着红色的头带。这时约翰知道,他现在还不能说。现在他只能说和演出有关的事。他开口:太棒了。她说:谢谢。他说:真的太棒了。她说:今天比在你们那里好。也许阿克塞尔·蒙茨还会留下,因为他觉察到,人们多么喜欢他。然后她开始轻轻地哼唱起那只歌,那支今天马戏团演员们伴随着渐渐熄灭的灯光唱起的歌:"在告别时轻轻地说一声再见"。

约翰觉得,他无法永远地站在阿尼塔跟前。他已经同她拉了手。要说的话也说了。好吧,他说。好吧,她说。他头部摆动了一下,就像做摩擦鼻子的动作时那样,但是没有等她把自己的鼻子靠近,而是转过身去,走向他的自行车,再次转身。阿尼塔站在那里,甚至举起一只手挥舞,然后说:替我向阿道夫衷心地问好,他也完全可以露面!说完朝自己的车子转身。

约翰没跨上车。他朝着湖的方向推车而去,然后顺着湖畔走,方向阿根河口。因为湖水反射着月光,这里的光线更亮。他重新找到了那个渔夫棚屋。透过敞开的屋门,这么多的月光从天上和湖面射入,让他看见了他想躺在上面过夜的渔网。约翰拿过挂在一个钉子上的沉重的橡皮围裙,用它在渔网堆上做了一个洞一般的窝,然后躺了进去,像退尔那样轻轻地哀号。退尔知道,没人会赞同它的行为,尽管它自己觉得没错。它会轻声哀号。听上去,它只是为自己哀号。不过,退尔当然知道,别人会听见它,在什么时候也会对此作出反应。可约翰知道,他的哀号没人听见,也没人会对他的哀号作出反应。尽管如此,他哀号不断。现在他什么都不愿去想,只想哀号。

当他打开门时，天已放亮。车座被露水打湿了。他用擦阿尼塔的头巾擦干车座。他擦干了阿尼塔，一直擦到她腿上的鲸和火山。他骑车离去。向下。鹿鸣草地。没有任何动静。不管他怎么观察，没有任何声响。小马驹躺在干草堆上，水牛站在一棵树下。幸亏还没人醒来。可能发生的最糟糕的事是，再次碰到阿尼塔。替我向阿道夫衷心地问好，他也完全可以露面！啊，我变得如此孤单，在一天这么早的时候。这个句子重新出现，不愿再消失。他就这样离开朗根阿根。当他越过城堡似的悬索桥时，他放声唱出，尽管不是特别响亮：啊，我变得如此孤单，在一天这么早的时候。他唱着，就像拉芬斯堡的抄表员卡尔·埃尔布唱着他的"谁要是从未含着眼泪吃过他的面包"。瓦塞堡教堂那巨大的穹顶从树梢上冒出时，他放慢了速度。他走上面那条叫长巷的路。整整 1 公里长，左右两边密密麻麻地种着的都是开花的树，它们竖在田野里就像一个个花束。要是他在学校里得写一篇作文，题目是关于穿越鲜花盛开的田野的旅行，他会这么写：世上有三种白。梨树花的绿白，樱桃树花的玫瑰白和苹果树花的纯白。不知不觉地他又想到他的《一只苹果树花朵的花圈》。唱花腔让他觉得过瘾。他越是牢固地掌握它，他就觉得越容易。他觉得，歌声似乎把他从车座或连同车座和自行车一起抬到空中。他事实上在空中飞越所有的花树，身下右边是湖，港湾，远远伸出的半岛，半岛上是教堂。

现在家里人会说什么？也许母亲整夜没睡。她肯定给乡村警察施特德勒打了电话，让他为了约翰到处进行电话查询。而现在这个乡村警察施特德勒正坐在圆桌旁，从他那从不脱下的大衣的内袋里——倘若要坐下，甚至为了骑自行车而夹上去的衣角他也不放下,因为,尽管他天性平和,他总是匆匆地要马上重新上路——掏出他的记事本,把情况记下:寡妇第二个儿子情况不明的消失,等等诸如此类的话。

约翰尽可能地加快速度。要是那个乡村警察还没有来,那么母亲站在家门口。站在露台上。或者在火车站站台上。在两棵栗子树之间走来走去。两只手握成拳头放在围裙口袋里。对每个走过或驾车驶过的人叫着:也许你见过约翰?从昨天早上起他就不在了。也许从前天晚上开始。骑着约瑟夫的自行车。什么消息也没留下。这不像是他干的事。一定出了什么事。不过会是什么?也许她根本无法想象,约翰还活着。要是还活着,约翰不会不给她留下音讯。天使!除了为约翰恳求他的天使,促成他差不多是健康的、但实际上已无法想象的归来,她还能做什么。

他停在从西面进村并直接通向菩提树的路上,然后转向上面,以便从下上去,拐进庭院,推着自行车绕过房子,扛上后楼梯,放到走道上。就像什么事都没发生一样。然后进厨房。让风暴朝自己袭来。不做抵抗。做出可怜的样子。也许哭一下。可没等他拐入院子,退尔就从露台上疯狂地扑下。约翰不得不把自行车靠在大门门柱上,挡住这样的迎接。看它狂叫成什么样子!加上哀号!往上跳跃!最后,它把前爪搭在了约翰的肩上,站着,舔着约翰的脖子。显然是被狗叫声吸引,在车棚那里装煤袋的尼克劳斯走了过来,问,狗怎么啦。约翰说,他也不知道。尼克劳斯说,先是两天不吃东西,然后这么激动。它没吃东西,约翰问。现在不要装出这副模样。你自己也悲叹,它没有再吃一点儿东西。约翰呆呆地看着尼克劳斯。也许尼克劳斯现在脑袋瓜真的不太好使了。约翰看到,尼克劳斯没有留下"帕罗玛"马戏团的任何一个锯末和一根干草,便称赞了他。尼克劳斯还修整了被踏倒的青草,把草地扫干净。这肯定不容易。没你我干不成,尼克劳斯说。无论如何不会这么快。约翰拍了拍尼克劳斯的肩膀,把自行车推向后楼梯,扛上去,放好。进屋时他看见自己的书包在楼梯平台上。他拿起书包,带着它走进厨房,似乎他是从学校回家,推了书包一下,让它滑进角落,自己又跟着滑进。他感到退尔的脑袋在他两膝之间,心想,现在可以开始了。

米娜一个人在厨房。今天学校是否提早放学,她问。约翰说:是。退尔用嘴拱着约翰的膝盖和大腿。一刻不停。不时地还汪汪叫。它饿了,约翰说。现在突然饿了,米娜说。我真想再让它乞讨一会儿。昨天它拒绝一切,似乎别人要毒死它,现在做出抱怨的样子。

约翰立刻跑去,拿来碗,给它装满,也给水碗装了水。他把两个碗一起放到后门的楼梯平台上,看着退尔如何贪婪地吞食着食物,吧嗒吧嗒地喝水止渴。米娜朝厨房窗外看着。你知道吗,它昨天拒绝吃任何东西,而现在它像是吃不饱。它昨天什么也没吃,约翰问。你说呀,米娜说,你难道患了健忘症?昨天它表现出的行为,似乎你是陌生人。唉,畜生和我们人一样有脾气。不是吗?约翰点头。然后他带着退尔回到厨房,退尔把脑袋靠在约翰脚上。

约翰打开书包,拿出他正需要的本子,算术,作文,地理和历史。他翻开作文本,读了一个他还没有写的题目:人类需要多少家乡。日期是昨天。约翰的笔迹。

约翰眼前直冒金星。他马上关上本子,像是必须隐瞒什么,把本子塞回书包。米娜说,母亲已经在等约翰。这我可以想象,约翰心里说。她肯定想自己和你说话,米娜讲。米娜话音未落,母亲已经站在门口。糟了,约翰想。母亲坐到约翰对面。好吧,你已经回来了,她说。她很高兴,不仅农民们现在相信了他,而且还有维齐希曼先生。因为他看起来显然像是一个很难理解别人的人,她说。是这样的,今天上午维齐希曼先生来过,带了一张纸条,上面是进行的重量检查。称了 32 次,32 次的净重的数字同昨天卸下的、分给 32 个农夫的干草车皮的净重数字 1 公斤也不差。昨天在圆桌旁,有几个取了干草并且让约翰称重量的农夫就以最夸张的语气称赞了约翰,说他如何友好又准确,而且手脚麻利,对母亲大大祝贺了一番。这让她觉得非常好受,因为她常常担心,她的一个孩子会做出什么别人无法理解的事情。这方面的事,她在孩子们父亲的身上已经受够了。如果现在还这么样,那么她就不知道,该如何支撑下去了。所以她今天觉得像是获得了解脱。天哪,要是得靠别人生活,就不能同别人不一样地生活。这个维齐希曼先生这样评价约翰,这就说明了一些问题。约翰眼前浮现出他的身影。在父亲的葬礼上他代表合唱团说了话。因为他称赞了父亲的嗓子和音乐才能,约翰能听他讲话。现在,这个温暖的、心地善良的声音沉默了下去,我们变得贫穷。这是他说的。这个严格的维齐希曼先生总是带着单据过来,在上面把称过的货物同总的净重进行比较,让别人见到他时总是忧心忡忡。对一定的重量差别要有所准备。只要它不太大。而且有利于信贷银行!要是在托运单上写着,提供给银行的是 135 公担的一车皮干草,而由约翰和母亲称出的货物只有 129 或 131 公担!这可不行。所以,在过磅的时候得稍稍有利于银行。可是,要是过磅结束,每个农夫当然会站在你身边,看着秤的两个舌头正好并排站在一起。现在,有这么一次胜利。维齐希曼先生还说,约翰长成了一个能被信任的小伙子,他感到很高兴。

约瑟夫瘸着腿进入厨房,说,他的自行车回来了。他只是想知道,是谁干的。母亲说:现在我真高兴。约瑟夫看见桌子底下的退尔,说:它又正常了吗?米娜马上说:无论如何它又吃东西了。母亲说:只能为此高兴。昨天他真的以为,得射死退尔了,约瑟夫说。你疯了吗,约翰说。现在你别装做这个样子,似乎你自己不相信它疯。它还从来没有这样对你狂吠过。我看到了,你对你自己的狗感到了害怕。什么也不吃。也可能,它稍微得到过什么东西。可现在它挺过来了。

约翰抚摩着退尔的脑袋。退尔把头伸在约翰两膝之间。约翰跳起身来,跑进办公室,从精致小柜下面的一个抽屉里取出一个不再需要的餐饮旅馆行业的货物登记本。本子里每个月开始新的一页,即使前一个月只占了双面中的半页。在母亲那断断续续的笔迹下,每次都留有很大的空白。他马上在 1 月的双面下,在从左到右的边上划了一条线,更是以父亲的而不是母亲的笔迹写下下面的字:

啊,我变得如此孤单
在一天这么早的时候。

然后他把本子藏到最下面的抽屉里。倘若还有这样的句子出现,现在他知道了,该把它们写在哪里。

约翰回到厨房,准备和别人一起吃饭。这时约瑟夫说:尤茨先生说,要是你总是像昨天那样弹琴,你大概还可以成为一个钢琴演奏家。到现在为止你还没有这样出色地击键。约翰说：胡说八道。约瑟夫说：我只是传达他的话。另外，昨天晚上他同埃迪·菲尔斯特说了话。对小丑奥古斯特的袭击不是由他发起的。这个小丑奥古斯特的确不是个好东西，不过，揍他的是外来人。他猜想，是冲锋队的后备军。现在别说这个了，母亲说。那个阿克塞尔·蒙茨是个伟大的艺术家，约翰说。对你来说，每个能做鬼脸的人都是一个伟大的艺术家，约瑟夫说。不过，不该这样殴打一个人，埃迪·菲尔斯特也这么说。现在都给我住嘴，母亲说。可以谈点儿别的什么。说着她开始哭起来。大家都默不作声。坐在母亲身上的小安塞尔姆抬起眼眉，从一个人看到另一个人，充满责备的意思。她现在哭了，这要怪你们。他就这样看着他的哥哥们。母亲说，父亲在那些新式的人那里，惹出的尽是麻烦，几乎倾家荡产，这难道还不够吗！现在不说话总可以吧，难到不是！好像家里遇到的灾难还不够！

路易丝进来，为两个海关的人要两份客饭。现在真的别多讲了，母亲说着出去，走进餐厅，胯上坐着小安塞尔姆，去祝两个海关官员胃口好。

约翰和退尔跑到楼上。约翰带上了他的书包。他立刻取出作文本，读了起来：

> 要是没有家乡，人是一个可怜虫，事实上是风中的一片树叶。他无法抵抗。他会发生一切。他是一个不受法律保护的人。人对家乡的要求没有止境。我最好有好几个家乡可以居住。可惜家乡总是太少。不过每个人得知道，不仅他需要家乡，别人也需要。最最严重的犯罪，可以

同谋杀相比，是夺走别人的家乡，或者把他赶出他的家乡。就像温内图那高贵的父亲印楚·楚那说的那样，白皮肤人偷走了红皮肤人的土地，射死给红皮肤人提供食品和衣服的水牛，灭绝野马群，用火车铁轨摧毁热带稀树草原，也就是说，毁灭了红皮肤人的家乡以及红皮肤人自己。白皮肤人做着这些事，似乎他们在行善。只要他们毁灭其他种族，他们就是某种低等的人，比其他任何种族糟糕。而他们信仰基督教，这只是徒有虚名。

本子里还有半页上是歌词和乐谱。一个十字，四四拍子。作词：乔治·施密特。作曲：恩斯特·黑勒。这是老师。而乔治·施密特是那个管道工施密特。约翰读着哼唱起来：

> 常常在鲜花盛开的河谷草地
> 躺在潺潺小溪旁休憩
> 见过北方的美景
> 也感受过南方的炽热。
> 可我在哪里都找不到平静，
> 我的渴望永远无法满足
> 直到我珍贵的德国
> 实现我最美的梦。

现在他激动起来。他要在钢琴上仔细尝试。他激动了吗？他脑子里乱成一片。躺在床上，他不由自主地望向斜斜地挂在墙上的天使图像。他把躺在身边的退尔拉到身边。天使图像下是报春花,燃烧的蜡烛,不完全新鲜。他跳了起来,走到图像前,第一次仔细地打量它。但天使完全专注于那个被他用手护卫的小孩,而小孩走在一座无栏杆的、跨过一道深渊的桥上。约翰敲了敲镜框玻璃。天使没有反应。退尔坐在约翰身边,也朝上看着天使。

来吧,约翰说着同退尔跑下楼,出了家门。方向菩提树。房屋之间是开花的树木,开花的树丛,阳光照耀着一切,他心里感到节日般的高兴。他转弯,一直走到肖勒家,然后向左往下,方向消防站。当然他向肖勒先生和肖勒夫人问了好。他们两个不喜欢家门口有果树或树丛,只喜欢玫瑰,把玫瑰当成小树;他们总是不停地忙着伺候这些玫瑰。肖勒夫妇也总是同退尔打招呼。当他来到哈根家时,已在草地上见到赫尔穆特。利希滕施泰格尔的赫尔穆特在他叔叔房子和庭院前的草地上拔草。拔草喂他的兔子。街的另一边,弗罗姆克内希特的赫尔曼正试着发动他那改装的蒸馏器。当他看见退尔时,他叫了过来:我的同名人,向你问好。约翰对退尔说:嘿,好好看一下,你得知道,真正的退尔长得怎么样。

当约翰终于被允许有自己的一条狗时,他就想,它只能叫退尔。弗罗姆克内希特的赫尔曼在体操房里演过退尔,①约瑟夫演那个头上的苹果将被射下的男孩。厚重的绿色幕布刚刚拉上,约瑟夫就唱了起来:

湖水微笑,邀你洗澡,

---

① 这里指德国作家席勒的剧本《威廉·退尔》里的剧情。

男孩在绿色的湖岸睡着……

约翰很想当约瑟夫。

你好,赫尔穆特,约翰说着帮他拔草。在利希滕施泰格尔家房子外面的木楼梯下,赫尔穆特有一个墙面的兔子笼。约翰让退尔回家。兔子是它最喜欢打扰的对象。要是被送归家,退尔的目光总是变得非常悲哀。约翰得重复他的命令,说上三次开步回家,然后退尔不情愿地转身,快快地小跑着回去。

要是肖勒先生在上面使用修枝剪刀,就像理发师黑费勒拿着剪刀和梳子那样,肖勒夫人就总是在地面上忙着。她直起身子,充满同情地对退尔叫着:——她有一个穿透力很强的尖嗓子——它必须听话吗,这个可怜的家伙。开步回家,约翰又说了一句。退尔听从。

每当约翰带着退尔来这里,赫尔穆特的兔子们就会惊慌不安。而约翰最喜欢用新鲜的蒲公英塞满这20只笼子,不时地还抓出这只或那只大兔子。抱在手里,它们的身体多么柔软和沉重。白兔子是他最宠爱的。他们也有过白兔。当他还没有上学时,父亲突然带回了安哥拉兔子。每天都得替它们梳毛。留在梳子里的毛被父亲送到林道-罗伊廷。据说能换来钱。可是什么也没带来。半年后他们用一辆红色的车子把兔子送回取来兔子的地方。关于银狐饲养场的生意,在参观了阿尔高的银狐饲养场后根本就没开始。当父亲和约翰从埃尔霍芬回家,报告说饲养银狐的事没成时,母亲声音相当响亮地说了一句,谢天谢地。最后的一次尝试是养蚕。在房子顶层腾了一个房间,蚕宝宝得到喂食,可是接下去它们宁愿死去,也不愿生产以后该让人从中获得蚕丝的蚕茧。

赫尔穆特说,同老师的争论他认为特别棒。究竟为什么,约翰问。为什么特别棒,他又问了一次。赫尔穆特说,约翰当时在朗读他的作文,该需要多少家乡,约翰越往下读,老师的脑袋就晃动得越厉害。然后他开始教训约翰,什么是家乡和种族,可说不出什么道道来。但老师的最后一句话讲得非常好。你指的是哪句最后的话,约翰问。你当然不对,不过你很会说话,老师说。赫尔穆特讲。啊,原来你指的是这个,约翰说。同阿道夫的事你可以忘了,赫尔穆特说。阿道夫对约翰怒气冲冲,因为约翰当时能非常出色地替自己的作文辩护,而他自己根本就轮不上说话。你认为是这样吗,约翰问。让我告诉你吧,赫尔穆特说。阿道夫总是写老师喜欢读的话。可是老师叫到了约翰,让他朗读,也就有了一次长时间的争论,弄得阿道夫没说话的机会。这让阿道夫非常恼火。这是明摆着的。

当所有的笼子都塞满青草以后,从笼子里只听见咀嚼声。那是兔子嘴巴里蒲公英轻轻的折断声。这时约翰说,他想起了一件事,得立刻回家。再见,赫尔穆特。等一下,赫尔穆特叫着。他一定要给约翰看一下今天从马代拉来的明信片。约翰是否以为,他明天该把明信片带到学校去。约翰拼读着,赫尔穆特的父亲都写了些什么。马代拉河①,地球上的天堂。"力量来自欢乐"协会的旅行越来越美。虽然他没有办法,错过了赫尔穆特的首次圣餐仪式,但他还是感到非常难过。向你们问好,你们的父亲。你觉得怎样,赫尔穆特问。一定要带去,约翰说。再次明天见,赫尔穆特,再见。约翰说着跑了起来。事情就这么急吗,肖勒太太说。当约翰跑着经过时,

———————————

① Madeira,马德拉群岛,属葡萄牙。

就是肖勒先生也把他那修枝剪片刻间停在了空中。

约翰一边还喘着粗气,一边问着在洗玻璃杯的路易丝,是否需要烟叶制品。路易丝考虑了一下,说:好吧,然后例数,她需要多少塞勒姆,R6,尼罗和赫迪夫牌香烟,多少方头雪茄和弗吉尼亚雪茄。然后去母亲那里。她坐在办公室父亲的写字台前,但没在写字。要是她这么坐在那里,她就是在计算应收款项和债款,然后把应收款项从债款里扣除。

他说,他需要一张签名的支票买烟叶制品。拿到后他跑了出去。他赶快先到退尔那里道歉,答应立刻回来,然后重新往下跑进村子。这次一直跑到菩提树的交叉路口,在竞争对手"菩提树花园"那儿他拐弯,在消防站前进入布鲁格家后面的庭院。劳夫人在布鲁格房子的二楼备有许多烟叶制品。谁想去她那里,就得经过这栋房子的后楼梯。房子门前蹲着特雷夫,布鲁格先生的猎狗。一只德国短毛犬。约翰受到欢迎。也许特雷夫还记得,八天前,当布鲁格先生作演讲时,约翰就站在特雷夫的身旁。阿道夫当时站在特雷夫的左边,约翰站在特雷夫的右边,特雷夫站在中间。布鲁格先生把在玩耍的约翰和阿道夫叫了回来。他们刚刚试了一下,两人都单腿跳跃,双手交叉,看谁能把对方撞倒。谁曲着腿先着地,谁就算输。格斗或游戏的结果是 10 比 9,阿道夫赢。这时布鲁格先生的口哨声响起。布鲁格先生有一声拖得长长的、突然以一个低音结束的口哨,专门用来呼唤阿道夫。当他们一左一右地在特雷夫身旁站好时,趴开双腿站在他们跟前的布鲁格先生说,特雷夫犯了一个不服从命令的错误,所以它现在得受到尽可能持久的训斥,孩子们就是证人。然后他开始:我亲爱的特雷夫,你是一只漂亮的动物,你是这个种类的骄傲的代表,柔韧,灵活,毛发明亮,眼睛闪光,你的打猎热情无可挑剔。不过,谁要是这么有天分,别人就会对谁有要求。要是你下次再擅自离开,跑进别人的领地,你就会吃子弹。一个好樵夫总是帮他的猎人,否则所有符合狩猎规则的打猎就会停止。你要是学不会控制自己,你就会吃子弹,或者你不能再去森林,只能看家,懒懒地躺在那里,下次再出错你就会被卖给农夫,被锁上铁链。那里的食物没有这么丰盛,你的毛皮不再闪光,眼睛变得浑浊,声音变得嘶哑。不久你就是一个讨人厌的贪吃鬼,会被送给一个什么都缺的没有土地的穷鬼,最后的归宿是他的锅里。是命运吗?特雷夫,你曾经表现得非常出色,我为你感到骄傲。可你的脾气是你的长处也是你的短处。或者我们永远连在一起,不管白天黑夜,或者你的命运是子弹,铁链上的痛苦,最后结束在锅里。你可以选择,特雷夫。我相信你,特雷夫。听懂了吗?特雷夫跑到布鲁格跟前,长长地伸直前腿,朝着布鲁格先生的鞋尖展开身体趴下,不停地从喉咙里发出咕咕声,直到它感到布鲁格先生的手放到它身上。这只手搔着它的脖子。这时它的声音变得低沉起来,起身坐好,坐到布鲁格先生身边。布鲁格先生说:我们互相理解了,特雷夫。我感到很高兴。特雷夫马上把它的脸在布鲁格先生的腿上擦了擦。好吧,没事了,布鲁格先生说。而后他朝着阿道夫和约翰说:你们两个也记住。这些道理对我们大家都一样。

约翰走上楼梯。同往常一样,随着第一下铃声,劳夫人就过来开了门。在她的房间里,尽管一盒盒的烟草制品堆到了天花板,还是让人闻到香水味。劳夫人是位女士。堂兄有一次开车带着安塞尔姆、约瑟夫和约翰,一起去了一个商店。里面尽是香水。他给自己买了一瓶科隆香水。售货员用香水喷了约瑟夫和约翰,弄得他们两人身上香味扑鼻。

下面,阿道夫站在特雷夫身旁。他说,要是约翰跑上楼梯,他立刻就能听出,这是约翰。没有人像约翰那样犹犹豫豫地上楼。约翰没敢摁通往布鲁格家的玻璃门旁的门铃。不过他不知道,要是阿道夫现在没有在等他,他怎么能回家。约翰把装有烟草制品的大袋子放到屋墙边,举起两只手,张开手指,站到阿道夫跟前。他立刻明白。他用自己那张开的手指握到约翰的手指中间,战斗开始。要做的是,把对方的手掌用力翻转过去,让他不得不跪下,最后双膝跪在对方身前。在这个格斗类型中,阿道夫几乎一直是强者。因为他有粗壮有力的下臂。阿道夫是个热心的劈柴人。他用硕大的斧子可以劈大堆的木柴。在车棚屋檐下,在最下面的车棚门口,约翰也劈他们需要用的木柴。车棚最低的地方,一直到顶部,堆满着约翰劈好的木柴。不过,这时他想到,阿道夫不仅为布鲁格一家,而且为那些自己无法或无法更多地劈柴的人家劈木柴。阿道夫的母亲派他去一些穷困的老人那里,并且再三嘱咐他,不准为劈木柴接受报酬。约翰感到,就是把阿道夫的手仅仅朝垂直线后推一点儿,有多么困难。而特雷夫在约翰身边跳得老高,一边汪汪直叫。它当然帮阿道夫。约翰渐渐地能把阿道夫的手往下压一点儿。实际上约翰现在可以依靠自己脚趾的支撑和体重,还有从上往下的压力,彻底翻转阿道夫的手腕,逼迫阿道夫跪下。可阿道夫就是不退缩。尽管他的手已经斜斜地朝自己身上弯了过去,他还是顶住接着来到的压力。约翰突然感到对方的压力。阿道夫夺回了垂直线。他们又回到了开头的状态。特雷夫汪汪大叫。约翰在阿道夫的脸上看到了某种沉着、平静或自信。阿道夫认为自己更强。约翰能感到。他想起了问候。替我向阿道夫衷心地问好,他也完全可以露面。约翰感到,他身上聚起了下一次、最后一次进攻的力量。倘若阿道夫准备进攻,在压力从手掌里传过来之前,约翰就能察觉。在老沙特汉德那里学来的。在同米坦-阿克瓦,那个被称为快刀手的基奥瓦人的战斗中。决定会通过瞳孔的一次突然放大得到显示。可是,没有等阿道夫的眼睛里出现任何情况,压力一阵接着一阵来到。约翰不得不跪倒,跪下。特雷夫这才停止狂吠。约翰站起。该让你这样,阿道夫冷笑着说。突然,约翰觉得,输给了阿道夫,这根本没有什么了不起。当然,他很想迫使阿道夫跪倒、跪下。要是他想让一个人这样,这就是阿道夫。不过,如果被一个人战胜,那么,也是被阿道夫。而在这里,在布鲁格先生每时每刻都会出现的阿道夫的家里,阿道夫也应该赢。在他父亲眼前战胜阿道夫,约翰会觉得下不了手。现在,阿道夫这么冷笑过了,他可以更容易地和他说话。同往常一样,阿道夫送约翰回家。

昨天和今天上午,他不喜欢约翰,阿道夫说。约翰弯腰,捡起一颗大钉子。这里的地上怎么到处撒着钉子,他说。生锈的。他可不会朝这样一颗钉子弯腰,他说。约翰扔下钉子。

老师也对约翰生了气。阿道夫说。约翰说:现在可别提这个了。他们走着,一声不吭,一直走到露台台阶处。实际上约翰现在应该同阿道夫一起重新沿街朝下,然后和他一起重新往上,来回地走,直到在布鲁格家或者在约翰家,一位母亲出来干涉。但是,约翰今天不能同阿道夫回去。阿道夫等着。约翰知道这点。这让他觉得舒服。他希望,阿道夫觉得这不对劲,约翰现在怎么不再同他一

起走。他希望，阿道夫生气，发怒。阿道夫说，他觉得约翰的作文不
怎么好。他第一次觉得约翰像个狂妄自大的人。约翰只能说：现在
可别提这个了。好吧，阿道夫说。好吧，约翰说。阿道夫转过身去
离开。他不是在走，他在行军，这再清楚不过了。他的手臂在摆动，
他身体挺得笔直。突然他跑了起来。

约翰转回身进屋，把烟草制品交给路易丝。

一看到约翰返回，退尔离开它在小窝前的位置。因为约翰没赶
走它，它就跟着约翰上楼进屋。他们一起躺到了床上。约翰呆呆地
凝视着天使图像。它让他想起阿尼塔。扮作鸽子的时候她也有翅
膀。当他闭上眼睛时，他看到了，歪帽如何背着他那吊在下面的明
晃晃的背包骑车离去。他现在这么喜欢回想歪帽。难道他没翅膀？
他最愿意想的是"帕罗玛"。想女神，鸽子，女神。他又一次起床，去
隔壁父母以前的房间。以后父亲不得不被移到了走廊对面的房间
里。他从书架上取出一本书。父亲曾读过里面的一个地方。那里
出现过"相应"这个词。这是父亲提到过的最后一个词：你只需要
看一下。它出现在斯维登堡写的那本书里。约翰想找出他在圣诞
节和新年之间给父亲读过的那几页。他找到了。上面写着，人们称
自然世界里产生于精神世界的一切东西，为相应的东西。相应的理
论是天使的理论。他读了几遍。每一次变得容易些。就像在钢琴
上练习困难的节拍，得长久地练习，直到手指感觉不到困难。相应
的理论是一种天使的理论。相应。它属于树形词汇表：忧虑、珍品、
求知欲、高傲、泡沫、雀斑、垂柳、再生，天国、随身物品、纪念碑，比阿
特丽丝，相应。使他惊奇的是，比阿特丽丝不再漂浮在名字、相反漂
浮在纪念碑和相应之间。

他一次又一次地注视一个句子：由此来说，在脸部，言辞和手势中，身体的全部变化过程是相应。

也许他可以让一个完整的句子飞上他的树形词汇表，以便能每时每刻观察它。

燃烧的蜡烛在天使图像的镜框玻璃上得到反射。燃烧的蜡烛的镜像里只剩下天使的翅膀和头部。他站起身，吹灭蜡烛。退尔留在了床上。约翰躺下身体，比先前更紧地偎依在退尔身旁，抚摩着它。他以前从来没有这样抚摩过它。他又从书架上取下圣经，对着退尔诵读父亲上一个冬天曾对他念过的那段话。那时他们谈论到天使。"巴兰的驴"①。退尔，是你，惟独你发觉了，那不是我，而是天使。巴兰的驴见到了挡住路的天使，想从他身旁挤过去。因为天使不允许它这样通过，它就跪了下来，然后被比连打了三次。最后主让巴兰的眼睛明亮，看到主的使者挡在路上。

他不想转达阿尼塔的问候，永远不。同阿道夫分手，这让他感到痛苦。没有同阿道夫这样的疏离，他无法搁置阿尼塔委托的事。阿尼塔和阿道夫，他们属于一起。他孤独一人。因为无人在旁，他哀号了一会儿。不过，仅仅是一会儿。当退尔跟着他一起哀号时，他停了下来。他给退尔念了两行字。将来，他要把它们作成一首诗。

　　啊，我变得如此孤单
　　在一天这么早的时候。

---

① 即《旧约·律法书·民数记》中的一段话。

一旦他在这里无法忍受，他将把自己关入这些词汇：忧虑、珍品、求知欲、高傲、泡沫、雀斑、垂柳、再生，天国、随身物品、纪念碑，比阿特丽丝，相应。他把父亲的这些词汇同阿道夫从他父亲那里得来的词汇作比较。男性，鞋具，尾声，性格伟人，性格瘪三，阿谀奉承的家伙，花花公子，女人经济，考验。他毫不羡慕阿道夫的男性这个词，不过羡慕他说出这个词时的镇定自若。似乎这牵涉到一个汽车牌子。即使他只是自言自语，他甚至也无法暂时地使用尾巴这个词。他曾听见过，都是谁把一切都说成尾巴，又是怎么说的。而他不愿意就这样称呼这个最可爱的东西自身。他甚至无法说出屁股这个词。母亲总是说后面。这是她语言里唯一的一个标准德语词。每当她说出这个词，就显得有些压抑。约翰肯定永远不会说这个词。所有这些提供选择的词汇都让人觉得痛苦。你是你是的你，他说。而他的部分说：我是我是的我。而约翰轻轻地说：IBDIB，你听见我吗？

约瑟夫也说，他最喜欢只为自己弹钢琴。约翰将只为自己发现词汇。

八　告别

约翰害怕同老师的第一次交换目光。在村里，老师不仅由于经常被人提及，受到令人可疑的尊敬，而且由于他的暴躁让人感到恐惧。暴躁是由于弹片，人们说。不管怎样，约翰把自己长长的头发弄湿，把它们尽可能平整地梳在头上。要是老师谈论探戈舞青年人或额前的鬈发，约翰总觉得那是在说他。

碰到了格泽尔的特露德和利希滕施泰格尔的赫尔穆特，这让他觉得正合适。当特露德开始说昨天和前天的事时，他都不知道自己的眼睛该朝那里看。她觉得，他这样帮她，这太棒了。他不得不摇头，说，好吧，特露德，好吧。不愿承认这点。真是这样，她叫着，而那个赫尔穆特在一旁拼命点头称是，不错，是这样，要不是你站了出来，大声说，老师先生，我请求允许出去解手，这个暴君会把我就这么打死。然后他怎么看你了，我真为你感到害怕。当我看到，他转身向你，就立刻振作起来，把在我飞身撞出去时撞下的风琴钥匙立刻塞回风琴上，又赶快溜到自己座位上。因为我看到，现在轮到你了。是你让他乱了套。他是一个善良的人，这大家知道。不过，要是他发起怒来,什么事都可能发生。我当时有这个感觉,现在我完了。正在这时,你叫出了声:老师先生,我请求允许去解手!可他没有立刻一个耳光把你揍倒,尽管你恰恰在他最敏感的时候打扰了他,也就是说在殴打别人时。而你其实知道,他只允许别人在课间休息时上厕所,而你偏偏在他神经病发作时这么发问,啊,我想,这个可怜的约翰要倒霉了。他又是怎么看你!可你顶住了他的目光,甚至冷冷地、不过非常宽容地注视着他。而他则慢慢地朝你走去,没有给你一个至少能把你扇到风琴上的响亮耳光,却走向门边,打开门,微微躬身,说:请吧,约翰先生,请您出去。你走了出去,我相信,你甚至还说了声谢谢,校长先生,而他突然又成了一个别人可以喜欢的老师黑勒先生!因为约翰对此无话可说,他就提起另一个话题。他真希望自己什么也不曾说过。他现在得集中精力,准备好,在第一眼看到老师的目光时不撒腿就逃。教室里大家都在说昨天的事。也就是说,在谈论约翰。阿道夫悄悄告诉约翰:现在你又可以和那10名裸体的黑人一样大言不惭了,是吗?

老师走进,站到前面,说了一声,希特勒万岁,然后接受孩子们的叫声,希特勒万岁,老师先生。老师瞧了瞧约翰。什么样的目光。从来没有这样温柔过。放学后路德维希对约翰说:甚至可以以为,他想讨好你。阿道夫说:事情明摆着,现在约翰的表现颇为自大。探戈舞发型,额前的鬈发,艺术家的蓬乱长发,简直是个花花公子。不过,这个上午是约翰在学校的最后一个上午。从星期一开始,他要去林道上中学。两个人,贝尔尼和他,从下星期一开始就是中学生了。

11点的钟声敲响,老师和往常一样结束上课。他总是那样地站在那里,让别人看得出,从边上矗立着的教堂里传出这洪亮的钟声,冲进教室,让他多么受不了。他捂住自己的耳朵,满脸是痛苦的表情。钟声过后,他说:阿道夫,去开门,让诗人进来。阿道夫,他宠爱的学生,已经习惯了这样的任务。他立刻到了门边,打开门。管道工师傅施密特蹒跚而入,对了,几乎是摔了进来。也许约翰同管道工师傅施密特最熟悉。几乎每天,他是圆桌旁的第一位客人。这个管道工师傅还从来没有在9点以后出现过。一旦他走进店里,他的啤酒就会灌好。有时候约翰注意观察,会看到这个管道工师傅没有任何停顿,一口气喝光杯子,得来印象是,这个管道工师傅不是为了自己喝酒,而首先是为了他那了不起的嘴巴。今天约翰马上发觉,他更多的是替自己而不是替他的嘴巴喝了酒。约翰还从未见到他走路这么摇摇晃晃。不,有那么一次。那天管道工师傅忘记了自己是谁。那天,母亲不得不给施密特夫人打电话,问,她丈夫是否在家。当这个管道工师傅从他妻子那里听说他不在家时,他才相信,自己是那个不在家的人。

阿道夫抓住这个走路不稳的人的一个手臂,把他领到前面老师身旁;他让他在讲台后的椅子上坐下。管道工师傅坐下后,老师大声说,大家应该以德国方式向诗人问好。他自己立刻抬起右臂,把手掌平平地伸出并且绷直,朝上。大家跟着做,叫道:希特勒万岁,施密特先生。管道工师傅站了起来,靠了一下脚跟,像一个士兵那样把手放到裤缝上,短促地把下巴一低,叫着:遵命。他已经又坐上椅子,但突然想起,忘了什么,再次跳起,把右臂远远地伸出,叫了一声,希特勒万岁,几乎在叫声未落时,又倒回椅子上。老师叫道:伊姆佳德,莱尼!两人跳起,一起从风琴边上的一个篮子里取出一个花圈，一个对四只手来说太小了一些的花圈。不过，显然事先已经说好，或者已有命令，她们必须两个人一起把小花圈从篮子里取出，必须用四只手把花圈给管道工师傅拿去，并且戴到他的头上，也许，为了不让它马上滑下，还必须把花圈在他头上摁一下。管道工师傅惊讶地看着，但双手放在膝盖上，一动不动。一旦他戴好花圈，他就尽可能稳稳地站起身。

老师说，瓦塞堡小学以这个月桂花环，表示对家乡诗人乔治·施密特那出色的诗歌创作的尊敬。他不仅仅是个家乡诗人，他的诗句意指和歌唱整个德国。这可以由这首他作词、老师谱了曲的歌证明。谱曲为的是大家都能歌唱。他用音叉定了音，说了一下：三、四！指挥现在已从凳子上站起身的全部四个班级的学生唱了起来：

> 常常在鲜花盛开的河谷草地
> 躺在潺潺小溪旁休憩
> 见过北方的美景
> 也感受过南方的炽热。
> 可我在哪里都找不到平静，
> 我的渴望永远无法满足
> 直到我珍贵的德国
> 实现我最美的梦。

请大家唱着这首歌陪伴着诗人走过村道，当一回贵宾的护送人。说完他接着又叫，阿道夫！阿道夫扶起管道工师傅，带着他出去，照顾着他，走下宽阔的砂石阶梯，进入学校院子，防止他摔倒。大家在那里站队,前面是阿道夫和吉多中间的管道工师傅,后面是四个班级的学生。老师一边叫着,齐步走,一边把手伸出,成德国式问候的姿势。大队学生出发。音乐课代表弗罗姆克内希特的赫尔曼起了一个音,歌声随后响起。歌声不断重复,直到大家来到施密特的家门口。在村里所有缝衣女中,施密特夫人是唯一一个被称为女裁缝的人。她已经准备了一篮子的圈形烘饼。烘饼被切开,涂上了黄油。她从丈夫头上取下月桂花环,然后把饼分给男女学生吃,称赞着每个人的歌声。约翰在昨天已经学过曲调,所以能很好地一起唱。所有超越 c 音的部分,是他的专门领域。在这里,他可以同路德维希竞争。路德维希也有一个毫不费力就能高高扬起的嗓音"……我—的渴望—永—远无法—满—足。"约翰有这么个感觉,其他人的歌唱,只是为了让路德维希和他把他们的嗓音吊上。音乐,这没问题,他说。音乐就是音乐。这听上去像是布鲁格先生的口气。

当大家都散去时,阿道夫留在约翰身边,同约翰一起走,经过他父母的房子。最后,当他们过了菩提树后单独在一起时,阿道夫说,昨天和前天,我真想杀了你。约翰想:你也许尝试过了。可他嘴里说:有时我也曾想杀了你。我是昨天和前天第一次这么想的,阿道夫说。我也是前天第一次这么想的,约翰说。那我们就扯平了,阿道夫说。他们到了约翰家露台台阶上以后,又一起转回身,去布鲁格家,然后再往上返回,又朝下而去……他们现在不再走主街下去,直到菩提树,从"菩提树花园"饭店那里拐弯去布鲁格家,而是走后面还没有铺沥青、几乎还蜿蜒在鲜花盛开的树木之间的小径。

谢天谢地,阿道夫说了要杀人的话。自从阿道夫说出了这句话后,约翰又能看他的眼睛。现在他们又可以互相说话了。在来来回回的路上,没人说对方已经知道的事情。但是,不再像过去曾经说话的那样说话。这一天,是以前从来不曾有过的一天。他们说着话,就像在这天能说的那样说话。他们有些像国王。因为他们在双方的家之间一起走来走去,能控制他们想说的一切。约翰等着,阿道夫开始谈论阿尼塔。那他就回说:她问你好。她实际上在等你。她只想要你,不是我。

他和阿道夫之间的话越来越多,两个人都感到,这样的互相交谈根本不会停止。当他们第三次在路上时,肖勒太太叫了一声,这两人又有要紧话说了。这时约翰感到,他们谈论什么,这其实无关紧要。这时约翰也感到,他可以放弃阿尼塔。他将转达她的问候,心甘情愿地沦落为一个不被别人考虑的信使。被考虑的是仅仅是你,阿道夫,他将说,她被你迷住了,向你问好。不过,自己先提阿尼塔,这他做不到。阿道夫说话时,他能看着他。尽管头路难看,阿道夫还是有一个漂亮的脑袋。看脖子到脑袋的地方,可以清楚地看到,上面没有一根头发,没有一根即使仅1厘米长的头发盖住脖子。脖子不长。阿道夫是一头公羊。一头剃光了毛的公羊。

突然提到了阿尼塔的名字。阿道夫说,阿尼塔已是只有些瘸腿的母鸡。她根本不是这样的,约翰想。也许阿道夫看到的是一个完全不同的阿尼塔。也许他指的是她的举止,倘若她不在马戏场上、不在杆子上飞翔、不骑在菲施努身上的时候。一只瘸腿的母鸡,很清楚是布鲁格先生的一个用词。路德维希,吉多或保尔,这个赫尔穆特或那个赫尔穆特,他们从来没有说过一个女孩是一只瘸腿的母鸡。阿道夫用这样不礼貌的话谈论阿尼塔,让约翰感到高兴。他羡慕阿道夫,因为他没有因为倾慕的渴望而对她顶礼膜拜,尽管说的话不对,但不管怎样能说出骄傲的、独立自主的话。说阿尼塔是一只瘸腿的母鸡,阿道夫该有多么强大和自命不凡。对约翰来说,这是一个现在不转达阿尼塔问候的理由。这留作他的秘密吧。有这样一个秘密感觉不错。除此之外,他又该如何向阿道夫证明,他去过朗根阿根?对阿道夫来说他曾在这里。要是约翰说,他去了朗根阿根,经历了这样和那样的事,阿道夫只会认为这是吹牛,别无其他。不过,阿道夫会是唯一一个能懂得约翰身上发生的事情的人,唯一一个也曾经历过类似事情的人。这事他只对约翰一个人说过。冬天的时候,多贝勒·弗朗茨因为住在外面很远的地方,便留在布鲁格家吃饭。他在布鲁格家院子里看到一堆锯好的木头。锯好的木板由一根根的圆木格开,以便它们能晾干。但是,从它们叠在一起的样子,人们可以看出,这曾经是棵怎样的树。阿道夫说,这个多贝勒·弗朗茨见到这些木板后,几乎要哭出声。要是他有这样的木板,他想象中的飞机几乎已经大功告成。阿道夫立刻从棚屋里推出手推车,——父亲在去阿尔高的路上——大声说:你可以拿两块。因为这个多贝勒·弗朗茨用自己的热情感染了他。多贝勒·弗朗茨说:那就要中间的两块。它们被装上车,运了出去,方向瓦塞堡的比尔。多贝勒的家和其他一些穷苦的家庭,就一起住在那里,其生活条件是这儿村里的人无法想象的。当他们在外面卸下这两块木板时,阿道夫听见了口哨声。父亲的口哨。长长的拖声,然后结束在一个短促下沉的音调上。借助这个口哨声,布鲁格先生可以把阿道夫从任何地方叫回。可别这样,因为阿道夫离开村子至少有两公里路!可他听见了哨声,便开始奔跑回家,后面拖着空空的手推车。他立刻看见了父亲的汽车。也就是说,父亲提早回家了。阿道夫自己也不知道,他究竟干了什么。那个多贝勒·弗朗茨对他施了妖术。偷窃,最糟糕的事。一个性格瘪三。他面临着一次从未有过的惩罚。母亲站在门下,边上是父亲。好吧,你回来了,父亲叫着。刚好在锡默山买了几头牲口,马上又要卖往康斯坦茨,得在林道装船。此刻,从容不迫地把七条母牛赶过跳板,这正是阿道夫比任何人都更迫切需要做的事。父亲走向汽车,阿道夫跟上。而汽车偏偏停在木板堆旁。阿道夫看见了什么?他同多贝勒·弗朗茨一起运走的那中间两块木板,依旧还在。阿道夫说,他当时有一种感觉,身轻如燕,似乎立刻要飞向空中。他想,这个多贝勒·弗朗茨现在会说,我升空。

约翰觉得自己可悲。阿道夫把一切告诉他。可他向阿道夫隐瞒一切。

他们现在又站在布鲁格家的后面。

突然阿道夫说,倘若他是约翰,他不会去林道上学。伙计,还是留在这里,阿道夫说。老师黑勒是远近最好的老师,这点约翰必须承认。一个独一无二的性格伟人。想一下威廉·退尔的演出。想一下施拉格特的死。在别人那里,你学不到比在黑勒老师那里更多的东西。约翰无法反驳。

约瑟夫在学法语,不久又要学拉丁语。父亲说过,谁不会法语,谁就倒霉。路德维希、吉多、保尔、这个或那个赫尔穆特,都没有表示希望他留下。可阿道夫却表示了这点。阿道夫希望,甚至要求这样,这让约翰感到高兴。幸亏阿道夫不能接受约翰将去林道上学的事。好吧,阿道夫说着用拳头朝约翰胸口打了一下,两下,三下。约翰没有反抗。那不是击打,是触碰,是要求。约翰不得不承认,阿道夫比约翰自己知道得更清楚,什么对约翰合适。阿道夫又开始劝说。再次反对林道的学校。现在出现了他父亲反对大学学习的词汇:喝墨水的伙计,穷光蛋,懒汉,软椅上放屁的家伙,逃避工作的人,脓包。阿道夫不知道,约翰已经从阿道夫父亲那里听到过这些话,而且那是针对约翰的父亲,针对约翰和约瑟夫说的。

好吧,阿道夫说。约翰说,好吧,明天见,阿道夫,说完转身,慢慢地朝菩提树方向走去,这样阿道夫很容易把他叫回。

啊,约翰,他听见。不过,这听上去更是阿道夫的自言自语,而不是在约翰身后的叫唤。

在朝着菩提树走去时,约翰心情沮丧。他不能再回头看。要是阿道夫再叫一声,他会返回。留下。和阿道夫在一起。永远。

在菩提树旁,他将从阿道夫的视野里消失。为了能下决心,他给自己念了阿道夫从他父亲那里听来的所有词汇。男性,鞋具,尾声,性格伟人,性格瘪三,阿谀奉承的家伙,花花公子,女人经济,考验。每当阿道夫扬起下巴,用这些词汇说出这些句子时,约翰总是对阿道夫感到惊叹。约翰能感到撼动着他的树形词汇表的词汇,但他说不出口:忧虑、珍品、求知欲、高傲、泡沫、雀斑、垂柳、再生,天国、随身物品、纪念碑,比阿特丽丝,相应。

约翰刚在菩提树交叉路口拐进他回家的街,就看到两个男人朝他迎面走来。他从来没有见过他们两人走在一起:施莱格尔先生和汉泽·路易斯。施莱格尔先生更像是拖着他的拐杖而不是拿着它走路。不可想象,他还会在贵重的把手处重新亮出宝剑,叫道:从弗里德里希大帝本人那里得来,就在罗伊滕战役之后。这个沉重的大汉走着路,似乎他本人也觉得自己身体太沉。要不是汉泽·路易斯拉着他的手往前扯着,也许他根本就不再会向前移动。施莱格尔先生让别人拖着走。约翰说了声你们好。汉泽·路易斯叫道:马尼拉在哪里?在菲律宾,约翰叫回。伯南布哥?汉泽·路易斯大声问。77个半小时,约翰叫着回答。莱克赫斯特—弗里德里希斯港?汉泽·路易斯大声问。55小时,约翰叫着答。加23分钟,施莱格尔先生有气无力地说。佩服,佩服,汉泽·路易斯叫着,没有松开施莱格尔先生的右手,对施莱格尔先生做了一个跳舞般的鞠躬动作。施莱格尔先生嘴里嘟哝着:站到红墙边射死。汉泽·路易斯放了施莱格尔先生的手,把他的左下臂横着放到胸前,右肘放入左手手心,右手赶快捂住嘴巴,又转过手来,僵硬成德国式敬礼的样子。约翰笑了,告诉汉泽·路易斯,他明白汉泽·路易斯先生在模仿母亲。

汉泽·路易斯能模仿所有的人。被汉泽·路易斯模仿,别人用不着有受辱的感觉。汉泽·路易斯模仿每个人的典型动作。人们会发觉,模仿别人,让每个人立刻明白他是在模仿谁,这给他带来乐趣。几个星期前在圆桌旁,他模仿了哈普夫先生。哈普夫先生是新的地方小队长。米恩先生不愿意继续担任地方小队长的职务。米恩先生自己放弃了,因为他的儿子受到了侮辱。在"餐厅旅店",校长黑勒先生作了一个报告:圣诞节,一个德国的节日。他嘲笑了耶稣基督的贞洁诞生。母亲后来对约瑟夫和约翰描述了当时的情形,说,她想,我们的天主不会允许这样的事情发生。有人在这栋房子里讲了这样的话,不知怎么的,她为这栋房子担心。它马上就会倒塌,把大家都埋葬,她想。因为大家都听见了这样的话,但没说话。没有护卫我们的天主免受这样的诋毁。她当时几乎透不过气来。话就更说不出了。不过,就是所有的男人和女人,没有一人开口说话。有几个人甚至还微笑。这些人大家都认识。这是些迷途的羔羊，已经无药可救。然后有个年轻人出来说话。他是海军冲锋队的人，穿着他的制服，站起来对校长在这里评论基督教教义的方式提出抗议。他，马克斯·米恩，信基督教新教。谈到的虽然不是他的教义，可是他觉得，党内同志校长黑勒先生的演说方式使他感到深受侮辱。这个年轻的米恩有这么个习惯，把所有的词掩盖在字母"施"的声音里。由于激动，情况更糟。所以听上去只剩下一片"施"声，母亲说。不过人们还是听懂了一切。那些先前微笑的人跳了起来，说马克斯·米恩必须立刻向党内同志校长先生道歉，否则他们立刻会把他扔出去。他没有道歉。于是他们把他扔了出去，尽管他肯定也会自己离开。他们是五六个人或七个人，一起抓向他。这么多的手去抓他，他身体上根本没有这么多的地方让他们下手。这时他的眼镜掉下，被踩碎。第二天，老米恩先生辞职，而且交回了他的党证。还有一个人也交回了党证，那是小个子黑克尔斯米勒先生。因为这个小个子黑克尔斯米勒先生从来不去教堂，而他的妻子每天不止一次地去教堂，别人就把他的退党——不管怎么说他从1924年起就是党员——视为他妻子的作品。别人相信，她的祈祷终于被听见，她把她的丈夫从不信神的党里祈祷了出来。

阿格内斯小姐，基督教新教的教堂司事，——在此期间他们这些基督教新教教徒因为又有了收入，就建成了自己的教堂——阿格内斯小姐的党龄不比小个子黑克尔斯米勒先生短。在黑克尔斯米勒先生退党后，据说她拒绝再给自己的邻居黑克尔斯米勒带牛奶。

打那以后，海关的哈普夫先生成了新的地方小队长。他说弗兰肯-巴伐利亚方言，嗓音细弱无力。要是他作为地方小队长站出来，动作就像一个敲钟人。汉泽·路易斯得模仿他一下。最近在"餐厅旅店",他上演了他的地方小队长戏剧,大家哄堂大笑,没有发觉,这时哈普夫先生走了进来,目睹耳闻了一切。幸亏他也忍俊不禁。要是他什么时候生病,汉泽·路易斯该代替他,他说。

约翰目送着施莱格尔先生和汉泽·路易斯,知道他们在园圃和肉铺之间消失后,也许去博格的保尔、那个箍桶匠那里,在那里喝酒,因为在酒店里,已经不允许给施莱格尔先生倒酒。有一个对施莱格尔先生的"饭店酒精禁令"。那是一个"官方的公告"。那天,菲尔斯特夫人不仅放下了报纸,而且自己把它打开,要求也给路易丝看,并且让她知道,她打开和朗读的是什么。针对建筑师达维德·施莱格尔的酗酒行为颁布的一条饭店禁令。谁要是还给他斟酒,谁就会失去营业执照。菲尔斯特夫人从一个人看到另一个人,相信大家都了解了情况,然后以一声友好和调解的口吻说了声,大家希特勒万岁,随后离去。这意味着,不再有达维德-聚会,约翰想。每逢他的命名日,他总是邀请教区所有的达维德喝湖酒。去年有 11 个达维德。这下完了。

见到约翰回家,退尔跳了起来。约翰命令它,留在下面车棚屋檐下它的小窝前,直到约翰去它那里。车棚——也许以后只要说到这个词,他会想起阿道夫,因为阿道夫曾试图向约翰证明,约翰说的车棚,是个仓房。一个大一些的棚子是个工具棚,阿道夫说,或者一个仓房。上面较小的车棚是工具棚。较大的是一个仓房。在这里整个地区,没人称一个工具棚或者仓房为车棚。

他们没有精致小柜,这约翰已经明白,尽管他继续称那个写字柜为精致小柜,可是在车棚这个词上,在他们两个车棚的名字上他

没有让步。当然,他避免当着阿道夫的面使用车棚这个词。显然,
阿道夫不允许约翰称一个工具棚或仓房为车棚。

　　约翰和退尔一起,经过在装煤袋的尼克劳斯,上楼进屋。套间
里传来约瑟夫无休无止的巴赫琴曲。它们在永恒地巡行,公主说。
不过对冲洗合适。在楼上,他和退尔一起躺到床上。外面火车鸣笛
启动,脚步声在碎石路上咯吱作响,然后它们到了地秤的空心的厚
木板上。但这时约瑟夫开始弹渐强的音符,钢琴声盖住了一切。阳
光斜斜地射入,把房间明显地分成明处和暗处。当铁轨栏木放下
时,信号笛那从容不迫的嘀嘀声还是穿过约瑟夫的钢琴声传了过
来。约翰对着退尔的耳朵念他那两行诗句:

　　　　啊,我变得如此孤单
　　　　在一天这么早的时候。

退尔抖了抖身体。这时,约翰当然得朝退尔转过身去,用双手抓住
它的脖子,使劲抖动它。被约翰抖动,这正是退尔求之不得的高兴
事儿。

第三章
收获

一 以往作为当下

玛格达想用一把剪刀剪下约翰下嘴唇上的一段胡子。他没能阻挡她拿到一把剪刀。他明白，他无法让玛格达改变主意，在他下巴上下剪刀。他们在火车上。光线相当黯淡。火车停下，约翰让人把他的行李抛出车厢。两个箱子。约翰到了外面。逃了出来。这是瓦塞堡车站。一个箱子不是他的。这让他感到难堪。因为玛格达。他使用了某个计谋，来摆脱她。他觉得，不该这么做。

以往以某种方式包含在当下里，它无法从当下中获取，就像一种包含在另一种材料中的材料，无法通过一种聪明的程序被取出，然后别人就这么拥有它。这样的以往不存在。它只是包含在当下中的某种东西，起着决定性作用或被压抑，然后作为被压抑的东西起决定性作用。人们可以唤醒以往，就像唤醒某种沉睡的东西，比如凭借合适的暗语或有关的气味或其他可以回溯到很久以前的信号、意义或精神数据，这样的想象是幻觉。只要人们没有发觉，人们以为重新找到的以往，其实只是当下的一种氛围或者一种情绪，以往为此提供的更是题材而不是精神，人们就会热衷于这样的幻觉。

那些最最热心地收集以往的人，大多面临这样的危险，把他们自己创造出来的东西，当做他们寻找的东西。我们不能承认，除了当下别无其他。因为当下同样也几乎不存在。而将来是个语法上的虚构。

我们难道该说曾经而不说以往？这样它就变得更有当下性？以往会不喜欢这样，要是我打算支配它。我越是直接地接近它，我就越清楚地碰不到以往，遭遇的却是眼下正在召唤我的这个母题，去探访以往。经常缺少让一个人回溯过去的辩解。人们寻找让人能辩解自己就是自己的理由。有些人学会了，拒绝自己的以往。他们发展出一种现在看起来比较有利的以往。他们这么做是由于当下的缘故。倘若在正好有效的当下里想得到好的结果，人们太清楚地知道，该有一个怎样的以往。我有几次留心观看，有些人如何在形式上从他们的以往中脱身而出，以便给当下提供一个更有利的以往。以往作为角色。在我们的意识或行为预算中，很少有像以往那样的东西，如此具有角色特征。带有不相适应的以往的人，作为也由于他们的以往而不同的人，他们能生活在一起，这是理想。事实上，对以往的处理年复一年地、更严格地变得标准化。这种处理越是标准化，作为以往所表现出来的东西，就越是当下的产物。以往完全会消失，它只是被用于表达一个人眼下心情怎样或心情该怎样，这可以想象。以往是人们可以从中各取所需的资源。一个完全开放的，透明的，纯净的，彻底适合当下的以往。在伦理学和政治方面被从头到尾地审阅过。由我们最智慧的、最无懈可击的和最出色的人示范表演。不管我们的以往曾经如何，我们摆脱了一切，以往中我们眼下不怎么喜欢的一切。也许人们可以说：我们解放了自己。这样，以往在我们身上作为一种被克服的东西生存。作为被解决的东西。我们必须有好的结果。不过可别这样说谎，以至于我们自己发觉。

　　希望以往有一个我们无法掌握的在场。事后不能再有征服。理想的目标：对以往的没有兴趣的兴趣。它会似乎是自动地朝我们走来。

二 收获

　　这个秋天他不再光脚站在梯子上。他身上背着一个口袋,比起以前的小黄麻布袋,里面装进多得多的苹果。苹果一个接一个地滑入,约翰觉得很重,光脚站在梯子的横杠上支撑不住。这一年,他从来没有这么少地光脚乱跑,也就是说,脚上没有起茧。早春是穿系带靴子,夏天穿了青年义务劳动军①的士兵短统靴。不久,但愿不久,应该是山地步兵的登山鞋。谁自愿报名,可以选择。约翰和约瑟夫一样选择了装甲部队。因为戴眼镜遭到拒绝,然后他选择了山地步兵。

　　他从树枝上摘下每个苹果,都造成一下打破寂静的轻微折裂声。耳朵里还是双筒高炮那震耳欲聋的轰鸣声。尽管如此,同16筒火箭炮的呼啸声相比,他还是更喜欢双筒高炮那干脆利落的轰鸣。他是在齐明以实弹射击结束训练的,还和别人一起使用过一挺细长的2厘米口径高射机枪。它躺在一个人的手里,如此漂亮,冰冷,光

---

① 纳粹时期的组织。

滑。对着由飞机从早到晚扯来扯去的方形破布射击 14 天之久。没有一次命中。4 月里,唯一的一次在夜间,弗里德里希斯港上空响起了爆炸声。在这个夜里,他们为了训练把照明弹射上了齐姆湖上漆黑的天空。约翰想命中目标。当他瞄准时,他心里只有这个被瞄准的目标,别无其他。目标按照规定地朝他呼啸而来。他觉得完全不可思议,怎么没有正中目标。他的少年队①射击本曾对他是神圣的。他把它保存在他的秘密抽屉里。约瑟夫的气枪早就成了他的气枪。早在入伍之前,约瑟夫已无兴趣,对着用图钉钉在车棚门上的靶纸射击。在此期间,门上布满了洞眼,里面还露出在射入时变了形的铅弹。在菲斯滕费尔德布鲁克,作为青年义务劳动军的约翰,在可能的 36 个靶子中射中 33 个。平卧无依托射击。从 34 次中靶开始就有周日假期。母亲日盼夜望,至少有一人回家,约瑟夫或者他。7月,在颁奖仪式后,约翰立刻从施特拉尔松德坐车出发,在柏林下车,只是为了换乘下一次去南方的火车。队里的其他人打算过一天后走,在柏林下车,观赏一下烟雾腾腾的柏林。

当约翰经过了 26 个小时的旅行后在瓦塞堡下车时,多伊尔林先生说:继续来,继续来,怎么现在才来!约瑟夫坐中午的火车走了。

约翰不知道,约瑟夫也能回来度假。约瑟夫结束了他的训练,已是下级军官,面临着前线考验。在此之前,有上前线前的假期。

约翰曾希望,在他 8 月份必须在菲斯滕费尔德布鲁克加入青年义务劳动军之前,约瑟夫能回家一次。

直接从施特拉尔松德返回,见到约瑟夫,这不错。可以告诉他,

----

① 纳粹时期青年团下 10 至 14 岁男孩组成的组织。

在施特拉尔松德的日子过得怎样。实际上在丹霍尔姆。不过,这约瑟夫知道。两年前他自己在参加国家冠军赛时经历过这些。今年,在赛艇项目中仅是第四名。落后半个艇位。但是在花样划船中第一名。在信号旗项目中也同样。国家冠军。而且是因为约翰。第二名,一个柏林人,41 个信号读错 12 个,约翰读到 31 个信号时没出任何差错。他有可能只读到 21 个或 11 个,但是,由海军派来的信号手需要太多的时间打一个信号,才进入下一个词,而约翰在此期间,没等他把信号打完,已经把这个词叫了过去。每个有 10 个字母的德语词,约翰能在第三、最迟第四个字母出现后就认出。要是他打出 HIN…,约翰已经叫出:HINDENBURG(兴登堡)。要是他打出 STEU…,约翰已经叫出:STEUERMANN(舵手)。要是他打出 REGE…,约翰已经叫出:REGENBORGEN(彩虹)。要是他打出 TAN…,约翰已经叫出:TANNENBAUM(冷杉)。要是他打出 SIGN…,约翰已经叫出:SIGNALGAST(信号手)。要是他打出 ANK…,约翰已经叫出:ANKERKETTE(锚链)。要是他打出 KOEN…,约翰已经叫出:KOENIGSBERG(柯尼希山)。要是他打出 LEU…,约翰已经叫出:LEUCHTENTURM(灯塔)。不过,等到信号手从他身边的计时员那里得到下一个词,并且继续打信号时,又过去了 1 秒钟。至少。尽管如此,他成了读信号旗的全国冠军。沃尔夫冈,村里的第二个沃尔夫冈,以 12 秒的时间成了最快的赛跑运动员。在一共 39 个队中,他们总分第八。大家都说,要是约瑟夫还在的话,这个最新消息他很愿意告诉约瑟夫,要是他还在的话,那他们又会同两年前一样,成为第二名。有约瑟夫当船首指挥员,他们的赛艇在这次比赛中也会是穿越目标的第一艘赛艇,会把柏林人、汉堡人和海登海姆人彻底打败。没有约瑟夫当掌握节奏和把节奏提升到极限的指挥，无法赢得任何快艇比赛。在施特拉尔松德，10个人都这么说，加上舵手。

太愚蠢了，这么互相错过。他发疯般地赶回，而约瑟夫已重新离去。那不是一次愉快的旅行。7月的炎热。车厢和走道拥挤不堪。都是士兵。不幸的士兵。怪叫着，怒骂着，沮丧着，沉默着。穿着放肆的、乱七八糟的军服。约翰是唯一的平民。海军希特勒青年团的军服已经被他在施特拉尔松德的火车站厕所里脱下，塞进了背包。他觉得这海军制服有些夸张。几乎有些滑稽。只有直接在水边或只有在水上才能让人忍受。最恶心的是圆圆的帽子。一个无帽檐的圆盖，在它那僵直的边上还绷上了一条布带。永远不去海军！永远不戴一顶没有盾形帽舌的帽子。尽管有这样的制服，还是有人报名参加海军，这对他来说不可思议。穿着这身衣服，他每次简直都不好意思穿过村子往下，参加点名。总是到了下面湖边，他才戴上帽子。

在施特拉尔松德和柏林之间，火车突然开始晃动。约翰立刻发现了情况。他觉得奇怪，怎么除了他，没人跳起身来。在走道里，他在自己的临时座位上无法忍受。要是火车倾覆，他不愿再次被困在走道里。要是火车在走道一边翻倒，车厢壁会被撕裂，人会被挤向车厢。那些喝酒的、抽烟的、怪叫的或打瞌睡的士兵不好说话。他得找到乘务员。或者一个紧急制动闸。在下一条直线里，要是火车重新加速，晃动得最厉害的末尾这节车厢会蹦出铁轨，倒向一边，被最后第二节车厢拖着走，而这最后第二节车厢自己也接着会被拖倒，火车头在碎石上拖带着那一边已经开裂的最后那节车厢，最终也会停住。3 月 4 日,当约翰和格哈德在星期六滑雪后坐车回家,在多恩比恩和布雷根茨之间遇到的正是这样的事。当约翰在窗口看到,伴随着可怕的撕裂声和摩擦声,车厢朝着碎石路面倾覆时,他还来得及取下自己的眼镜,但已没时间把它放好。随着最后一阵震动和一声轰鸣,是一片死寂,有什么东西在汩汩地淌下。在格哈德和站在走道上的约翰之间的车厢壁倒了下来。约翰穿过车厢门向上爬,从车厢窗户里爬出,到了下一个车厢窗户又爬进,又进入被撕裂的走道,发现格哈德全身一直到腰带被埋在碎石堆里和乱七八糟的杂物中。只是在滑雪裤上,他认出了他。立刻开始挖掘,把杂物挪开,挖到了被撕裂的脸,被砸碎的脑袋。尽管年龄相差 4 岁,格哈德是约翰一生中从未有过的最好的朋友。从来没有吵架。每个人都为对方考虑。他们在森林里吹过双声部的口哨。他们相互打趣,只要有机会。不过从未认真过。根本没有对任何事情较真过。也许,除了通过目光交换的事。约翰坐着替代火车返回。格哈德的父母已经从多伊尔林先生那里得到了消息。约翰的母亲只是动了动嘴唇,但没有发出任何声音。7 名死者。都在最后一节车厢。除了约翰,所有人都受了伤。母亲之后说出的第一句话是:你的保护天使!现在,又像在福拉贝尔格的哈瑟尔施陶登附近,又在一列同样可能会倾覆的火车里。约翰寻找乘务员,要警告他,让他对火车司机大声叫唤:开慢些,否则会把我们甩出去。可他找不到乘务员。只有不好说话的士兵。他们谈论着前线,伤员,他们这样或那样弄到手的女护士。他们用新式的 42 型冲锋枪射击,俄国人逃得裤子都冒了烟。约翰想起了烟雾腾腾的柏林。他们把每个空酒瓶扔出敞开的窗子。远远地扔出。不是随意地,而是坚决地。好像那些是手榴弹。他们要做一些违禁的事。对每个他们扔出去的瓶子,他们都在后面追着叫:同腐败斗争。发明这个口号,是为了在任何时间和任何地方爱惜和节约一切。

洛伊纳,当火车整整半个小时在一片到处是管道和轨道的荒蛮之地旁行驶时,士兵们说。这里提炼汽油。从煤里。只要我们能自给自足,战争就赢定了!一个人怪声怪气地说:要么今天,要么永远不会。另一个插话:自给自足,自给自足。从第一个四年计划开始,每个人都知道,这是什么意思,这对德国是最最要紧的事。约翰想起林道的绘画老师布罗伊宁格。他在五年级里让大家画为原料而战的自给自足,每个五年级新生得不断地背诵他发明的那个诗句,而且得做出现在才想起来的样子:就是马铃薯茎也有用,只是必须多多占有。他很想把这个故事讲给这些赞扬自给自足的士兵们听。不过,也许他们根本没发觉他。这正合他的心意,因为在这些穿制服的人中间,他的短裤便装看起来有些可笑。而他又喜欢他的墨绿色曼彻斯特裤子胜过其他一切。穿着它,他觉得有一种历史感。他们说着一个接一个的不正经笑话,使得有一个人指着约翰说:别在道德上败坏这个小伙子。他的音调让他想起埃尔萨,她那撇开着的下嘴唇,同多伊尔林先生做的调羹姿势,以及她的叫声,倘若她说一些气愤的事情:我以为,我都要死了。她来自霍姆堡附近的埃恩厄德。在月明之夜翻船。这个不会游泳的女人。同来自明德尔海姆不会游泳的瓦伦丁在一起。令人惊奇的是,公主为这个消息还想出了一个句子:腿抬起,爱在召唤,领袖需要士兵。

约翰把每个苹果小心地塞进袋口,在已经触到堆在口袋里的苹果时,才放手。在他头顶上方,在深邃无比又湛蓝一片的10月的天空中,闪着银光的小点无声地移过。那是从意大利飞来的轰炸机。是斯图加特、乌尔姆、奥格斯堡或者慕尼黑受到了轰炸,这得晚上从收音机里才能知道。这里附近,它们只是在返航途中,把在城市上空没有扔完的炸弹扔下。最近在洛绍和布雷根茨之间落下七颗。

要是口袋满了,变得沉重,绳子勒痛了肩膀,约翰就扶着梯子一级一级下去,把口袋举过头,把它递给等在下面的尼克劳斯。因为他坚持,为了保护苹果不受伤,只能由他尽可能轻巧和缓慢地把苹果从口袋里倒出,倒上他那摊开的起刹车作用的手臂,然后让它们滑入箱子。约翰在把空袋套上肩膀之前,又看了一眼格拉文施泰因苹果树树干旁的那个地方。一年前,要是约翰把口袋交给尼克劳斯,退尔还从那里注视着他们。退尔最喜欢的位置。在9月的第一个星期里,现在已经9岁的安塞尔姆的来信到达菲斯滕费尔德布鲁克。约翰,我们不得不让人射死退尔。让布鲁格先生做了这件事。

在菲斯滕费尔德布鲁克,从第一天起,约翰上床后才读信。当他们被分配到营房后,他坚持睡上铺。要是有人睡在他的上面,他会做噩梦,他说。当他读了安塞尔姆的信后,他转向墙壁,号啕大哭。安塞尔姆写道,自从约翰应召去了义务劳动军以后,退尔不吃任何人给的食物,两次逃了出去,得抓回,它到处咬人,直到布鲁格先生,猎人和牲畜商,制服了它,给它套上口套。然后它被布鲁格先生带回院子。安塞尔姆指给布鲁格先生看退尔最喜欢的地方,退尔被拴在了格拉文施泰因苹果树树干上。然后安塞尔姆把手推车推上草地,停在退尔两米远的地方,站到了车板上叫道:退尔,瞧!退尔抬头朝他看,布鲁格先生在这一瞬间扣动了扳机。退尔没受任何痛苦。

　　在菲斯滕费尔德布鲁克,约翰两天吃不下饭。他不得不告病假。不能去餐桶,也就没东西吃。即使他已经成了每天的餐前箴言的诵读者。要是在餐厅里,所有的饭都打好,人人都在自己的座位旁站在他的饭前,得有人说上一句餐前箴言。可以由这个人说,可以由那个人说。一天,没人出来。出操,步兵下级军官吼叫着。他们围着餐厅长久地跑步,直到有人念餐前箴言。绕了 3 圈以后,约翰觉得报名的时机成熟了。大家重新进入餐厅,每个人站在他那已经凉了的饭前,约翰用明亮的嗓音念出他刚刚做成的诗句:

> 太阳高悬,世界晴朗,
> 在那一个同伴帮助另一个同伴的地方。
> 所以我们心中阳光照耀,
> 即使时代阴霾道道。

约翰在这样一个雨天让太阳照耀,幸亏没有人笑。从这天起,大家都寄希望于约翰。现在他总是在晚上入睡前组织那些箴言诗:

> 对我们来说今天只有一个选择,
> 我们必须比敌人钢铁更加坚硬。

　　当他读了小安塞尔姆的信后,他知道,他吃不下饭了。永远吃不下。好吧,他得把明天和接下去所有日子的箴言都交给一个同伴。他大声叫出:

> 作为德国最年轻的兵士，
> 我们欢快地把铁锹挥使。

而自己什么都不吃，这看来不行。他不仅什么都不想吃，还什么都不想见，什么都不想听，什么都不想感觉。在写给家里的信中，他告诉安塞尔姆，请他把这封信也读给退尔听，替约翰向退尔问好，让退尔闻一下约翰的信。他在这封信的左上角吐了一口唾沫，在这个地方画了一个圈，边上写道：闻这里！

当约翰在去朗根阿根时，退尔就没有接受别人的喂食。那次约翰就该知道，他不能单独撇下退尔。可他当然必须自愿报名，在其他所有人之前离开，也就是说在其他所有人之前参加青年义务劳动军。他觉得再怎么快地去也不能算快！是他杀了退尔！不是布鲁格先生。14天后母亲来信，布鲁格先生被带走了，被宣布为人民的祸害，因为违反战争经济法，为了暴利囤积牲口。可怜的阿道夫，约翰想着，写信给母亲，请她替他弄来阿道夫的通讯地址。

约翰每次从梯子上下来，把口袋递给尼克劳斯，他就会看一眼退尔的地方。他曾和退尔一起坐在这棵树旁的草丛里，读了《恰尔德·哈洛尔德游记》①，作了翻译，又读给退尔听，用英语和德语。他还给退尔朗诵了克洛卜施托克②的颂歌。退尔喜欢别人给它读克洛卜施托克的颂歌。约翰从来没想到过，给退尔念散文。但诗歌读过。那些流畅的，波动的，欢快的和震颤的诗句，退尔对它们有感

---

① 英国诗人拜伦的叙事长诗，记录了恰尔德·哈洛尔德在欧洲大陆上的长途旅行，包含不少历史事迹。
② Friedrich Gottlieb Klopstock，1724—1803，德国诗人。

受。谁要是对着它念,谁就能发觉到这点。当然,同时得做的是,把一只手放在它的脖子上,让它感受到这个节奏。当小安塞尔姆想把退尔埋葬在格拉文施泰因苹果树下时,布鲁格先生说,这是禁止的。有狂犬病嫌疑的狗得送到病畜屠宰场。他把退尔扔进了一个铁皮盆。在杜赞的协助下,他把铁皮盆运走了。杜赞和其他十个塞尔维亚人和波兰人现在住在施米德·加勒的仓房里。

约翰还能两天不吃饭。这时约瑟夫从奥斯特罗维茨,如他所说,从华沙以南的一个小地方来信,说,小安塞尔姆给他写了一封非常可爱的信。信的主要内容是:我们不得不让人射死了退尔。约瑟夫驻扎在一个波兰音乐家、一个非常出色的爵士号手家里。在华沙的电台里,能有规律地听到他的演奏。在这天晚上,他,约瑟夫,同这个波兰音乐家一起演奏了来自肖邦 b 小调奏鸣曲的葬礼进行曲。约瑟夫拉手风琴。当约瑟夫见了阿尼塔母亲拉手风琴后,他作了自我介绍,第二天就去敲了维纳家房车的门,问,他是否能弹奏一下手风琴,立刻就模仿着拉了"帕罗玛"。然后他乞求着买一架手风琴,几个月后他就能用手风琴演奏几乎所有曲目。

尽管他实际上是从颁奖仪式上直接跑到了火车站,途中没有停留就坐车返回,约翰从施特拉尔松德回来得还是太迟了。可母亲安慰说,约瑟夫在他上前线之前的假期里,实际上只是在弹钢琴。音阶练习,约翰说。母亲点点头。复活节前一周的四天假期里,约瑟夫也在家,让人觉得,约瑟夫回家只是为了练习音阶。尤其是反向音阶。那是约翰没练成的四个或五个 b's。尽管右手小指的肌腱曾受过伤,但约瑟夫能让这些音符像珍珠滚落般地从自己手指下流出。在军营操场上练习行礼时,他那个突在外面的手指起先造成了麻烦。为了让他通过,每个折磨人的教官首先都得亲自把约瑟夫的小指头压回规定的位置,然后不得不承认,一旦把它放开,它就又歪到边上。有人说,倘若在和平时期,有这样一根不听话的手指,约瑟夫不会被接受到一个预备军官训练班里。

从复活节前的星期日到耶稣受难节,约瑟夫突然不再是一个17岁弟弟的19岁的哥哥,不再是一个为了一丁点儿小事和别人争吵、总是拿走别人东西或让别人干那些他自己不愿干的事的人。约瑟夫一下子变得可以信赖了。他突然想从约翰那里知道的一切,关于约翰的一切。除了对玛格达,约翰为她和给她写诗,约翰还没有向任何一个人承认过,写诗是他最喜欢做的事。现在,他可以向约瑟夫坦白这点。约瑟夫没有笑,相反很认真地、但又不是太认真地,不过肯定没带一丝嘲讽地说:你可以什么时候让我看一下。约翰没能回答。也许他当时满脸通红。

当约瑟夫回伯布林根时,约翰送他去了火车站。黑色制服上的帽子约翰不喜欢。在那太僵直、太圆和太死板和即使是绿色的帽子下,是一个熠熠发光、非常呆板和颜色更黑的帽舌。他将得到的山地步兵帽,线条会更流畅,尤其是更软,也就是说更服帖。不过,约瑟夫的头更瘦削一些,朝外撑开的宽帽比较容易接受。在约翰那圆脑袋上放这么一顶僵硬的帽子——这无法想象。约翰有时心想,要是他在镜子里打量自己,别人可以把他的圆脑袋看成一个臃肿的庞然大物。尽管他几年来能把车皮卸空,把煤袋放到肩上,扛上阁楼或扛下地窖,全身除了手臂肌肉和肩膀骨骼,几乎没有形成其他什么部分,让人觉得他有力气。要是他现在从早上7点到下午3点半同杜赞一起,把320公担的煤球从火车车皮里用铁锹铲到魏贝尔的车上,接着下午4点的货物列车又放下一个有370公担无烟煤的车厢,而他们得在夜里11点半以前把车皮卸空,可在这漫长的一天里只有玛格达的兄弟沃尔夫冈能帮两三个小时的忙,他就会第二天在信里对约瑟夫列数他的工作成绩,因为他知道,约瑟夫会对此感到惊讶。以前较弱的约翰,今天能卸空两个车皮。从上午7点到夜里11点半。约翰觉得,没有他做不成的事。而一切做得又比任何人能对他期待的要快。他想让人吃惊。让所有人。最想让母亲。事实上只想让她一个人吃惊。所有人都该喝彩。不过不是为他。为他的话其实只是为她。

有时约翰觉得无法继续留在梯子上,他的内心就是这么感觉到的。他急急跑下,先把装了一半苹果的口袋扔给尼克劳斯,然后想跑开,去他的本子那里,去写他的诗。可随后他还是重新登上梯子。他得做完。为了她。

约翰最喜欢摘下那些红得发亮和完全椭圆形的路德维希王子苹果。它们一个比一个漂亮。可以看得出,这个品种的苹果味道有多好。在此期间,他已不需要别人给他支着梯子。他从青年义务劳动军返回,在房前走道上第一次碰到公主——她现在为承租人洗碗——被她用她的一只眼睛从头到脚地打量。他用自己的两只眼睛打量她。她一头烫发,鬈曲浓密。就像那时小丑奥古斯特一样。然后她开口:啊,痛苦可以舒解了。而约翰说:阿德尔海德公主,您好吗?她没有回答,一直还在上下打量约翰,说:内行看门道,外行看热闹。然后又说:要是现在不发生些什么事,约翰对她来说就太老了。说着笑开了。她从来不是真的笑,只是发出哈—哈—哈—哈的声音。而且哈—哈的笑声从来不超过四下。然后说:嘿,你这个小子,腿抬起,爱在召唤,领袖需要士兵。啊,痛苦可以舒解了,约翰以她的口吻说。当他把脚踏上楼梯朝上走时,她在他身后大声说,你可以在月光下碰到我。现在只缺少这么一句:要是这样的人还活着,那么席勒就得去死。然后她的名言差不多就用完了。不过他感到,他不想走上楼梯,宁愿留在公主身旁。也许还有一些他已经忘了的名言。其实,别人说什么话,都是无关紧要的。可公主是如何说出她名言的!她又是怎么站在那里!最后踮起脚尖,双手左右摇晃,像是在水里。不一样的眼睛不再让人感到痛苦。烫起的鬈发中和了一切。那个太大的嘴巴。难道他忘了,公主有一张巨大的嘴巴?自战争开始起她名叫"斯图卡"①。除了母亲,所有的人都以这种几乎垂直向目标俯冲的战斗机的名称叫她。不过,是真的,往哪里看,都是女人。当地挤满了女人。而她们的穿戴,是这里当地的女人从来没有过的。到处是大城市女人。被炸得一无所有的人。难民。也许这些衣服是她们自己做的,想看上去像希尔德·克拉尔,像汉西·克诺特克,像伊尔莎·维尔纳,像布丽吉特·霍尔奈,像马里卡·勒克。大胆的衣领和腰身和镶边和翻口。每个人都拖带着二至四个孩子。

　　约翰得在万圣节前摘完这些苹果,因为否则母亲会在去教堂的人面前感到难堪。沃席舍克夫人的孩子们在这些树下等掉落的苹果。他们在鲁尔区被炸得一无所有,现在被安置在以前是厩舍的扩建住房里。那原来是马厩,母亲把它租给了梅尔特雷特先生,用来生产地板蜡。目前东西被炸光的人比地板蜡重要。沃席舍克夫人

---

① 德国俯冲轰炸机名,通常指 1937—1945 年德国空军使用的 Ju-87 俯冲轰炸机。

和她的三个孩子居住在这间扩建平房右面的一半里。左边的一半一直还是猪圈。眼下一只母猪在里面喂养着 19 只猪崽。曾经是 24 只小猪,5 只被它压死了。约翰和尼克劳斯轮换着在那里值班,把小猪挪开。不过,要是一不小心打个瞌睡,就又有一只猪崽死在庞大的母猪身下。他们希望能帮助 12 至 15 只最强壮的小猪度过难关。每当孩子们睡着,隔壁的沃席舍克夫人就开始接客,并为此收钱。师傅,伙计,学徒,度假者,农民,雇工,还有学生,晚上悄悄地溜到她那里来。装有铁栅栏、宽而不高的窗子被红窗帘拉住。但是厩舍和厩舍之间的墙壁很薄,所以,每当轮到约翰在母猪身旁值夜,尽管隔壁大众收音机不停地播放着节目,他还是不断地听见让他清醒的话语和噪声。他觉得自己像是一个在一片陌生土地上的科学旅行考察者。要是沃席舍克先生从俄国回来两个星期,沃席舍克夫人,一如她自己说的那样,就是世界上最幸福的女人。沃席舍克夫人个子真的很小,可沃席舍克先生长得不比他夫人更高。他的眼镜片非常厚,别人根本无法想象,透过它们他居然还能看东西。而且他人还在俄国。卢西尔只能说几个德语词,但能用手势表现和模仿所有进厨房的人的特征。要是沃席舍克夫人经过,她会用左手那白净的几个小小的手指,弯成小管子,然后把右手的食指伸进。卢西尔的头发比米娜还要红。米娜早就成了阿尔弗雷德的妻子,给这个早就应征入伍的人照料在霍恩罗伊特的农庄。卢西尔的皮肤比米娜更亮。实际上卢西尔是白皮肤人。她有着白雪公主般的皮肤。来自巴黎。23 岁,离了婚。每个提到卢西尔的人都会说:巴黎,23 岁,离婚。自从卢西尔主管了厨房,公主有了一句新的箴言:见鬼去吧巴黎,伦敦更大。现在她用这个句子表示她全部的不满。见鬼去吧巴黎,伦敦

更大。也许卢西尔是唯一一个从来没有听懂这句针对她被造出的
句子的人。卢西尔现在给承租人做饭。当约翰在菲斯滕费尔德布
鲁克当青年义务劳动军和箴言作者时,母亲把旅店租给了他,因为,
在 4 月的一个夜里,他在弗里德里希斯港的两个旅馆被炸弹夷为平
地。从青年义务劳动军回来后,约翰同母亲住到了 8 号和 9 号房间。
8 号房间被用墙板隔成了两间屋子。在较小的那间里睡着卢西尔,
另一间里现在是一个小炉子,一个沙发和一张桌子,还有祖父留下
的那个单薄的樱桃木柜子。约翰就睡在沙发上;母亲和安塞尔姆睡
在 9 号房间。约翰已经不能到楼下厨房去,坐在凳子上装读书,听那
些男人背后怎么谈论卢西尔。不过,到了夜里,要是他没在厩舍值
夜,紧睡在木板墙边上,能听到卢西尔发出的所有声响。他听见,她
如何在床上翻身。他听见,她有时会嘟哝着"回来"或者独自哼唱小
曲。他想象着,她知道,他现在在倾听。啊,她嘟哝和哼唱,是因为
他在倾听。然后他也在自己沙发上重重地翻身,弄出声响,嘟哝出
什么,当然不是"回来"。他嘟哝着"啊,索罗米喔"。"啊,索罗米
喔"的调子曾清楚地让他获得了男高音独唱的成功。不过,就是对
他那形式上因真挚而不能自持的"啊,索罗米喔"声,卢西尔也没有
反应。离卢西尔这么近,可还是被一堵墙同她隔开。他无法入睡。
他不得不摆弄他那一直还没有名字的性器官,也就是所谓的 IBDIB,
长久不停,直到自己想呕吐。这时他就想象着,他要超越目标。就
像《电影新闻周报》上报导的短跑运动员,在最后的十分之一秒里还
想把自己的身体扯向前方,似乎他们必须在最后的瞬间超越自己。
超越目标,超越目标,超越目标。

在此期间他和玛格达外出。第二个沃尔夫冈的妹妹。也来自

鲁尔地区。不过来自一个完全不一样的家庭。显然,如果说谁的家在鲁尔区,这说明不了什么问题。沃席舍克夫人和她的孩子们,他们看上去似乎不能每天洗澡。要是他们哪天又洗了澡,人们就会惊讶,要是建筑师施莱格尔先生还活着,他立刻会大声说,佩服,佩服,佩服。

玛格达和沃尔夫冈确实仪表非凡,长相最美。要是他们早上一起去赶火车,约翰不知道,他该把自己那贪婪的目光投向谁。当然,写诗他只为玛格达。他没有一天不给她写诗。不过,最多十首中的一首他会放入她手。他清楚地感到,每天把他写下的东西给她,这没好处。有时,他坐在床沿上想着玛格达,不写下五首或六首诗,就无法停笔。在膝盖上。在防水封面的本子里。在玛格达身上他体验了这么多,为了能完全地感受,他必须对此作答,进行揄扬。语调自然总是由他正在读的诗人而定。除了诗歌,他其余什么都不读。报纸上登载的一切,不堪一读。小说,不堪一读。剩下的只有诗歌。从父亲留下的书里,他只拿出诗歌集。在家乡炮兵部队,在青年义务劳动军,他只读诗歌。他写的诗又比读的多。紧接着一首读过的诗,他至少会写出要不是两首,就是三首诗。上面,空中飞过的银色轰炸机发出着超凡的嗡嗡声,下面,他折断着路德维希王子苹果的梗子;即便这时,他心里的诗歌也没停下。有时,他以比敏感漂亮的红苹果能接受的快得多的速度,跑下梯子,把口袋甩过头顶,递给尼克劳斯,惹得他提出抗议,因为苹果需要小心伺候,然后他飞快上楼,从后楼梯进屋,跑到二楼,从祖父柜子抽屉里扯出本子和钢笔。这个柜子放在这个分隔出的房间里,因为它这么漂亮,让其他所有的家具相形见绌。他把这首最新的诗写下,为了不让一个字丢失,让每个字出现在它的位置上。但写字的速度比他的奔跑要慢,他庄严肃穆地写着,因为他心里一股崇高的感情油然而生。诗歌恰恰是庄重的。自己的也是。然后它站在那里。以字母的形式。它们没有父亲的字母那么龙飞凤舞、形体圆润,可它们更具有父亲那样的飘逸线条而不像母亲那更是互相挤压的单个字母。在此期间,母亲写的东西仅由单个字母组成,而每个看上去都像是受到了挤压,合在一起,实际上看似一片哥特式废墟。母亲已无法模仿别人签名。庄重地写完了他的诗后,约翰以比跑来时慢得多的速度回到果园,爬上梯子。要是他重新把漂亮的红苹果放进口袋,刚刚写下的诗会从他嘴里冒出。当然声音很轻,不过更加经常,喋喋不休。

> 那从我血管里流过,
> 那不是尘世的焰火,
> 那东西现在把肉身扯向肉身,
> 放逐着受赞颂的精神。
> 河流毁灭又祝福地翻滚而去,
> 给意愿一个可怕的必须。
> 它给火的图像制造混乱的场所,
> 让我们非常地不知所措。

当他落笔时,他觉得席勒和玛格达离他一样近。也许席勒比玛格达更近些。

> 倘若世界没有携带你的标志,

倘若你不再表彰每种价值，

倘若美好不受你的光芒照映，

一切意义对我来说就已被毁，

我就不愿继续活命。

当然，他开始写诗，是在认识玛格达之前。那是一个早晨，玛格达从沙格家顺着冷杉树林走来。一见到她，他就立刻明白：这是一个能接受他诗歌的女子。大家拥向学生列车，可她还站在那里，似乎根本不愿同去。她举止端庄。他曾经称许过一个人"俊俏"吗？这个玛格达他得以"俊俏"来称呼。如果不是用"高贵"。她的头发看上去自然地被形成一个椭圆，只是为了能环绕她的脸庞。不过是松散地环绕。不是贴紧地围圈。这个椭圆在脖子上聚在一起，成为一条辫子，但又不是真的辫子，而是一个莫扎特辫子①。她那深褐色的天鹅绒衣服上闪烁着金色的刺绣。她脸上透出着一种严肃，似乎体现出一种要求，别人只能用诗歌同她进行交流。这是约翰的感觉。终于！终于有一个收信的女子。能得到理解的希望，让他感到振奋。自从他在林道上学以来，他没有再同女孩一起出去过。在林道认识一个女孩，这无法想象。而且他也不是一个少年队或希特勒青年团的头领，官位显赫。他们容易一些。一年前的夏天，他在轮船跳板上，刚往水里扔下他的钓竿，"王冠花园"的女儿和医生的女儿从陆地方向出现；两个人也在林道上学。见到她们两人走来，约翰马上重新取回钓竿，快速地把虫子从鱼钩上取下。正在这个时

---

① 指脑后扎有花结的一种男人的短辫。

刻,两个女孩经过他的身后,但没有停住,也没有叫他的名字。这理
所当然,因为他们每天坐同一趟火车去林道,又重新返回,情况也是
如此。她们的注意力完全集中在正好驶来并靠岸的轮船上。现在
约翰看到,两个女孩在等两个林道的少年队头领。他们站在船上,
深色的制服外是土色的披风,每个人都挥舞着一只手臂。两个穿制
服的人把手举过帽子挥动,看上去非常帅。手臂停在空中不动。两
个女孩拼命晃手。然后穿制服的人来到跳板上,互相握手,起身,朝
陆地走去。约翰及时地把没有虫子的钓竿重新扔出,装作心无旁
骛,眼睛只是注视着他那疯狂地晃动的软木塞,好像天知道多么大
的一条鱼现在上了钩。约翰当然知道,这只是刚刚靠岸又离去的船
在作怪,它引起的波浪和旋涡让软木塞疯狂跳舞。可他现在需要一
个吸引他注意力的机会。等他们在他身后离去后,他才在后面打量
他们。他们走了,这他能听到。两个林道的小伙子作为头领,穿的
制服裤子带有向外撑开的棱角。人们称其为马裤。与此相配的有
长统靴。他们就踩着这样的靴子隆隆地走过跳板,而两个女孩在一
旁体态轻盈,飘然而去。约翰这才发觉,他光着脚丫子。不过,那是
大热天。最美的天气。村里没有集合点名。他认识这两个林道的
头领。他们在林道的学校里比他高两级,一个叫乌尔曼,一个叫杜
姆勒。他们穿着制服和靴子,外加披肩,坐船来这里拜访这两个女
孩。当他们经过他身后时,一女孩说:一个四眼男人,只是我的遗
愿。好吧,这不是他的幻觉。他听见了。他也知道,两个女孩中的
哪个说了这只能是针对他的这句话。这时他终于收起钓竿,低垂着
头,似乎寻找着什么丢失的东西,顺着青苔小路回家,因为在这条路
上最不可能同别人相遇。在防水封面的本子里,在新的一页上,他

写下这首迫切的诗：

> 呻吟的狭窄迎着光亮
>
> 奢华的空虚万紫千红
>
> 诗歌永远饱受磨难
>
> 黑暗赢得你的专宠
>
> 别人不会把你原谅。

　　要是沃席舍克出现在她厩舍的门口，叫唤孩子，或者黑林夫人穿着高跟鞋哒哒地急速走过，他的诗歌就有一次休息。黑林夫人住在隔壁的房子里，在房屋的地下层，以前菲尔斯特夫人和她的孩子们住的地方。黑林夫人来自柏林。她丈夫拍战争照片。不过只拍空战。他常常能一个人降落在弗里德里希斯港，过来探望他的妻子。一个光头、总是有些微笑的男人。黑林先生抽烟和喝酒一样多，但和他妻子相比，他喝酒和抽烟要少的多。他夫人是瓦塞堡有史以来化妆最浓的女人。或者是他在餐厅里，或者是他的妻子。如果是他在，那么就意味着，她同沃席舍克夫人一样有客。不过黑林夫人以前是舞蹈演员。她不像沃席舍克那样矮小，臀部肥大，她也没有孩子，可这个世上化妆最浓的女人走在世上最高和最尖的鞋跟上。穿着这样的鞋子还能走路，大家每天都为之大惊小怪。

　　黑林先生和黑林夫人从来不一起走进旅店，要是进来，两个人总是各自独立地站在柜台的同一个地方，在正面。他和她从来不坐。只要他们留下来喝酒，就一直站在那里。啤酒或烧酒。就他们两个人喝的东西来看，别人无法判断，这是星期天还是工作日。这是被送来的人和迁移来的人身上的一个标志,他们中间那些薪水好的人即使在工作日也打扮得和星期天一样,而穷人即使在星期天也穿得和工作日一样。男人们在圆桌旁当然谈论,在黑林夫人那里经历如何。不过从不当着黑林先生的面。黑林先生要是喝啤酒或烧酒,他唯一的话题是他的妻子。他称赞她,颂扬她,说她在柏林曾是一个出色的艺术家,以后才成了酒精的牺牲品。一个战争的恶果。尽管听着这些话,约翰还是无法断定,是黑林夫人更看不起那些去找她的男人,还是那些男人更瞧不起她。圆桌旁的男人们赞美黑林夫人的程度,就像她蔑视他们的程度一样。没有对她的赞美,他们就无法蔑视她,没有对她的蔑视,他们就无法赞美她。但黑林夫人可以蔑视她的顾客,不用对他们进行赞美。她从不提名字,可从她那过度化妆的嘴唇里冒出的,尽是对男人的讥讽。圆桌旁的人对此大笑。森佩尔的弗里茨叫着:可她给了我们。因为黑林夫人和她的顾客,出于一种约翰不明白的原因,在互相蔑视方面必须要超过对方,这就形成了一种奇特的蔑视潜能。但是,不管形成的是什么,同黑林先生心里充满的蔑视相比,它什么都不是。这种蔑视表现在他谈论他妻子的顾客,当然不提名字,和谈论他妻子的时候。他不为任何事生气。他几乎不说出任何东西。可他蔑视。这旁人看得出。他的嘴是一条没有嘴唇的平线,要是黑林先生蔑视,它就微微颤动。这已足够。

约翰听着一切,记录下一切。他不知道,为什么,派什么用处。可这同研究有关,这他感觉到了。这同诗歌毫不相干。只有玛格达同诗歌有关系,就像诗歌仅同玛格达有关系一样。

每个星期天从教堂出来后,只要他觉得在坟墓旁站的时间已经够长,而邻近坟墓旁的人又发觉不了,他就飞快地跑回家,跑进被分割的8号房间,从柜子抽屉里取出他在过去一星期里写下、在星期六晚上誊清的诗歌,给玛格达带去。

要是一个男人同一个女人走在一起,村里人就说,他在巴结她。公主表面上只是洗碗,可实际上知道一切。有一次她在走道上碰到约翰,对他说,他是否一直在巴结那个外面的女孩——我们已经知道,方向诺嫩霍恩那里——而他表现的比自己本身粗暴,用食指钻了一下自己的太阳穴,做了一个尽可能丑陋的鬼脸。公主在他身后叫着:我说过,每把扫帚都找得到它的把手。哈—哈—哈—哈。要是牵涉到姑娘或女人,有些词汇约翰无法忍受。要是有人说,他同玛格达走在一起,他会一声不吭。他不会这样表达自己的意思。可他不愿意被人称为"巴结"。可他自己对此也缺少词汇。正因为如此,他写诗,并把它们交出。一点儿也看不出,玛格达是否读了他的诗,这些诗歌让她喜欢还是不喜欢。约翰更是为这样的矜持感到高兴。要是他正好没在作诗,他能想象,对一个并不认为诗歌是最重要东西的人来说,受到别人这样的纠缠,会是一件尴尬的事:

> 鞭打你那轻快矫健的
> 拉车牲口蓬乱的躯体,
> 用尖利的呼唤
> 把它们赶向你的热火之巅。

对他的诗作玛格达无话可说,这他恰恰能想象。可是,不再把诗歌带给她或者根本就不再写诗——这他无法想象。

　　玛格达当然也在教堂,受到了约翰的注视。等约翰从家里取来他的诗歌,她一直还坐在钢琴旁。以向她母亲问候的借口,他先跑到厨房,确信玛格达的母亲在忙着干活,然后尽可能无声无息地回到客厅,把上一个星期写的诗放在钢琴上的乐谱上,站到玛格达身后,触碰她的头发,开始用手,然后用嘴。还到了她脖子上。用手。唯一的一次还到了她的衣领下。用一只手。顺着脖子滑下,然后马上朝前,向下,方向胸脯。玛格达立刻停住弹奏,约翰吓了一跳,把手抽回,玛格达继续演奏。她的母亲大声问,约翰是否愿意留下吃饭。谢谢,不。楼梯上他还遇到第二个沃尔夫冈。在此期间他同"王冠花园"的女孩外出。她也不是当地人,甚至信仰基督教新教。怎么样,妹夫,沃尔夫冈说着再次同约翰一起走下楼梯,坐到围绕着一根粗壮的树干安放的椅子上,用手拍了一下自己身旁的座位让他坐下,约翰听从。然后他们说话。沃尔夫冈开头。因为他以后想学医,所以现在就已经最喜欢以诊断的方式说话。约翰感到什么,他为什么感受到他感受的东西——沃尔夫冈能说得非常准确。最喜欢用拉丁语。他们在椅子上坐了好久,然后他们打算往村里走,到约翰的家门,再折反,然后再回去。就像以前和阿道夫一样。因为沃尔夫冈也在林道上学,他就代替了阿道夫。如果不是沃尔夫冈的母亲,当他们第三次或第四次地准备转回时,从露台上抱怨说,饭都凉了,他们会永远地走下去。

　　约翰放学后总是得卸煤和送煤。沃尔夫冈一知道这件事后,就参与了进来。而且兴奋地把运煤的事当成了某种体育运动。因为车皮太少,车皮现在总是半天后就必须卸空。以前,一般总是24小时后才必须支付逾期卸货罚款,现在是8小时,而且罚款比以前多三倍。所以，不能去上课。他们做的事，被称为"为战争服务"。自从约瑟夫应征入伍，约翰到了 15 岁后，有了一张驾驶证，允许驾驶新的机动三轮货车。因为沃尔夫冈在后面的厢板上跳来跳去，让车子保持平衡，尽管三轮货车有不稳定的毛病，约翰能加速拐弯。只是为了吓唬别人或至少让别人吃惊。沃尔夫冈是个天生的运动员。同第一个沃尔夫冈一样长着一头黑发，但不是直发，而是鬈发。干完卸煤的活儿，他们就在淋浴房里互相用橡皮水管冲洗。约翰避免看沃尔夫冈身上那被阿道夫称为男性的东西的部位。约翰抵抗着，不朝那里看。他从来没有机会尝试，通过不经意的、不泄露任何意图的言语，成功地让沃尔夫冈和他一起去火车站厕所。那是一间独立的小屋，没有门的入口处有一根巨大的金钟柏树干挡住过路人的视线。约翰曾说服阿道夫到那里，并走了进去，没让阿道夫知道，约翰打算做什么。然后他们站在涂过沥青、闻上去更是有沥青而不是小便气味的又黑又亮的墙前，约翰尝试引诱阿道夫一起做比小便即撒尿更多的事。有时他也成功。可约翰感觉到，要是他想动阿道夫的男性时，阿道夫鄙视他。所以，要是他把阿道夫领到金钟柏树干后，拽到沥青墙前，每次做的事都比他打算的要少。无门入口前那巨大的金钟柏树干吸引着约翰。独自一人或同别人一起，他在忏悔凳上这么说。金钟柏的枝叶如此茂密，让人既看不见树干也看不枝桠。要是把手伸进金钟柏，就是把手伸进了绿、发出香味和柔软的东西。那不是毛发？可是，把沃尔夫冈引到金钟柏后面去，这既不可能也无必要。沃尔夫冈比他大一岁，已经剃胡须。是玛格达的哥哥。真想这样。女孩优先。现在。尽管没有完全听懂，约翰还是听到了一些。女孩和男孩中突然只剩下女孩，尽管到现在为止，他从女孩们

那里得到的要比从男孩们那里得到的少。有一次他写了四句诗，那
是他永远不想让玛格达看的：

> 我经常暗地里自问，
> 你心里大概想着什么，
> 你心里爱情是否破晓，
> 你是不是木条我是不是葡萄。

不过，不管是贝尔尼对沃席舍克说的话，还是约翰在黑林夫人
身上观察到的事，都没有让他心动。只是引起他研究的兴趣。公
主，是啊，公主则不同。公主是一种挤压，一种冲击。俯冲轰炸机这
个名称合适。尽管如此，给公主一首诗，这无法想象。给卢西尔？
她还没花过一秒钟时间留意，另一边睡的是谁，是谁把被子弄得窸
窣作响，重重地翻身，独自言语，歌唱和吹口哨。从隔壁传来的声
音，没有一下是可能是对此作出的回应。就是她的目光对一个17岁
的小伙子来说，已无法译成德语。真正的红头发下是真正的绿眼
睛，白得不能再白的皮肤。不管发生什么事，卢西尔总是撅起嘴巴，
抬起眼眉。甚至在那个除夕夜也是这样。那天，驻扎在体操房的士
兵喝多了酒以后，拥进厨房，想认识一下做出世上最好的意大利冷
菜和最好的俄罗斯鸡蛋的法国女厨。卢西尔爬上了这时已经冷却
的灶台，撅起嘴巴，用汤勺朝士兵们打去，打得他们跪倒在厨房地
上，唱起了"回家吧"的歌。卢西尔然后挥着汤勺当了一回指挥。也
许女人就是无法接近。根本就不知道，女人们是否会对约翰最感兴
趣的事情感兴趣，或着有那么一丁点儿的兴趣。是的，要是为此付

钱的话。瞧一下沃席舍克夫人,黑林夫人,或度假的士兵们在圆桌旁谈起的妓院女人。当然,这一定是些非同寻常的女人。埃迪·菲尔斯特已经是少尉。他在圆桌旁断言,这些女人能用她们的下唇从桌面上取走5马克的硬币。至少在巴黎她们能这样。

他不能对玛格达这样。玛格达或者坐在钢琴旁,或者跪在教堂凳子上,或者在青苔小路上走在约翰身旁。他没有把握,她会不会也想到他如果一不留神就会不断想到的事。也许没人会像约翰那样,这么不停地想到这个。在忏悔室里,这被称为淫荡,每次都破坏了他的彻底悔过,也就是说赦免和圣餐仪式。他早已习惯,他为圣饼张开嘴巴,而没有得到使人神圣的宽恕。报应将来会向他显示。以后,在永恒中。其实世人就是朝着这个方向活着。

母亲非常明白地告诉他,在这里短暂的人生中,由于深重罪孽而破坏整个永恒,这多么愚蠢。尤其是,倘若这样,人们在那里就无法见面。那里会缺少他。母亲会在天上徒劳地把他等待。直到最后她才会知道他的情况。可在这个世界上的所有人当中,他就是最不能告诉她,他不断地想着的是什么。有一段时间他希望,把阿道夫扯进那个日夜纠缠他的淫荡氛围中。在去年,11月,他做过最后一次尝试,同阿道夫一起拥有这最重要的东西。尝试可笑地失败。事情是这样的。体格检查又一次把同学们聚集在一起。体格检查的那天,对约翰来说是一个从未有过的恐怖日。同阿道夫,路德维希,这个和那个赫尔穆特,同贝尔尼,吉多和保尔,同他们一起脱得一丝不挂!约翰知道,要是他见到别人那显著的垂饰物,他的 IBDIB 不会安静。他一想到他们的部分,他的部分就肿胀,竖起,愚蠢地指向前方。越是不允许,他的部分就竖得越快。然后还得去大厅,跑到一个个桌前,见委员会成员,军医,护士,记录员和别的人。为了能安静,约翰一大早两次超越终点。在那里,他一直更多地看天花板而不是看别人,命令自己想一些能分散自己注意力的景象。比如,1月底的有一天,他同利希滕施泰格尔的赫尔穆特在一块大浮冰上漂了下去,进入浓雾;他们弄不清了,陆地在哪个方向。要不是一阵风帮忙吹散了迷雾,他们也许会在2平方米大的浮冰块上被冻僵。借助这样的想象和某种最深切的不在场意识,他做到了。他的部分没有造反。然后大家喝了酒。经过体格检查和被诊断为"适于战时使用",该允许喝一杯,尽情地喝。适于战时使用,这得庆贺一番。阿道夫用酒精把自己灌得无法走路和不能说话,只是吃吃地傻笑。约翰成功地把他带走。自从约瑟夫当兵去以后,他一个人睡在9号房间。可阿道夫喝得烂醉如泥,甚至多脱些衣服都做不到。他倒在了约翰的床上,立刻鼾声大作,然后又呕吐。约翰不得不把他和自己的床铺清理干净。这最后一个阿道夫之夜,不是一个美妙的夜晚。他用湿毛巾把阿道夫的呕吐物抹在一起,带着包在一起的呕吐物穿过黑暗的走廊,悄悄溜到洗涤槽。任何蹑手蹑脚都无法避免楼板发出咯吱声。所以,他每时每刻都担心母亲会被惊醒,然后她会出声问:约翰,怎么回事?没什么事,他会这样回答。这时他想到了适于战时使用的诊断,他笑了。阿道夫吐了一床,这她早晚都会知道。阿道夫自愿报名,参加高炮部队。约翰壮着胆子问了一下:为什么这样?懦夫和胆小鬼才报名参加高炮部队。谁报名参加高炮部队,就以此供认,自己不愿上前线,该别人上前线。要是约翰正好也不想上前线,他永远也不会以报名参加高炮部队的方式,来承认这点。别人开往前线,而你躲在某个防御工事里,朝天放炮!阿道夫真做得出！而且对此没有一句解释的话。显然，约翰怎么想，这对他来说无所谓。

第二天早晨，一个来自盖瑟尔哈茨的电话排除了其他任何话题。被称为堂兄的叔祖被关了起来。从此刻起，谈起他，母亲只是说可怜，可怜的安塞尔姆。9 岁的安塞尔姆，一直还经常地被她牵在手上。他知道，可怜的安塞尔姆，这不是指他。有多少事要感谢这个堂兄，可他被关了起来。在罗滕堡的监狱里。约翰最后从这个被称为堂兄的叔祖那里得到的东西，是一件色彩明亮、得体合身的双排扣衣服，如此漂亮又贴身，这样的衣服，除了约翰只有约翰内斯·黑斯特斯①在他的电影里对着女人唱歌时才穿。在他的 16 岁生日时——约瑟夫已经在他的坦克部队——约翰单独一人，被允许在旺根的布雷德尔那里挑选衣服。他穿着每件衣服给双膝叉开坐着的堂兄看。尽管没人说出，为什么这个盖瑟尔哈茨的安塞尔姆为什么被关了起来，约翰渐渐地还是知道，这个堂兄触碰了，或者纠缠了，或着糟蹋了在他那"阿尔卑斯山蜜蜂牧场制酪场"工作的制干酪工。在谈到他时，堂兄现在被借助一个法律条款提及。他是一个第 175条。男人们提到这个，会表现出一脸的讥讽，女人们则觉得他可惜。这样的不幸，母亲说，这个可怜的，可怜的安塞尔姆。要是母亲同奥特马尔·劳赫勒，一个她叔叔给她选中的制干酪工结婚，他就会让她继承"阿尔卑斯山蜜蜂"，连同黑光闪亮的钢琴，有红色护套的椅子，带有 4 卷本瑞士历史书、24 卷烫金亚麻布脊封面的《迈耶尔百科全书》和多层小说的玻璃门的书柜，另加一架落地大座钟。它总像

---

① Johannes Heerters，1903 年出生于荷兰的德国轻歌剧演员和电影演员。

是从梦中醒来,但时不时地还会敲上一下。母亲曾给这位叔叔管理过几年家政。奥特马尔·劳赫勒是她叔叔最年轻的制干酪工。只要花儿盛开,就曾把花送进她的房间。他住在阿姆特采尔。要是他早上5点半从那里去盖瑟尔哈茨,就在路上摘花。因为这些花,他每次都得绕道。因为他不能拿着花束从街上、从正门接近制酪场。其他制干酪工和运牛奶来的农民们嘲笑他。他每天在那个地方绕道,从草地的一边,也就是从后面绕到住房那里,然后又以某种方式悄悄进入奥古斯塔的房间。花瓶总是被母亲从床头柜放到桌上,现在又被插满摘来的鲜花后放回到床头柜上。奥特马尔从来不说什么,可他总在自己的纽扣洞里塞上一朵花。要是从他的制干酪工工作服纽扣洞里露出一朵草地丁香,随后在奥古斯塔房间里,一束草地丁香就会在床头柜上闪闪发亮。

她觉得奥特马尔不错,可她接到来自瓦塞堡的信,而她又逢信必回。当然她每次给自己留有时间。她很想立刻回信,可她要求自己,在收信日和回信日之间至少等上一个星期。她认为这样才对。对新来的信,她每天至少要看上一遍。每次重新看之前,她会先打量它,像打量一幅画。紫色的墨水。特别的字母。用鹅毛笔写成,笔触细腻,但是也能非常粗重和放达。亲爱的奥古斯塔!他是唯一一个不简略她名字的人。自神甫以来的第一个人。神甫也说奥古斯塔。当这个瓦塞堡的写信人第一次来到屈默斯威勒购买苹果时,奥古斯塔的母亲邀请他到家吃午后点心。典型的母亲的母亲。母亲的父亲从来不会就这么邀请别人来吃午后点心。可母亲的母亲的娘家姓是梅斯默,很久以来这是个牲畜商家族;同翁希切勒农庄相比,在赫米希霍芬,梅斯默的田产是一座庄园住房。安娜·梅斯默是第一个把一匹马带到翁希切勒农庄里的人。她的婆婆,奥古斯塔的祖母,虽然来自布鲁格阿赫,可她看起来居无定所。她带来的东西主要是乌黑的头发,李子般形状的眼睛和不怎么白的皮肤。名字听上去已经不是本地人:埃姆里茨。令人惊奇,尽管有这么一个祖母,奥古斯塔幼时对吉普赛人有着无法抑制的恐惧。每天晚上上床睡觉以前,约翰都要蹲下,看床底下有没有吉普赛人或其他什么让人害怕的家伙。这是他从母亲那里学到、接受和保持下来的习惯。当约瑟夫还和他同住一屋时,约翰一直由于这点受约瑟夫的嘲笑。在瓦塞堡,在二楼,谁会跑到床底下去! 约瑟夫显然没有约翰和母亲那么胆小。母亲对时刻可能发生的灾难的害怕,不是从她的母亲那里继承来的。那个赫米希霍芬的女儿幼时生活富裕,无忧无虑。这种害怕是从她父亲那里继承过来的。而这可能是他的母亲,那个长着这样或那样形状眼睛的黑发特蕾泽·埃姆里茨带来的。奥古斯塔在整个儿童和青年时代,担惊受怕地弯腰朝床底下看,去寻找可怕的亲戚。据说,那个嫁妆丰厚、带着一匹栗色马从赫米希霍芬过来的牲畜商女儿不得不经受一场斗争,同让自己大儿子塔德乌斯娶她的黑发婆婆的斗争。她带来的那匹叫弗里茨的马,开始时根本不习惯翁希切勒的马厩,撅蹄嘶鸣,弄得隔壁小房子里的母牛几乎不再产奶。早上,它的尾巴和鬃毛总是有一半绞在一起。兽医和神甫只能尽力而为。夜间的发作逐渐变少,不过还时有发生。那是一场斗争。据说到了长着李子般眼睛的黑发婆婆去世以后——可那是三年以后的事——这种发作才完全停下。此刻起尾巴和鬃毛不再绞在一起。不过,弗里茨,那匹栗色马,从此刻起再也不能过水塘。它受不了自己在水里的倒影,而河水更是它害怕的东西。倘若野外逢雨,就别想让它安静。遇到雷阵雨,它会在草地上的母牛中间寻找庇护。塔德乌斯决定把它卖掉。一个来自罗尔沙赫的牲畜商出手帮忙,带上了弗里茨,想在林道把它经过跳板带上负责运货去瑞士的渡船的甲板。可栗色马觉察到了跳板,知道它在跨过水面,就蹦了起来,跳得老高,越过栏杆,掉进水里淹死了。钱已经支付。以后听人说,它一直害怕水,因为它预感到了这个结果。听到这个消息,这个梅斯默女儿跑回自己房间。第二天她给了加特瑙的神甫一些钱,让他为她的婆婆做了三次弥撒。渐渐地,这个梅斯默家族的女儿成了家里的女主人,而那个比她个子小的塔德乌斯让她管理家政。用卖弗里茨的进款他又买了一匹马,一匹非常听话的栗色马。要是塔德乌斯在泰特南送葡萄酒或啤酒花,又喝了一杯,即使这个农夫在他的椅子上打盹,这匹马也能找到返回屈默斯威勒的路。葡萄去梗的事现在也被托付给了翁希切勒农庄。葡萄的橡木桶压榨本来已是翁希切勒农庄的事。然后塔德乌斯当了 35 年的乡镇代表。每日清晨露天里,他在井边牲口饮水槽旁洗冷水澡,总是先用冷水浇脖子,由此他一生没患牙疼病。他的妻子,梅斯默的女儿,乐意款待客人,但说话不多,可还是比他的丈夫塔德乌斯爱说话。他只是干活,似乎来到这个世界上就是为了干活,每天早上 5 点去埃克斯森林,带枪或不带枪。来自瓦塞堡的水果商儿子接受了吃下午点心的邀请,然后也许很长一段时间,每个星期六下午翻过三座小山,涉过两条溪水,然后把他的自行车靠在园圃树篱上,总是在同一个蜀葵开花的地方,拿下裤腿上的夹子,问候奥古斯塔。他没有缩略女儿名字的字母,这件事可能已经让这个看重形象的梅斯默家族的女儿有好感。可是,后来他突然不来了。要是星期六下午回家,奥古斯塔还去下面的加特瑙,告诉那个同瓦塞堡的水果商儿子一样不缩略她名字的神甫,她相信自己犯有罪孽,然后走去,又跑上屈默斯威勒,每次都希望,自行车靠在树篱上,靠在种有蜀葵的地方。这是一辆独特的自行车,鞍座下的车杠上固定着一块黄色的铁皮,上面用红色的字体写着"阿凡提"。当自行车的主人在时,由于高兴,她每次都忘记问他,这意味着什么或是什么意思。在3个月的7个星期六,园圃树篱的蜀葵旁,没有水果商和旅店主儿子的自行车。透过忏悔室那昏暗的栏栅,她说,现在她决定了,她要进修道院。离开忏悔室时,她有这个感觉,神甫透过窗帘缝,目送着她。她觉得自己比以往任何时候都变得重要。我要去修道院,她说。当她跪下忏悔时,她肯定没有打算说这样的话。可是,突然,当她诉说着自己那微不足道的罪孽时,她突然想起:要是我回家,自行车没有靠在蜀葵下的树篱旁,那我就去修道院。她不愿意去修道院。可她也不愿毫无意义地继续在这个世界上到处乱跑,倘若事后这辆自行车没有靠在园圃树篱上。她22岁。已经工作了七年。在利伯瑙,在泰特南的"狗熊饭店"学了烹饪。她父亲的弟弟,那个安塞尔姆叔叔,想让她同奥特马尔·劳赫勒结婚。这是来自阿姆特采尔、他最喜欢的制干酪工。在酒店里,这个叔叔总是替圆桌旁的人一起付账。要是有人问他,他自己为什么不成家,他就会用左手抓着右手背,满脸的微笑——真的,他把笑容有些拘谨地堆到了宽宽的脸膛上——然后说:我是个太没有耐心的人。

她不能每个星期六从盖瑟尔哈茨跑回家。这太远了。可是,在那个星期六,她突然,非常突然地请求叔叔,让她回家过周末。他用自己的福特汽车把她送到旺根,她从那里坐火车去上赖特瑙,然后

跑过下赖特瑙,贝希特斯威勒和里卡茨霍芬,回到屈默斯威勒,然后
又往下,来到加特瑙做忏悔,告诉神甫:我想去修道院。她心里想的
是:要是他今天不来,我就去修道院。她明白,这么想,是一个罪孽。
而更严重的罪孽是:告诉神甫,打算去修道院,可自己根本就不想去
修道院。不过,要是她事后回家,有着"阿凡提"牌子的自行车还是
没有靠在蜀葵树篱上,她会去修道院。她要摆脱这样的生活。投身
到最幽深的修道院中去。去锡森,去女方济各会修士那里。她得在
明天一大早,在受圣餐之前,再忏悔一次。唉,无所谓了,现在或以
后自行车是否靠在树篱上。你不能向上帝勒索:要是他今天不来,
我就去修道院。这是一个勒索的想法。神甫说:多么美好的决定,
奥古斯塔。他第一次在她忏悔时提到她的名字。平时人们实际上
不知道,听取忏悔的人是否认识忏悔者。希望不认识罪人。在忏悔
室的窗帘后光线很暗。神甫说,她该感谢上帝,他把这个愿望给了
她。上帝不是给每个人敞开这样一条通向自己的捷径。奥古斯塔
应该尝试,证明自己配得到上帝赐予的这个愿望。她必须在自己的
一生中保护和照料好这个愿望,像保护和照料一个胚胎,一个生命
的胚胎那样。当时,她没勇气承认,她还缺少十分的把握,是否真的
去修道院。上学时,她曾是神甫的宠儿。他让她坐在他怀里,借此
暖和她的胆囊部位。同时她得对全班同学诵读基督教教义问答手
册。神甫的女厨患有麻痹的疾病,经常突然地受到麻痹的侵袭,而
与加特瑙相比,屈默斯威勒离贝希特斯威勒更近,医生又住在贝希
特斯威勒,奥古斯塔就替女厨在莫泽医生那里取药,并交到神甫家
里。医生说,要是她放学,她可以去他家里,帮他妻子干活。奥古斯
塔做了。但只呆了一年。擦洗,做饭,照料马匹,砍木柴。医生的妻

子,自己也是一个医生的女儿,身体太赢弱,不能指望她干任何事。不管怎样,医生帮忙,在这一年后,让奥古斯塔在利伯瑙被接受,学习烹饪。

从加特瑙到贝希特斯威勒几乎都是上山的路。但在这次忏悔后她跑了起来。到了山上,接着要往下走到对面时,她才放慢了脚步。那里是岔道。她沿着山坡走。她用手撑住自己侧胸刺痛的地方,疼痛还没停止,她就弯下了腰,抓住近处的一块石头,朝它后面吐了一口唾沫,再把它放回。据说这有作用。她得对在树篱旁空荡荡的景象作好准备。为什么偏偏今天他会上山?虽然苹果正好该弄下山去,不过,这个瓦塞堡人不可能知道,奥古斯塔恰恰今天会从盖瑟尔哈茨返回。没法预料。在过去的半年里,已经在七个星期六回家,他都没来。要是这辆"阿凡提"自行车不靠在蜀葵下,她准备今天晚上就跑回上赖特瑙,从那里给叔叔安塞尔姆打电话,问他是否能在旺根接她。要是不能,就徒步去盖瑟尔哈茨。不过,叔叔这么喜欢开车。要是自行车没有靠在那里,它不会靠在那里,她最好立刻拿起她的包,继续朝上赖特瑙跑去。趁现在天还亮着。从贝希特斯威勒到里卡茨霍芬,要两次穿过森林。就是在白天也有危险,一旦天色暗下更加无法通行。疯婆会抓走每个男人和女人的帽子,口出恶言,然后带着诅咒重新给你戴上帽子。比疯婆更糟的是那两匹火马。要是它们朝着她跃来,奥古斯塔会被吓死。到现在为止,每个碰到它们的人,头发变得雪白。

要是安塞尔姆叔叔今天再来旺根接她,他就会知道,事情的发展不像该发展的那样发展了。他就会立刻重新开始关心她和阿姆特采尔的奥特马尔的事。每当他递给她一封来自瓦塞堡的信时,他会说：奥特马尔也写得一手好字。要是邮递员自己把信交给她，他会说：要是里面写的东西同字体一样漂亮，那就可以向她祝贺了。奥古斯塔不想同阿姆特采尔人奥特马尔结婚，尽管她不讨厌他。她要么嫁给那个瓦塞堡人，要么去修道院。忘记他，这在修道院才能做到。而她必须忘记他，否则她要毁灭。她现在恳求上帝宽恕她的罪孽。勒索不是她原先的意愿，事情不是他在彼岸可能了解的那样。她叔叔安塞尔姆会试图说服她，抛弃修道院的念头，这她知道。现在接受奥特马尔吧，他会说。会列举奥特马尔的优点：高大，聪明，善良。长相也不错，难道不是吗？拒绝叔叔，这让人于心不忍。自从她离开家，没人比她的叔叔安塞尔姆为她做了更多的事。她在利伯瑙——她在那里的时候还不到14岁——第一次被派到地窖里去，往葡萄酒罐子里灌酒。那时她只顾着赶快回到上面，立刻从酒桶旁跑开，忘了关上龙头。酒桶里的葡萄酒流了一干二净。贵重的伯岑酒完了。她哭了整整一夜，店主说：我不想再见到你。她在阁楼的床上睡下之前，用公共电话和叔叔通话，向他报告了灾难。第二天早上他就到了，为葡萄酒付了钱。她可以留下。她在叔叔或尘土后面挥手，直到什么都看不见。尘土没留下汽车和叔叔的一丝痕迹。奥古斯特每个星期天去两次教堂。叔叔说：一次就够了。

奥古斯特知道，要是她说，她想去修道院，叔叔会说什么。你的遭遇会像那个修女一样。她把自己生下的孩子杀死，然后扔进诺嫩小溪。要是有人走羊肠小道，越过溪水，这个孩子会向他呼唤。安塞尔姆叔叔也出生在屈默斯威勒，同他的三个兄弟在这里长大。他们是塔德乌斯、卡斯帕、达维德。在一直延伸到诺嫩小溪的田野里干完活，人们就在溪水拐弯和流转的地方洗澡，等待着被谋杀的修女婴孩开始哭叫。

她离家越近，她也许越是对自己说，你还是走得太快。邻居们会怎么想，要是他们看见，翁希切勒家的大女儿，眼下在盖瑟尔哈茨工作，星期六下午却从加特瑙方向跑了上来！屈默斯威勒一共没有几栋房子组成。实际上大家都是邻居。每个人都生活在别人的眼皮底下。她经过贝克家，在京特尔家前拐弯，然后绕着翁希切勒的家——只有在举行婚礼和葬礼的时候才会使用朝南的大门——就已经看见了肥料堆，看见了仓房和园圃，而在树篱旁，在白色、但被紫色围绕的蜀葵下，她看到了瓦塞堡人那辆有"阿凡提"招牌的自行车。

一年后是婚礼。奥古斯塔成了瓦塞堡的一个女店主。以后她告诉自己的父亲，她差一点儿去了修道院。他说：我宁愿要上帝而不是其他任何人当我的女婿。

她没要奥特马尔，对于这点，宽厚的、总是乐于助人和被称为堂兄的安塞尔姆叔叔没对她记仇。而现在他被关了起来，第175条款，一个温厚的兄弟，大家都这么说。当堂兄叔祖在旺根的布雷德尔让约翰挑选了那件色彩明亮、得体合身的双排扣衣服后，约翰一到家，就立刻穿这件衣服，坐火车去了林道，在埃克莱因照相馆拍了一张站着的全身照。站在一张高贵的椅子右边。左手就这么放在椅子扶手上，左边的衣袖里露出戴着金表的手腕。堂兄叔祖是约瑟夫和约翰的坚信礼教父。他送给了他们每个人一块金表。可惜，这张照片无法再现手表的闪闪金光。可惜，约翰没敢还穿着堂兄叔祖送的米色府绸大衣拍照。在旺根的布雷德尔商店，营业员说，这是芮格兰式套袖大衣的样式。约翰每次穿着这件大衣站在镜子前面，他就想到这句话：芮格兰。他觉得，他从这件大衣里伸展而出，就像一朵花从花瓶里冒出。他对自己百看不厌。难道他不是某种能飞翔的东西？他只需要展开双袖，立刻就两臂生风。空气是一种元素，只等着把他承负。他的生命会是唯一的一次上升。这他知道。要是他身着芮格兰式大衣站在椭圆形镜子前面。当然，他害怕这样的上升和在高空飞翔。飞得越高，摔得越重。这是明摆着的。他体内注满着这个感觉。尽管如此他想飞升。除了飞升别无其他。他想向母亲证明，他不会坠落。而现在，这个给了他所有这些好东西的人，从11月起被关进了监狱。这个留着茂密的银色短发和有着古铜色皮肤的人。一个对人口政策来说没出息的家伙，布鲁格先生这么说。约翰很想替叔祖辩护。可他没有勇气。这影响了他，似乎他赞同布鲁格先生和多伊尔林先生以及所有这么说话的人。可他根本不愿这样。他想反驳，可他不知道，该如何反驳。可怜的安塞尔姆叔叔在监狱的六个星期里，体重减少了32磅，母亲说。只剩下了皮包骨头。约翰拒绝这样想象叔祖。尽管这可怜的安塞尔姆在那里肯定不能穿他漂亮的西装，而约翰只能想象身着自己西装的他。他的西装就像一种成了织物的液体把叔祖包围。而这些西装总是没有式样和一定的颜色，这又增强了这个液体的印象。实际上总是呈现出一种淡紫色。但是如此明亮，以至于这个紫色更是一种预感而非一种颜色。现在，这些西装闪耀在罗滕堡的中世纪监狱走廊上。约翰想象着，被称为堂兄的叔祖用一大批奶酪和黄油贿赂了看守，为此他们允许他穿自己的西装。约翰想保存叔祖的形象，不受囚犯服的损害。人们相信，必须把有的人关起来，可为什么还要让他们蒙羞受辱？

穿制服有时也让他感到屈辱。只有当了少尉，才能让人受得了，走来走去。所以在他给约瑟夫的信里总是少不了这个问题：你何时成为少尉？他想象着，约瑟夫是上尉，他是少尉，他们中间是母亲。这样村里的人就得承认，小看了这个家庭。村子是人类的全部。人类最多正是由这些人组成的，银行吉雷尔夫人，赫尔默的赫尔米内，鞍具匠吉雷尔先生，和其他所有的吉雷尔家庭，格吕贝尔家庭，齐恩家庭，施塔德勒家庭和施内尔家庭。只要约翰摘苹果，所有的人会在街上来回走动，朝着树向他问好，为他又回家感到高兴，并问，他的帝国劳动服务情况如何，他反正已经习惯于工作，他回家多久了，约瑟夫有何消息，但愿他情况不错，人们应该感到高兴，要是自己还活着，但愿好时光不久就会来到，好吧，约翰，继续干，你的苹果真漂亮，要是它们像看上去的那么好，你该感到满意才是，好吧，愿上帝保佑你。森佩尔的弗里茨经过，不过叫着：孩子长成了大人。这时约翰大声叫回：兵士成了二等兵。弗里茨叫回：烧酒对医治霍乱和获得提升有好处。大家知道，弗里茨给他在艾希施泰特的部队提供烧酒，很快成了二等兵。弗里茨坚持，让约翰立刻下来，一起去圆桌旁。发生了一起炮弹爆炸事件，过去没有半个小时。约翰，马上下来，不然你永远见不到我，他叫着。约翰把装了只有一半的苹果袋递给尼克劳斯。弗里茨把约翰拖到街上。没等他们转向露台，他又抓住了本来现在根本没想去"餐厅旅店"的杜勒。杜勒马上发觉，森佩尔的弗里茨现在的情绪，不允许别人扫他的兴。森佩尔的弗里茨需要听众。到了圆桌旁，那里坐着约翰在白天的这个时间已在那里见过的人。路易丝拿来湖酒。弗里茨发觉约翰只是抿着小口，他马上中断自己的讲述，说：喝，喝，小兄弟，喝！他给桌旁的大家叫了湖酒。那是管道工施密特先生,他在所有事情上的师傅,车匠舍夫勒,泥水匠师傅施佩特,铁匠弗赖,那个莱奥·弗罗姆克内希特,舒尔策·马克斯。泽哈恩先生坐在他的桌旁,吐着他的词汇。自从旅店被租出,约翰这是第一次坐在圆桌旁。弗里茨立刻成了大家都得注意听的人。他点上一支自己卷的香烟。宁愿要手里的一根自卷烟,不要房顶上的一根赛努西牌卷烟,他叫着。因为弗里茨所处的情绪承受不了别人的拒绝,约翰也没抵抗,同喝酒一样小心地抽烟,又一次经历了,在圆桌旁人们是如何说话和倾听的。每个人都在椅子上转向一个方向,以便自己能直接看到弗里茨那别扭的、嘴唇向前突出的嘴巴。每当弗里茨喝光他杯里的湖酒,路易丝就得倒满下一杯,放到他面前。这她知道。好吧,好吧,所有年龄段的同伴,猜一下,一个完全出于对军队的热情没完成商业学徒的小捣蛋,我的上帝,我们那唯一的新教教会少尉,带着冲锋枪和穿着装甲兵服,那个退职的中队长,和刺绣艺术家,会怎样对待一个应征入伍的、也就是说一个身穿民族荣誉服装的当年的管道工伙计。你们知道我指的是谁,名字我不说,我也不知道。他以前对管道工学徒和以后的管道工伙计总是宁愿视而不见而不是打招呼。以前,要是管道工衣服在他身边扬过,他看都不会看一眼。好吧,而现在,不到30分钟前,退职的管道工伙计和现在在任的二等兵同这个新教教会的少尉和镜框刺绣艺术家相遇。当然,管道工垂下他的目光,然后把脸转向肉商吉雷尔的橱窗,因为他在那里发现了一个罐头金字塔,想知道,这样一个罐头金字塔在这可怕的、强加给我们的战争第五个年头里能给我们带来什么。可这个新教教会的少尉对着这个根本没有领章的二等兵大吼大叫。返回园丁哈特曼的家,再走过来

一次,然后向少尉敬礼,否则就要上报。倘若违抗命令,最低的惩罚
是去惩罚队。可这个退职的管道工伙计,现役的二等兵装做听觉迟
钝。像一头骡子那样站在雨里,不往东,也不往西。可这个少尉,这
个女送报人的孩子,对这个一动不动的退职管道工叫着:同报告一
起交上去的,最后还会有对体格检查卑鄙行为的鉴定。这时,现役
的二等兵坚持不住了。那个当时可怕的疏忽,现在突然变成了体格
检查卑鄙行为,而这个疏忽发生在那个头脑不总是十分清楚的管道
工小伙子身上。你们大家都知道,你们同我一样觉得惋惜,这个曾
经是我的小伙子,当时同大家一起列队从体格检查委员会的一个个
桌子前面通过,接着从每个桌上拿了一张纸。"适于战时使用"和
"工兵"。得把一切保存好,倘若要让祖国知道,它可以指望你干什
么。这个当时的管道工小伙子走出房间,来到走廊上,神思恍惚,错
过了那扇该在它后面把全部纸张交掉的门,以便那些在肯普滕的人
能准时召集他从军。这个一直被属于体格检查的、让人不习惯的裸
体弄得不知所措的蠢蛋,耽误了两年,两年的时间里,我非常惋惜地
说,这个就是我的他,不能为祖国服务。否则我今天会怎样!可现
在我只是个二等兵。不过,领袖以前也曾是这样的一个士兵。不过
森佩尔的弗里茨官会做的更大,倘若那次体格检查没导致他这样的
疏忽,把证明带回家,而没留给了肯普滕的人。而这个新教教会的
少尉称此为体格检查卑鄙行为,重提旧事,也就是说,想把我送进我
可不想去的惩罚队。这会是肯定的结果。好吧,只能去园丁哈特曼
家,正步经过站在肉商吉雷尔橱窗前的新教教会的少尉。向他致
敬,让他好好地高兴。可然后还得绕过布鲁格的家,从后面上来,到
街上。我当然不可能喝得那么多,像我现在想喝的那样。别误解

我：因为我被吓坏了。一个人竟会出这样的事！不对一个新教教会的少尉敬礼！好吧，我告诉你们：这样的事不能发生。因为这个高级别的人是我们出色的埃迪·菲尔斯特、那个我们很早以前只是叫他为埃德蒙的人，这样的事就更不能发生。一个误解，同伴先生们：我对自己感到害怕。我感到非常非常非常遗憾，因为我自己是任何误解的根源。我站起身来，向我们的领袖致敬，因为我尊敬、重视和爱戴他，因为我知道，他不知道，这个或那个人以他的名义都干了些什么。希特勒万岁。路易丝，你用不着致敬，只需要斟酒。你没看到，我有多渴，伙计。

随后没有再谈此事。森佩尔的弗里茨只是有一次轻声地提到：这个少尉先生，以前就曾抢走过我的女人。我得到的总是剩货。

森佩尔的弗里茨是唯一一个成功地把约翰从梯子上叫下的人。当然，要是陶本贝格尔先生走上街来，约翰自己会从梯子上跳下，把口袋甩给尼克劳斯，不管它满还是不满，走上街头，问这个邮递员：有约瑟夫的信吗？每星期该有一封信到达。要是陶本贝格尔先生在他那巨大的、让他自己的身体变小的邮差口袋里有一封约瑟夫的信，他会把它取出，在别人还没到他身前时，就把信抛向空中，表示出，这封信让他自己和收信人一样高兴。有约瑟夫的信吗？要是他得以"没有"回答这个问题，他就会无言地摇头，表现出，他得鼓起劲来，才能接着向前走，继续从事这个令人恐惧的职业。这个职业迫使他告诉别人，今天身边又没他的信；而因为已经这么长时间没有信件，别人日日夜夜地在担惊受怕。要是有信来，要等三个人聚在一起时才打开。9岁的安塞尔姆坚持，允许他读约瑟夫的信，不管上面写着的是：我亲爱的安塞尔姆，或者，我亲爱的妈妈，或者，我亲爱

的。称呼前的东西,即右上方写的字,安塞尔姆也读:1944 年 9 月
19 日,东部。1944 年 9 月 27 日,东部。1944 年 10 月 6 日,东部。
1944 年 10 月 15 日,东部。1944 年 10 月 22 日,东部。这样他们就
得知,约瑟夫大体上情况还可以,只是一直还没投入战斗,之前他们
把俄国人打退了 30 公里,他同他的坦克在修理厂,无论如何这里的
生活比在军营里更让他们喜欢,可惜一天前他的装弹手开枪自杀
了,这对他们都是一个谜,他有幸马上作为瞄准射手登上一辆豹式
坦克,在波兰一切都贵得让人无法想象,比如 1 公斤梨子 20 德国马
克,在匈牙利这里,有人把水果送上他们的火车,他们终于到达罗马
尼亚边界,晚上开着坦克越过了卡尔巴阡山脉,9 月 29 日,他终于第
一次投入战斗,但没发生什么事情,他们留在步兵那里,作掩护,伊
凡①整天放火箭炮,防坦克炮,迫击炮,但什么也没得到。他们无法
离开车子,约瑟夫很快适应了枪炮射击,间隙里还读了一本黑塞②的
书,晚上他们几辆坦克一起向前突进了一下,在两百米处看到两辆
俄国坦克,一辆"斯大林型",一辆"34 型",一门重型火炮对"34 型"
射击,但没打中,约瑟夫射击,第一炮它就燃烧了起来,约瑟夫非常
高兴,第一天就如此幸运,不过,这辆"34 型"此前已经不能开动,尽
管如此,这是第一炮,而随后他们被击中,炮弹打在前面的斜面上,
发出巨大火花,要是炮弹再往上偏一些,坦克就动不了了,也许他得
拄着拐杖走路,可是除了一些小损伤,只是一场虚惊,昨天又收到你
们的信,这里在外面,知道家里有人在惦记着你,一种美好的感觉,

---

① 贬指俄国人。
② Hermann Hesse,1877—1962,瑞士德语作家。

他以前以为,最好没别人,这样,参加战争就多么容易和没有包袱,现在他觉得,没有别人为自己掬上一滴眼泪,这太糟了,没有这家乡的一滴眼泪,这场战斗就毫无意义,要是可能的话,把林道日报寄给他新的地址,他们突然又必须向前突进,和几辆坦克一起击退俄国人的一个营,夜里他的车被击中,他们不得不撤出,所以他又能写信,鸡和猪跑得满地都是,他们做了麦糁粥和真正的咖啡,据说俄国人在大瓦代恩的防线被击破,他们又在穿过匈牙利的路上,但愿能顺利回家,他们几乎什么都不知道,人们谈论得较多的是新式武器,但愿它们马上就到,他们到处受到居民的欢呼,俄国人在这里大肆掠劫,枪杀平民,强奸妇女,在大瓦代恩人们给他们送来葡萄酒,面包,奶酪和熏板肉,他得到第一次嘉奖,银质坦克冲锋勋章,证书他会寄回家,家里怎样,但愿他马上能收到信,在大瓦代恩附近的战斗里,他在两次进攻中发射了新的反坦克炮弹,击毁了两辆坦克,在前一次进攻中,一个其他中队的军官上了他的车,他要提出书面建议,授予约瑟夫铁十字勋章,这当然是了不起的事,昨天俄国人的 80 辆坦克突破了,约瑟夫没能参加战斗,因为他的炮射不准,他们在家里是否有他朋友们的消息,赫尔曼·特劳特魏因、埃迪·菲尔斯特、萨基、吉姆,他们都在哪里,可能的话,请把地址给他,在现在为止,他几乎还没害怕过,最多是,当炮弹落在离车子很近的地方时,这时他当然缩回了脑袋,他所属部队的指挥官得到了嘉奖,母亲现在把旅店租了出去,他很高兴;要是他下次回家,那一定非常美好;但愿战争尽快结束,要是俄国人开进我们美丽的家乡,这一定是最可怕的事,他们完全可以相信媒体告诉他们的事情,俄国人会怎样对待别人,他现在亲身经历了,要是他们这样对待匈牙利人,那么我们的情况会更糟,眼下只是自己的大炮掠过他们的上空,可遇到俄国人,就不知道会发生什么事,尽管俄国人在过去的几天里遭到了巨大损失;等约翰来到前线,战争肯定结束了,他们在那里渴望得到新式武器;母亲不用为他担心,请她为他祈祷;他的分队,甚至他的军团,第23坦克团,在德国国防军报告里被提到,形势严峻,昨天他们被包围了,今天又有一条自由的通道,他们可不会这么快就让人抓住;前天他碰到来自诺嫩霍恩的霍恩施泰因的儿子,今天中午他们甚至给自己做了油煎饼,味道几乎和在家里一样,在大瓦代恩他吃了巧克力,直到吃不下,有关战争的消息,他们在家里听到的肯定比在他们那里多;终于又有家信,而且带有他度假时拍的照片,他非常高兴;他和往常一样很好,眼下在德布勒森,目前情况相当混乱,俄国人不停地进攻,而且占有优势,约瑟夫的小队很长时间以来是俄国人的眼中钉,俄国人不断试图包围它,也成功过,但时间从来不长;昨天约瑟夫在捉自己衬衫上的虱子时,被一个战地记者拍了下来,他发觉得太晚,希望这不会出现在周报上;他们渴望得到新式武器;致以最衷心的问候,你们的约瑟夫。

晚上给他回信。或者母亲写,或者小安塞尔姆给他写,或者约翰给他写。小安塞尔姆写道,请约瑟夫给他带回一块弹片。母亲写道,但愿战争终于结束。约翰给他写的是:希望我的征召令马上到来。

嘿,年轻人,沃席舍克夫人脸朝上对约翰叫着。约翰还没往下看,就知道,要是她这么叫,那么她现在的样子肯定是双腿叉开,双拳顶在腰上,下嘴唇远远地向前伸出着。还有约翰见过的最最放肆的目光。黑林夫人看人,总是从上往下,似乎别人还没张嘴,已经冒犯了她。约翰本来就正好要下去,不仅是为了倒空袋子,而且还要挪一下梯子。路德维希王子苹果树上的苹果已经摘完了。现在——总是放在最后——轮到韦尔席斯奈尔苹果树。这个品种成熟得最晚。约翰在下梯子时非常清楚地表示,他是因为满出来的袋子而不是因为沃席舍克夫人的叫唤而走下梯子。他把袋子交给尼克劳斯,让他把苹果完好无损地装进箱子。沃席舍克夫人却说:可以吗?别客气,请便,约翰热心地说。也可能是相反的回答,她说着给自己拿了一个大大的路德维希王子苹果,狠狠地咬上一口。她吃着苹果说,吃苹果的是埃娃而不是亚当。约翰对尼克劳斯说:接着干。挪动梯子,搬动和重新竖起梯子时,只是在竖杆不听话的情况下,他才需要尼克劳斯的帮助。沃席舍克夫人在边上看着,看他如何放倒巨大的梯子,随后又把它重新竖起,这让他觉得满足。不过,他也感到高兴,能重新站在梯子上,一个接一个地摘下绿色的韦尔席斯奈尔苹果,放进宽大的口袋。

涉及沃席舍克夫人时,贝尔尼曾做过暗示。它们让约翰自己耳闻的声响变得异常生动。沃席舍克夫人穿着内裤和高跟鞋,在一个人眼前走来走去,同时眼睛朝这个人看。以一种火热的目光,贝尔尼说。她把食指放到嘴边,示意因为帘子后孩子们在睡觉,所以一切得悄悄进行。她的内裤是黑色的。不管约翰相信还是不相信,沃席舍克夫人的内裤是黑色的。而且,别人很快就重新出来。在反掌之间,她就设法让别人射出。事情结束。就是这样。到处如此。费用5马克。很贵。另一方面又很便宜。

要是沃席舍克夫人带着她的行李住在贝尔尼的房子里,约翰或许也会去她那里。也许又不会。也许会去。不过也许真的不会。

要是他想到沃席舍克夫人——他常常会在有些时候想到她——他心里不会产生任何一行诗句。这说明了一些问题。可一想到玛格达,他心里就会有词句冒出,形成诗行,段落又组成一首诗。复活节前一周,约瑟夫说,他愿意什么时候看一首诗,这个时刻,成了他和约瑟夫共同度过的所有时刻中的一个独特时刻。星期一,下午早些时候,天又下了雪,他得为两车皮的干草过磅。他清扫了地秤,扣除皮重,农民们来来去去,约翰把秤台摇上摇下,例行公事般地作为过磅师傅做着这一切。农民们本来就几乎不再看他们那印出的过磅卡片,因为约翰这个度假者站在一旁,他们就更不看了。因为约瑟夫说,他愿意看一首诗,当约瑟夫回到伯布林根的军营后,约翰就给哥哥写信,说他,约翰,将参加地方文学创作比赛的戏剧组比赛。他没胆量参加诗歌组的比赛。除了玛格达,还没人读过他写的诗。把这些诗歌展现在与此无关的别人的眼前,这无法想象。它们是为玛格达写的。为她或者为整个人类。他愿意把它们给全人类看,但不愿意给这个或那个人看。但约瑟夫可以。或许。约瑟夫愿意读一首,不,不是读,是看,他愿意看一首——这拉近了他和约瑟夫之间的距离。他可以抚摩他。什么时候他要让约瑟夫看一首诗。现在还不行。除了玛格达,他现在还不能让别人看他的诗。在一个星期里写一个五幕剧本。当然在5月份的一个星期。在菲斯滕费尔德布鲁克参加帝国劳动服务时,消息传来:《困境中的城市》获一等奖。一个星期天的早晨去奥格斯堡,走进他一生中去过的最大的大厅,一张哥特字体活字的证书,一本关于迪特尔将军征服纳尔维克的书。战争书籍。不是他读的书。没对母亲说。还没有,他想。剧情发生在15世纪。在下一封信里,他要对约瑟夫描述在奥格斯堡大厅里举行的仪式。约瑟夫应该知道,约翰多么嫉妒诗歌组的获奖者。
约翰注视了他,不得不注视他,他起身,站在台上,接过证书和书,旁
若无人。一个高高的额头,值得羡慕的长发,穿着便装,想象一下
吧,诗歌组,整个大厅里唯一一个平民,约翰当然穿着可怕的青年义
务劳动军制服,脚蹬来自30年战争的士兵短统靴,可这个诗歌获胜
者,身穿有灰色斑点的灯笼裤套装,就像封·吕措男爵那么高贵,一
个墨绿色领结,激动人心,可还有这最桀骜不驯的:脸上的表情,纯
粹的心不在焉。梦幻追求者,约翰想,也把这个写给哥哥看。实际
上,他自己也很想是这样。没人事后会说,自己受到了诗歌组的获
奖者的注意。也许这个人生活在词语中间。约翰也很想在那里面
生活。可这不停地朝上对他讲废话的沃席舍克夫人不让他这样。
她一开口就滔滔不绝。也许,别人是否注意听她说话,这对她本来
就无所谓。可约翰觉得有责任,时不时地往下看一眼。尼克劳斯肯
定没在听她说话。他直瞪瞪地往前看着。沃席舍克夫人骂着那个
永远喝醉酒的巴拉斯·亨斯特,驻扎在体操房的部队的一个下级军
官,这个侏儒没日没夜地骚扰她。她这么说,似乎约翰该帮助她。
约翰朝下对她说,今天晚上他来把他扔出去。他现在这么打算。他
认识这个歪鼻子的粗矮壮汉。前天晚上他曾在下面乱吼。约翰下
楼,自从旅店被租出去以后,第二次像一个客人那样来到圆桌旁坐
下,在路易丝那里要了一杯苹果汁,请路易丝不要听森佩尔的弗里
茨的话。他作为二等兵坐在桌旁,对路易丝大叫:给约翰来半升啤
酒,森佩尔付帐。森佩尔的弗里茨在圆桌旁度过他假期的大部分时
间。那个歪鼻子的小个子下级军官不时地跑来,在每个有人坐的桌
旁站住,大声咆哮,因为在下一次推进时就要轮到他,去俄国,所以,

每个女人都属于他，谁要是忸忸怩怩，在她还没张嘴之前，他就会把她杀死，因为给他的进发命令已在路上，下一次推进就轮到他，出发去俄国，而且是永远，那么，现在，在他在那里被永远地打扫掉之前，每个女人都属于他，否则的话，他会对英雄战死嗤之以鼻……唯一对这个到处乱吼的家伙做出反应的是泽哈恩先生，而且是通过更是忧心忡忡的或觉得可笑的仰视表达出来。他从他总是独自一人坐着的靠墙的桌边站起，伸出右手行德国礼，又重新落座。不过，约翰能读懂泽哈恩那吐字的嘴唇，泽哈恩的文本在继续：伪善的蛇蝎，愚蠢的流氓，卑劣的公牛……突然公主出现，称这个下级军官是个大男孩，倘若他不立刻行为规矩，她将把他撵出去，尽管他不值得她动手，要是他狂妄放肆，那么她告诉他，他已经年过30，她从来不考虑20岁以上的家伙，要是他还不懂，那么她告诉他，她曾经把和他完全不一样的人，没等他们明白过来就制得服服帖帖。这个吼叫的家伙趴到了她的肩膀上，放声大哭。然后公主对也驻扎在体操房的两个士兵以命令的口气说，他们该照顾一下他们的上司。他们把醉汉扶了出去。公主接受了客人们的鼓掌声。好！斯图卡，好！斯图卡！当人们到处叫着，好，斯图卡时，她像一个艺术家那样四处躬身施礼，然后消失。

当约翰把下一个口袋交给尼克劳斯时，他更是向着沃席舍克夫人的方向而不是真的朝她，说，今天晚上他来值夜。沃席舍克夫人欢呼了一声，听起来像是哎呀，随后离去。目送着她那左右晃动的臀部，约翰觉得心里不是滋味。也许今天晚上又是一级空袭警报。眼下，几乎每个晚上是一级空袭警报。然后什么都停止了。人们在地窖里或并排坐着，或面对面，听着轰炸机群的马达轰鸣声。一直

到警报解除。但愿值夜的事已经太迟。可惜。又谢天谢地。不过
也可惜。非常可惜。也许轰炸机群今天走另一条路。在反掌之间，
贝尔尼这样说，然后笑了。他发出了一个笑声。从喉咙里。他突然
有了一个深沉粗糙的嗓音。然后他又补充，一旦沃席舍克夫人够到
一个人的尾巴，这人就完了，邮件送出，会议结束，请下一个，谁还没
轮到，谁还想再来一次。

那天夜里，他们看完电影后步行从林道走了回来，路上贝尔尼
讲述了这些事。约翰觉得，黑暗和并排行走，使贝尔尼那大胆的话
才成为可能。在火车里，面对面坐着，在日光下，就是贝尔尼也无法
说出这样的话，尽管他肯定比约翰大胆。尾巴这个词他说了不止一
次。当他们经过施万特森林时，约翰很想讲述，在圣灵降临节的前
夜，他在这个森林的边上经历了什么。他很想告诉贝尔尼这个夜晚
的经历。整个夜里，他同路易丝的妹妹躺在他从约瑟夫那里继承下
来的风衣上。在施万特森林里。在森林边上。在草地上。他在罗
西一旁，在她身边，身上，身后，身前。可是，尽管拼命地拥抱和抚
摩，事情也没结果。罗西仅在这里留几天，探望她的姐姐，在圣灵降
临节她就要返回南蒂罗尔。那是一场无法理解的，毫无声息的战
斗。罗西抵抗了，不过约翰没有必须放弃的感觉。也许，比起伊姆
加德和格蕾特尔，他更接近了她。他也不完全明白，他没有进入罗
西身上的任何地方，责任是不是在他这里。她翻滚着，无言地挣扎
着，又抓，又寻求，又呻吟。约翰想象着他在堂兄叔祖的烫金百科全
书里寻找、找到和研究过的图像。女性的性器官在那里以钢版雕刻
的方式被清楚复制和标明。阴道。他总是选择用李子这个词。把
图像转换到现实里来，这没成功。然后他开始讲话。希望由此能产

生一种气氛,减少一些罗西的拘谨。可他当然不能说他心里想的
事。他那翻来覆去的话毫无用处。天亮的时候他再次用自己的嘴
巴盖在罗西的嘴巴上,压了上去,似乎他想永远保持这个姿态。也
许不想让自己窒息,她从他身下挣扎着出来。好吧,好吧,那就不这
样,他说着跳起身来,慢慢地把风衣卷上。两个人重新慢慢地、一声
不吭地走回村子。约翰想:但愿我们不遇到鞋匠吉雷尔的黑德维希
或肖勒夫人或任何其他正好去做晨祷的人。飞鸟比往常任何时候
唱得更响。它们从所有的树上往下朝着罗西和约翰歌唱。不是唱,
是叫。在庭院角上又碰了一下脖子,然后穿过后门进去,上楼。他
现在根本顾不上操心,罗西怎么回到她姐姐那里上床。路易丝住在
鞋匠吉雷尔家。在斜斜的屋顶下有三张床空着。尤利乌斯,路德维
希和阿道夫在俄国。路德维希作为亡者。当然,回到房间,无法避
免母亲的叫问,约翰,怎么回事?叫声清楚地表明,母亲整夜没睡,
等着约翰。他叫了回去:没事。他把这个没事说得非常生硬,尽可
能地恼火。在那个他对此没有名字的地方,他感到疼痛。针刺般的
疼痛。他跪在床上,弯下身体,躺下,蜷缩起来。没有用处。那是在
施万特森林里整夜糟蹋自己的后果。他的圣灵降临节。当疼痛渐
渐过去以后,他抚摩自己。唉,你,他想。他直接听到、真的感觉到
了回答:IBDIB。他想:他是他的他①。因为现在他的圣灵降临节来
到,他就视此为名。他是他的他。EIDEI。

在齐明,炮兵教官曾用小便火鸡来形象地上弹道课。为了击中
男厕所墙上的一个点,小便火鸡不能对准这个点,而是要抬高一些。

---

① Er ist der Er ist。后面的缩写由此而来。

那时约翰没能马上同别人一起大笑出声。

今天晚上沃席舍克夫人。他要今天晚上向沃席舍克夫人敬上一次自己的 IBDIB。她会嘲笑他吗？他可以说，这是尾巴的阿拉伯语。或是立陶宛语。还是立陶宛语。

当他重新站在梯子上，把手伸向绿色的韦尔席斯奈尔苹果树时，透过枝杈，他看见村道上向上走来一个穿黄褐色的、黄色几乎比褐色多、但无论如何完全是淡褐色制服的人。只有地方小队长有这么一件明亮的淡褐色制服。而这早就不是米恩先生，那个留着白色山羊胡须的船匠，而是海关的哈普夫先生。汉泽·路易斯非常喜欢模仿他尖利的嗓音和木偶般的动作。

当哈普夫先生发表那得延续一年的讲演时，约翰想起来，米恩先生在他讲话的最后总是说：上帝保佑我们的人民总理。而哈普夫先生在他讲话的最后，总是要求人们，为我们的领袖和帝国总理希特勒发出三次胜利的欢呼。

自从宣布战争爆发以来，要是哈普夫先生穿着他那一直十分明亮的制服在工作日穿过村子时，人人都知道，他要去的那个人家，有一个家庭成员阵亡了。去那些家庭并且告诉说，丈夫或儿子或兄弟阵亡了，这是他要履行的公务。看见他的制服以后，约翰已经吓得不能动弹。地方小队长可能拐弯去铁匠彼得的家和鞋匠肖勒的家，那条路后面远一些的地方还住着雷姆家、海廷格尔家和沙格家。或者他也可能朝另一个方向转弯。去哈根家。或者继续往上去鞋匠吉雷尔家。或者就这么路过，去火车站。可是约翰看到，地方小队长转向露台台阶。约翰没使用梯子横杠，顺着竖杆就滑了下来，扔掉苹果袋，朝着街上奔去，追着地方小队长，为了在他之前回到家。

他得穿过入口,然后上到一楼,在那里敲门。当地方小队长把他的靴子尖放到最高一级台阶时,约翰追上了他。母亲正好在走道上,在 14 号房间那打开的门口。也被分隔了。那里安顿了一个五口之家。那个女人带着她那 8 岁的孩子站在那里,母亲站在那里带着安塞尔姆。大家都听见了咯吱作响的楼梯上地方小队长的靴子声,向着他,转过身体。母亲看着他,惊叫出声。安塞尔姆也同样。母亲顺着走道跑进分隔的 8 号房间。约翰站在地方小队长身后。叫声没有停止。一个声音。安塞尔姆的叫声已经听不见。约翰自己也感觉全无。他只是经历着母亲经历的事。地方小队长走进当厨房用的那个半间屋子。母亲把门开着。母亲站着,面对着地方小队长,已经不再发出声音。约翰感到,她的眼睛什么都看不见。否则的话,她的眼睛像李子核。现在她的整个脸上只剩下睁大的眼睛和一张既没闭上也没张开的嘴巴。她不知所措。约翰走到地方小队长的前面,站到母亲旁边,但不是她身边,她身边已经站着小安塞尔姆。母亲得发觉,他在这里。母亲、小弟弟和他,他们必须是一个唯一的生命体。抵抗这样的狂风暴雨。地方小队长作出姿势,似乎想举手行德国式的礼。但他摘下那呆板的帽子,用左手拿住,再次打起精神,说些关于战场上的阵亡,履行士兵责任,忠实于军旗誓言和大德意志帝国的话,然后他突然向母亲伸出手,轻轻地说:请接受我的哀悼。母亲没握他的手,于是他又把手收回,突然更轻地说:请接受我衷心的哀悼。他靴子后跟靠了一下,戴上帽子,然后缓缓地转身,到了门边,再次转身,直直地躬身施礼,然后离去。

留下三人单独在一起。约翰拉上窗帘,打开灯。母亲说:不要。好吧,他又关灯。母亲又开始大叫。但叫声不再那么刺耳。声音还很响,但不那么刺耳。已经不是大叫,而是哭喊,哭声越来越高,音调越拖越长。然后是悲惨的呜咽。约翰握着她的右手。安塞尔姆拉着她的左手。他们就这样一直坐到夜里。他们听见了或者没听见空袭警报声。警报声解除后,他们还坐在那里。母亲最后说,安塞尔姆和约翰现在该上床睡觉。这时安塞尔姆和约翰才重新动弹。

三　远足

　　蓝色的信。征召令。陶本贝格尔先生让约翰签名，证实他亲自把征召令交到约翰手里。入伍。终于。12月5日。加米施狙击射手兵营。只是，该怎样给母亲看征召令？滑雪，山地行军，白雪皑皑的山间小道上的骡马队，高处树木线以上草棚里的长夜，许多歌声，制服中最漂亮的制服……母亲马上开始讲施内尔家的事，14天前来了消息，施内尔的约翰阵亡了，已经定下礼拜仪式的时间，一天前从未婚妻那里传来：从同伴那里来的消息，施内尔躺在野战医院，于是，花圈被放进地窖，两天后，他的弟弟，约瑟夫阵亡了，花圈又拿上，过了一天，约翰也死去，昨天，最小的那个，保尔，失踪了。母亲一遍又一遍地重复施内尔家的遭遇。保尔，失踪了。路德维希、吉多、贝尔尼、这个赫尔穆特和那个赫尔穆特，他们都在哪里？只有布鲁格的阿道夫有准确的消息，他在安全的地方。而且不在高炮部队——在更安全的地方——在法国的空军无线电训练班里，在通讯工具管理处指挥部，一个有趣的职位。阿道夫不允许写得更多，布鲁格夫人对母亲说。她们在墓地上进行了交谈。布鲁格夫人很高兴,自从她丈夫被关起来以后,她被允许重新去教堂。

约翰目睹了母亲经受的痛苦。他无法想象约瑟夫的死。他根本无法理解这点。他看到约瑟夫就在自己眼前。在数百个情境中。活生生的。对于死亡,他缺乏感受力。

现在入伍了,还会怎样!只是,如何从母亲身边逃脱?等到他训练完毕,战争也结束了。神奇武器马上要投入使用。在菲斯滕费尔德布鲁克,他们在军用高速公路旁为涡轮喷气式歼击机、火箭歼击机、超音速歼击机和 ME115 歼击机挖了电缆壕沟。它们已经起飞和降落过。巨大的轰鸣声,让人有一段时间既不能说话也听不见别人。第一次的时候约翰想:这是末日审判。据说这些飞机是不受伤害的。而他在加米施,他会背着一个没有一袋煤一半重的背包,进行山地行军。没有前线和战争的一丝痕迹。他劝说母亲。

在狙击射手兵营,根据指示牌,他到了阁楼上,上面摆着双层床,同在菲斯滕费尔德布鲁克一样,占据了上铺,又是靠墙;下铺是来自汉诺威的约亨。他在第一天晚上就开了他的留声机,放上他从难以想象的大城市带来的两张唱片中的一张。然后每天晚上,他今天放这张,明天放那张,每次只要这狐步舞曲声响起,他就被人团团住:

> 每个单身汉
> 无论怎样,
> 听过一台小留声机,
> 音色瑰丽。

或者：

> 西吉斯蒙德①这么漂亮，
>
> 他自己又能怎样，
>
> 大家热爱西吉斯蒙德，
>
> 他自己又能怎样？
>
> 有人做出样子，漂亮像是犯法，
>
> 世有如此漂亮，本该喜气洋洋。

大家以手舞足蹈的方式表示，自己为留声机所陶醉。可是躺在留声机上面的约翰没有和别人一起来回舞动，而是一起跟唱。一个晚上又一晚上，唱歌的人越来越多，已经盖没唱片的声音。

约翰转向墙壁，在手电筒光线中读他带在身边的诗歌。那是斯特凡·格奥尔格②的诗歌。沃尔夫冈，也就是第二个沃尔夫冈，因为同"王冠花园"女儿交上了朋友，常常经过分队长戈特弗里德·许布施勒的躺椅。他在那里养伤。手臂射穿和大腿留下弹丸的伤口。沃尔夫冈十分留心，看到这个分队长在读诗，他立刻说，他的朋友约翰不仅读诗，而且甚至自己做诗。约翰被叫了去，在躺椅旁的一个椅子里坐了整整一个下午。当分队长的父母从黑根斯威勒下来时，他准备离开。可那个分队长不让他走。宁愿听他讲话而不愿听他父亲和母亲讲话，更不愿听关于黑根斯威勒的小农庄的事。要是战

---

① Sigismund，1368—1437，曾是罗马帝国皇帝。

② Stefan George，1868—1933，德国诗人。

争结束,要是他不想继续当军官,他会在乌克兰得到一份田产。也许他根本就不再回奥尔登斯堡。这曾是他生命中最明亮的日子。在松特霍芬。火焰般的日子。它们逝去的时间越久,燃烧得就越明亮。

戈特弗里德·许布施勒当着他父母的面也说标准德语。约翰觉得惊讶,因为他的双亲不会说一个标准德语字。他们也没做这样的尝试。父亲本来就沉默寡言。可儿子说话时,他拼命点头。分队长的母亲在整个时间里手上拿着她的手提包,其姿势同约翰的母亲在婚礼照片上拿她那白色小包的姿势一模一样,似乎担心着,有人会把包夺走,她也不让自己被儿子的标准德语搞糊涂。谢天谢地,约翰想。想象着这个又瘦又小的尖鼻子女人得试图说标准德语,约翰几乎觉得有些伤心。她看上去比她丈夫年纪要大许多;这个儿子的父亲更可以被看作是儿子的兄弟;而她是他们两个人的母亲。双亲都为儿子戈特弗里德受伤而感到高兴,这样就能摆脱最糟糕的情况。父母走了以后,儿子觉得有必要对约翰解释一下他父母的情况。谈到他们,他像是在谈某个动物种类。充满爱,也充满同情。他们已无可救药。永远佝偻着,被摧毁了。艰难和胆怯的产物。对天堂的恐惧,对地狱的恐惧。两千年的宗教奴役,封建奴役,就是被奴役。现在一切结束了。人们挺起了胸膛,首先是德意志人民,不过别人也已准备好,跟随他,现在新人被创造。无所畏惧的人。只有他是美的。只有美的人才可爱,有生命价值。

当戈特弗里德·许布施勒这样说话时,他没看约翰。他用不着强调,因为他说的一切,显然不容置疑是对的,正确的,真实的。为了约翰,他重复着自己的话。对他来说实际上没有必要再说一遍。

只是为了约翰好。因为他喜欢约翰。他们身上的共同点要比现在说出的要多。战后我们继续交谈吧，他说。要是我们还在。

这个分队长这么轻描淡写地说出这些话，尽管有些话像是出自查拉图斯特拉的句子，可约翰感到，它们同查拉图斯特拉的句子不是一回事。当这分队长重新打开诗集并朗读时，约翰感到一阵高兴。他读诗的声音，几乎不是他自己的声音。他似乎在装饰自己的嗓音，以便它配得上这些豪放和亮堂的诗歌。一天下午他说，他想把这本书留在约翰那里，因为他现在得回东部。手臂射穿和大腿留下弹丸的伤口已经痊愈。他在那里炸毁的每辆俄国坦克，都不会越过帝国边界。同伴们需要他。没有任何其他什么地方比那里更需要他。他只是思考着，他是否要把在受伤时被毁的左上臂下的号码重新刺上，或者这是所谓命运的暗示，不该这样保存党卫军的标志。约翰以为如何？说这些话时，戈特弗里德·许布施勒的双手握住了约翰的右手，目视着约翰，让约翰明白，这个分队长通过这个问题想表达自己的意思，同约翰讨论生命问题，这对他非常重要。约翰说：别再文身了。只要谈到这个左上臂下的党卫军文身时，他总是感到对这样被打上烙印的人的某种同情。属于党卫军已经够糟了。一群不信神的人，听说他们干被命令干的一切事。臣服到自我解体，这是党卫军对约翰的含义。戈特弗里德·许布施勒肯定不是这样的制服机器。可是有传言说，在东部，党卫军不抓俘虏。约翰认为这是宣传，因为枪杀一个向你投降的人，这让人无法想象。他该问一下戈特弗里德。可没有勇气，提这样的问题。相信这样的事太无耻。但是，为什么村里每个让村长招募去当党卫军的人让他感到可惜呢？正是因为有人说，他们干被命令干的一切事。新的村长也来旅店,不过,他从来没暗示过,约瑟夫或者约翰该报名参加党卫队。这不行,因为大家知道,母亲对不信神是怎么看的。

　　佩带着一个一级铁十字勋章和一个银质伤员勋章的戈特弗里德·许布施勒站起,快速把约翰拉到自己身边,说:好小伙子。然后他把书给约翰,说,黑根斯威勒不是在世外,好吧,战后见,重新站直身体——他至少有 1.90 米高——潇洒地行了军礼,离去。约翰第一次有了来自本世纪的诗集。《灵魂之年》。深蓝色的封面,金色的字体。多么漂亮的字体。就是在书里面,在那些简直会发出回响的书页上,是这些古朴雅致的字体。在这些有埃及风格的书页上显得高雅的诗歌,约翰不总是立刻读它们,而是对它们进行观赏。诗人几年前才逝世。那是一个消息。他不敢推测,在他自己的世纪里也能作这样的诗。讲到诗歌,只会想到克洛卜施托克,歌德,席勒,荷尔德林①——然后结束。还有几个圣林同盟诗人②。而现在这么近,这样的诗。这些诗歌对约翰的影响不小于从克洛卜施托克到荷尔德林的诗歌。而这个诗人——简直难以令人相信——这个分队长说,在临去世前到过瓦塞堡。当斯特凡·格奥尔格在村里的时候,约翰应该已经出生了。不,他肯定没来过村里。他在湖畔,正是在"王冠花园"。不过,要是他上火车,那他得经过"餐厅旅店"。约翰把这个消息视为一种恩泽。他最喜欢这么设想,他当时曾坐在露台台阶上,3 岁或 4 岁,诗人由一个朋友陪伴着经过那里。这个分队长给约翰看了一张照片,诗人看上去正像他的诗歌一样。质朴,高贵。

---

① J. Chr. F. Hölderlin,1770—1843,德国诗人。
② Hainbündler,1772—1774 年间德国的一个诗人流派。

从此以后,约翰不得不以这个诗人的情调对一切作出反应。倘若不足以组成一首完整的诗歌,他索性就把单行的诗写到纸上,以后再让它们形成完整的诗。

我的心没有你的那么充溢
上帝在我所有的夜梦中不高大?

我总是在懦弱的小径旁憎恨篱笆
在众多里常常寻求更多。

当约翰带着背包和旅行袋走下阶梯,准备去加米施的时候,一个姑娘正好从厨房出来。他已经有几次在她身旁经过。在房子里,在房子前。他点头打招呼,她点头回答!她弹钢琴,就像约瑟夫那样不知疲倦和充满激情。她显然也具有这种内在的坚韧性,它能让或快或慢的音符总是建立起一种秩序。人们马上就能了解到这点。就像人们要是探头往教堂里一看,就马上能把这空间原理记在心里一样。当约翰从青年义务劳动军回来时,他去了下面承租人家里,作自我介绍。这样的事他不怎么喜欢。完成了这个程序后,他几乎没听见和看见什么。然后他跑了上来,像是被人追踪。要是下面传来这钢琴声,母亲马上会坐下,开始流泪。等她过一会儿稍稍镇静下来以后,她说:莱娜。这就是承租人的女儿。母亲每次都要加上一句:莱娜。她得大声地说,以便自己不迷失在想象中,以为下面弹琴的是约瑟夫。在此期间,中队军官的信已经到达。即使不那么准确,但这个战地分队长还是尽可能准确地描述了约瑟夫的阵亡。这封信报告说,事情发生在尼雷基哈扎。约瑟夫和他的坦克乘员一起战死,被埋葬在米什科尔茨,士兵公墓,第一排墓穴,第七号坟墓。尽管这样,母亲不愿也不能相信这一切。这个中队军官在书写名字的时候写错一个字母。显然他从来没读过书面的约瑟夫的名字。母亲抓住这个错误的字母,要求约翰,再次给野战军邮局40345号E的部队写信,要求得到更准确的通知。约翰做了,回答还没到。天知道,这支部队眼下陷在哪里。但是,在约翰起程之前,约瑟夫的服役证被寄了回来。邮寄者是林道的兵役登记处。通过邮局,部队还寄来了51马克,付款存根上手写的字是:前线津贴,从9月1日到10月21日。约翰计算了一下:51天=51马克前线津贴。可母亲要求更详细的消息。只要她没得到这些消息,一旦承租人女儿在下面弹琴,她就总是会说:莱娜。显然,母亲的情况和约翰没什么两样:她无法想象约瑟夫的死亡。尽管如此,她承受着痛苦,就像约瑟夫已经死去。约翰没承受痛苦。他想上前线。

她从厨房出来,像是要去套间,去钢琴那里。那是清晨的时候,还没客人。她看见约翰从楼梯上下来,而背包和旅行袋已透露出,他要出门。现在要去哪里,这不用说别人也知道。这时莱娜退后了一步。约翰从她身旁经过,她又站到了厨房门的木门框里。这次她不仅仅是友好地点头,而且说了一句话:祝一切顺利。他也没仅仅点头,而是回答了一句:谢谢。然后急急离去,似乎火车已鸣笛要走。

在楼上他同母亲拉了拉手。从来不会比拉手更多,到家和离家时都是这样。他们只需要互相拉一次手就能表达自己,不用更多。母亲和约翰一样知道,对面在火车站的告别是完全不可能的。这样小安塞尔姆也许得一起去,去挥手。可他还得上学。

　　要是约翰躺在上铺做诗时,他有这个感觉,这个莱娜在看着他。也由于厨房门框,这个莱娜成了一幅画像。些许刘海,和阿尼塔一样。些许的刘海,阿道夫这么说。他现在在法国,通讯工具管理员,一个有趣的职位。这个有些许刘海的莱娜留着的不是短发,而是一个云髻。就在些许刘海后面,扎起了一个黑色的云髻,中间撒开的波浪,停在额头前成了刘海,而左右两边,乌发向下落到肩上,不是直的,而是波浪型地飘洒而下,正好在及到肩膀时又往回卷曲,不过向里,朝着里面,又继续弯上;这导致了,浓发在下面最宽;浓发拍打着肩膀,向两边散开,朝里弯曲,又往上跳跃。双眼又黑又圆。上面是两道黑黑的、但不怎么特别明显的眉毛。要是这个莱娜就这样被厨房门框围绕着地出现在他的脑海里,他就无法不去想象她的样子。他保存下了这个时刻。要是他写诗,他依靠的就是这样的想象,有人在注视他。不是在近处,更不是越过他的肩膀。在远距离外,在那里,他为观众写诗的情感还能被人感受到。约翰愿意受到关注。也就是受到留意。自从在朗根阿根渔网上的那个夜晚起,他渴望得到留意。在渔网上的那个夜晚,他从未感到那么孤单过。阿尼塔没把他当回事。她只把他看成一个信使,一个能替她向阿道夫转达问候的信使。没向阿道夫转达这个问候,这件事一直在他脑海萦绕,让他觉得惬意,又让他恼怒,使他羞愧,他一直还认可自己的欺骗行为。他欺骗了两个人,阿尼塔和阿道夫。这让他感到惬意。一直感到惬意。然后是那个"王冠"小姐和医生小姐。当她们在码头迎接坐船而来的林道头目时,没留意他。玛格达留意了他。但太少。可她留意了他。当他同她告别时,她说,要是他接到旅店里那个莱娜的信,从她那里他就再也得不到一封信。她真是怎么想的。他怎么会收到这个姑娘的信!她的眼睛看上去不是用来看,而是用来被看的。在她的秀发里,人们可以把自己埋葬。玛格达以为,这个莱娜叫莱娜,这太卑鄙了。莱娜这个名字该属于她。她立刻就要重新称自己是玛格达莱娜。她来瓦塞堡之前,叫的就是这个名字。这个莱娜得清楚地知道,这个名字已经有主。

约翰为玛格达谈论这个莱娜时的激烈感到惊讶。他几乎还不认识莱娜。他根本就不认识她。她大多住在下湖的一个寄宿学校。要是她在那里,大多坐在钢琴旁。好吧,最后一刻她在,说了祝一切顺利,而他说了谢谢。目光的交流,没有比说声谢谢需要的时间更长。

现在他在自己的笔记本里书写着,似乎他在歌唱自己的诗行:

> 灰色岩石上盛开着
> 许多红艳艳的玫瑰。

他没唱下去。或者没像他想的那样唱下去。他弯身,蜷缩起,他要感觉自己,要体验。他既是箭矢又是弯弓。他想高高地向上放射。他只对这个感兴趣。只对这个。要是他一段诗也写不出,他就背诵自己的那一段。要是有了一段他想记住的诗,他就把它写下:

> 每当沉沉暮色
> 把牧群的蓝影赶入城市
> 我从休憩中慵困地抬起身来,

自问,我还剩下什么。

他们穿上了制服,宣誓,受训。他们受一个折磨人的教官的折磨。他把他们折磨得晚上在床铺上抱怨,说要是同他一起上战场,他们第一要射倒的就是他。他称这个为勇气试验:从射击场单条道路之间斜斜的、又陡直上升的土堤上让自己摔下。即使这陡直的土堤被雪覆盖,摔下的滋味也不好受。要是谁做不到让自己向后倒下,这个中士就会高兴。他会惩罚他,让他做俯卧撑,跑步,下跪,持枪匍匐前进,直到他筋疲力尽。可他还一直补充说,一旦他们出去,会对这样的训练表示感谢。

约翰把宣誓想象得比实际情况困难的多。对套语的鹦鹉学舌,从他嘴唇里出来,就像忏悔时的决心一样。多了一种套语。照样地说、背诵和许诺那些同他无关的东西。他不反对这些文本,可它们同他没关系。就像他们行军时唱的文本。它们存在的意义是让别人唱。不过,他最喜欢的是那些能允许他唱出假声的歌曲。他唱着假声同一个来自伦格里斯的人较量。他叫泽普,他让他想起约瑟夫。在第一次外出行军时,约翰就发觉,这个泽普的假声唱得更好。他的声音比约翰更加轻快、圆润和明亮。约翰很想问他,他是怎么做的,可他不好意思问。只有在射击项目中约翰没对手。让瞄准凹槽和准星完全一致地对准目标,扣住扳机,屏住呼吸,扣动扳机。约翰弄不明白,别人怎么会射偏。

1月,去克罗伊茨埃克峰的高山训练。前面有一家旅馆。海拔1 700米。约翰身边只带了一本书:《查拉图斯特拉如是说》。要是他们在皎洁的月光里或者刺目的阳光下或者八小时不停地在雪中深一脚浅一脚地走,约翰就想象着查拉图斯特拉那夸张的词句。在上一个冬天,他给父亲念了这本书里的东西。那时,他已经拿不住书。在朗读查拉图斯特拉的句子时他经历了自己的歌唱。他生长着,唱着,生长着。

约翰牵着骡子。人们自己身上也背着半公担的东西。骡子驮着机关枪和弹药。不时有人跌倒,得由卫生兵照料。约翰有一种完全不知疲倦的感觉。查拉图斯特拉动力。

岩石,雪墙,蓝色的影子,闪光的雪堆,查拉图斯特拉氛围。

他觉得自己目空一切,他享受着自己目空一切的感觉。由于孤单,他激情澎湃。当他们在滑雪板上做射击练习时,他感觉愉快。而最愉快的是毫无意义的练习,不过在滑雪板上。大雪刚下,目之所及,是山峰,森林。雪壁上的静谧和阴影中岩壁上的静谧。孤单。战斗练习中的枪弹声也无法打破这冬季世界的静谧。由于枪声,静谧更静。要是他们在滑雪板上练习下滑,约翰一头栽到在雪中单棵的冷杉之间,他会几乎忘记,他该在这里干什么,因为他想静听,冷杉在雪中如何沉默。冷杉把阴影中的雪花抬向太阳。在互相远离的冷杉之间,阳光照在雪上。积雪晒着日光浴,享受着它光的色彩。冷杉一片,又是一片,站着直得不能再直,极其庄严肃穆。晚上,夜幕低垂。云彩撕开千万棵冷杉那撑开的枝叶,变作银珠滚落。在战斗练习中,约翰能感到自己的孤单。边上雪中,上空的日光中,查拉图斯特拉站在那里。约翰觉得自己被接受。他对自己信徒的身份确信不疑。作为生者。要是查拉图斯特拉说"兄弟",约翰觉得那是在叫自己。他多么希望整天地说另一种语言,而不是这通常的军队用语。然后他就可以对在他前面、在他上方日光中、在那晴朗天空中光芒耀眼的大师说：我为这天而生，愿意同这天一起结束。他不知道，自己为什么说这个。为了领会这些感觉，他得回答。他得对他见到的、听到的、感到的东西作答，而后他所见到的、听到的、感觉到的东西才存在。每当他放哨，在外面巡走，感受到山里的冬季景色，他就觉得被要求作答。然后他会说，雪花在我们周围堆起美丽的沉默之壁障。被称为雪片的雪片纷纷落下。那些雪片就是一首诗的音节。这时他会说：我注视下雪就像注视一个情节。然后雪花开始纷纷落下。

雪片的下落、飘舞、回旋和纷飞充满着一种他只能用长长的句子去适应的趋向。而这些句子总是在终止前退缩，更是在原地打转而不是继续向前，然后还是无法拒绝一个方向，最后在无形中降落。降雪，是一个故事。不再是一首诗。查拉图斯特拉那看上去不知疲倦的手势——音调和声音的储备，是某种鼓舞人心的实体。要经受住从受操纵的语言里掉出、摔入自由的语言里的坠落。

两小时的站岗，四小时的休息，哨兵值勤之夜就这样逝去。早上，值勤结束，他有这样的感觉，曾在剧院。不过作为演员。

要是他们在下雪天训练，他会滑向那前面的虚空，除了滑雪板什么都看不见；他双肘靠膝，双脚站在山地滑雪板上，就这么滑进无边无际，感觉到的只是，越过滑雪板、地形透露给膝盖的消息。这时他会想：这里不会有人。不过，他在这里，这让他感到惬意。无法想象，他们在这里训练的内容，会对某个紧急情况有用。在阿尔卑斯山顶和楚格峰之间训练的一切，没一样会派上用处。反正他觉得自己根本不在他的身处之地。

可他必须让母亲活下去。通过生命征象。让她想起，得把钱款汇给煤炭经济联合会,因为已经又到了支付的时间。然后,约2月底,在一个星期一早晨,那个和平时期是老师的中队长,读了后备军官申请人的名单。他们得去米滕瓦尔德-卢滕湖,参加候补预备军官训练。约翰的名字不在上面。他马上去这个和蔼的中队指挥员那里。是的,很遗憾,他很想把约翰也送入军官生涯,可是,在克罗伊茨埃克峰负责约翰训练的那个中尉狙击手,对约翰作了否定的评价,说他不能胜任军官生涯。他觉得非常遗憾,这个施瓦本的教师军官说,因为约翰那关于俾斯麦和在高山骡马运输队的笔头作业,其成绩超出了一般的满意程度。约翰靠了一下脚后跟,转身返回,跑进卧室,躺到了床上,喘息着抵抗号啕大哭。谁不能服从,谁就无法下令,中队指挥说。这么说话,似乎约翰得明白,因为他不符合军队的这个铁定的条件,所以,他军官志向的落空,对他并非不公正。约翰还没失败过。不对,失败过,在朗根阿根。他现在躺在行军床上,犹如躺在朗根阿根的渔网上。被拒绝。失败。完了。对于起决定性作用的场景他无法后悔。他不想取消,重新来一遍。一队10个人,围着42型机关枪。一个接一个地卧到雪地里,到机关枪旁,背诵着他要做的事。一个1月底的高山燥热风天气。能见度大大提高。中尉突然说:约翰是不是感到冷?不,中尉狙击手先生。那他为什跷动脚尖!约翰说:为此他无法解释。中尉狙击手问:他是否觉得在42型机关枪旁的训练无聊,是否想通过跷动鞋尖表达这个意思?约翰回答:他没意识到这点。中尉狙击手说:此外约翰还仰头斜望天际。缺少的就是吹口哨了。可他,中尉狙击手得照料着,不让小队的第一滑头感到无聊。他让约翰奔跑,卧倒,匍匐前进,做俯卧撑。然后命令他回来。然后突然说,雪非常黑,是吗。约翰说,他觉得雪是白的。中尉狙击手已经有些激动,变得更加激动。约翰看着他那银色的伤员勋章。已经不能退缩。这个中尉狙击手越是激烈地命令约翰说雪是黑的,约翰就越是坚定地说,他觉得雪是白的。然后,在床上,在前景破灭后,他觉得在这个温暖的1月燥热风日子,雪确实既是黑的也是白的。可他不能承认这点。怎样在村里解释这一切?不会有人问他。消息已经足够:约翰当不成军官。

被派往上阿默高的步兵中队,到一堆大多是伤员组成的队伍里。清一色的二等兵或一等兵。他自己手臂上虽然得不到二等兵的臂章,但最小的一颗星是有的。一等步兵。现有的最低军衔。在双层铺上面的床上,他想到了戈特弗里德·许布施勒。他感到惭愧。跨第一个台阶时就是一个趔趄,摔倒在地。

到现在为止,约翰在每个军营都占据上铺,而且一面靠墙。他不想躺在大厅中间。就是在上阿默高也没有。在那里,耶稣受难剧院的大厅里堆满了床铺。外墙让他回忆起戈特弗里德·许布施勒。在从利保去塞廷的运兵船上,他和他的下铺被送到船的钢壁旁,至少在水下两米的深处。三次潜水艇警报。戈特弗里德·许布施勒对卫生兵说,在船被鱼雷击中的情况下,他和其他被安排在舱壁的卧床者,无法再出舱和逃生。这是对的,卫生兵说,让那些还能动弹的人躺在上面,这更重要。因为,倘若船被击中,他们还能自救。戈特弗里德·许布施勒随后只是听着船壁外河水的轻轻拍击声。在上阿默高,春天的大风在节庆剧院周围呼啸。约翰失败了,从此不能再读《查拉图斯特拉如是说》。睡在他下面的一等兵,要求约翰对他的文身感兴趣。在光光的胸脯上是一只巨大的鹰,爪子里是一个裸体女人。他一只手臂上是一个蛇女,另一只手臂上是一个贞女头像。他曾在库尔兰德的部队呆过。只有揭发一个怀疑最终胜利的同伴，才能获得假期。要是事关生存，一个人什么都会干。他显然刚从被切断交通线的东普鲁士出来。当他和约翰在装满200个防空沙袋时，他更是自言自语而不是对着约翰，说了这些话。当平民时，他是邮递员。在居特斯洛。他能模仿狗叫。然后约翰该说出，是哪种狗。约翰请他学牧羊犬的叫声。晚上，熄灯后，这个一等兵在下铺上轻轻地演出他的狗叫节目。这不怎么打扰约翰，而更打扰他的是，从他那从不洗濯的脚上发出的、阵阵上冒、无法挥去的臭气。有一次这个一等兵再次站起，说：约翰，你在听我吗？约翰说：在听。然后这个一等兵非常小声地说，他得不断地学狗叫，因为他作为冲锋队队员曾参加了迫害犹太人的行动，现在不得不经常想到，他是否要为此受到惩罚。倘若他能唱歌，他就会唱歌，为了分散自己的注意力。可他没有音乐天分。他干了什么，约翰问。放火，他说，殴打。殴打，约翰说。他实际上想说的是：为什么要打人。可他不能这么说。对，殴打，他说着暗自抽泣起来。约翰转向墙壁。一等兵重新睡下，但继续抽泣。殴打，约翰想，为什么殴打。这脚汗的臭气。在现在为止，军营里所有他闻到过的臭气中，脚臭最让他觉得恶心。

可是，突然事情有变：没同这个步兵中队上前线，他被派往奥格尔，参加一个下级军官训练班。得到了野战军的装备。三套内衣，两双袜子，一根帐篷干柱，两根帐篷桩，一整套斜纹布军服，一整套狙击手军服，两条棉被，一个帐篷，一个锅子，一个防毒面具，一个防毒口罩，一双鞋，一个钢盔，另加带野战瓶子的面包袋，六个子弹袋，还有枪和刺刀。

在进入因河谷的路上，首次战争气氛。双体超低空飞机每天沿着因河谷飞来，肆无忌惮地射击和轰炸。在奥格尔领导训练的少校，显然感到非常痛苦，不得不让这些双体超低空飞机飞过自己的头顶，而自己无能为力，只能躲进全封闭的掩体，等到它们的轰鸣声远去。少校的左胸声挂满了勋章，——特别引人注目的是金质十字勋章——他命令他所指挥的部队，用枪对这些低空飞机射击。尤其是那些配备有瞄准器枪支的人，应该对这些闪电飞机射击。可大家知道，这种飞机装甲很厚，子弹对它毫无办法。可没人敢对少校这么说。他每次下命令时都跨上他的马。他骑在他的白马上，叫着，最后的胜利就在眼前，改进的报复武器V1和V2火箭马上就能投入使用，潜艇战将带来一个新的……约翰眼望春日的天空，心想：你这因河谷上的蓝盔。每当少校说到领袖，约翰就留神听着。一个月前在领袖身边。他多么镇定，力量非凡，又是如何注意倾听别人意见，突然冲动地工作到凌晨，然后有了答案，如此简单，但又如此不同凡响，没一个工作人员会想到这点。

在进入阵地的那片地带，白马对闪电的机载武器是个太显眼的目标。人们不顾少校，自己隐蔽起来，感到奇怪，这个应该更有经验的少校怎么能说，他期待着有瞄准镜步枪的狙击手，不久就有成功的报告。他命令，保持三到五个机身的前置量。这就是说，同在准星和缺口上一样，在瞄准镜里出现的也是空荡荡的蓝天。有人知道，少校作为纳粹国防军军官去过俄国。闪电飞机来临，他们在森林边上进行隐蔽，那时约翰没放过一枪一弹。那是3月和4月，他躺在森林边上，朝下看着波浪起伏的因河。法国人从因斯布鲁克方向靠近，从罗森海姆方向来的是美国人。要是法国人到了因斯布鲁克,他们也到了瓦塞堡。这样战争就完了。另外四个来自被占领区的人也这样认为。到了晚上,少校喝得酩酊大醉,跨着一匹木马穿过营房,说要把因河谷当成阿尔卑斯要塞的生命线,把阿尔卑斯要塞当成最终胜利的保证。这时约翰和其他四人决定,离开这个讲演者。他们的背包里装满了腊肠罐头。他们还可以清空一个马上就要属于美国人的军营。夜幕刚刚降临,他们开始出发,往上,向北。等找到往上延伸的路径后,他们大吃一惊。几百个或几千个人在往上走。夜里在草丛中休息,早上继续上路。又是例行公事。跟着前面的人走,就这么简单。现在一直在森林里。不知什么时候不再是上山的路,而是下山的道。又不知什么时候到了森林外面。道路会在下面继续开始。转了一个弯后,突然是横在路上的摩托车声和警犬的叫声。胸前是宽宽的战地宪兵金属牌。人们立刻遭到大吼。向前,向前,3 百米下面是一个收容站,在那里报名,将组成一个战斗团体,保卫阿尔卑斯山要塞。一旦他们离开了警犬的视野,另一方面还没见到那个收容站,他们五个人像是不经意地走到路旁,到达灌木丛和树林时,一下又消失在森林中。其他人继续朝着收容站走去。那个武姆泽,一个米滕瓦尔德人,指挥了这次掉队行动。一旦进入森林,他们重新向上。不过,到了上面,不再朝下进入奥地利。而是顺着山脊向前,方向朝西。他们不断地陷进齐腰深的早春积雪中。突然,在一片林间空地上,出现一间草屋。一个小个子壮汉用举起的手枪迎接着他们。上尉军需官。等他发现他们没恶意时,他邀请他们进屋。整个草屋里堆满了食品。他们可以随意享用。他和两个女助手住在这里。她们两个人的年龄加起来也比他年轻。武姆泽说,应该把她们从他身边夺走。那个想当神甫的里查德说:

住嘴。来自加米施的旅馆主儿子费尔德说,他不会用粪叉碰她们。因为他们的背包还很满,他们就尽可能地又替自己塞了几包香烟。然后是再见,上尉军需官先生。

傍晚时分他们下山,来到一个农庄,在干草堆里睡觉,然用军服换取农民那宽大的、带有角质纽扣的旧短上衣。他们一边就着盘子里的面包块喝牛奶,一边听说,帝国已经投降,所有的士兵必须去俘虏收容站报到。谁要是带着武器被碰上,将被视为狼人,也就是说,将被枪杀。他们还带着手枪。不过在到加米施之前被人拿走。那时武姆泽已经告别,因为他要去米滕瓦尔德的一个农庄。在下面100米处,他用最后一次假声呼喊做了告别。约翰没回叫。他愿意付出一切,为的是也能这样用假声呼喊。这下最后的假声呼喊,就像是能达到百米外的清脆的鞭绳声,在空中经久不息地回荡。没过半小时,两个穿条纹囚服的男人出现在他们面前,拿走了他们的手表、手枪和香烟。约翰感到高兴,那个武姆泽已经告别离去。他活跃,固执和骄傲,有些不可揣度。他也许会抵抗。而这两个人有手枪。显然他们能得到足够的手枪。约翰想起了父亲那把漂亮的大0.8口径手枪。他将没手枪地回家。这没问题。来自明德尔海姆的鞍具匠学徒赫伯特说:这是达豪人。那是些同性恋者,旅馆主儿子说,他们有自己同性恋的角落。过了加米施,旅馆主儿子也告别。他不想当旅馆主,而是想当小提琴手。其他三个人,赫伯特、里查德和约翰,躺在森林边上,目送他。从露台上和敞开的窗户里传来唱机的音乐声。爵士乐。美国兵躺得到处都是,吃着东西,腿翘在桌上。鞍具匠学徒赫伯特,来自拉多尔夫采尔的里查德和约翰躺在灌木丛中,看着和听着。他们还从未见过这样的士兵。那不是士兵,是电影演员。

经过了这么一段时间,他们现在熟悉了地形。在克罗伊茨埃克峰和加米施之间,他们训练过。经过加米施,那个明德尔海姆人走了。赫伯特,再见。你们两个,再见。里查德和约翰不知道,到菲森他们还要走多久。约翰说,从菲森开始,我就认识路了。虽然这不准确,但他希望,从菲森开始,他可以一直留在上面,找到伊门斯塔特,继续留在上面,去上施陶芬,然后就能见到湖,出去,进入起伏的丘陵,但不离开森林,去林登贝格,海门基希。去旺根,也许可能去盖瑟尔哈茨,下去,越过 39 个可爱的小村落,进入完全给樱桃、梨子和苹果树上的花朵包围和打扮得花团锦簇的瓦塞堡。你留在我这里,里查德,直到我们知道,一切情况怎样。可是,就在他们两人单独在一起的第三天,他们就在林间小道上迎面碰上一辆绿色敞篷车,上面是四个士兵;几天后他们得知,这种善行山路的车叫吉普。被捕后,他们被安置在汽车发动机防护罩上,拐弯下山。约翰和里查德紧紧抓住防风玻璃,以便不从防护罩上滑下。到了下面,在柏油路上,他们被交给一辆装甲侦察车,蹲在晃动着的天线中间。其实更多是躺着而不是蹲着。它慢慢滚动着,拐进一个宽阔和敞开着的大门,大门前到处坐着士兵,有黑皮肤的,白皮肤的。这是加米施的冰上运动体育馆。所有的凳子上和运动场地上躺着和坐着俘虏。里查德和约翰在长凳上找到空座,不再处于露天中。约翰很想大哭一场。不过,那里有书。慕尼黑的帝国广播台图书馆在这里找到了庇护所。没为了更好的伙食,去干外勤洗刷坦克。约翰成了图书管理员。六个星期后的一个星期天,当他被一个少尉用一辆吉普车送回家时,他的背包比任何时候都满。装满了书。主要是施蒂弗特①。他马上就开始读他。约翰背着一个图书馆回家。

对这个少尉人们该感到害怕,因为他鞭不离手。有一次,当约翰正好把一首诗抄到值班用的笔记本上时,他站到约翰身旁。自从在克罗伊茨埃克峰上的那场雪以后,他经历了太多的事,不再想写任何一首诗。不管他思念玛格达还是莱娜,他得以另外的方式表达自己。也许以查拉图斯特拉的语调。可是,当他经历着作为俘虏的现实时,他心头涌上一个决心,他得听从那追随着一种情绪的手的指令,而面对这种情绪他其实无能为力。当他往本子上写字时,他觉得自己毫无顾忌。他发觉,因为鞭不离手而遭到每个人害怕的这个美国少尉,恰恰在离他约1米的地方离去。他继续往下写。

> 就是山峰也被吞没,
> 大胆的歌声以往的目标,
> 山谷中存活着我更多的爱。

诗歌,这个少尉说。约翰脸红了。少尉赞赏地用鞭杆敲了敲他的肩膀。一旦他碰上一个来自党卫军的人,他就挥开鞭子。这些党卫军的人,不比约翰年纪大多少,是在克赖尔斯海姆附近被俘虏的。少尉想知道,约翰的家在哪里。在康斯坦茨的湖畔,约翰用英语说。现在这个少尉对约翰更是兴致盎然。他母亲的祖上是从博登湖畔的一个叫格劳宾登的小城市移民去美国的。约翰没告诉少尉,格劳

---

① 　Adalbert Stifter,1805—1868,德国作家。

宾登不是博登湖畔的城市,而是瑞士的一个州。他装出样子,似乎博登湖那么大,人们不可能知道湖畔所有城市的名字。

同里查德告别。里查德每天报名值外勤,也在那里交了朋友。他被允许在一个军队神职人员那里辅助主持弥撒。好吧,里查德,再见,祝你过得好。约翰,再见,祝你过得更好。现在出去,跨出这里,进入6月的乡野。

法国人想让少尉把他带来的人移交到林道的音乐厅。他们的俘虏关在那里。可少尉带着约翰开车经过一个湖畔别墅又一个湖畔别墅,一直到他找到上尉蒙蒂尼,打扰了他的星期天谈话,让他给约翰开了一张通行证,能保护他以后不受其他人的侵犯。在铁路交叉道口,在道口看守员施托伊贝的家门口,这个戴无框眼镜的少尉让约翰下车。约翰表示感谢。用英语。他虽然学了6年半的英语,而且成绩不是第二就是第一,但一年中只有一次,即在圣诞节假期前的最后一个小时里,能听到真正的英语。那是一张唱片,萧伯纳①在上面说,他的名字叫萧伯纳。所以,少尉对他说的话,他几乎什么也没听懂。

当约翰沿着铁轨,迎着落日走去时,他感到心中难过,因为没能好好地感谢少尉。

他经常这样。要是发生什么他该为此表示感谢的事,别人为他做的事会如此地占据他的身心,以至于他过了好久才发觉,面对别人的善举,他的谢意是多么微不足道。他在一个金色6月的星期天傍晚回家,背包里满是书籍——他就这么把他最喜欢的书装进了袋

---

① George Bernard Shaw,1856—1950,英国剧作家。

子，没人反对他这么做。他沿着路轨，经过拍卖大厅，经过仓库大厅，母亲曾在里面把担保书交给维齐希曼，经过地面煤黑色的铁轨旁，那是约翰常年在这里卸下无烟煤和煤球的地方，经过货运大厅。从那里，他已经能看见家里的房子，露台上满是士兵，屋墙上和开花的栗子树下是密密麻麻的自行车。街上，在"餐厅旅店"和火车站之间，在协会集合游行的广场上，眼下士兵们骑着自行车在绕圈。约翰停住。无法穿过去。他更不能打扰他们。他们从屋墙上不断地取来新的自行车，疯狂地骑车乱转，然后把旧的扔掉，又取来新的。显然，他们觉得转圈、互撞和扔车，都十分有趣。那是些皮肤从褐色到黑色的士兵。也许是非洲人。尼克劳斯走向每辆被扔掉的自行车，把它抬起，放到屋墙和栗子树之间的自行车堆里。约翰不由自主地转向鞋匠吉雷尔那坐落在后面的房子，绕过房子的后面，然后走上穿行在两排开花的梨树间的小路，它朝上通往村道。他穿越村道，走上五级台阶，来到露台上。左右两边，桌旁坐满了士兵，空中震荡着法语的声音。大约还有五步，到达下两级从露台通向敞开的屋门的阶梯。这是他至今生命中最沉重的步子。可幸的是露台被常春藤架子分成若干区域。可别人不会看不见他。他作好了被捕的准备。虽然他口袋里有指挥官蒙蒂尼签发的通行证，可是，倘若有人当着他的面把它撕碎，他们就能对他随意处置。把他送到法国。去一座矿山。甚至在加米施的冰上运动体育馆里，也不断有整卡车的俘虏被运到法国去，进矿山。自从他蹲在和躺在冰上运动体育馆以来，他就没刮过胡子。那里有水管。可以排队取水，剃胡子。可约翰感到，只要是俘虏，他就不能剃胡子。所以，他脸上蓄起了胡须。抓向这坚硬的虬髯，让他觉得舒服。现在，处在这些听上去激动万分的法国士兵中间，他预感到，一个胡须刮净的人比一个胡子拉碴的人更容易通过。他现在为自己那有鹿角纽扣的、更是偏黄而不是偏绿的地方外套感到高兴。它肯定不像军服那样更容易刺激别人。少尉已经微笑着把他的服役证还给他。他本来想让他把这交给指挥官。可他指了一下那涂改过的出生年份。当他们在一个偏僻的独家农户那里听说，只有 1927 年和在此以前出生的人会被逮捕时，他们用自己的大拇指把 7 字擦得模糊，改成了 8。不过，别人当然看得出，这里做过什么手脚。可他有日期准确的通行证。他得想着这点，然后这五个坚定的步子才能成功，让他显示出一种不愿搭理别人的样子。他希望。还是这常春藤架子之间的五步。是谁把常春藤架子从它们在地窖里的冬眠处取了出来，约翰想。响亮的法语说话声四处荡漾。每时每刻都可能有一个人跳起，并且……躺在大坑里的丹尼尔，他想着。不过丹尼尔有他的上帝，要是人们相信这个上帝，他就会拒绝报复心理。约翰有的只是害怕。屋门开着。两扇弹簧门也敞开着。然后他进入走道。已经看见右边厨房门边镜框里高雅的女人和男人的彩色图像。他们在远洋轮的甲板上打网球。现在他希望，此外其他的一些东西也保存着原样。在厨房门前，他得向左拐弯，再向前，不到窗子的地方再往右，上楼梯，到上面，在咯吱作响的楼板上，走到 8 号房间……可是，没等他在厨房门前往左拐，莱娜出现在厨房门前。她的衣服上，明暗交织的紫色形成斜斜的线条，衣服紧贴身体，领子显得太开。约翰想到占领这栋房子的士兵。你母亲在做小礼拜，眼睛下、头发下的嘴巴说。约翰道谢，然后跑上楼梯，扔下背包，吹灭在天使像下燃烧的蜡烛，甚至在胸前画了一个十字，但又觉得可笑。他跑下楼梯，穿过后门，朝村下奔去。经过"菩提树花园",显然没被占领,但也没营业的迹象。他不再需要数"菩提树花园"和"施尼茨勒咖啡馆"里面客人的人数。没等他到达"施尼茨勒"的花园,他在咖啡馆的窗户里见到一个男人坐在里面。黑勒校长。他坐的位置,能让别人从正面直接看到他。他直着腰端坐,但脑袋低垂,一动不动。约翰不能长久注视他。他一看见校长脖子上挂着的牌子,就立刻跑开。牌子上写着,我曾是纳粹。由校长黑勒先生自己签名。然后约翰放慢脚步。他不想引人注目。他遇到几个当地人,同他们打招呼。他们从他的声音上认出了他。而且也这么说。他们能从声音上记起他,这让他觉得高兴。尽管穿着地方外套,留着胡须。他到了公墓,心里考虑:他现在是否能同成人一样从后面走进教堂,或者还是得和以前一样,走边门进去。不管怎样,从公墓墙垛间往下看,可以眺望到湖水。就像在克罗伊茨埃克峰大雪纷飞时,他想对自己所看到的东西作答一样,他也感到有什么东西在催促他回答,他答到:属于最美的东西,是6月的水位。少1厘米,就少5千4百万立方米的水。他想。但愿阿道夫没事。

　　到了里面。去前面的一组人那里,或去男人那里。他决定去前面的一组人那里。不过跪在最后一排板凳上。他刚打开门,或者刚握住那看来还是装得较高的门把手时,他听见了歌声。他立刻来到前面一组的最后一排凳子,跪下,划了十字,倾听着,然后慢慢地在凳子上后仰。这样的声音他还从来没听过。那是"万福玛利亚"。唱的人是……不是一个凡人,而是一个声音。他想起了天使。简短的礼拜已经结束。这个歌声是收尾。他当然认识这个声音。唱片是父亲买的。来自拉芬斯堡的世界著名的抄表员。这简直是声音

的奇迹。卡尔·埃尔布。他不需要转身,就知道对面在风琴前站的
或跪着的是格吕贝尔先生。在歌唱家边上。堂兄安东。格吕贝尔
先生,年过60,还能毫不费力地唱出高高的c音。好吧,你不是男高
音。你根本就不是歌唱家。这你知道。最好还是听别人唱。"万福
玛利亚",清澈透亮,爽利静穆。直入星空。既是尘世的又是天堂
的。这样唱"万福玛利亚",不胆怯,根本就不去把握,彻底的克制。
一种泰然自若。第二遍"万福玛利亚"声音沉静一些。但清晰通彻。
自由畅达。

　　奇怪的感觉,像是变得富有,但浑然不知,富有什么。你站在一
个高峰上,但不知道它叫什么。你从来没像现在这样看得远。声音
重新落下后,教堂里寂静一片。然后,木头的咯吱声表明,有人站
起。脚步声。教堂门的声音。约翰跟上。母亲站在坟墓旁,安塞尔
姆也在,几乎和母亲一样高。约翰走到两人身后,把手放到他们肩
膀上。母亲惊叫出声,安塞尔姆轻喊:约翰。然后三人不约而同地
转向墓碑。约瑟夫的名字现在也在上面:1925—1944。尼雷基哈
扎。母亲的嘴唇祷告着颤动。看上去安塞尔姆也在祷告。约翰做
不到。已经无法再说,主啊——赐予——他——永久的——安
宁——永恒的——明灯——照耀着——他,主啊——让他——生活
在——和平中——阿门。他得大声地叫。尽管母亲在祈祷,她还是
轻声说出,在说出后接着祈祷:也去向布鲁格夫人问候。几个墓碑
过后,布鲁格夫人也站在那里祈祷。那个墓碑最阴暗。母亲悄悄
说:布鲁格先生,4月,在监狱里。安塞尔姆同样轻地说:也许是被
同狱犯人杀死的。母亲悄声:别这么说。

　　约翰对着布鲁格夫人点头致意,她也点头回答。约翰不想错过

歌手的出门。坟墓的位置是这样的。倘若歌手和陪伴他的人出来，会经过约翰的身后。他会一直站在这里祈祷，直到他们过来。歌手和他的陪同从教堂门走到公墓出口，同所有其他来教堂的人相比，可能走路和说话的声音完全不一样。也许歌手还要同神甫说话。但愿布鲁格夫人最终离去。这样他就能听见声音。就是说话的声音也应该是超凡脱俗的。约翰就这么转身。安塞尔姆也转身。母亲继续祈祷。卡尔·埃尔布，他边上是参议教师①洛恩米勒，也许是他陪他来的，还有克雷斯岑茨，也可能是陪伴者的还有两个女士，看不出是干什么的。尤其是因为一场多年的战争刚刚结束。可以说是举止高贵的女士。其中一人大声地用施瓦本方言对歌手说话，她称他为教授先生。在约翰能听见他们说话声的短短的一段路上，她两次提到里查德·陶贝尔的名字，似乎他们曾是朋友。歌手走着，身体似乎没动。这同他那高高抬起的脑袋有关。也许他根本没在听，那个夫人对他说了些什么。年迈的参议教师站在歌手身旁挺合适，因为他总是身穿来自 19 世纪的套装，但看上去还很新。参议教师的形象让歌手的出场成为一出戏剧。歌手微笑着。看上去像是一个年迈高贵的印地安人。或者像一个年迈高贵的印地安女人。约翰不由自主地想到堂兄叔祖。约翰明显地躬身致意，歌手发觉后，用眼神和一个手势作了回答。约翰用自己的躬身发出信号，我永远不会忘记您和您的声音。等他们离开公墓后，他才离开墓地。

布鲁格夫人等着和约翰打招呼。太糟了，她丈夫不能经历现在的事。不过，阿道夫要是听说约翰回来了，他会高兴。他眼下在布

---

① 高级中学固定教师的职称。

赫洛厄,在有名的牲畜商韦克塞尔、即埃伯哈特·韦克塞尔那里。在那些残忍的家伙退位以后,他又从苏黎士回来了。当韦克塞尔不得不在苏黎士生活的时候,一个代理人领导了韦克塞尔的公司。通过他,她丈夫一直同韦克塞尔保持着联系。韦克塞尔自己没孩子,现在打算认阿道夫为义子,把他培养为自己的接班人。不能希望阿道夫有比这更好的机会了。幸亏阿道夫受洗取的教名是阿道夫·斯特凡,现在能同那个可怕的名字区分开来。要是下次碰到他,约翰马上能正确地叫他的名字,那就太好了。约翰立刻说:真的吗,这样的话,只能对斯特凡表示祝贺了。

因为约翰不想再经过校长黑勒身边,他就说,他宁愿走青苔草地回家。他说了原因。这个可怜的人,布鲁格夫人说,八个星期天这么坐着,不过罪有应得。那是一段糟糕的日子。她看了看母亲说。母亲也点头。布鲁格夫人告别后——她还想经过老师身旁——安塞尔姆告诉说,当法国人开着他们的坦克进村时,公主没像其他人一样,留在家里或至少站在屋旁不动,而是迎了上去,想让那些坦克兵,都是些年轻的小伙子,把她拉上坦克,可她没成功,滑到了坦克履带下,腿被压过,血流满地。他可以指给约翰看火车站和栗子树之间那个出事地点。血迹还能看到。可卢西尔现在成了女王。要是卢西尔为一个人说话,他就能要回自己的自行车。没有卢西尔,他们也不能留在家里。下面都是下级军官在用餐。莱娜实际上得日夜为他们演奏。安塞尔姆说到这个时,约翰扭了一下脸。他们从后门回家后,已经听见套间里的钢琴声。流行音乐。也许是法国的。相当富有激情。

楼上,安塞尔姆先从柜子抽屉里取出"野战军邮局 40345 号 E

部队"的一封信。在 1945 年 1 月 16 日的日期下,约翰读到:

> 中队证实收到您 1944 年 11 月 21 日的信。我们当然
> 很愿意满足您的愿望,告诉您儿子死亡的更详细的细节。
> 您儿子作为瞄准射手乘坐的坦克,被派去保卫尼雷基哈
> 扎。在残酷的抗击战斗中,他的车子被击中,车上的弹药
> 随即爆炸,车子被烧毁。您的儿子由此经历了一次快速和
> 没有痛苦的死亡。我祝您今后一切顺利,向您致以希特勒
> 万岁的问候!
>
> > 代表少尉

签名看不太清楚。尼雷基哈扎,约翰想着,这可能是父亲的一个词。作为拼写练习。他已经在树形词汇表中看到了这词。它漂浮在相应一词的后面。尼雷基哈扎。安塞尔姆说:埃迪·菲尔斯特也阵亡了。吉姆也是。还有萨基。还有特劳特魏因·赫尔曼。还有朗格·约瑟夫。还有埃伦里德的阿洛伊斯。还有弗里德尔的阿图尔。还有弗罗姆克内希特的泽韦林。还有……现在别说了,母亲说。就再提一下黑根斯威勒的许布施勒,安塞尔姆说,因为法国人以为,房间大镜框里相片上的党卫军就是他,他就被他们拖到了房子前面,用枪托打死了。从那以后,他妻子一直在疗养院里。戈特弗里德·许布施勒从 1 月份起就被报告失踪。

约翰肯定肚子饿了,母亲说。你提到这个,我觉得真的饿了,约翰说。好吧,母亲说,她现在做些吃的。不过,她一直不相信,这真的是他。约翰说,他要换衣服。他在水龙头那里洗了澡,想着屈默

斯威勒的外祖父,用冷水先浇脖子,然后剪掉胡子,又小心地剃去留下的胡须。边上看着的安塞尔姆说了声可惜,他笑了笑。随后他走到柜子跟前,取出自己的一件上衣,尽管约瑟夫那件带有绿色鱼骨图案的衣服更合他意。因为他觉得,回家,穿阵亡的哥哥的衣服,这不合适。他现在得穿得整齐些。还有这样的事。现在,下面的一个男高音唱起了一首充满渴望的歌。由钢琴伴奏着。也就是说,由莱娜。他可以询问玛格达的事。可他没问。他倾听着多愁善感的男高音,听着伴奏声,像是见到了伴奏的人。安塞尔姆说:她有能干的兄弟。约翰看着安塞尔姆,似乎他不知道,他在说什么。他怎么知道,我在想谁,约翰心里琢磨。你多大了,约翰问。马上 11 岁了,安塞尔姆说。对,约翰说。母亲叫他去吃饭。土豆,黄油和熏肉。来自屈默斯威勒,她说。约翰深深地闻着熏肉的香味。

四　散文

整个炎热的夏天读书。用高贵的百叶窗把咄咄逼人的夏日挡在外面。自从他在小说里读了有关它的文字后,百叶窗对他来说就显得高贵。读书,可总是准备着,留意听走道里咯吱作响的地板上的脚步声,然后跳起身,扯开房门捉住莱娜,不让她通过,因为她会在三步远的地方,在走道另一头的 10 号房间里消失。而他不能跟着她进入那个房间。于是,把她捉住,怎么地拽到对面墙边,就这么把她抓住。他也不能把她带入 9 号房间。这和跟她进入 10 号房间一样不可能。所以,别无他法,只能等待着,一旦她从楼梯转进走道,不管自己是不是刚开始读着什么,就把她捉住,抓紧,盯着她的眼睛看,让她知道,现在她得同他的嘴巴打交道。这事发生在 8 月。从仅仅对视发展成仅仅接吻。可他多么讨厌这个词! 接吻! 这是完全是胡扯,每当他听见这个词,他心里就想。他不说这个词。不,他一辈子都不会用自己的嘴巴说出这个词。给我一个吻。这也不行。尽管这个搭配马上导致清楚的结束,所以这个名词比动词更让他容易接受。他做出的动作,似乎是想把她弄疼。她该感觉到,他对此毫无办法。他想让自己的举动表示出,他无法对自己负责。在8月。从8月开始。总是在走道上。总是,每当她的脚步,鞋跟,她的高跟鞋鞋底,沿着走道过来、让地板发出呻吟时。她其实是唯一一个走动时不再引起木板咯吱作响的人。她就这么走着。他则跳起。扔掉施蒂弗特,海涅,福克纳。跃入走道,把她捕获。他用自己的嘴巴凑上她的嘴巴,似乎她的嘴巴是一样别人得飞快地把它熨平的东西。要让他停止这种把它熨平的动作,她的嘴巴至少要出血。他要防止她有这样的念头,她被吻了。被他。约翰吻着莱娜。动作粗鲁。

他第一次就这么把她抓住和这样对待了她,直到她流了血。因为现在她已经熟悉了他的无法自控和妨碍接吻的狂热,接着,在第二、第三、第四、第五、第六、第七和无数次时,只要他把她抓住,摁紧,用嘴巴进行袭击,他就能相信自己,变得更加温柔,更加缓和,更加沉思,更加委婉,更加体贴,甚至几乎允许她猜到,他明白自己在干什么。

对于他心里发生的事情,他该说什么,不该说什么? 说出一切,这不可能。他虽然写下了那些重新产生出的诗句,但是它们几乎包容不了他。更不能包容莱娜。它们只包含了自己。他对这些有统治欲的诗句愤怒异常。可他无法压制它们。还不能。他写下自己的梦幻。尽管事后被诉诸纸上的并不是他所梦幻到的,不过它们比诗歌更多地包含他。诗歌打磨出他并不具有的清晰性。一种他所陌生的过度清晰。一种让他觉得可笑的秩序。另外,写诗时不由自主地冒出高贵情绪,这也让他感到恼火。最让他觉得不高兴的是,他开始也把诗交给莱娜。她每次都说:谢谢,约翰。她像接受鲜花那样接受他的诗。实际上她是想闻它们,这别人看得出。可她控制着自己。他宁愿把自己记录下的梦幻交给她。可他没胆量。他把自己的梦幻写在一个旧的、里面还有许多空页的进货登记本上。他梦见自己在读一本书,一半是侦探故事,一半是科幻小说——他刚刚读了汉斯·多明尼克①的《原子量500》——一个女人生下出生时就带领带的孩子。他们带着领带来到世上,也就是说带着天生的、肉色的领带来到世界上。而这种领带本身就是肉体。碰上一个领带别针,它就会流血。约瑟夫在他身后越过肩膀看来,他立刻觉得自己可以毫无保留地信赖他。他问:为什么我想不到这点?而同时,他在梦里非常幸福地感到,他梦见了天生的领带,也就是说,这个突然降临的念头不是另外一个作家的,而是他自己的,也就可以使用。可当他完全醒来后,他却不知道,拿这个天生的领带该怎么办。只是把它写下。把这个梦。他这么做了。

楼下,从傍晚起,就响起了有伴奏的感伤歌曲。"吻我,多吻我"。那个每天晚上唱或者叫这首歌的下级军官,会打莱娜的手指,要是她弹错一个地方,有时,甚至她没弹错时也打。自从约翰知道这点,只要响起这个乐曲,约翰就无法再读书或写字。

当然,在开始的50次,每当莱娜走上楼梯,顺着走道去她的10号房间,他只是像碰巧地遇上她。就这么等在门边,在第一下高跟鞋脚步声响起时开门,迎着她走去,似乎他想下楼,离开家。随后他也必须这样。或者从后门出去,然后穿过大门进口处,比如去泽哈恩先生那里。他坐在栗子树之间,在被搬到露台上的一张桌子旁边,写着名单。泽哈恩先生会说法语。谁想要回自己的一辆自行

---

① Hans Domonik,1872—1945,德国作家,记者。

车,一架收音机或者其他什么被没收的东西,得在泽哈恩先生那里提出申请。泽哈恩先生现在在他那浅色上衣的绿色翻领上,真的佩上了教皇的教廷勋章。面前是所有被没收物品的清单。当约翰第一次去泽哈恩先生身边时,他说:约翰,也重新回家了?随后继续埋头在他的文本里工作。清理他的名单。约翰立刻听到,他还是一直在说伪善的蛇蝎,卑劣的公牛,愚蠢的流氓。约翰现在感到惊讶的,是泽哈恩先生嘴里脏话的音节的激烈程度。听上去,泽哈恩先生在对一件他正好必须做的、非常讨厌的事情作答。人们刚做完一件必须做的、非常讨厌的事,就是这样骂的。泽哈恩先生骂了几十年。约翰很想按他父亲的方式说:泽哈恩先生,我感到惊讶。尼克劳斯得照看整个教区的自行车、收音机和双筒望远镜。泽哈恩先生进行登记管理。

要是约翰想见莱娜,但又不愿意离家,他就去地窖,去那个放着精致小柜的角落。他把一切东西从所有的抽屉、包括秘密抽屉里取出,拿到上面房间里。上楼时他可以第二次碰到莱娜。他继续这么做着,直到他相信,就是莱娜上楼的次数也比取东西或送东西所需要的次数多。

从7月1日起,约翰甚至14天之久,由受法国人管辖的旅店的厨房提供膳食。约翰必须同其他六人一起,为村道边上的篱笆涂油漆。篱笆板条。涂成蓝、白和红色。为什么?赫尔米内知道,因为她在为地方指挥官拉波安特管理家务。7月14日,拉特·德·塔西尼将军将坐船来到瓦塞堡,然后从码头栈桥开车往村道上走,一直到菩提树,在哈塞尔巴赫别墅探望柯尼希将军。在法国的国庆节,所有篱笆的板条得以法国的颜色欢迎拉特·德·塔西尼将军。在约翰、舒尔策·马克斯、杜勒、汉泽·路易斯、森佩尔的弗里茨、赫尔默的弗朗茨以及米恩先生油漆篱笆板条的那段时间里,他们由什么都不缺的卢西尔的厨房供饭。在栗子树之间,为油漆工们准备了饭菜。在泽哈恩先生的桌旁。上饭菜的是路易丝。

同法国人可以相处。这是约翰从舒尔策·马克斯那里听到的第一句话。肩扛一把铁锹,步行从石勒苏益格-荷尔斯泰因州返回瓦塞堡的森佩尔的弗里茨说,他觉得法国人的屁股比他们前任的脸更容易忍受。在油漆板条时,森佩尔的弗里茨和赫尔默的弗朗茨讨论,在一场战争失败后远道回家,为了不被俘虏,肩上扛一把铁锹好,还是扛一把叉子好。他们无法取得一致。赫尔默的弗朗茨坚持,一把叉子比一把铁锹好,因为它更清楚地指向农业,而这是最重要的。可森佩尔的弗里茨说,铁锹好,因为它同季节不可能有关系。不管怎样,经过了第一场战争,回家已成了一场儿童游戏。回家就意味着换衣服,了断。这次到家,还真是危险。因为他需要饭票,就在地区报了名,可第二天法国人就将他逮捕。是谁出卖了他,这他清楚。会有那么美丽的一天,他将给他颜色看。被送到了林道,塞进人满为患的音乐厅。那里每天都有运输车去法国,去矿山,去筑路,就是去干那些一个受过一流训练的管道工不喜欢干的活。所以,他用两包香烟从一个俘虏伙伴那里买来了四条臭气熏天的裹脚布。这个笨蛋欢天喜地,可弗里茨在厕所里用这些布条裹住自己的双手,爬越铁丝网,毫无声息地像一只天鹅,游过小湖,来到埃沙赫岸边,比一只鸭子更加无声无息,在埃沙赫敲了一个旧日情人的门,没等她惊叫出声,就捂住她的嘴巴。那真是他的运气。他从她那里了解到,每隔一夜,就有一个阿尔萨斯人来她那里,不排除以后结婚的可能。弗里茨有机会告诉他,他在体格检查时怎样欺骗了国防军地方指挥官。这讨到了这个阿尔萨斯人的欢心。现在弗里茨有了释放证。没有它,每个无赖都能找你麻烦。现在他还得偷偷告诉这个阿尔萨斯人,哈普夫不该同那些铁杆纳粹一起,被关在卡梅尔小山上。当弗里茨在圆桌旁说那个关于夜间码头的笑话时,他被人出卖了,而他知道是被谁,会有那么美丽的一天,他将给他颜色看,为此他不需要法国人。可当时哈普夫夜里来到他那里,透过窗户问,他的假期有多长。两天,弗里茨回答,可这个哈普夫回答:那我就第三天来。这是个怎么样的笑话,汉泽·路易斯想知道。弗里茨说,当时的问题是,为什么现在在夜间码头的地上画了卐字,而答案是:让那些屁股眼儿看到,他们选的是什么。原来是这个,舒尔策·马克斯说,这个笑话他不知说了多少次,然后自己也一直觉得奇怪,怎么没被送到达豪去。

真了不起,强迫那些抵抗运动者油漆篱笆板条,汉泽·路易斯说。别胡说八道,弗里茨说,那个哈普夫得出来。杜勒也觉得是这样。3 月底的时候,地方行政官福格尔想吊死那个波兰人,因为他同斯图卡有一腿。那个波兰人,一个 18 岁的小伙子,脖子上带着绳索,已经站在椅子上,这时哈普夫问地方行政官:地方行政官先生,必须这样吗?地方行政官大吼:现在命令您把椅子踢开!可这个哈普夫没有踢开椅子。这件事后来是弗勒里希博士干的。5 月,那些波兰人立刻追捕和逮到了他和地方行政官,两个人在同一天被打死。地方行政官在对面的海默斯伊廷,在一个山隘里,眼科医生在林道火车站的女厕所里。但他至少穿着裙子和衬衫进了女厕所,舒尔策·马克斯说。据说他腿上还穿着丝袜,汉泽·路易斯补充,别人根本就不知道,这是个男人还是个女人,突然间就变得这么没有章法。

菲尔斯特夫人带着她的报袋经过时,大家都同她打招呼。可她像是没听见。约翰在入伍前不久,曾同她打过一次交道。因为她在登记地区所有的母鸡,让养两只以上母鸡的人交鸡蛋。

现在她走路时,又像是被缝上了嘴巴。米恩先生说:可怜的女人。也真是这样,汉泽·路易斯说。同一个指挥家在谈论合奏时这么说,一起开始不是艺术,但一起结束是。现在也可以这么说战争。埃迪·菲尔斯特,不管怎样已经是一等的制服雄鸡,1月份得到了骑士十字勋章,这让他那天真的笨脑瓜发了昏。在5月13日就该相信,可他无法明白,俄国电台播音员说的是真的:战争结束了,扔下武器,停止射击。可我们的埃迪只是笑。宣传,全都是俄国人的诡计,每个在东部的人都知道,伊万想不花代价地制服我们。可是,一天接着一天地,同作战司令部没任何电台联系,二等兵弗里茨,你这个前线的老兵,知道这意味着什么。可这个埃迪感到忧伤,可以这么说。他开车出去,方向作战司令部。四个小时后一直没有埃迪,上士开车去了森林,埃迪就消失在那里。坦克指挥官,你在哪里?他返回,报告说:坦克指挥官撞上了地雷,司机、指挥官和装弹手被甩出了破车,在野地上流血过多而死。可随后一等无线电收发报员同指挥部有了联系。战争结束了。从5月8号起。停止任何战争行动。于是扯起白布,到处是伊万。他们给指挥官、装弹手和司机挖了一个坟墓,把他们放了进去,脸朝东。在被装车送走以前,上士趁着夜色跑了,游过多瑙河,逃了出来。可我们的城市刺绣工,中队长,中尉和骑士十字勋章获得者被清除了。不得不这么说。而赫尔默的弗朗茨叫了过来:用莱奥·弗罗姆克内希特的话说就是,乌合之众回家,好兵遭到清除。① 但愿他以前没有这么不可一世,森佩尔的弗里茨高声说。总是抢走过我的女人,留给我的总是剩货,得到了报应。米恩先生说:对可怜的女人来说,埃德尔特劳德的事更悲惨。她带着孩子自杀了,因为她和她的冲锋队分队长互相发过誓,如果失败,他自杀,她也自杀,以便没人能侮辱她。现在她死了,带着孩子,而从冲锋队分队长那里来了消息,在西班牙用假名字,说只要时机允许,他会重新报告自己的情况。杜勒说:不会有边界。因为没人说话,他又讲:对这些人来说。森佩尔的弗里茨说,没人比公主即斯图卡的遭遇更惨了。舒尔策·马克斯了解的情况最清楚,因为他是从多伊尔林那里听说的。事情发生时,多伊尔林正站在火车站窗口,目睹了一切。她和卢西尔和路易丝站在长春藤架子之间的露台上。那些喜怒无常的党卫军终于撤走,去保卫布雷根茨,她们都觉得高兴。在普凡德尔和湖之间的狭长地带进行抵抗,要比在四通八达的瓦塞堡容易得多。法国人就像在演习一样进入村子。所有的人朝他们欢呼。坦克乘员,清一色的小伙子,更多的是小于而不是大于 20 岁。我们的斯图卡什么都不顾,跑了过去,抓住对面伸出的手,但是,当她有 1 秒钟的时间停在空中时,她完全可以让人把她拉上。可她手脚乱动。这样,她的一只脚被卷进履带。她大叫一声,上面的小伙子们松了手,她摔了下来,两条腿完全被卷到巨大的钢铁履带下。她对自己的腿曾是如此地骄傲,可现在它们一下被碾碎。等坦克停下,她人已经死去。杜勒说:这样的一个女人不会再有了。汉泽·路易斯说,那个火车站的矮个职员多伊尔林也讲:一

① 原文为方言:Gschwerl kommt zruck, die Guten putzt's。

只眼睛,但两只嘴巴。对此杜勒说：她还有一口最漂亮的标准德语。接着这句话,舒尔策·马克斯说：见鬼去吧巴黎,伦敦更大。内行看门道,外行看热闹,弗里茨大声说。啊,痛苦可以舒解了,汉泽·路易斯又说。

他们在油漆格温那别墅前的篱笆——杜勒和约翰刷蓝色,米恩先生和舒尔策·马克斯刷白色,森佩尔的弗里茨刷红色,赫尔默的弗朗茨走在别人前面,用砂纸打磨板条,为刷油漆做准备——这时,赫尔米内端着一个满是玻璃杯和满满一壶苹果汁的托盘走来,给每人倒了一杯,说,拉波安特先生问他们好。自从当了地方指挥官拉波安特的管家婆以后,赫尔米内变得比以往任何时候都更重要。赫尔米内以前就一直在格温那别墅里干粗活,而现在拉波安特在里面行使他的统治权。她每天晚上在泽哈恩先生那里上法语特别强化课,因为拉波安特先生不允许说德语。他会德语,但作为地方指挥官他只能说法语和听法语。一个多么有教养的人!还这么腼腆!这么一个英俊的小伙子可这么腼腆或羞怯①。他又是怎样适合这个带玻璃窗的别墅。在这些玻璃窗后游着的天鹅要比下面湖里的还要多。相反,我们教堂的玻璃窗只是工厂批量制造的东西。约翰,她大声说,我很愿意把你带进大厅里看一下。我曾把你父亲带进去一次,他当时叫出了声：一个由热带树林和青春艺术风格组成的婚礼!

油漆工们做的事,她觉得非常可爱,亦即漂亮②。大家为拉波安

---

① 此处法语：timide。
② 此处法语：chouette。

特先生的健康碰杯。

7月14日,拉特·德·塔西尼将军将在巴德沙亨上岸。

约翰等着和莱娜的下一次见面。只要她不在,他在任何地方都觉得魂不守舍。在一个7月的星期天,他去玛格达那里报了到。沃尔夫冈同整条鱼雷艇被英国人俘虏了,也就是说,在可能的最好的俘虏营里。约翰把玛格达拖到了绕着粗树干的椅子上坐下。两人一起望着绿色的景致。他不能正视她的脸。他最想说的是:让我们一起去死吧。只是因为他没有什么必须说的话。他跳了起来,还是正视她的目光,椭圆形的脸,椭圆形的头发,接住了她那紧贴着鼻子根部开始的目光。在非常柔和的鼻子下是一张小嘴。一个小小的高贵的弧形。她问莱娜的事,似乎她知道一切。不过,承认这一切,一切都通过闪电般快速的村子新闻传播系统已经知道的一切——这他做不到。唉,要是他能描述,他如何日日夜夜地等待着莱娜的信号,他自己也会觉得舒服。他只能说,要是莱娜上楼梯,他有时碰到她。玛格达说:把她扔下去。因为他吃惊地看着她,她又说:从楼梯上。他说:啊,你是说,从楼梯上。

告别他没能做好。当她离去后,他知道,玛格达现在以为,约翰将立刻和莱娜一刀两断。一刀两断,在什么都没能开始之前。他没流露出自己的一丝情绪。而他真的非常愿意让玛格达体验他的高昂情绪,让她分享他的着迷,他对莱娜的渴望。为什么这不行?为什么玛格达不能和他一起体验他的感情?为什么他不把她一起扯进这种无声的欢呼!扯进这种不断的升华,升华!他可是在飞翔。能上升到任何高度。

约翰希望有这么一个世界,他在里面能对玛格达讲述莱娜的夏装。看她穿的夏装,才能知道莱娜究竟长得怎样。衣袖这么短,别人能透过它们看见衣服里面。腋毛比阿尼塔多得多。她在她的衣服里走着,站着,但在衣服里她一丝不挂。这他能看见。衣服给她的裸体以空间。衣服根本就不触碰莱娜。它们环绕着她的裸体,而不遮蔽这种裸体。莱娜在她的衣服里一丝不挂地走着。为什么玛格达不能共同体验?为什么玛格达不能体验他的感情?他觉得自己是个自然现象。像一次日出,一阵燥热风,6月的冰雹。他飞快地又写下诗歌,但不再给人。莱娜问,他是不是不写诗了。他不写了,他撒谎。它们无法包容他。他宁愿记录下以前的经历,当他极度兴奋的时候,在6月。要是他在9号房间躺在床上,听着外面、下面碎石上和房子里传来的脚步声,他就觉得,世界像是处在一个大厅里,它能把所有的嘈杂声放大。让人心酸。不过,要是他现在回想起来,那是美好的痛苦。

　　在精致小柜里他还找到了货物登记本。他曾在里面写下自己最初的句子。(啊,我变得如此孤单/在一天这么早的时候。)既然这个句子现在我已经保存了七年,那么我还能保持它几年。不过,更重要的是保存好父亲在精致小柜里留下的东西。对约翰来说的无价宝库:一个横开面的小书,湖水般的绿色,是带有图片和文字,介绍瓦塞堡的宣传手册,来自那个格拉特哈尔家还提供"殖民地货物,服饰用品,白色织物,棉制品,手工制品,妇女时髦装饰用品和玩具"的年代。另外还有"鸭绒,绒毛和丧葬用品"。约翰想起格拉特哈尔夫人,回想起强制拍卖。那个场景曾让他害怕之极,甚于见到把铁链挥得叮当响的仆人鲁普雷希特。这本小书里所有的介绍和图片,都由树叶环绕,而这种树叶约翰在父亲的墨水瓶盖子上见过。青春艺术风格,父亲说。这本小书的书名是:《瓦塞堡德国的希昂①》。典型的父亲风格。也许他在日内瓦湖畔学商时把希昂也带了回来。而约翰曾和退尔在格拉文施泰因苹果树下翻译过的拜伦,也曾经到过希昂。这是此间的关系!

但还有一些是父亲觉得重要的剪报。他兴致盎然地读了它们。他读到"全民总动员":

> 德国人民从今天起
>
> 动员起来投入劳动战役。
>
> 随着领袖的命令
>
> 年初的进攻立刻开始。
>
> 在整个经济的前线地段
>
> 开始对失业的进攻。
>
> 没有雇主允许后退
>
> 大家必须共同冲锋前进。
>
> 每个企业,不管大小,
>
> 都得成为突击队。
>
> 两百万人民同志必须在今年
>
> 聚集在劳动的旗帜下。
>
> 请帮助这个劳动大军!
>
> 保持伙伴关系,给他们工作机会!
>
> 我们的目标是:没有失业的德国。

———————————

① Chillon,瑞士蒙特勒附近一宫殿,在日内瓦湖一石岛上。

希特勒万岁！

下面是父亲的笔迹，1934 年 3 月 22 日。在另一份剪报下是"1936 年 11 月 11 日 70 岁"。上面写的是：

"一个为地方志作出巨大贡献的人，退休邮政主任督察路德维希·齐恩，在 1936 年 11 月夜里 12 点迈过了 70 岁的生日。在过去半个世纪里，齐恩先生为地方志搜集的有价值的东西，仅有微小的一部分印刷出版。齐恩先生许多年前的工作多么彻底和新潮，不提其他许多别的，他那'历史的家庭读物'就已显示出这点。现在，城市以类似的方式在启动，为慕尼黑编制这样的一本书。可是齐恩的工作不仅局限于瓦塞堡。即使在林道，他也享有最大的声望，被所有那些在雅利安人证明和类似事情上陷于困境的人，视为可靠的庇护所。由此我们祝愿他，在生命的阶梯上还能往上攀登许多年。"

读着这样的文章，约翰觉得恍如隔世，像是没活过。他现在活着吗？肯定不在一个他和别人共同拥有的当下。他只是为此生活着，因为有莱娜。同她没关系的事，只有当他特地要求自己时，他才能感觉到。在这样的情况下，他得为自己提供理由，说，这个或那个，尽管同莱娜没关系，还是应该得到他的关注。去地区政府，花 20 马克，他取来了维克多·封·吕措男爵留下的所有书籍。听说，当公布战争失败以后，男爵立刻卧轨自杀了。鞋匠吉雷尔也同样。不过,他可能是在跨越铁路交叉道口时出了事故。约翰赞成鞋匠吉雷尔的情况是事故的说法。男爵不是事故,这他可以认可。他用小推车运回家的一箱箱字纸和书籍,与同性恋有关。比如,马格努斯·希施费尔德①的《第三性》。他对这样的书感兴趣。他想理解堂兄叔祖。他已经死了。刚被解放就死了。要是他能见到自己的"阿尔卑斯山蜜蜂",那已是一片废墟。一个党卫军下级军官在制干酪工场前让人堆起一道防坦克屏障。尽管村里已经升起白旗,宣告投降,他还是射死了一个站在坦克上不加防护的法国军官。他立刻被坦克炮火炸碎。然后周围的一切被烧毁。

奥特马尔·劳赫勒,叔祖最喜欢的制干酪工,一天前就被射死。他一直还住在阿姆特采尔。在回家的路上,他突然想起,忘记了关闭搅拌机。所以他返回盖瑟尔哈茨,关掉马达还没烧坏的搅拌机,重新出来,方向阿姆特采尔。他几乎已经到家,可迎面碰上法国人。他立刻转向田野,他们在他身后开了枪。一颗子弹击中他的后脑,又从前面嘴巴里飞出。叔祖从罗滕堡到阿姆特采尔花了六天时间,这天到家。他在阿姆特采尔听说,有人在他的"阿尔卑斯山蜜蜂"制酪场前建了坦克屏障,就决定,在奥特马尔·劳赫勒小屋前的长凳上等他回家,然后他不得不看到,他们怎样把死去的奥特马尔·劳赫勒抬回来。第二天早上,人们发现他死在奥特马尔·劳赫勒的起居室里,坐在椅子上,只是身体有些歪斜。他曾坐在那里,似乎很快就睡着了。同"阿尔卑斯山蜜蜂"制酪场一起被焚毁的,有那架黑光闪亮的钢琴,有红色护套的椅子,它们的椅脚像是由于娇嫩和弯

———————————

① Magnus Hirschfeld, 1868—1935,德国犹太裔内科医生和性学家。

曲根本就碰不到地面,有像是从梦中醒来发出敲击声的那架落地大座钟,有带玻璃门的书柜。但是24卷烫金亚麻布脊封面的《迈耶尔百科全书》没被毁。还在他被关起来之前,堂兄叔祖就已经把它们和另一套六卷本的席勒作品集,从盖瑟尔哈茨运到了瓦塞堡。他发觉了约翰对它们的兴趣,好吧,约翰该得到它们。这样,约翰就有了这两套书。不管他拿席勒或迈耶尔的书,他总是非常虔诚。他觉得自己富有。他在内心有自己的空间,无限地多,只是为光亮,实际上只是为光华,金光四射的光华,最高尚的情调。好吧,他不是男高音,可他能让自己漂浮而起。他能唱出任何音调。他只需要让它保存在心中。可一旦他想唱出或者仅仅只是说这个音调,就会发现,他那出色的声调并不那么出色。但只要这个音调不派别的用处,只是用来充实约翰自己,它就是世上最出色、最漂亮、最嘹亮的音调。声音调的这么好,约翰同可怕的事情就毫无干系。一切骇人的事情,只要它来到,就在他身旁掉落。他不想去争论,周围出现了哪些可怕之事。可他不愿伪装自己。倘若他必须伪装自己,要是他这么做了,可怕的事情似乎就够到了他。它够不到他。他觉得自己像是身处一片洪流中。在一种除了宠爱和光华别无他物的物质里。他能回忆的那一天,那是他生命中最美的日子。其他的日子他不认可。是行坚信礼的那天。7月。约瑟夫和他在行坚信礼的人群中。主教圣下,他也叫约瑟夫,是神圣的乌尔里希的后任,从奥格斯堡赶来,考察了行坚信礼者,在整个堂区前问,什么是三位一体,什么是玫瑰花圈的秘密,上一个星期纪念了哪些圣人,下一个星期又要纪念哪些圣人,女孩们和男孩们举起食指,竞相回答,然后约瑟夫和约翰从叔祖那里得到金表,去格布哈特山的远足,远景,湖水,一只蓝

色的珍兽,在它两腿之间掩隐着康斯坦茨,煎香肠,果汁,叔祖,一种
超凡脱俗的好心肠,永不耗尽。瓦塞堡的圣职人员手持主教权杖,
诺嫩霍恩的人手持主教冠,这两个神甫助手让约翰经久难忘。但
是,即使有把他庄严地裹住的灰色长袍,神甫本人没给他留下难以
磨灭的印象。在格布哈特山上,叔祖又取出他的一块精美的白手
绢,碰了一下自己的舌尖。几乎·是擦了一下。当约瑟夫和约翰在旺
根的布雷德尔服装店试穿精纺布套装,或华达呢大衣时,他也会这
样。约翰从未有胆量问,他为什么这么做。可现在,这个所有安塞
尔姆的安塞尔姆死了。精致的白手绢除了用来碰或擦舌尖,没有派
过其他任何用处。也许,叔祖想经常碰一下自己的舌尖,或者必须,
但又不能用一只平时经常要用的手来碰,所以使用这漂亮的白手
绢。啊,安塞尔姆,约翰想着,现在你完全在我心里。从母亲那里他
得知,当叔祖白手起家地建立一个制干酪工场时,连续几年吃的只
是酸涩的落地梨和酸土豆。为了节约送牛奶的钱,他总是步行去旺
根取牛奶。来回至少 12 公里。然后,作为一个发迹的男人,只坐汽
车。嘴里总是哼唱着。在方向盘后总是哼着歌。没有这个身高体
胖、低声哼唱的人,约翰也许会太迟地认识席勒。要是他在烫金亚
麻布脊封面的书里能研究阴道,但这又没能给他什么帮助的话,他
还是可以了解其他一些别人不知道的事,这总比什么都不知道好。
所有时刻中的时刻:所有教堂旗帜降下,圣职人员克伦巴赫尔给主
教圣下端着盛有圣油的圣盘,主教先生把手伸进去,把留在手指上
的东西抹在约翰额头上,给人的感觉像是,就是从旁观察,也像是约
翰穿越目标时从 IBDIB 的口子里射出的东西。然后圣职人员黑贝
尔同两个神甫助手走来,用棉花重新抹去那神圣的黏液,然后把棉

球递给赫舍勒的海尼,而他又把它放到弗罗姆克内希特的赫尔曼手持的盘子里。到处传来歌唱或轰鸣声:上帝,我们赞美你。

也许母亲无法负责,让约翰躺在沙发上,同卢西尔只有薄薄的一板之隔。实际上他们并排躺着。他听见她吹口哨,呼吸,她肯定也能听见他。约翰回到9号房间,睡双人床。以前约瑟夫睡的地方,现在睡着安塞尔姆。幸亏约翰睡在窗子的一边。他当然想着,倘若他躺在被子底下,同自己相遇,就能从窗子望出,看向10号房间的第一个窗户。在万圣节,经过了一次走廊墙上的嘴对嘴和嘴在嘴里之后,他说:今天晚上我来。他尽可能地说得不那么认真。他这么说,像是他说了:莱娜,你不用害怕我来,我就是喜欢这么说,恨不得千百次地不断这么说,今天晚上我来,我来,我来……这样说了两个小时后他又会衷心地、尽可能轻声地说:别害怕,我根本就不会来,我只是说说而已,可我必须说。然后他会重新开始:今天晚上我来……在走道墙壁旁他当然只说了唯一的一次,尽可能地说得不那么认真。要是他来,不会走咯吱作响的楼板,因为这样母亲立刻会答以"约翰——怎么——回事"。但愿他不说出这点。在同这个夜间计划的关联里提到母亲,这会让他觉得难堪。

他毫无声息地撑起身体,溜出,关上窗。一个漆黑的夜晚。路灯还没恢复。可是那金里透红的栗子树叶几乎发出光芒。只能感觉到地秤和火车站的方向。淡黄色的屋墙也发出某种光芒。祖父给他涂成淡黄色房子的窗户配上了红砂石外窗台和镶框。每个窗户上伸出一个红砂石三角楣饰。一个窗子的外窗台几乎碰到下一个窗子的外窗台。从一个外窗台可以跨到另一个外窗台。上面他可以扶住三角楣饰。它们远远地伸出,能让人稳稳地用手抓住。

约翰身穿运动衣和运动裤,光着脚,在自己的窗外站直,开始沿着墙壁摸索前进,感到很有把握。砂石窗台能让人稳稳站住。砂石三角楣饰突出足有 3 厘米,在每个窗户上浅浅地伸出,又浅浅地回落。在这浅浅的斜面上他的手指能找到这么多的支点,让他的脚从一个窗台探到另一个窗台上。到达 10 号房间的第一个窗户后他会有些困难。莱娜准确地听懂了他那轻松的话语吗?窗子会不会只是虚掩地开着?要是她同他有一样的想法和一样的感受,那么她的窗子会开着,要是她没有和他一样的想法也没有和他一样的感受,那他就得重新摸索着返回自己的窗户。看来他不能敲窗。她准确地理解了他。窗子能推开。她甚至站在窗口。把手递个他。这他不需要。他无声地跃下。莱娜带着他。去双人床。从万圣节到万灵节的那一夜,唯一一个约瑟菲娜不在莱娜身旁睡的夜晚。约瑟菲娜几十年来为莱娜家干活,实际上已经是家庭一员。在万圣节和万灵节期间她得去阿尔高,在父母坟墓旁祷告。但在朝东的窗户下给莱娜最小的弟弟架了一张床。但愿他和安塞尔姆睡得一样死。约翰从一开始就得这么做,似乎他忘了这里还躺着一个 6 岁的男孩。另一方面他又不能忘记这点。当他事后重新躺在自己被子底下时,他确定,这个夜里他对自己行为的不能负责,与和路易丝的妹妹在施万特森林中躺在风衣上的那个夜晚相比,还是不一样。

莱娜没拒绝他,也没做出拒绝的样子。当然她也没帮助他。这样的话他可能会生她的气。他做出似乎了解情况的样子。开始他这么做。然后莱娜肯定发觉,他并不像他表现的那么有经验。莱娜让他觉得,她同情他的缺乏能力,而且愿意充满爱地分担这种无能。她让他明白,要是什么都不成,那也并不那么糟糕。这真是最美最可爱的事。

那是他至今所经历过的最最彻底的迎合迁就。而且根本就是在决定命运的情状中。一种从未体验过的一致性。不管发生了什么，不管他们在这个无法把握的夜晚陷入了何种局势，他们身在一处，他们成为一体。这个由莱娜创造的气氛带着他通过目标。使他比自身更有自主权。当他这么被扯过目标后，也许他还这么想过，他身上没任何东西允许进入她的身体。难道还有这样的事！他觉得，莱娜该把他当成了一个无赖而不是别的什么。他该有能力，会残暴、冷酷、全然有自制力和熟练地突然从她身体里退出。事后他希望，他成功了。把握他可没有。又回到对面，在他的被窝下，让在莱娜床上流过的东西再流一次，再流一次。他不觉得自己躺在床上，而是处于幸福中。他身轻如燕，被什么东西托了起来。这是他从未体验过的。他不称其为幸福。他拒绝这个词。对这最最重要的东西又一次缺少词汇。常年登山，爬行，匍匐，攀登，身心承受了各种各样的困苦辛劳，再上一小步，再往上一小步，不让任何失败干扰自己对目标的追求。可对目标又一无所知。也许事实会证明，这对他最重要的东西根本就不存在。什么都曾让他感兴趣。战争，诗歌，山里的世界，力量，衣服，声音，说话和沉默。只要能让他进入目标，一切都让他感兴趣。不存在能阻挡他进入目标的东西。他自身也不。他必须有意地直面这个自身。得这么做，似乎这让他兴趣盎然。他一直就对把他带向和进入那个所谓的渴望目标的东西倍感兴趣。这样的事就发生了。只是由于莱娜，不是由于别人或其他任何人或任何事。也许可以用解脱这个词来代替。实际上他现在根本就不再需要任何词汇。现在他得到解脱。那个在此之中一切都不确定的不幸阶段,已被他甩在身后。好吧,莱娜。多谢。而这个谢意,由于过于清晰和迫切,眼下几乎折磨着他。就这么从一种疑惑的存在中得到解脱,进入最美的决定性中!莱娜,我真的感觉到,我突然不再逆水游泳。突然有东西带着我前进,前进,我如释重负,颔首应允。

从10号房间他带回了一点血迹。是黑色的运动裤吸带的。

第二天,他被莱娜的高跟鞋惊起,冲进走廊。可她摆脱了他。躲开他时,她从后面叫了一句:今天夜里我来。她立刻又回到下面,弹起了钢琴。因为已经没有法国人在房子里,她弹着莫扎特。她就这么从他身边跑开,下去弹琴。他听出,乐曲是为他演奏的。

她出现在他的窗口,跃身而入,似乎站在屋墙外,一步一步地探着窗台,上面手指抠住砂石三角楣饰,这简直是小事一桩。约翰觉得自己短了一截。莱娜人真的有那么高,脚够得到外窗台,手及得到三角楣饰?这可是为很高的老房子造的很高的老式窗户。可她在这里。身穿一件丝绸外衣。他用手电筒试探着照着。里面是深红色,外面满是花朵。看到约翰惊讶,她小声说:我母亲的。约翰非常轻巧地插上两扇门的门闩。没人能进来。要是安塞尔姆醒来,他得尝试某个老沙特汉德的手法。他从柜子里取出一个绣花的枕头套,放到床单上。这样的枕头套早已不适合现在通常使用的枕头。它来自祖母的嫁妆。上面哥特式的刺绣写的是:在甜蜜的朦胧中忘记悲苦。事后,当莱娜顺着来路照样返回时,她带走了枕套。她要把它洗一下。约翰明白,这第二个夜晚比第一个夜晚流的血更多。他足够清楚地明白,他得擦去他身体那部分上的血。他知道,床头柜下还有一个白色的帽套,在海军希特勒青年团的高级训练班受训时,他曾用它套蓝色的帽子。他用它把自己擦干净,然后把这个现在沾有血迹的套子放进书包。第二天他反正要骑自行车去学校。在四或五条多少平行地从瓦塞堡通往林道的道路中,他选择了一条起先一段没人行走的田间小道。它顺着一条冷杉灌木丛穿过桦树沼泽。在那里,他把沾有血迹的帽套扔进了奥施小溪,希望溪水能把这血迹斑斑的东西小心翼翼地带入湖中,让它在某个地方永远地沉没。

莱娜在第二个夜里也同他分担了一切。在这第二个夜里,事件发生得愈加强烈,而共同性的情绪比其他所有实现的一切更加重要。这第二个夜晚比第一个夜晚更加不同寻常。莱娜在重新爬出窗外时这么说:对此我不需要忏悔。

放学后他还是选择了经过毕歇尔魏厄、然后穿过桦树沼泽的路。在这条路上他从未遇到过别人。这次,从老远他就看到,在不到铁路巡道工小屋的前面一点,在这条路同一条沥青路交叉的地方,一辆自行车坐垫朝下地倒放在地上。没到那里,他已看见,那是沃尔夫冈·兰茨曼。你的轮胎漏气了吗?约翰问。主要是我没有补胎用具,沃尔夫冈说。约翰把自己的车靠到这片冷杉灌木丛的一棵小冷杉上。你好,沃尔夫冈向他打招呼。你好,沃尔夫冈,约翰说。其实他现在想问,这是不是当时被埃迪·菲尔斯特在体操房边上扔下田埂的那辆低压轮胎自行车。可他已经看到,这是一辆低压轮胎自行车。那么这就是当时被扔下田埂的那辆车了。他很想说:啊,这就是当时被埃迪扔下去的那辆车。可他不能这么说。但是,做出根本就不认识这辆车的样子,他又做不到。沃尔夫冈的行李架上夹着一个袋子。约翰可以问,沃尔夫冈是否从学校回来。可沃尔夫冈和他在林道上同一个中学,还在约翰的班里,他现在不可能从学校来。

约翰非常热心地从自己车座下的袋子里取出补胎用具,检查轮胎,没找到钉子。好吧,他说,现在没办法,只能把轮子卸下,拉出内胎,打气,跑几步去奥施小溪,把内胎浸入水中,这样就能立刻找到洞眼。心里却想着:但愿那血迹斑斑的帽套不要被挂在那里的什么地方。

要不是中间横卧着被称为高地的山冈,从他们站的那个地方望出去,可以看到体操房。幸亏看不到。约翰感到,倘若沃尔夫冈现在开始谈论埃迪·菲尔斯特,谈当时的点名,这会大大扰乱他的心境。他根本就不知道,他对此该说什么。能说什么。自己提起这个话题,这不可想象。要是沃尔夫冈开始谈此事,他得作出反应。可是该作出怎样的反应,这他不知道。好吧,聚精会神地补自行车轮胎。

约翰看出,沃尔夫冈补胎毫无经验,他就扮演起行家的角色。沃尔夫冈惊讶不已。这让约翰感到惬意。尽管现在,每当轮胎漏气,他还是把车推到黑格的霍策·弗朗茨那里,在他补胎时,不去看他如何补胎,而宁愿搔他小狗盖森的脖子。但是,当歪帽在诺嫩霍恩替他补胎时,他留心看了。他现在简直就是专家。而沃尔夫冈这么看着,对他的自行车修理技术表示出如此的敬佩,这让他也就没了退路:必须成功。是成功了。至少到达"餐厅旅店"时,轮胎没漏气。因为还没结束谈话,他们就把自行车靠到了边上。说准确一些,是沃尔夫冈还没讲完他显然想告诉约翰的事。只要天气允许,他每天骑车去林道,然后从那里坐火车去布雷根茨。自从1943年年底起他就在布雷根茨上学。

约翰了解的情况这么少,这让沃尔夫冈非常惊讶。他的母亲,犹太人,还同他父亲、兰茨曼博士,住在一起,在"享有特权的异族婚姻中"。尽管有这样的名字,父亲不是犹太人。他来自斯图加特,最早甚至来自魏恩加滕。可别人说,即使妻子是雅利安人,这桩婚姻也只能是"异族婚姻"。沃尔夫冈1927年受神甫迪尔曼洗礼。我也是,约翰想说,又没说。如人们说的那样,父亲因为"同犹太人结成姻亲",在斯图加特也就失去了顾问医生①的职位和结账许可,可他恰恰还被允许在施瓦本隧道负责防空。1943年那里被炸毁,他们重新又搬到这里,在他们那在埃施希家和哈尔克家旁边的房子里。母亲和沃尔夫冈去了布雷根茨,他被接受了。校长知道,他因此触犯了法律,因为有犹太人母亲的学生只能在学校留到3年级。1944年,沃尔夫冈没告诉父母亲,在因斯布鲁克报名当候补预备军官的志愿者。只是成了大众冲锋队队员②。指挥官是哈尔克。防坦克障碍物白天建造,夜里拆除。沃尔夫冈的母亲始终处于害怕被带走的恐惧中。校长黑勒曾为此奔走。所以她现在请求,把老师在8个星期天送进橱窗,让他挂上牌子:我曾是一个纳粹。沃尔夫冈的父亲笑话他的母亲,牌子上是一个错误的通告。上面应该这样写:我是一个纳粹。

沃尔夫冈发觉,他告诉约翰的是新鲜事。那么你也不知道,他说,鲁道夫·赫斯③1934年访问过亨泽尔夫人? 不,约翰不知道。

---

① 健康保险组织或福利机构的医生。
② 二战结束前为支持德国国防军而建立的德国地方防御组织。
③ Rudolf Heß,1894—1987,德国纳粹党头目,曾为希特勒的私人秘书。

他不知道,亨泽尔夫人是犹太人。沃尔夫冈感到惊奇。她有来自慕尼黑的庇护政策,沃尔夫冈说。约翰想反驳,说亨泽尔夫人是个忠实的煤炭客户,但没做到。他根本就无法说话。眼下,就1933年到1945年纳粹在瓦塞堡对反法西斯人员的迫害,地方上一直存在的反法西斯工作小组在制作一个文件。执笔的是1937年就在柏林逃跑的律师施普林格。约翰和这个律师只是面熟,因为他在他们的竞争对手那里订购煤炭。属于这个小组的有普雷斯特勒夫人、吕滕博士、贝斯滕霍费尔教授、哈耶克-哈尔克等。都是住在别墅里的人。除了普雷斯特勒夫人和哈耶克-哈尔克,他们都不是约翰的客户。

当他们来到栗子树那里时,他们听见从套间里传出的钢琴声。莱娜,沃尔夫冈说。约翰吓了一跳,可装出他和这个名字没什么关系的样子。沃尔夫冈说:普雷斯特勒的女学生。这约翰当然也知道。不过,他既然是一个几乎什么都不知道的人,他对这个信息也仅点了一下头,似乎这对他也是新的。普雷斯特勒夫人说,她非常有才华,沃尔夫冈说。这点约翰真的没听说过。你认识她,你们家承租人的女儿,约翰点头,但同时耸了一下肩膀,似乎他认识还是不认识这个承租人的女儿,这对他来说无所谓。可沃尔夫冈知道的更多。乔治,她的父亲和他的父亲,因为莱娜的父亲一直持反法西斯的态度,他们两人曾在最艰难的日子里也互相诉说一切。莱娜和她的全家经历了可怕的轰炸,去年4月。这时约翰可以告诉他,莱娜曾对他说,在那个夜里对她来说最糟糕的是,她从防空洞里爬出,在燃烧的弗里德里希斯港没地方上厕所。这他也没说。沃尔夫冈对莱娜和她家里的情况如此了如指掌,让约翰有被排除在外的感觉。乔治,沃尔夫冈说。这是莱娜的父亲。显然,沃尔夫冈同整个家庭用

"你"互称。

这时,沃尔夫冈走到套间的一个窗子旁,敲了敲窗。莱娜弹琴的声音很响,听不见敲击声。她听不见,沃尔夫冈说。要是你见到她,代我向她问好,他说。他希望,现在他们能常见面。约翰点头。沃尔夫冈上车,挥手告别,方向西面铁轨交叉路口。约翰认识去埃施希和哈耶克-哈尔克别墅以及兰茨曼家的路。

他穿过后门进屋。他不想立刻见到莱娜。母亲在等他吃饭。安塞尔姆已经又离开了。

随后约翰坐在那里,抵抗着自己想写诗的念头。他脑海里涌上了莱娜在两个夜里对他轻声说的话。他们不得不附耳轻语地告诉对方自己想说的一切话。由此已经产生了一种温暖,透过对方的全部身心。就是话语本身也是具有穿透力的。莱娜是个简化的狂热女子。把她简化的简化没使她单薄,相反使她的形象变得更加多姿多彩,无边无际,充满世界。莱娜嘴里的话不是涌出的,而是叫出的。很轻,不过是叫出的。她如此轻声地呼叫,也许这就具有穿透力。几乎没有辅音。莱娜是个会融化语言的女子。不可能再有比这更温柔和更强烈的涌动。

到现在为止,倘若同人打交道,他总是不得不小心翼翼,不犯下他要或者必须为其后果付出代价的错误。而同他打交道的所有人同样必须小心翼翼,不做错任何事。他备感孤独,对此母亲也无能为力。她根本不知道他孤独。她同他一样独自一人。当莱娜在他耳边说话时,他不得不想起父亲,想起爱斯基摩语言,想起用鼻子尖的问候和树形词汇表。他的整个树形词汇表突然震荡出莱娜的语言。它们不适合他的嘴巴。他得自己为此寻找语言。就是对沃尔夫冈关于自己、其母亲和父亲说的话也是如此。还有为沃尔夫冈母亲所经历过的、因为老师想让人把她带走的恐惧。约翰反抗着兰茨曼夫人曾经受过的恐惧。当埃迪·菲尔斯特把沃尔夫冈的自行车扔下田埂时，他为沃尔夫冈感到遗憾。然后他忘记了沃尔夫冈，忘记了他曾把他忘记。他为什么没说自己认识这辆自行车？他完全可以表现出，他认识这辆自行车。然后沃尔夫冈就知道了，约翰就此想说什么！他为什么没说？兰茨曼夫人曾经受过的恐惧束缚了他。他不想同这个恐惧有任何干系。当他给哈耶克-哈尔克先生把焦煤送进底层的储藏室、一个温室旁的附属建筑时，他曾经见过兰茨曼夫人一两次。兰茨曼夫人站在篱笆旁，同总是晒得黝黑的哈耶克-哈尔克先生说着话。兰茨曼一家不是煤炭客户。不管是带着装满的背篓去温室旁的屋子，或者带着卸空的背篓返回货车，约翰几乎没朝他们两人看过一眼。而在车子旁边，尼克劳斯或杜赞已经重新装满了下一背篓。每年他给哈耶克-哈尔克先生的储藏室送去21公担焦煤。兰茨曼夫人的脸。像是要从眼窝里出来、但又给下眼皮挡住的眼睛。双眼沉重地躺在下眼皮上。嘴唇也十分沉重。宽大和沉重。它们给下巴挡住，不至于从脸上掉下。他感受到了，沃尔夫冈告诉他了他想告诉他的事，因为约翰得知道这些事。也许沃尔夫冈以为，否则约翰会指责他，因为他不知道这一切，没觉察这一切。约翰抵抗着这种猜测的指责。他能从哪里知道，亨泽尔夫人是犹太人？他不愿别人这么要求自己。他愿意自己去感受他该感受到的东西。没人该要求，他得有一项他自己没有的感受。他要生活，没有恐惧的生活。兰茨曼夫人会把她的恐惧传染给他，这他能感觉到。他不能去想她和想她的恐惧。一种恐惧会带来另一种恐惧。什么也没有比这更加肯定。他害怕遇见兰茨曼夫人。自从他知道,她曾经有过何种恐惧,他就不知道,他该如何面对她。怎么打招呼,怎么把目光投过去或者把目光移开?说出比他在那一刻正好感受到的更多的话?他不想为任何事和为任何人勉强自己。亡者在等他。他无法想象约瑟夫的死亡。他一直看到约瑟夫活生生地出现在自己眼前。也许到了冬天,他会想象亡者已亡。现在不行。在这样一个生机勃勃的夏天做不到。他自愿报名,为的是能选择兵种。他没报名参加炮兵,因为他不想当胆小鬼,而是想同那十个裸体的黑人一样无所畏惧。1933年以来他所学习的语言,接着教会语言,成了他的第二外语。它没有比教会语言更接近他。他同这两种语言纠缠不清。他得找到一种自己的语言。为此他必须自由。

有一次,在林道的学校操场,上课的最后一天,得降旗。校长委托他解开绳索,慢慢收下旗子。校长自己伸开双臂站在旗杆前。这个校长有一次让约翰把一句侮辱人的话转达给母亲——他对约翰说,她必须思考一下,想把约翰培养成一个高中生还是一个铲煤人。所以约翰开始做出绳子在上面卡住的样子,由此强迫校长更长久地保持伸臂的姿势,然后,绳索像是无法控制地突然松开,旗帜就突然落下,把校长一半的身体盖在下面。他挣脱出身体,说:当然是大笨蛋。约翰永远无法忘记他那蔑视和愤怒的目光。最多在克罗伊茨埃克峰的42型机关枪旁,当约翰说他觉得雪是白色的时候,那个中尉狙击手也曾这么看着他。

约翰不愿意再屈从,不屈从于强权也不屈从于胆怯。没人能要求他这样或那样。他最希望能如此自由,别人从未有过的那样的自由。

这时他听见莱娜上楼和沿着走道过来的脚步声。他不由自主地跳起身来，一下到了外面，挡住她的去路，问，你和沃尔夫冈·兰茨曼关系怎样，或者：你们之间是怎么回事？他说着把手伸进她的浓发中，似乎想指出，沃尔夫冈有着多么漂亮的黑发，闪亮柔顺地及到脖子，这与她那放达不羁、同样乌黑发亮的云鬟和鬓发多么相配。唉，你啊，过来，她说。她把他的头拉向自己，以便能接着把充满浓缩的狂热和融化的力量的话语喊入他的耳朵。显然她说不出话来。16 岁的人就是这样，这个 18 岁的人说着，发怒地用自己的嘴巴封住了她的嘴巴。也就是说，他根本就没发怒，他只是想发怒。在她的嘴上和在她的嘴里到处发怒。

第二天雨下得很大。约翰又坐火车去上学。回家途中他忽然想起，他昨天夜里做了什么梦。他试图获得一种无意志性。梦幻不应该听从他的意志。莱娜和他躺在一张双人床上，他们单独在房间里。莱娜是约瑟夫的妻子，约瑟夫过来了，莱娜和他应该知道，这里在约瑟夫的范围内，他们不能做这样的事。而约翰事先问过莱娜、约瑟夫的妻子，这是否太过分。约瑟夫从门那里只说了一句话：平民强盗。约翰穿着约瑟夫的外套站在镜子跟前。可他曾光着身子躺在床上莱娜的身旁。

约翰从这个梦里醒来之后，为自己感到羞愧。

他不会再穿曾属于约瑟夫的漂亮衣服。他无法摆脱这个梦。他避开细节，但气氛犹如一种颜色留驻在一切之中。他试图读书。可梦境透过纸背。

他幸运地听见莱娜的脚步声靠近，在走道上迎住他，可她不像往常那样偎依到他怀里。坐在圆桌旁时，她告诉他，来自弗里德里希斯港的克龙先生哭着述说,4月,他曾把吉森附近的阿根桥炸上了天。他特地等着五个年轻的法国人走上桥,然后他按动了起爆器。现在他在做什么,约翰问。现在他又卖起了裤子,莱娜说。在一间临时木板房里。他的店铺已经被毁。灯灭了,刀拔出,三人血斗,约翰说。啊,是泽哈恩先生的话,莱娜说。

　　约翰重新独自一人坐在房间里,倾听着风雨声在四扇窗户外呼啸而过。这时他不得不承认,他没能鼓起勇气,向莱娜讲述他的梦。在那个梦里,她是约瑟夫的妻子。他得告诉她这个梦。她曾把自己的一切都告诉他。可他无法向她讲述所有的事。每天都有一些他无法告诉她的事。他什么不能说,不能写?记录下梦境,然后让莱娜读这写下的梦?一种希望,能通过记录平静自己的梦幻。或者对于梦幻的羞惭,程度会由此减轻。他必须记录下梦幻。他得抵抗。

　　记录下梦境,他觉得这似乎是人们不允许做的事。可他做了。他必须这么做。就这么信任语言。也许它能做成你无法做的事。

　　当他记录了自己的梦幻后,他发觉他记录的不是梦幻,而是他以为的梦幻的意义。有关丰富的梦境本身,什么也没留下。当他做梦时,他理解一切,现在,醒了,他只理解其意义。通过记录,他摧毁了梦。他没把自己托付给语言,只写下了他想写的东西。他想通过记录,去除对于梦幻的羞惭。他没对自己吐露真情,而是瞄准了目标。他得让自己戒除瞄准目标的毛病。把自己托付给句子。托付给语言。他这么设想:乘在一个由句子组成的木筏上漂洋过海,即使这个还在建造中的木筏不断地散架,必须不断地用其他的句子把它建造。倘若不愿沉没。

要是他开始写作,那么出现在纸上的,该是他想写的东西。那些通过语言、亦即自己来到纸上的东西,只需要他阅读。语言,约翰想,是一派进涌的流泉。

原书名：Ein springender Brunnen
作　者：Martin Walser
ⓒ**1998 by Suhrkamp Verlag, Frankfurt am Main**
本书中文简体字版版权,浙江文艺出版社独家所有。
版权合同登记号：图字：11-2016-353 号

图书在版编目(CIP)数据

迸涌的流泉／〔德〕马丁·瓦尔泽著；卫茂平译.—杭州：浙江
文艺出版社,2016.9
ISBN 978 − 7 − 5339 − 4613 − 5

Ⅰ. ①迸… Ⅱ. ①马… ②卫… Ⅲ. ①自传体小说−德国−现
代 Ⅳ. ①I516.45

中国版本图书馆 CIP 数据核字(2016)第 209850 号

责任编辑：曹元勇　王　青
封面设计：周伟伟
责任印制：吴春娟

迸涌的流泉
〔德〕马丁·瓦尔泽　著
卫茂平　译

出版：浙江文艺出版社
地址：杭州市体育场路 347 号　邮编：310006
网址：www.zjwycbs.cn
经销：浙江省新华书店集团有限公司
印刷：上海中华商务联合印刷有限公司
开本：880 毫米×1230 毫米　1/32
字数：245 千字
印张：12
插页：4
版次：2016 年 9 月第 1 版　2016 年 9 月第 1 次印刷
书号：ISBN 978 − 7 − 5339 − 4613 − 5
定价：45.00 元(精)